FOGO

MAYA BANKS

FOGO

LIVRO TRÊS DA TRILOGIA BREATHLESS

Tradução
Débora Salles

QuintaEssência

Título original: *Burn*

Diretor editorial: Pascoal Soto
Editora executiva: Maria João Costa
Assessor editorial: Bruno Fiuza
Preparação de texto: Beatriz Sarlo
Revisão de texto: Thaís Lopes e Iracy Borges
Diagramação: Abreu's System
Design de capa: Rita Franzie/*Adaptação*: Trio Studio
Foto de capa: Arsgera/shutterstock
Gerência de produção gráfica: Fábio Menezes

cip-brasil. catalogação-na-fonte
sindicato nacional dos editores de livros, rj

Banks, Maya
Fogo / Maya Banks; tradução de Débora Salles. – Rio de Janeiro: LeYa, 2014.
352 p.

Título original: *Burn*
ISBN 978-85-8044-913-6

1. Literatura americana 2. Romance erótico I. Título II. Salles, Débora

13-1065 CDD 813.6

2014

TEXTO EDITORES LTDA.
[Uma editora do Grupo LeYa]
Rua Desembargador Paulo Passaláqua, 86
01248-010 – Pacaembu – São Paulo – SP – Brasil
www.leya.com.br

À minha "família", não de sangue, mas mesmo assim família.

capítulo 1

Ash McIntyre estava parado na passarela de concreto do Bryant Park, com as mãos enfiadas nos bolsos da calça, enquanto respirava o ar da primavera. Havia ainda um vento frio, trazendo com ele lembranças do inverno que se perdeu para dar lugar à nova estação. Ao seu redor, algumas pessoas estavam sentadas nos bancos e cadeiras perto das pequenas mesas onde bebiam café, trabalhavam em seus laptops ou ouviam música em seus iPods.

Era um dia espetacular, não que ele costumasse aproveitar coisas como um passeio no parque ou até mesmo *estar* em um parque, especialmente durante o horário comercial, quando estava entrincheirado em seu escritório, no telefone, escrevendo e-mails ou fazendo planos para viajar. Não era o tipo de cara de "parar e cheirar as rosas". Mas hoje estava inquieto e desconfiado, com muita coisa na cabeça, e se viu aqui, sem realmente perceber que tinha planejado ir ao parque.

O casamento de Mia e Gabe seria em poucos dias, e seu parceiro de negócios estava até as orelhas com os preparativos, já que ele tentava garantir que Mia tivesse as bodas dos seus sonhos. E Jace? Seu outro melhor amigo e parceiro de negócios estava em um relacionamento *muito* sério com sua noiva, Bethany, o que significava que seus dois amigos estavam ocupados de verdade.

Quando eles não estavam trabalhando, estavam com suas mulheres, e isso significava que Ash não os encontrava a não ser no escritório e nas ocasiões em que todos se reuniam fora do trabalho. Ainda eram próximos, e Gabe e Jace se asseguravam de que a amizade deles permanecesse sólida, incluindo-o em suas novas vidas. Mas não era a mesma coisa. E enquanto isso era bom para seus amigos, Ash ainda não tinha exatamente aceitado a rapidez com que a vida deles tinha mudado ao longo dos últimos oito meses.

Foi estranho e avassalador, mesmo que não fosse a sua vida sendo afetada. Não era como se não estivesse feliz por seus amigos. Eles estavam felizes e isso o deixava feliz. Mas, pela primeira vez desde o início de sua amizade, Ash estava do lado de fora olhando para dentro.

Seus amigos contestavam isso veementemente. Eles eram sua família. Muito mais do que sua própria família louca e desvairada, que Ash passava a maior parte do tempo evitando. Gabe, Mia, Jace e Bethany, mas *principalmente* Gabe e Jace, negariam que Ash estava à deriva agora. Eram os seus irmãos de todas as maneiras que importam. Mais do que sangue. Seu vínculo era inquebrável. Mas isso mudou. Então, na verdade, ele *estava* à deriva. Ainda fazia parte do grupo, mas de uma maneira muito diferente e menor.

Durante anos o lema deles fora *curtir para valer e viver livres*. Estar em um relacionamento transforma um homem. Suas prioridades mudam. Ash captava isso. Entendia isso. Pensaria menos de Gabe e Jace se suas mulheres não fossem suas prioridades. Mas isso o deixava de fora. Segurando vela. Não era um lugar confortável para se estar.

Era especialmente difícil porque, até Bethany aparecer, Ash e Jace tinham compartilhado a maioria de suas mulheres. Mais frequentemente juntos do que sozinhos, eles fodiam as mesmas mulheres. Soava estúpido Ash não saber como agir fora de um *ménage à trois*, mas era verdade.

Ele estava inquieto e nervoso, em busca de algo que não tinha ideia do que era. Não era como se quisesse o que Gabe e Jace tinham – ou talvez fosse isso e ele se recusasse a admitir. Só sabia que não estava sendo ele mesmo e não gostava nem um pouco disso.

Era focado. Sabia exatamente o que queria o tempo todo e tinha dinheiro e poder para conseguir o que fosse. Não havia escassez de mulheres que estariam mais do que dispostas a dar para Ash o que ele precisasse ou quisesse. Mas qual era o propósito disso quando ele mesmo não tinha ideia do que queria ou precisava no momento?

Examinou o parque, olhando os carrinhos de bebê sendo empurrados pelas mães e babás. Tentou se imaginar com filhos e quase estremeceu com aquele pensamento. Tinha 38 anos, quase 39, época em que a maioria dos homens já tinha se estabelecido e tido filhos. Mas passou todos os seus vinte anos e um bom pedaço dos trinta dando muito duro com os seus parceiros para tornar seu negócio o sucesso que era agora. Sem usar o dinheiro de sua família, seus contatos, e, especialmente, sem ajuda.

Talvez por isso eles o odiassem tanto agora. Porque não deu a mínima para eles e basicamente disse para irem se foder. Mas o maior pecado que cometeu foi se tornar bem-sucedido sem eles. Tinha mais riqueza e poder do que os seus pais. Do que seu avô. Por falar nisso, o que o resto de sua família já fez além de viver da generosidade do velho? Seu avô tinha vendido seu próspero negócio quando Ash ainda era um menino. Ninguém na família tinha trabalhado um dia sequer em suas vidas.

Ele balançou a cabeça. Sanguessugas de merda, a maior parte deles. Não precisava deles. Com certeza não os queria. E agora que os tinha superado – e ao seu avô – certamente não ia permitir que voltassem à sua vida para colherem as vantagens de estar perto dele.

Virou-se para ir embora, porque tinha coisas para fazer que não incluíam ficar de pernas para o alto em um maldito parque, refletindo sobre si mesmo como se precisasse de um psiquiatra. Tinha que se ajeitar e começar a se concentrar em uma coisa que não havia mudado: os negócios. A HCM Global Resorts tinha projetos em diferentes fases de trabalho. O hotel em Paris já era uma negociação certa depois de eles terem tido que trabalhar rápido para substituir os investidores que haviam recuado. As coisas estavam fluindo e progredindo bem. Esta não era a hora de deixar a bola cair, especialmente quando Gabe e Jace não poderiam se dedicar ao trabalho da mesma forma que tinham se dedicado no passado. Ash era o único que não estava distraído com sua vida pessoal, então tinha que tomar as rédeas, deixar um pouco de folga para que seus amigos pudessem desfrutar de uma vida fora do trabalho.

Quando começou a caminhar na direção em que veio, viu uma jovem sentada sozinha em uma das mesas fora da área de tráfego principal. Parou no meio do passo e deixou seu olhar pousar inteiramente sobre ela, apreciando sua beleza. Longos cabelos loiros que esvoaçavam de leve com a brisa, revelando um rosto surpreendentemente bonito, com olhos marcantes que ele podia ver até mesmo da distância em que estava.

Ela estava usando uma saia longa moderninha que rodava com o vento, mostrando a longa extensão de uma perna. Sandálias brilhantes adornavam seus pés e ele podia ver o esmalte rosa, além de e um anel no dedo do pé que cintilou quando ela mexeu a perna para mudar de posição. A luz do sol brilhou em uma tornozeleira prateada, atraindo ainda mais a atenção para a perna longilínea.

Estava ocupada desenhando, com a testa franzida, compenetrada, enquanto o lápis flutuava sobre a página, e ao seu lado estava uma enorme bolsa, lotada com papéis enrolados que se estendiam até o topo.

O que mais chamou sua atenção foi o colar que ela usava no pescoço. Não combinava com ela. Ash fez essa avaliação instantânea. Estava apertado em volta do pescoço, descansando exatamente no recuo de sua delicada garganta. Mas não *combinava* com ela. Não a refletia em nada.

Ficava vistoso sobre ela. Uma gargantilha de diamantes, obviamente cara e provavelmente verdadeira, mas que não condizia com o resto do conjunto. O colar se destacava, fora do lugar. Sua curiosidade foi aguçada, pois quando via uma peça de joia como aquela em uma mulher significava algo muito diferente do que para a maioria das pessoas, e Ash ficou interessado em saber se era de fato uma coleira ou se era apenas um ornamento escolhido por ela. Se fosse uma coleira, o homem que a havia escolhido tinha feito um trabalho horrendo. O homem não a conhecia, ou talvez não se importasse em garantir que um adorno tão importante fosse adequado para a mulher que chamava de sua.

Se Ash podia fazer esse julgamento após meros momentos de observação, então como diabos o homem que estava fazendo amor com ela não enxergava a mesma coisa? Talvez a joia fosse mais um reflexo do seu dominador, que era arrogante e idiota. A coleira deve representar o seu cuidado com a sua submissa, o quanto de contato tem com ela, e deve combinar com a mulher que a está usando.

Estava fazendo suposições pra caramba. Poderia ser apenas um colar que a mulher tinha escolhido para si. Mas, para um homem como Ash, significava algo mais do que um acessório.

Quanto tempo ficou olhando para ela, isso não sabia, mas como se sentisse o seu olhar, o rosto dela se levantou para encontrar o seu e seus olhos se arregalaram, algo como pânico invadiu sua expressão. Então, ela fechou seu caderno rapidamente com força e o enfiou na bolsa. Levantou-se parcialmente, ainda guardando suas coisas na enorme bolsa, e Ash percebeu que ela estava indo embora.

Antes mesmo de estar ciente disso, disparou em sua direção, intrigado. A adrenalina correu por suas veias. A caçada. Descoberta. Desafio. Interesse. Queria saber quem era essa mulher e o que significava o colar que estava usando.

E mesmo enquanto caminhava até ela, sabia que se o colar *realmente* significasse o que ele pensava, estaria invadindo o território de outro homem, mas, de qualquer maneira, não estava nem aí.

Abordar a submissa de outro dominante era uma dessas proibições não escritas, mas, de qualquer forma, Ash nunca tinha sido um bom seguidor de regras. Pelo menos não as que ele próprio estabelecia. E essa mulher era bonita. Intrigante. E talvez fosse exatamente o que ele estava procurando. Como saberia se não a alcançasse antes que fosse embora?

Estava perto quando ela se virou com a bolsa na mão, obviamente se preparando para ir embora, e quase bateu de cabeça com ele. Sim, estava de fato invadindo seu espaço, e ficaria feliz se ela não gritasse para o parque inteiro. Provavelmente parecia um maníaco prestes a atacar.

Ouviu sua rápida inspiração quando ela deu um passo para trás, batendo com a bolsa na cadeira que havia pouco tinha desocupado. A bolsa virou, soltando-se de sua mão, e todo o conteúdo caiu, lápis, pincéis e papéis voando por toda parte.

– Droga! – murmurou.

Ela se inclinou imediatamente, agarrando os papéis, e Ash foi atrás de um que tinha sido apanhado pelo vento, carregado a vários metros de distância.

– Pode deixar – ela falou. – Por favor, não precisa se incomodar.

Ele capturou o desenho, virando-se de volta para ela.

– Não é incômodo nenhum. Sinto muito se a assustei.

Ela soltou uma risada nervosa enquanto estendia a mão para pegar o papel.

– Você fez isso, com certeza.

Ash olhou para baixo, observando o desenho enquanto lhe entregava e, em seguida, piscou surpreso quando se viu no papel.

– Que diabos? – murmurou, ignorando a tentativa apressada dela de agarrar o desenho.

– Por favor, apenas me devolva – disse a moça, sua voz era suave e urgente.

Ela parecia assustada, como se ele estivesse prestes a surtar, mas ele estava ainda mais fascinado pela pequena extensão de pele na lateral do corpo dela que havia sido descoberta pela blusa folgada quando estendia a mão para pegar o papel.

No lado direito do seu tronco ele tinha vislumbrado uma tatuagem vibrante e colorida. Como ela. O breve vislumbre que ele teve lhe disse que era alguma coisa florida, quase como uma videira, e que provavelmente se estendia um bocado para cima ou para baixo de seu corpo. Talvez os dois. Ele desejou como nunca que pudesse ver mais, mas ela deixou cair o braço e a bainha de sua camisa se acomodou ao cós da saia longa, privando-o de uma nova visão.

– Por que você estava me desenhando? – perguntou curioso.

A cor invadiu o seu rosto, fazendo com que sua pele ficasse rosada. Ela tinha a pele clara, apenas levemente tocada pelo sol, mas com os cabelos e os lindos olhos azuis esverdeados, ela estava linda. Ela *era* linda. E, evidentemente, muito talentosa.

Ela o havia desenhado perfeitamente. Ele não teve nenhuma dificuldade em se reconhecer no desenho a lápis. Sua expressão pensativa, o olhar distante. Ela o havia desenhado como ele estava ali parado, as mãos enfiadas nos bolsos. Esse momento de autorreflexão era evidente no desenho. Ele se sentiu estranhamente vulnerável, já que uma completa estranha tinha sido capaz de captar o seu humor em poucos momentos. Ela o tinha visto naquele momento vulnerável e tinha apanhado o que ele escondia de todos os outros no mundo.

– Foi apenas um impulso – defendeu-se. – Eu desenho um monte de gente. Coisas. Qualquer coisa que chamar a minha atenção.

Ele sorriu, nunca deixando seu olhar se desprender do dela. Seus olhos eram tão expressivos, capazes de engolir um homem inteiro. E aquela maldita gargantilha olhou para ele, provocando-o com as possibilidades.

– Então você está dizendo que eu chamei sua atenção.

Ela corou novamente. Foi um rubor de culpa, mas também bastante significativo. Estava observando-o tanto quanto ele a estava observando. Talvez de maneira mais sutil, mas também a sutileza nunca tinha sido um de seus pontos fortes.

– Você parecia deslocado – ela desabafou. – Tem feições muito fortes. Eu estava louca para colocá-las no papel. Você tem um rosto interessante e era óbvio que tinha muita coisa em sua cabeça. Acho que as pessoas são muito mais abertas quando pensam que ninguém as está observando. Se estivesse posando, a imagem não teria sido a mesma.

– Está muito bom – disse lentamente enquanto baixava o olhar para reparar mais uma vez no desenho. – Você tem muito talento.

– Posso pegá-lo de volta agora? – perguntou. – Estou atrasada.

Ele olhou para cima, levantando a sobrancelha de forma questionadora.

– Você não parecia estar indo embora até me ver vindo em sua direção.

– Isso foi há alguns minutos, e eu não estava atrasada. Agora estou.

– Está atrasada para o quê?

As sobrancelhas dela se uniram em consternação e, em seguida, seus olhos brilharam aborrecidos.

– Eu não acho que seja da sua conta.

– Ash – disse ele aproveitando a pausa que ela fez no final. – Meu nome é Ash.

Ela assentiu, mas não respondeu com o nome dela. Ele teria dado qualquer coisa para ouvir o seu nome de seus lábios logo em seguida.

Ele estendeu a mão, roçando os dedos sobre o colar em seu pescoço.

– Isso tem alguma coisa a ver com o seu atraso?

Ela deu um passo para trás, sua testa ficou ainda mais franzida.

– Seu Dom está esperando por você?

Ela arregalou os olhos e os dedos foram automaticamente para a gargantilha onde os dedos dele tinham estado apenas alguns segundos antes.

– Qual é o seu nome? – Ash perguntou, quando ela permaneceu em silêncio. – Eu lhe disse o meu. A coisa educada a se fazer é retribuir o favor.

– Josie – disse ela quase em um sussurro. – Josie Carlysle.

– E quem é seu dono, Josie?

Seus olhos se estreitaram em seguida e ela agarrou sua bolsa, empurrando o restante de seus lápis para dentro.

– Ninguém é meu dono.

– Então eu não compreendi bem o significado desse colar que você está usando.

Seus dedos roçaram sobre ela novamente, e isso a fez se coçar. Ele queria tirar aquele colar. Não era certo para ela. Uma coleira deve ser cuidadosamente escolhida para uma submissa. Algo que combine com sua personalidade. Algo feito especialmente para ela. E não para qualquer mulher.

– Você não entendeu errado – disse ela com uma voz rouca que causou arrepios na sua espinha. Apenas sua voz seria capaz de seduzir um homem em questão de segundos. – Mas ninguém é meu dono, Ash.

E lá estava ele. Seu nome naqueles lábios. Aquilo o atingiu profundamente, enchendo-o com uma satisfação inexplicável. Queria ouvi-lo novamente. Quando estivesse dando prazer para ela. Quando estivesse com as mãos e a boca em seu corpo, tirando suspiros sussurrantes de contentamento dela.

Ele levantou uma sobrancelha.

– Então, *você* não entendeu o significado desse colar?

Josie riu.

– Não, mas ele não é meu dono. Ninguém é meu dono. Foi um presente. Um que eu escolhi usar. Nada de mais.

Ash se inclinou e desta vez ela não recuou. O seu olhar estava fixo no dele, a curiosidade e até mesmo a ansiedade brilhando. Ela também sentiu isso. Essa atração magnética entre eles. Teria que ser cega e estar em negação para não a sentir.

– Se você estivesse usando a minha coleira, saberia muito bem que me pertence – ele rosnou. – Além disso, não iria se arrepender nem por um segundo de ter se entregado por inteiro a mim. Se estivesse sob meu cuidado, definitivamente me pertenceria. Não haveria nenhuma dúvida. E não hesitaria quando perguntassem quem era o seu dominante. Nem diria que foi um presente, como se não fosse nada mais do que um a peça de joia escolhida sem pensar por um capricho. Isso significaria algo, Josie. Significaria a coisa *toda*, e você sabe disso.

Seus olhos se arregalaram e então ela riu de novo, com os olhos brilhando.

– Então é uma pena que eu não pertença a você.

Com isso, ela se virou e saiu correndo com a bolsa no ombro, e ele continuou lá, de pé, segurando o retrato que ela tinha desenhado.

Observou enquanto ela se afastava dele, o cabelo deslizando por suas costas e levantando com o vento, um vislumbre das sandálias e da tornozeleira que tilintou suavemente quando ela se mexeu. Então olhou para o desenho na mão.

– Uma pena, de fato – murmurou.

capítulo 2

Ash estava sentado em seu escritório, com a porta fechada, remoendo o relatório na sua frente. Não era um arquivo de negócios. Não era uma tabela de orçamentos. Não era um e-mail ao qual ele tinha que responder. Era um arquivo sobre Josie Carlysle.

Agiu rapidamente, pedindo um favor para a mesma agência que tinha usado para fazer uma verificação de antecedentes de Bethany, o que tinha chateado Jace seriamente na época. Eles eram bons e, o mais importante, rápidos.

Após seu encontro com Josie no parque, não tinha conseguido tirá-la de sua cabeça. Não havia sido capaz de abalar sua fixação por ela e nem sequer tinha certeza de como chamaria isso, apesar de estar agindo de forma muito parecida com Jace quando conhecera Bethany – e Ash tinha sido rápido em advertir o amigo sobre a estupidez e a temeridade de suas ações na época. O que Jace pensaria se soubesse que Ash estava basicamente perseguindo Josie?

Jace pensaria que ele tinha perdido sua maldita cabeça. Assim como Ash tinha pensado que Jace perdera a sua – e, bem, ele *perdeu* – pela Bethany.

De acordo com o relatório, Josie tinha 28 anos. Era graduada em arte e morava em um apartamento conjugado no porão de um sobrado no Upper East Side. O apartamento fora alugado no nome dela, não no nome de outro homem. De fato, havia pouca evidência no relatório da presença deste outro homem, além do fato de ele chegar para buscá-la em diferentes intervalos. O relatório só durou alguns dias, uma vez que só tinha sido iniciado quando Ash conheceu Josie e imediatamente solicitou a informação.

Com frequência, ela passava bastante tempo no parque, desenhando ou pintando. Alguns de seus trabalhos foram exibidos em uma pequena galeria de arte na Madison, mas nada tinha sido vendido, pelo menos não no período de tempo em que Ash teve alguém de olho nela. Ela também desenhava joias estilosas e possuía um site e uma loja on-line onde recebia pedidos para algumas das suas peças feitas à mão.

Pelo visto, era um espírito livre. Não tinha um horário regular de trabalho. Não tinha regularidade para nada. Ela ia e vinha, aparentemente por capricho. Apesar de a investigação ter sido por apenas alguns dias, parecia também ser solitária. O cara que Ash contratou não a tinha visto com outra pessoa que não o homem que ele mesmo assumira que fosse seu Dom.

Não fazia sentido para ele. Se Josie fosse dele, com certeza absoluta não passaria tão pouco tempo com ela, nem ela estaria tão sozinha. Parecia-lhe que Josie era uma brincadeira para esse cara e que ele, ou ela, não levava o relacionamento a sério.

Era tudo um jogo?

Não que Ash tivesse alguma coisa contra pessoas que fazem qualquer merda que queiram, mas, em seu mundo, a submissão não era um jogo. Era tudo. Ele não jogava. Não tinha tempo para isso, e jogos só o irritavam. Se uma mulher não estava afim dele, então ele estava fora. Se queria a porra de um jogo onde brincasse de ser submissa, complementando com um bonito teatrinho erótico e arrancasse suas correntes para ganhar uma punição, ele cortaria sua onda rapidamente.

Mas, então, a maioria das mulheres que ele tinha fodido, tinha fodido com Jace. Eles tinham as suas regras. As mulheres eram avisadas desde o início. Bethany tinha sido um divisor de águas e uma total quebra de paradigmas. Jace não queria compartilhar e Ash tinha entendido. Ele não tinha entendido de início, mas entendia agora. Isso não significava que não sentia falta dessa conexão com seu melhor amigo.

Por outro lado, com Jace fora do caminho, Ash estava no controle sozinho. Ele não precisaria se preocupar em tropeçar em seu melhor amigo, se o estava irritando, ou em jogar de acordo com as regras de qualquer outra pessoa que não ele próprio.

Isso o atraía. Isso o atraía muito. Sempre soube que as pessoas não compreendiam bem sua personalidade. Olhando para os três, Gabe, Jace e Ash, as pessoas achavam que Ash era o descontraído. O tipo "eu não dou a mínima". Relaxado. Talvez até mesmo um cara simples.

Estavam todos errados.

De todos eles, era o mais intenso e sabia disso sobre si mesmo. Ele se continha quando estava com a mesma mulher que Jace, porque sabia que a levaria muito mais longe do que Jace jamais faria. Então, aceitou o jeito de Jace e conteve a parte de si mesmo que sabia ser perigosa. A parte que assumiria completamente o controle. E, bem, nunca houve uma mulher que o instigasse a libertar esse seu lado.

Até agora.

E isso era estúpido. Ele não conhecia Josie. Sabia algumas coisas sobre ela, sim. O relatório era detalhado. Mas não *a* conhecia. Nem sequer sabia se ela iria mesmo corresponder ao que Ash ofereceria. Ao que ele *exigiria*.

Isso era grande. O que ele exigiria. Porque precisava de muito. Ele daria muito, mas suas demandas pareciam extremas até mesmo para alguém bem versado no estilo de vida que ele levava.

Olhou para o relatório novamente, ponderando seu próximo movimento. Já havia um homem em cima dela. A ideia de ela estar tanto tempo sozinha o incomodava. Não que não achasse perfeitamente aceitável para uma mulher fazer o que diabos quisesse na cidade. Mas isso o incomodava por Josie. Muito. Será que o suposto Dom dela sequer tinha ideia de onde ela estava durante o dia? Ele lhe deu sua proteção? Ou será que só ficava com ela quando *ele* queria alguém para transar?

Um grunhido baixo retumbou em sua garganta e ele o engoliu de volta. Precisava se acalmar, cacete, e se aprumar. Esta mulher não era nada para ele. Mas, mesmo enquanto pensava, ele sabia que era mentira. Ela era alguma coisa. Só não sabia ainda o quê.

Seu celular tocou e ele olhou para baixo, franzindo a testa quando viu o contato. Era o homem que estava atrás da Josie.

– Ash – respondeu brevemente.

– Sr. McIntyre, aqui é o Johnny. Só queria que você soubesse o que eu acabei de observar. Pelo que você me disse, achei que gostaria de saber o que está acontecendo.

Ash ficou tenso na cadeira, seu cenho se aprofundando.

– O que há de errado? Ela está machucada?

– Não, senhor. Ela acabou de sair de uma casa de penhores. Vendeu algumas joias. Eu estava na loja, ouvi sua conversa com o agiota. Disse que precisava do dinheiro para pagar o aluguel. Ele perguntou se ela queria vender ou penhorar e ela disse vender, porque duvidava que teria o dinheiro para recuperá-las, a menos que algo acontecesse. Não disse o que seria isso, mas achei que você gostaria de saber o que ela fez.

A raiva estilhaçou sua mente. Que diabos Josie estava fazendo hipotecando joias em uma maldita casa de penhores? Se precisava de dinheiro, então por que raios o seu Dom não estava fornecendo a ela? Por que não a protegia melhor? Ela jamais estaria em uma casa de penhores se pertencesse a ele!

– Compre – Ash cortou. – Compre cada peça. Eu não me importo o quanto custa. E traga-as para mim.

– Sim, senhor – disse Johnny.

Ash desligou o telefone e, em seguida, recostou-se na cadeira, sua mente trabalhando furiosamente. Então ele se levantou de forma abrupta, com o telefone no ouvido e já ligando para o motorista para encontrá-lo na frente do prédio de escritórios.

Ele quase passou por cima de Gabe no corredor.

– Ash, você tem um segundo? – Gabe chamou enquanto Ash continuava seu caminho.

– Agora não – Ash rangeu. – Tenho umas coisas para fazer. Falo com você mais tarde, ok?

– Ash?

Ash parou, a impaciência fervilhando quando se virou para olhar o amigo. As sobrancelhas de Gabe estavam juntas de concentração, e certa preocupação brilhava em seus olhos.

– Tudo bem?

Ash assentiu.

– Sim, tudo bem. Olha, eu tenho que correr. Nós nos falamos mais tarde.

Gabe balançou a cabeça, mas havia dúvida em seus olhos. De jeito nenhum Ash iria compartilhar o que estava em sua mente. Gabe já tinha o suficiente para manter-se ocupado com o seu casamento. Merda, era amanhã. O que significava que Gabe provavelmente queria falar alguma porcaria sobre as bodas e a cerimônia.

Ash parou no final do corredor e chamou Gabe de volta.

– Está tudo bem com o casamento? Mia está bem? Você precisa de alguma coisa?

Gabe parou na porta de seu escritório e sorriu.

– Está tudo bem. Ou pelo menos vai estar quando a porra da cerimônia tiver passado e ela for minha. Está tudo de pé para hoje à noite? Jace está determinado a me dar uma despedida de solteiro, o que não está deixando Mia feliz. Duvido que Bethany esteja feliz também, mas ele jura que serão apenas alguns drinques no Rick's, nada que vá irritar as mulheres.

Droga. Ash tinha se esquecido de tudo. Por causa de sua preocupação com Josie, colocou o casamento e a noite com Gabe e Jace completamente fora de sua cabeça.

– Sim, estarei lá. Às oito, certo? Encontro você e Jace lá.

Gabe assentiu.

– Ok, te vejo depois. Espero que dê tudo certo.

Gabe estava buscando o amigo com os olhos novamente, mas Ash o ignorou e virou-se para o elevador. Não tinha muito tempo, se quisesse chegar na galeria de arte antes que fechasse.

Ash entrou na pequena galeria e olhou rapidamente ao redor. Era evidente que este era um pequeno *marchand* sem muitos artistas conhecidos em exposição. Provavelmente lidava com artistas independentes. Aqueles que ainda não eram conhecidos. Aqueles que expõem na esperança de serem descobertos.

Seus olhos fixaram-se imediatamente em uma pintura na parede, e ele sabia que era uma das obras de Josie mesmo sem a confirmação. Ela simplesmente se parecia com ela. Clara. Vibrante. Despreocupada. Ele a sentiu quando olhou para a pintura. Visualizou-a, lembrou da maneira como ela cheirava e de quando ela sorriu, daqueles olhos de oceano, dentro dos quais ele poderia se afogar. Sim, era definitivamente dela. Não estava errado sobre isso.

– Posso ajudar?

Ash se virou para ver um homem mais velho sorrindo para ele. Estava vestido com um terno usado, sapatos surrados e usava óculos, que chamavam a atenção para as linhas na testa e ao redor dos olhos.

– Josie Carlysle – Ash disse sem rodeios. – Você exibe o trabalho dela aqui?

O homem pareceu surpreso, mas depois sorriu novamente e se virou, apontando para a parede.

– Sim, eu exponho. Ela é boa, embora não seja focada. Acho que é por isso que não deslanchou. Ela é muito inconsistente e seu estilo não surgiu ainda, um que seja identificável, se você entende o que quero dizer.

– Não, eu não entendo – Ash disse, impaciente. – Eu gosto do quadro. Eu gosto do seu trabalho. Isso é tudo o que você tem, aqui na parede?

As sobrancelhas do homem subiram.

– Não. De maneira nenhuma. Tenho várias peças. Eu só exponho um pouco de cada vez. Tenho que utilizar o espaço para mostrar o que vende, e eu só vendi uma ou duas de suas peças, infelizmente. Eu realmente tive que diminuir o trabalho dela em exposição, porque não estava se saindo muito bem.

– Eu quero todos eles.

A surpresa ainda era evidente no rosto do homem, mas ele correu de imediato para a parede e tirou a pintura que primeiro tinha chamado a atenção de Ash. Ela estava emoldurada. Não muito bem, e ele definitivamente substituiria a moldura por algo mais digno de seu talento. Mas primeiro teria que comprar todo o seu trabalho e deixar o homem saber que qualquer coisa a mais que Josie trouxesse seria *dele*.

Depois de alguns minutos, o homem havia retirado a última pintura e encaminhou-se para a mesa em frente à galeria. Então fez uma pausa e virou-se, um olhar pensativo em seu rosto.

– Eu tenho mais um. Na parte dos fundos. Ela trouxe há dois dias. Não tenho espaço para pendurá-lo, mas não tive coragem de dizer não. Não quando eu já tinha dito que não seria capaz de aceitar mais nada até vender alguma coisa.

– Eu também quero – Ash disse.

– Sem nem ver?

Ash assentiu.

– Se foi ela que fez, eu quero. Quero todas as peças dela que você tiver.

A expressão do homem se iluminou.

– Bem, então, perfeito. Ela vai ficar muito feliz! Mal posso esperar para contar a novidade.

Ash ergueu a mão, interrompendo o homem antes de ele pegar a pintura.

– Você pode dizer a ela o que quiser, mas não pode dar o meu nome ou qualquer informação sobre mim. Quero anonimato absoluto ou o negócio está cancelado. Entendeu? Além disso, vou lhe deixar meu cartão. Se ela trouxer mais alguma coisa, você me liga. Quero tudo o que ela trouxer para cá. Vou te pagar em dobro por tudo o que você tem atualmente, desde que se certifique de que ela receba sua parte. Vou descobrir se você a enganar, então nem pense nisso. Mas esse dinheiro extra também garante que eu receba prioridade em qualquer outra coisa que ela trouxer – e eu vou comprar o que ela trouxer – de modo que seja de seu interesse deixá-la trazer o que diabos ela quiser.

– C-c-claro – o homem gaguejou. – Eu vou fazer como você quiser. Ela não vai saber nada além de que alguém tomou gosto pelo seu trabalho e comprou tudo que tínhamos. Ela vai ficar muito feliz. Eu, é claro, vou dizer que ela está livre para trazer qualquer outra coisa que tiver.

Ash assentiu.

– Ótimo. Então, estamos entendidos.

– Absolutamente. Deixe-me só pegar a pintura na parte de trás e trazê-la para cá. Você gostaria de levar todos hoje ou quer que eu os entregue?

– Vou levar aquele comigo – Ash murmurou, apontando para a primeira pintura que tinha visto na parede. – Os outros você pode entregar no meu apartamento.

O homem assentiu com a cabeça e, em seguida, correu para a parte de trás, voltando um momento depois com uma pintura sem moldura envolta em uma capa protetora.

Um tempo depois, Ash entregou ao *marchand* seu cartão de crédito e viu as compras serem totalizadas. Não tinha certeza de qual era a porcentagem de comissão, mas com o que ele pagou, Josie deveria ter o suficiente para resolver todos os seus problemas de dinheiro a curto prazo.

E a longo prazo? Ele não estava preocupado com o longo prazo, porque embora Josie – ainda – não tivesse noção das intenções de Ash, ele pretendia ser incluído em seus planos a longo prazo.

capítulo 3

Às 8h10, Ash entrou no camarote privado onde Gabe e Jace estavam sentados, desfrutando de suas bebidas. Eles olharam para cima quando ele entrou e Jace fez uma saudação.

– Qual será o seu veneno para hoje à noite? O de sempre? – Jace perguntou quando Ash se sentou ao lado dele.

Uma mulher apareceu exibindo um sorriso sexy e apoiou o braço no ombro de Gabe.

– Fico tão triste em ouvir que você está fora do mercado – disse ela em um tom de flerte.

Gabe olhou diretamente para o braço dela e, como ele não falou nada, ela o retirou depressa, virando-se para Ash em seguida.

– O que você vai querer?

Ele não estava com ânimo para beber, mas não queria ser um peso na noite do seu amigo. Era a última noite deles como solteiros. Bem, não era como se Jace e Ash fossem se casar, mas Gabe iria. Era a última noite com os três ainda solteiros, e simbolizava o fim de quase vinte anos vivendo livremente e se divertindo para valer.

Seus amigos poderiam argumentar que não eram mais livres ou que não se divertiam mais daquela forma. E ele tinha certeza de que ambos estavam bem. Mia e Bethany não representavam nenhuma dificuldade para esses homens, e eles certamente não hesitavam em embarcar na relação permanente.

– Uísque – Ash decidiu.

– Foi tão difícil assim escolher? – Jace disse com calma.

Ash sorriu, embora tenha parecido mais com uma careta. Alguns momentos depois, a garçonete voltou com a sua bebida, e ele ergueu o copo para seus amigos.

– Um brinde ao Gabe, o primeiro a dar o pulo. Bem, o primeiro e o segundo – Ash emendou, referindo-se ao fato de Gabe ter sido casado antes. Tendia a se esquecer disso e tinha certeza de que Gabe preferia dessa maneira também. O casamento não durou muito tempo e não terminou bem.

Previsivelmente, Gabe fez uma careta, mas ainda levantou a taça.

– Mia é a única que conta – disse Gabe.

Jace concordou com a cabeça.

– Definitivamente um *upgrade* em relação a Lisa. Você fez bem.

– E olha quem fala, o irmão da esposa – Ash bufou.

Jace levantou uma sobrancelha na direção de Ash.

– Está dizendo que Mia não é uma boa escolha?

– Até parece. Não dê a Gabe qualquer razão para querer me dar uma porrada. Ninguém quer que o cara vá de olho roxo para o seu grande dia amanhã.

Gabe bufou.

– Quem disse que vou ser eu o de olho roxo? Eu vou limpar o chão com você, idiota.

Ash revirou os olhos e recostou-se na cadeira confortável.

– Então é nesse ponto que nós chegamos? Estamos largados como uns velhotes na noite anterior ao casamento?

– Sim, bem, você não tem uma mulher a quem precise explicar qualquer coisa mais selvagem quando chegar em casa – Jace disse secamente. – Mia e Bethany nos comeriam vivos se participássemos de uma verdadeira despedida de solteiro. Então, sim, isso é o melhor que podemos. Sinto muito.

– Estamos ficando muito velhos para essas merdas, de qualquer maneira – Gabe murmurou. – Agir como um bando de garotos da faculdade com o seu primeiro pedaço de carne não é mais a minha ideia de diversão.

– Vou brindar a isso – disse Jace.

– Bem, quando você coloca dessa forma, eu também brindo – Ash acrescentou. – Porra, a gente já foi tão ruim assim?

Gabe riu.

– Éramos um pouco mais exigentes, mas, sim, você não pode me dizer que não se lembra dos nossos dias na faculdade. Muita bebida e sexo. Não necessariamente nessa ordem.

– Pelo menos eu me lembro de todas as mulheres que dormiram comigo – Jace disse.

– Isso é porque você tem Ash para lembrá-lo – Gabe atirou de volta. – Eu não tinha uma equipe, então não tenho alguém para me lembrar de todo mundo que eu comi, não estava comendo as mulheres junto com os meus melhores amigos.

– Aí está uma ideia – Ash disse devagar. – Isso é provavelmente a única coisa que nunca tentamos. Uma transa com nós três e uma mulher.

Jace riu. Até Gabe juntou-se a eles enquanto continuavam a se sacanear.

Vários drinques depois, Gabe teimava em checar o relógio e isso divertia Ash. O cara mal podia esperar para chegar em casa e estar com Mia, renunciando a todas as tradições de não ver a noiva na noite anterior ou no dia do casamento. Gabe iria para a cama com Mia, acordaria com ela pela manhã e, provavelmente, a faria chegar atrasada para a cerimônia, dando um início precoce à lua de mel.

– Não nos deixe atrasar você – Ash disse secamente.

Gabe ergueu a cabeça, a culpa brilhando em seus olhos enquanto Jace ria.

– Quanto tempo você e Mia vão ficar em lua de mel? – Jace perguntou. – Você nunca disse e eu não vi os cancelamentos de sua agenda de trabalho.

A expressão de Gabe escureceu.

– Não vou trabalhar por duas semanas. Não vou nem mesmo levar meu celular ou laptop comigo. Então, se a empresa ficar na merda na minha ausência, eu não vou ficar satisfeito.

– Vai se foder – Ash murmurou. – Jace e eu fazemos todo o trabalho de qualquer maneira. Você só senta e observa.

– Estou surpreso que você só fique fora por duas semanas – disse Jace. – Imaginei que fosse sumir e que nós não iríamos vê-lo por um mês, pelo menos.

– Não posso dizer que não estou tentado. Mas, por ora, duas semanas serão suficientes. Pretendo tirar muito mais tempo de férias a partir de agora, no entanto. Tem vários lugares que a Mia quer conhecer e eu vou fazer isso por ela.

– Você merece isso, cara – Ash disse com sinceridade. – Você trabalhou pra cacete. Já teve um casamento ruim. Você tem uma boa mulher agora e mais dinheiro do que jamais vai conseguir gastar. É tempo de sair e aproveitar os frutos do seu trabalho. Certifique-se de que você não estrague tudo com Mia. Ela vai te amar para sempre, o que é mais do que eu posso dizer da cadela da sua ex-mulher.

– Não vamos estragar a minha noite discutindo sobre minha ex – Gabe rosnou.

– Já tem planos de ter filhos? – perguntou Jace. – Ela já te convenceu sobre isso?

– Ela não tem que me persuadir – Gabe disse, encolhendo os ombros. – Eu não estou ficando mais jovem. A minha única preocupação era saber se *ela* já estava pronta. Ela ainda é jovem. Muitos anos pela frente. Eu esperaria, se isso a fizesse feliz, mas ela insiste que quer uma grande família, quanto mais cedo melhor.

– Em outras palavras, você está fazendo o seu melhor para engravidá-la o mais rápido possível – Ash falou pausadamente.

Gabe balançou o copo na direção de Ash, e Jace tremeu. Ele estremeceu visivelmente e, em seguida, tomou um longo gole de sua bebida.

– Precisamos parar. É da minha irmã que estamos falando. Agora vou ter que ir para casa e passar água sanitária nos meus olhos para apagar as imagens que vocês estão evocando.

Gabe revirou os olhos e Ash riu. Então Gabe ficou sério e olhou para os amigos.

– Fico feliz de ter os dois cuidando de mim. Significa muito para a Mia você estar lá amanhã, mas significa ainda mais para mim. Nós somos amigos já há uma porrada de anos. Não há ninguém que me importe se vai estar lá ou não. Não daria a mínima se não houvesse ninguém além de vocês e a Mia. E Bethany, claro.

– Discurso muito eloquente, cara – Jace disse, com a diversão engrossando com sua voz.

– É pra valer – Gabe disse simplesmente.

Ash estendeu o braço com o punho fechado para bater no punho de Gabe.

– Parabéns, cara. Estou feliz por você. Cuide bem da Mia e você nunca terá que se preocupar com o Jace e comigo indo atrás de você.

Jace acenou.

– Então, o que deu em você mais cedo? – Gabe perguntou.

Ash piscou, percebendo que Gabe estava falando com ele. Mudou de posição desconfortavelmente na cadeira enquanto Jace também voltava sua atenção para Ash.

– Nada – disse. – Tive umas besteiras para fazer.

– Você pareceu muito tenso quando quase me derrubou saindo do escritório – disse Gabe. – Alguma coisa que eu deva saber antes de me tornar indisponível por duas semanas?

– Não tem nada a ver com os negócios – Ash disse em um tom uniforme. – E isso é tudo com que você precisa se preocupar.

– Porra – Jace murmurou. – É aquela sua família maldita de novo? Eles ainda estão roendo as migalhas em torno de você? Pensei que tinha dito a eles para sumirem para sempre após o jantar com o seu velho.

Ash sacudiu a cabeça.

– Não falei com nenhum deles nas últimas semanas. Eu vi meu velho. Fiz a minha boa ação. Banquei o neto obediente. Então disse aos meus pais para sumirem da minha vida.

Gabe riu.

– Teria gostado de estar lá para ouvir isso.

Jace ainda estava carrancudo. Ash apreciava o fato de seus amigos ficarem irritados em seu nome quando sua família começava com a merda. Gabe e Jace sempre o ajudavam quando se tratava da sua família mas, recentemente, não queria que eles se envolvessem. Não queria Mia ou Bethany expostas ao veneno de sua família. Especialmente Bethany, que era muito mais vulnerável e teria sido um alvo imediato para o sarcasmo deles.

– Você tem certeza de que não estão te perturbando? – Jace exigiu. – Gabe estará fora da cidade em lua de mel, mas Bethany e eu estaremos aqui. Você sabe que estamos do seu lado.

– Eu sou um garoto crescido agora – Ash falou devagar. – Posso enfrentar mamãe e papai sem ajuda. Mas aprecio o suporte. E não, eles não estão enchendo o meu saco. Eles têm se mantido num silêncio suspeito. Só estou esperando pelo próximo passo. – Bem, se tudo está bem, e vocês dois vão ficar bem enquanto tocam o barco sem mim nas próximas duas semanas, eu vou indo para casa, para Mia. Quanto mais cedo esta noite acabar, mais rápido ela será minha esposa e mais rápido nós iremos decolar para essa lua de mel – disse Gabe.

– Falando do funcionamento do barco – Ash cortou antes que todos se levantassem para seguir seus caminhos separados. – Você nunca me disse como deixamos o Charles Willis escapar de nossas mãos como uma batata quente. Com ele de fora e com a saída dos outros dois investidores, mal conseguimos salvar o negócio de Paris. Tem alguma coisa que você não compartilhou com a gente?

A expressão de Gabe se fechou, os lábios desenhados em uma linha apertada. Jace olhou interrogativamente para Gabe também. Tudo que Gabe dissera na época era que Willis estava fora e, em seguida, os outros dois também caíram sem explicação. Um deles era um rico texano que não poderiam se dar ao luxo de perder. Com a corrida para substituir os investidores, no entanto, nem Jace nem Ash fizeram perguntas. Mas batalharam, fizeram o que tinha que ser feito para voltar ao curso.

– Ele não era certo para o trabalho – Gabe disse sombriamente. – Eu soube disso em Paris quando nos conhecemos. Sabia que trabalharia com ele, não importava quão alto fosse seu lance. Decisão de negócios. Era o que seria melhor para a empresa. Minha decisão. Eu sei que vocês são meus sócios, mas nós não tínhamos tempo para entrar nos porquês. Precisávamos agilizar para obter a situação na mão e planejar a volta ao caminho certo.

Jace fez uma careta. Era evidente que não engolira inteiramente a explicação de Gabe. Não desceu para Ash também, mas o rosto de Gabe era implacável. Dizer que era uma decisão de negócios era besteira. Era pessoal. Ash não sabia o que diabos havia acontecido em Paris, mas o que quer que fosse tinha virado Gabe solidamente contra Charles Willis. O homem tinha desaparecido da face da Terra depois de ser desconectado das operações da HCM.

Ash encolheu os ombros. Tudo o que lhe importava era que eles tinham se recuperado de toda a confusão sangrenta. Não ia se meter com o que fizera Gabe se precaver da coisa toda. Era passado. Sem danos, sem culpados.

– Agora, se estamos resolvidos, eu realmente gostaria de chegar em casa para a minha futura esposa – Gabe falou devagar.

Gabe se levantou e Jace seguiu o exemplo. Cristo, realmente estavam ficando velhos. Não eram nem dez horas ainda e já estavam desmontando o acampamento e se arrastando para casa. Mas, então, eles tinham as mulheres para encontrar em casa. Na situação deles, Ash também não estaria tão ansioso para passar uma noite com os amigos.

Saiu com os amigos e assistiu enquanto Gabe entrava em seu carro. Jace se virou para Ash:

– Quer uma carona de volta para a sua casa ou o seu motorista está esperando?

Ash hesitou. Não estava com vontade de falar e, sem dúvida, depois das perguntas de Gabe, a curiosidade de Jace estava desperta. Mas se ele recusasse a carona, Jace ficaria ainda mais convencido de que alguma coisa o incomodava. Seria melhor se Ash apenas aceitasse a carona.

– Como está a Bethany? – Ash perguntou quando eles se sentaram. Pensou que, se fizesse Jace falar de Bethany, ele talvez não se intrometesse na sua vida.

A expressão de Jace se aliviou em um sorriso.

– Ela está bem. Animada para voltar a estudar.

– E as novidades do Kingston? Ele continua sendo um idiota?

Jack Kingston era o irmão adotivo de Bethany. Ele também foi o homem que quase levou Bethany à morte e estava agora na reabilitação.

Particularmente, Ash pensava que Jace tinha sido muito mole com o cara. Ash o teria espancado e em seguida o teria jogado na cadeia, mas em um esforço para não machucar Bethany mais do que ela já tinha sido machucada, Jace ajudara Jack a obter um acordo judicial que incluiu a reabilitação e a liberdade condicional.

– Nós não ouvimos mais dele e estou bem com isso – disse Jace.

Ash arqueou uma sobrancelha.

– Mas Bethany também está bem com isso?

Jace suspirou.

– Ela tem dias bons e ruins. Quando posso mantê-la focada em mim, em nós, as coisas são boas. Quando ela tem tempo para pensar, se preocupa. Ela sabe que o Jack fodeu com tudo, e não superou isso. Duvido que supere. Ainda o ama e está doente pelo que ele fez.

– Isso é péssimo – Ash murmurou.

– Ah, sim.

Eles encostaram na frente do prédio de Ash, que estava aliviado que Jace não tivera tempo para investigar a sua mente. Porque ele o faria. Do mesmo jeito que Ash faria se sentisse algo de errado com o amigo. Mas saber que faria o mesmo não significava que ficaria esperando Jace se preocupar. Isso fazia dele um grande hipócrita, mas fazer o quê?

– Vejo você amanhã, então? – Jace perguntou enquanto Ash começava a sair do carro.

– Sim, não perderia por nada. Você vai levar a Mia até o altar?

O rosto de Jace se suavizou.

– Sim.

– Não deveríamos ter feito um ensaio ou alguma merda assim? – Ash perguntou.

Verdade, suas experiência em casamentos estavam restritas ao primeiro de Gabe, mas ensaios eram normais para casamentos da escala do de Gabe e Mia, com certeza.

Jace riu.

– Sim, cara, foi ontem à noite. Você não apareceu. Não que você tenha que fazer nada, além de ficar lá ao lado do Gabe. A Mia vai te encher o saco por ter perdido. Eu cobri você, disse que havia se enrolado com o trabalho e que ficou para que Gabe pudesse ir ao ensaio. Isso a acalmou.

– Cristo – disse Ash. – Eu me sinto como um idiota agora. Juro que não me lembrei. Não teria lembrado que o casamento é amanhã se não tivesse visto Gabe no escritório mais cedo.

– Você não tem estado muito por perto ultimamente – disse Jace, com curiosidade em sua voz. – Tudo bem com você? O trabalho não tem sido tão ruim, a menos que haja algo que não está me dizendo. As coisas têm estado muito tranquilas desde que o Gabe passou um pente fino para que tudo funcionasse antes de partir para sua lua de mel.

– Só estive preocupado, cara. Não é nada de mais.

Jace se inclinou para a frente antes que Ash pudesse fechar a porta.

– Olha, eu sei que as coisas ficaram... diferentes. Desde que eu e a Bethany nos encontramos. Eu entendo isso. Mas não quero que as coisas mudem, Ash. Você é minha família.

– As coisas mudaram mesmo – Ash disse suavemente. – Não há nada a ser feito quanto a isso. Estou me resolvendo. Não faça disso um problema porque não é, Jace. Seja feliz e faça a Bethany feliz.

– A gente está bem? – perguntou Jace. – Porque você tem estado distante ultimamente. E não fui apenas eu que notei.

Ash abriu um sorriso.

– Claro, cara, estamos bem. Pare de agir como uma babá dos infernos. Vá para casa, para sua mulher. Vejo você amanhã com meu maldito smoking. Apenas pela Mia eu faria uma merda dessas.

Jace riu.

– Sim, nem me fale. Bethany e eu vamos nos casar escondidos em algum lugar longe daqui, com certeza.

– Já definiram a data?

Desde que Jace e Bethany ficaram noivos, na festa de aniversário de 24 anos dela, ainda não haviam definido uma data, pelo menos não para o conhecimento de Ash. Mas, então, ele havia estado tão fora do círculo até recentemente que era possível que apenas não soubesse sobre isso.

– Ainda não – disse Jace. – Estava esperando até que esta poeirada com o Jack se assentasse. Não quero isso pairando sobre a cabeça dela quando nos casarmos. Depois que ele sair da reabilitação e botar a vida em ordem, vou planejar uma viagem para algum lugar e nós vamos nos casar em alguma praia.

– Parece ótimo. Vejo você amanhã, ok?

Ash fechou a porta e bateu na lateral do carro para sinalizar ao motorista que partisse antes de se virar e entrar no prédio.

Uma vez dentro do seu apartamento, ele entrou em seu quarto e fixou o olhar sobre a pintura que o *marchand* havia encontrado no estoque da galeria. A única que ainda estava embrulhada e não à mostra.

As outras ele havia apoiado na parede na sala de estar, mas deixara esta em seu quarto, com a intenção de olhar para ela quando chegasse em casa. Agora, a curiosidade o estava comendo vivo, então afastou cuidadosamente o embrulho e virou a pintura de frente.

– Puta merda – ele respirou.

Era... deslumbrante. Provocante e sexy como o inferno.

Era *ela*.

Ou melhor, a tatuagem dela, ou o que ele imaginava que fosse a sua tatuagem. Presumiu que só conseguira um vislumbre quando ela deixou à mostra uma estreita parte de sua cintura, mas estava no lugar certo e se assemelhava com a videira florida.

A pintura era o perfil de uma mulher nua. O quadril exposto, os braços cobrindo os seios, mas a simples sugestão de uma curva macia espiava tentadoramente debaixo do braço superior. E descendo pelas suas costelas estava uma colorida tatuagem de tema floral. Fazia uma curva sobre seu quadril e desaparecia entre as pernas.

Tinha que ser na parte interna da coxa, agora ele estava morrendo de vontade de saber se aquilo era uma réplica exata da tatuagem dela. A que tinha visto em seu corpo. Jesus, estava morrendo de vontade de saber. Morrendo de vontade de traçar as linhas com os dedos e a língua.

Olhou para a pintura, absorvendo cada detalhe. O dono da galeria havia sido um tolo em não exibir esta. Ele sequer havia olhado para ela? Era erótico como o inferno e ainda de bom gosto.

Longos cabelos loiros desciam pelas costas dela, as pontas levantadas como se tivessem sido erguidas por uma brisa. Seus braços estavam abraçados ao corpo, as mãos espalmadas sobre o braço pressionando os seios para baixo. Delicada. Extremamente feminina. E tão linda que causava uma dor em suas bolas.

Puta merda, ele estava obcecado por uma mulher que só vira pessoalmente uma vez. E essa pintura não estava ajudando em porra nenhuma.

Amanhã ela seria emoldurada e iria para a parede em cima de sua cama, para que ele a visse a cada vez que entrasse no quarto. Ou, melhor, iria colocá-la na parede em frente à cama, de modo que fosse a primeira coisa que veria quando acordasse pela manhã e a última antes de ir dormir, à noite.

Sim, ele não estava apenas obcecado. Estava completamente fodido por essa mulher. Tinha que tomar jeito.

Johnny iria levar as joias dela ao seu escritório depois de amanhã, uma vez que toda a empresa estaria fechada para o casamento de Gabe amanhã. Ash precisava descobrir como faria para devolvê-las a ela. Poderia apenas mandar pelo correio, mas deste jeito não iria vê-la. E definitivamente planejava vê-la de novo. Em breve.

capítulo 4

Ash estava sentado em seu escritório no dia seguinte ao casamento de Gabe e estudava a pequena caixa que continha as joias que Josie tinha penhorado. Examinou cuidadosamente cada peça antes de devolvê-las ao tecido, de maneira que não fossem danificadas.

Eram de qualidade. Ele não era nenhum especialista, mas pareciam antigas e verdadeiras. Definitivamente não eram falsas. Valiam muito mais do que Josie conseguira ao penhorar, e o agiota sabia disso, baseado no custo que Ash teve para obter as joias de volta.

Ele não gostava do desespero daquele ato. Penhorar joias por trocados, por muito menos do que valiam as peças, porque ela não tinha outra escolha. Ele ia devolver essa escolha para ela. Mas dar outras escolhas? Aí, nem tanto. Não se fosse ele a decidir.

Isso fazia Ash parecer arrogante e exigente, mas ele sabia ser ambos, por isso não se incomodava. Era quem era. Sabia o que queria, e queria Josie. Agora, só tinha que tocar a bola para a frente.

Seu interfone tocou e ele levantou a cabeça, irritado.

– Sr. McIntyre, sua irmã está aqui para vê-lo – disse Eleanor, sua recepcionista, em uma voz que soava nitidamente irritada.

Não era segredo como Ash – e Gabe e Jace – se sentia sobre a sua família. Eleanor já estava com eles há anos e provavelmente não ficava feliz em incomodá-lo com este tipo de informação.

Que merda a Brittany estaria fazendo aqui? Teria sua mãe incumbido a irmã de fazer o trabalho sujo por ela? Ele podia sentir a sua pressão sanguínea subir, mesmo sabendo que precisava parar de dar esse tipo de poder a eles.

– Deixe-a entrar – Ash disse infeliz.

De jeito nenhum que deixaria o fedor de sua família invadir a privacidade de seu escritório. Independentemente do que Brittany quisesse, Ash lhe daria alguns minutos e, em seguida, a deixaria saber que não era bem-vinda em seu escritório. Ninguém de sua família era e nenhum deles jamais havia entrado nos escritórios da HCM. Eles guardavam o veneno para as festas de fim de ano e outros encontros familiares.

Se alguma vez pusessem os pés nos escritórios da HCM, seriam obrigados a reconhecer o sucesso de Ash em vez de tratá-lo como um segredo sujo que ninguém discutia. Seriam obrigados a ver em primeira mão que ele não precisava deles e que tinha conseguido tudo isso sem a sua ajuda ou influência. De jeito nenhum deixariam isso acontecer.

Uma batida suave em sua porta e Ash disse um "entre".

A porta se abriu lentamente e sua irmã entrou, com apreensão declarada em suas feições. Ela parecia mais do que nervosa. Parecia apavorada.

– Ash? – perguntou em voz baixa. – Posso falar com você por um minuto?

Brittany era uma réplica de sua mãe. Não que sua mãe não fosse uma mulher bonita. Ela era. E Brittany era tão bonita quanto sua mãe, se não mais. O único problema era que sua mãe era feia por dentro e isso sempre alterara sua percepção da aparência dela. Porque ele sabia o que habitava por trás daquele rosto bonito. Era uma mente fria e calculista. Acreditava veementemente que ela era incapaz de amar alguém além de si mesma. Era um mistério para ele por que ela tivera filhos. E não apenas um, mas quatro.

Além de Brittany, Ash tinha dois irmãos mais velhos. Ambos homens e firmemente sob o domínio de sua mãe e de seu pai. Apesar de jovem, Brittany estava se aproximando dos trinta. Ou talvez já tivesse completado trinta anos? Ele não conseguia se lembrar e não se permitiu um pingo de tristeza sobre esse fato. Ela era tão arraigada à família quanto seus irmãos. Talvez até mais.

Sua mãe havia escolhido a dedo o marido de Brittany. Um cara mais velho com quem casara a filha quando esta mal tinha saído da faculdade. Rico. Influente. Todas as conexões certas. O casamento durou pouco mais de dois anos e a mãe de Ash colocou a culpa diretamente em Brittany. Não importava que, segundo as investigações de Ash, ele tivesse encontrado um sem-número de esqueletos no armário de Robert Hanover.

Não era um homem com quem ele gostaria que sua irmã – ou qualquer mulher – se casasse. Mas Brittany havia se submetido humildemente aos desejos da mãe, apesar das advertências de Ash de que Robert não era o homem que parecia ser. Pelo menos ela tivera a coragem de sair do casamento. Isso o surpreendera.

– O que houve? – Ash perguntou em um tom uniforme.

Fez um gesto para que ela se sentasse na cadeira em frente à sua mesa. Ela sentou devagar, pousando cuidadosamente na borda, nervosismo e incerteza evidentes em sua linguagem corporal.

– Eu preciso de sua ajuda – suspirou.

Ash levantou uma sobrancelha.

– O que há de errado? Discutiu com a mamãe querida?

A raiva brilhava nos olhos de Brittany enquanto encarava Ash.

– Por favor, não, Ash. Eu sei que mereço a sua zombaria e desprezo. Mereço um monte de coisas. Mas eu quero sair. E preciso de sua ajuda para fazer isso. Me envergonha ter que vir e pedir ajuda a você, mas não sei mais para onde ir ou a quem recorrer. Se eu for ao vovô, ele vai contar para a mamãe e provavelmente não me ajudaria de qualquer jeito. Você é o favorito dele. Ele não suporta o resto de nós.

Ash se surpreendeu com a seriedade e urgência no seu tom de voz. Inclinou-se para a frente, seu olhar a espreitando.

– Você quer sair. O que isso significa exatamente, Brittany?

– Eu quero ir para longe deles – disse com voz trêmula. – Todos eles.

– Que diabos fizeram com você? – Ash exigiu saber.

Ela balançou a cabeça.

– Nada. Quer dizer, nada além do habitual. Você sabe como eles são, Ash. Eu sempre te invejei muito. Mandou eles à merda e fez o seu próprio caminho. Tudo o que eu fiz foi me casar com um homem que minha mãe queria que eu me casasse, tentar fazer o melhor de uma situação ruim e falhar miseravelmente. Não ganhei nada com o divórcio e estava bem com isso. Só queria sair. Mas não tenho nada sem a ajuda da mamãe e do papai. E não quero mais isso. Porque a ajuda deles vem com amarras. Tenho trinta anos de idade e o que tenho para mostrar da minha vida? Sem vida, sem dinheiro. Nada.

A desolação na sua voz atingiu Ash profundamente. Ele sabia bem o que ela queria dizer. Poderia ter sido ele naquela situação. Seus irmãos certamente estavam na mesma. Ele não apreciava as sombras nos olhos dela e o olhar abatido que trajava no momento. Por mais que tivesse sido uma canalha antes, imitando a mãe deles, Ash deixaria isso pra trás diante do olhar de cachorrinho abatido que ela lhe lançava agora.

– O que você quer fazer? – ele perguntou de maneira quieta.

– É patético que eu não saiba? Eu nem sei por onde começar. Eu vim até você porque não tinha mais ninguém a quem recorrer. Meus amigos não são tão amigos quando as fichas estão acabando. Eles estão mais do que dispostos a me apoiar quando as coisas estão boas, mas não posso contar com eles para apoio real.

– Eu vou te ajudar – disse em um tom uniforme. – Jace tem um apartamento no qual Mia costumava viver, e mais recentemente sua noiva morava lá. Mas ele está vazio outra vez e sem uso. Eu poderia comprá-lo de Jace, ou pelo menos usá-lo até que consigamos situar você em outro lugar.

Seus olhos se arregalaram em choque.

– Você tem um emprego? – ele perguntou.

Ela corou e baixou o olhar.

– Eu não estou criticando, Brittany – disse em voz baixa. – Estou perguntando para que eu possa saber de que tipo de ajuda você necessita.

Ela balançou a cabeça.

– Não. Tenho vivido com a mamãe e com o papai. Não é que eu não queira trabalhar, mas no que eu sou boa?

– Você poderia ser boa em um monte de coisas – disse Ash. – Você é inteligente. Você tem um diploma. Você só está com medo de tentar e botar a cara no mundo real.

Ela assentiu com a cabeça lentamente.

– Eu posso te dar uma posição em um dos hotéis, mas, Brittany, você precisa saber. Seria um trabalho de verdade, com responsabilidades reais. Posso abrir portas para te contratar, mas, se você não fizer o trabalho, você não conseguirá mantê-lo. Entendeu?

– Eu entendo e agradeço, Ash. Eu não sei o que dizer. A gente foi – *eu* fui – horrível com você. – Lágrimas encheram seus olhos enquanto ela olhava com sinceridade para Ash. – Eles odeiam você porque não podem controlá-lo. E eu deixei que me controlassem. Agora que não vou mais fazer isso, eles vão me odiar também.

Ash chegou do outro lado da mesa e fechou a sua mão na dela, apertando-a de maneira a acalmá-la.

– Você não precisa deles, Brittany. Você é jovem e inteligente. Você pode se virar sozinha. Só precisa de um pouco de ajuda para fazer isso. Mas esteja preparada. Você vai ter que ser forte. Nossa mãe é uma babaca, e não hesitará em usar todas as armas que tem no arsenal contra você tão logo ela descubra o que você está fazendo.

– Obrigada – ela sussurrou. – Eu vou te pagar de alguma forma, Ash. Eu juro.

Ele apertou sua mão novamente.

– A melhor coisa que você pode fazer por mim é viver a sua própria vida e não deixar que eles te botem para baixo outra vez. Eu vou ajudar. Vou fazer o que puder para te proteger daquela merda. Mas vai demandar bastante força da sua parte também. Eu gostaria de pensar que podemos realmente ser uma família de novo.

Ela apertou ambas as mãos ao redor da dele, com os olhos brilhando, enquanto seus olhares se encontravam.

– Eu gostaria disso também, Ash.

– Deixe-me ligar para o Jace e ouvir a opinião dele sobre o apartamento. Se não pudermos colocar você lá, vamos ter que dar uma olhada no que mais está no mercado. Você precisa de mim para pegar suas coisas na casa dos nossos pais?

Ela balançou a cabeça em negação.

– Eu já arrumei tudo. Minhas roupas e outras coisas, quer dizer. Não tem mais nada para empacotar. Eu trouxe comigo. Minhas malas estão na recepção daqui. Peguei um táxi para o seu escritório. Não tinha certeza do que eu iria fazer se você se recusasse a me ver.

– Ok, então deixa eu ligar para o Jace e vamos pegar suas malas. Por essa noite eu vou te alojar em nosso hotel. Tenho certeza de que o apartamento ainda vai precisar ser reabastecido. Eu vou resolver isso hoje, também vou criar uma conta para você e depositar dinheiro suficiente para você se manter até seu primeiro salário. Tire uns dias para descansar e depois volte a me ver sobre esse trabalho. Até lá eu vou ter separado alguma coisa para você.

Ela se levantou e, de repente, deu uma volta à mesa e jogou os braços ao redor de seu pescoço. Ele respondeu, levantando-se da cadeira, ainda apoiando-a para que não caísse.

– Você é o melhor, Ash. Deus, eu senti sua falta. Desculpe pela forma como tratei você. Você tem todo o direito de me chutar para fora e nunca me ver novamente. Eu nunca vou esquecer o que você está fazendo por mim. Nunca.

O fervor em sua voz fez Ash sorrir enquanto ele esperava o festival de abraços acabar. Quem teria pensado que o dia de hoje traria sua irmã para seu escritório numa espécie de reunião de família? Gabe e Jace não iriam acreditar nisso. Apesar de que se passariam duas semanas antes que Gabe soubesse de alguma coisa.

Jace provavelmente acharia que ele perdeu a cabeça por ajudar a irmã. Mas Ash não podia virar as costas para ela. Mesmo que sua família tivesse feito isso com ele. Brittany ainda era sua irmã mais nova e talvez esta fosse uma nova página para eles. Ash não gostava do estranhamento entre ele e sua família. Mas não tinham lhe dado nenhuma escolha. Ele queria o que todo mundo tomava como garantido. Uma unidade familiar sólida. Pessoas que cuidassem dele. Pessoas que o amassem e o apoiassem incondicionalmente.

Ele tinha isso com Gabe e Jace e, agora, Mia e Bethany. Mas nunca teve com seu próprio sangue. Talvez Brittany mudasse tudo isso. Mesmo que nunca fossem uma grande família feliz, ele e sua irmã poderiam pelo menos ter um relacionamento.

– Eu vou mandar o meu motorista levá-la ao hotel. Vou pedir a Eleanor que faça com que ele pegue suas malas. Ela também vai telefonar para se certificar de que tenham um quarto pronto para você quando chegar lá. Você precisa ir ao banco para abrir sua conta. Eleanor vai ajudá-la com isso também. Mas, por agora, vá com calma, tente descansar um pouco e amanhã vamos fazer a mudança para um apartamento.

Ele sorriu com indulgência quando ela o abraçou outra vez. Brittany rapidamente enxugou uma lágrima enquanto se virava.

– Isso significa muito, Ash. Significa *tudo*. E eu juro que vou te recompensar.

– Trate de ser feliz e não deixe que te arrastem de volta – Ash disse em um tom sério. – Ela não vai abrir mão assim tão fácil, Brittany. Você precisa saber disso e tem que estar preparada. Se ela armar alguma merda, venha até mim e vou resolver.

Brittany sorriu palidamente e depois caminhou para a porta. Ela fez uma pausa, com a mão segurando a maçaneta.

– Eu sempre admirei você, Ash. E, para ser honesta, sempre tive inveja. Mas você não é o que eles dizem que é. Eu os odeio pelo que fizeram com você. Comigo. E me odeio por ter permitido isso.

– Eles não valem o seu ódio – Ash disse com calma. – Não lhes dê esse tipo de poder. Não estou dizendo que vai ser fácil. Mas você não pode deixá-los te derrubarem e te manterem no chão.

Ela assentiu com a cabeça e depois sorriu.

– Vejo você em breve. Eu gostaria disso, quero dizer. Talvez um jantar. Ou eu posso cozinhar algo no apartamento apenas para nós dois.

– Eu gostaria disso também – disse ele com sinceridade. – Cuide-se, Brittany. E se precisar de alguma coisa, me ligue.

Assim que ela passou pela porta, Ash interfonou para Eleanor e deu-lhe o resumo do que precisava. Depois de instruí-la a ajudar Brittany na abertura de uma conta bancária, pediu que ela lhe desse o número da conta assim que Brittany o tivesse em mãos, para que pudesse transferir os fundos.

Que dia! Então Brittany tinha força de caráter afinal. Levara muito tempo, mas antes tarde do que nunca. Seus dois irmãos mais velhos nunca tiveram a coragem ou o desejo de enfrentar os pais e o avô. Ash não queria nada com eles. Ambos em seus quarenta anos e incapazes de se sustentar ou sustentar a própria família. Porra, Ash tinha sobrinhos e sobrinhas que raramente via. Não sabia nada sobre suas cunhadas, a não ser que eram casadas com homens fracos e ainda dominados pelos pais.

Ele não seria assim. Isso nunca faria parte dele. E agora, se pudesse evitar, nem de Brittany.

Ainda seria necessário esperar para ver se ela realmente teria a coragem de fazer uma ruptura e escapar do controle dos pais. Mas ele estava mais do que feliz em ajudá-la se esse realmente era o seu objetivo. Ela era jovem e bonita. Era inteligente, mesmo tendo feito algumas escolhas espetacularmente ruins. Ela teria tempo mais do que suficiente para dar a volta por cima e colocar a vida no caminho certo.

Todos cometemos erros, e todos merecem a chance de consertá-los. Ele só esperava, de verdade, que Brittany virasse o jogo agora e botasse a cabeça no lugar.

Ele abriu a gaveta para olhar a caixa de joias que apressadamente empurrara para dentro quando Eleanor interfonou para anunciar a chegada de Brittany. Passou um dedo sobre a borda enquanto olhava pensativo para ela.

Brittany estava resolvida, e agora era hora de focar na sua primeira preocupação.

Josie.

capítulo 5

– Como assim você já as vendeu? – Josie perguntou, a voz se elevando enquanto olhava para o agiota que visitara alguns dias antes para vender as joias da mãe.

Ele a examinou calmamente.

– Eu as vendi. Um cliente gostou do material.

Josie torceu as mãos, agitada.

– Pode me dar o endereço? Um nome? Número de telefone, qualquer coisa? Eu gostaria de comprá-las de volta.

– Você tinha a opção de penhorar, senhorita Carlysle – disse o homem pacientemente. – Eu perguntei em específico se você preferia um empréstimo com a opção de ter seus itens de volta.

– Mas o empréstimo não teria sido suficiente – argumentou. – Eu precisava do dinheiro naquele momento. Não podia esperar. Mas agora é diferente. Tenho o dinheiro e devo pegar as joias da minha mãe de volta! É tudo que eu tenho dela. Pertenceram à minha avó. Ai Deus, eu não posso acreditar que você as vendeu tão rápido.

O homem lançou a ela um olhar de simpatia, mas permaneceu em silêncio. Josie tinha certeza de que ele pensava estar lidando com uma mulher louca.

– Você pode me dar informações sobre a pessoa para quem você vendeu? – ela perguntou de novo em desespero.

– Imagino que você saiba que não posso fazer isso – disse o homem.

Ela passou a mão sobre o rosto, ansiosa. Se tivesse ao menos esperado mais um dia. Mas nunca teria previsto que alguém entraria na galeria de arte e se apaixonaria por seu trabalho – todo ele – e o compraria por mais do que o revendedor estava pedindo. Foi tudo tão louco. Não que ela não estivesse extremamente grata por sua nova fortuna, mas se tivesse esperado mais um dia, não teria penhorado as joias de sua mãe e não estaria agora desesperada para recuperá-las.

– Você pelo menos contataria a pessoa para dar o meu número de telefone? Você pode pedir que me liguem. Diga a eles que pagarei o dobro do valor. Eu *tenho* que recuperá-las.

Ele suspirou e, em seguida, empurrou um pedaço de papel com uma caneta em sua direção.

– Eu não posso prometer nada, mas anote suas informações e vou passá-las. Não costumo fazer esse tipo de coisa. Uma vez vendido, está fora das minhas mãos. Você abriu mão de qualquer reivindicação quando vendeu as joias para mim.

– Eu sei, eu sei – Josie disse enquanto anotava seu nome e número de telefone com pressa. – Eu não estou dizendo que a culpa é sua. Só posso culpar a mim mesma por ter agido de maneira tão precipitada. Mas eu realmente agradeceria se você pudesse apenas ligar para a pessoa e avisá-la como estou desesperada para conseguir as peças de volta.

Ele deu de ombros enquanto ela empurrava o papel para ele.

– Vou fazer o que posso.

– Obrigada – ela sussurrou.

Virou-se para sair, com o coração pesado. Deveria estar exultante. Sua obra tinha sido vendida. Toda ela! E o Sr. Downing tinha pedido que ela trouxesse mais, o que ela quisesse. Ele tinha um comprador interessado, e, embora não tivesse revelado qualquer informação sobre o comprador, disse a ela que o cliente estava interessado em qualquer coisa que ela trouxesse.

A única coisa que estragava o dia inteiro era o fato das joias da mãe terem ido embora. Não tinha ideia de quem as teria comprado ou se poderia recuperá-las. Ficara tão feliz quando o Sr. Downing lhe entregou o cheque. Muito mais do que jamais pôde esperar. Era suficiente para pagar o aluguel e comprar mantimentos para alguns meses. Tempo de sobra para levar outras peças para a galeria. E o mais importante:

era dinheiro suficiente para comprar de volta as joias que tinha vendido, ainda que soubesse que custariam mais do que o preço que havia obtido na venda.

A casa de penhores tinha sido o primeiro lugar que pisara depois de depositar o cheque em sua conta bancária. E jurou a si mesma que, fosse o que fosse, nunca mais se desfaria das joias outra vez.

Só que agora elas se foram, assim como a última ligação que tinha com a mãe.

Ela saiu da loja, andando pela rua movimentada, sem saber de fato para onde iria. Quando virou para a direita, se deparou com um rosto familiar. Pestanejou ao avistar o homem que conhecera no parque alguns dias antes. Ele estava de pé e não parecia surpreso. Na verdade, parecia esperar por ela. Uma ideia louca, mas Josie não teve a impressão de que ele tinha se surpreendido com o encontro inesperado.

– Josie – murmurou.

– O-olá – ela gaguejou.

– Acredito que eu tenho uma coisa que pertencia a você.

Ele estendeu uma caixa aberta e, assim que ela viu seu conteúdo, perdeu o fôlego.

Josie ergueu o olhar para ele, confusa.

– Como você conseguiu isso? Não estou entendendo. Como você poderia ter conseguido isso? Como você sabia?

Ele sorriu, mas seus olhos eram de aço. Sem nenhum rastro de um sorriso naqueles olhos verdes.

– Comprei-as depois que você as vendeu para a casa de penhores. Imagino que, uma vez que acabou de sair de lá, você as estava querendo de volta.

– Sim, é claro que quero. Mas isso não responde *como* você as conseguiu.

Ele ergueu uma sobrancelha.

– Eu acabei de lhe dizer. Comprei logo depois que você as vendeu.

Ela balançou a cabeça com impaciência e foi então que o olhar dele pousou em seu pescoço. Seu pescoço nu. Seus olhos brilharam com um interesse instantâneo. Ela ergueu a mão automaticamente para o local antes adornado pelo colar.

Ele saberia que ela o tinha usado por algum tempo. Havia uma faixa fina de pele pálida, onde o colar tinha estado.

– Isso não explica como você *sabia* sobre isso – disse ela com a voz rouca.

– Será que isso importa? – Ash perguntou suavemente.

– Sim, importa! Você está me seguindo?

– Eu, pessoalmente? Não.

– É para eu me sentir melhor sabendo que você botou *outra* pessoa para me seguir? Isso é simplesmente... *assustador*!

– Você quer as joias de volta? – Ash perguntou sem rodeios.

– Claro que sim – disse irritada. – Quanto é que você quer por isso?

– Não quero dinheiro.

Ela deu um passo para trás, olhando desconfiada para ele. Eles estavam em uma via pública e havia pessoas ao seu redor, mas isso não significava muita coisa se ele era algum maluco perturbado que queria lhe fazer mal.

– Então o que *exatamente* você quer?

– Jantar. Esta noite. Vou trazer as joias e você poderá tê-las de volta. Tudo que quero em troca é a sua companhia esta noite.

Ela balançou a cabeça.

– De jeito nenhum. Eu não conheço você. Não sei nada sobre você.

Ele sorriu com paciência.

– Para isso serve o jantar. Para você me conhecer melhor. E para que eu possa conhecê-la também.

– Você obviamente sabe uma porção de coisas sobre mim – ela retrucou. – Inclusive onde me encontrar, onde tenho ido e o que tenho feito.

– Por que você não está usando o colar? – ele perguntou, seu olhar outra vez focado em seu pescoço.

Seu olhar a fez se sentir vulnerável. Como se estivesse completamente nua na frente dele.

Desta vez, ela colocou a mão espalmada sobre sua garganta, como se tentasse esconder a extensão de pele nua de seu olhar.

– Não acho que isso seja da sua conta – disse em voz baixa.

– Pretendo fazer que seja da minha conta.

Seus olhos se arregalaram.

– Você honestamente acha que eu vou concordar em ir jantar com você? Você vem me seguindo, ou melhor, colocou alguém para me seguir. Você está me fazendo perguntas pessoais, e basicamente me chantageando para recuperar as joias da minha mãe.

– Então elas pertenciam à sua mãe – disse ele em voz baixa. – Devem ser importantes para você.

Uma dor apunhalou seu peito e ela teve que inspirar profundamente para se manter em pé.

– Sim. Sim, são – disse ela em voz baixa. – Eu odiei ter de vendê-las. Se eu tivesse esperado um dia... Eu tenho que recuperá-las. É a única coisa que me resta dela. Diga-me quanto você quer e eu te dou o dinheiro. Por favor.

– Eu não quero seu dinheiro, Josie. Eu quero o seu tempo. Jantar hoje à noite. Lugar público. Sem amarras. Eu levo as joias. Você só leva a si mesma.

– E depois? Você vai me deixar em paz?

– Não posso prometer isso – disse ele suavemente. – Eu vou atrás do que eu quero. Se desistisse a cada obstáculo que foi lançado em meu caminho, não seria tão bem-sucedido agora, seria?

– Você não me conhece – disse ela, frustrada. – Você não me quer. Como poderia? Você não sabe nada sobre mim.

– É por isso que eu quero jantar com você hoje à noite – disse ele, pacientemente.

Mas ela poderia dizer que ele perdia a paciência com rapidez. Seus olhos pareciam ansiosos, ainda que seu tom permanecesse o mesmo. Ele era claramente um homem habituado a fazer tudo do seu jeito. Ela diria isso apenas de olhar para ele. Por que diabos queria ela, no entanto? O que ela teria que pudesse lhe interessar?

Era um homem que não precisava procurar muito por uma mulher. Elas deviam ficar em fila à sua porta. Ele obviamente era rico. Tinha aquele visual polido como um modelo de revista que gritava riqueza e privilégio. E tinha uma confiança tranquila – arrogância – sobre si mesmo que lhe dizia que não só conseguira o que queria, mas que sabia disso.

Arrogância não era uma qualidade que a atraía. Mas lhe caía bem. Combinava com ele. Assim como as roupas e todo o seu comportamento. E havia algo sobre aquele olhar que a virou do avesso. Desde a primeira vez que se encontraram. Seu estômago tinha dado cambalhotas, e ele a fez considerar coisas que jamais tinha considerado. Ele a fez *querer* coisas que ela nunca quis ou percebeu que queria.

E ela o odiava por isso. Por perturbar sua existência cuidadosamente ordenada. Não, não era assim tão bem ordenada. Ela não tinha uma rotina e gostava disso. Mas estava confortável em sua vida, sabia quem e o que ela era. Até ele aparecer. Até aquele encontro no parque que a fez questionar tudo sobre si mesma.

Ele não era um homem que ficaria quieto. Ele viraria seu mundo de cabeça para baixo no momento em que ela permitisse. Sabia disso tão solidamente quanto sabia sobre si mesma. Ele era alguém que apreciava – exigia – controle. Era evidente na maneira como falava, na maneira como se portava. Ele tinha se prendido ao significado daquele colar. Sabia o que significava e falou como se tivesse vasta experiência no tipo de vida que o colar indicava.

Mas não era como Michael. Nada como ele. E isso a assustava ao mesmo tempo que a intrigava. Ela estava curiosa – não podia negar. Nem mesmo negaria que ele faria perguntas sobre tudo – inclusive sobre sua relação com Michael. Que *ele* era a razão pela qual ela não estava usando mais o colar.

E agora estava em pé na frente dela, segurando as joias de sua mãe, exigindo um jantar em troca de seu tesouro. Mas seu olhar prometia muito mais. Ela seria tola de pensar que ele ficaria satisfeito com um simples jantar.

Josie não era idiota. Sentiu a atração, a faísca, entre eles. Sabia que ele sentia isso também. Tão inexplicável como o fato de ele enxergar algo de interessante nela, ela sabia que Ash estava absolutamente interessado. Mas por quanto tempo? Mulheres como ela não prendem a atenção de homens assim por muito tempo. E ela não queria ser seu brinquedo temporário. Um desafio que ele se sentiu compelido a superar.

– Josie – ele retomou. – Jantar? Hoje à noite?

Ela suspirou, deixando cair seu olhar agitado na caixa que ele ainda mantinha na mão. Ela queria as joias de volta. Eram inestimáveis para ela. Deveria estar aliviada que ele não quisesse o seu dinheiro. O dinheiro que tinha recebido da venda de sua arte a manteria pelos próximos meses. Mas em vez disso se viu desejando que ele tivesse apenas pegado o dinheiro, dado as joias e ido embora. Fora de sua vida. Porque este era um homem que abalaria tudo. Não havia dúvida sobre isso.

Tudo o que ele queria era jantar. Um simples encontro. Ela já tivera encontros. Uma saída. Comida. Um pouco de conversa. Poderia ir embora depois e deixar claro que não queria vê-lo outra vez.

– Tudo bem – concordou finalmente. – Onde e que horas?

– Eu vou buscá-la às 19h.

Ela balançou a cabeça.

– Não. Eu te encontro lá. Apenas me diga o lugar e a hora.

Ele riu.

– Durona. Vou ceder neste ponto, mas eu aviso logo. É provavelmente a única concessão que farei para você.

Seus olhos se estreitaram.

– Você não está fazendo um bom trabalho para me levar para jantar.

Ele ergueu o canto da boca.

– Só estou sendo direto, Josie.

– Hora? Lugar? – ela perguntou.

– Sete e meia – ele respondeu com suavidade. – Bentley Hotel. Eu te encontro no lobby.

– E você vai levar as joias?

Ele posou os olhos na caixa em suas mãos e, em seguida, voltou-os para ela, a diversão brilhando em seus olhos.

– Se eu não tivesse certeza que você furaria comigo hoje à noite, eu lhe daria as joias agora. Não tenho nenhum interesse em manter algo que evidentemente significa tanto para você. Mas se isso for necessário para garantir sua companhia para jantar hoje à noite, vou mantê-las como segurança. E sim, vou levá-las. Eu não quebro minhas promessas, Josie. Jante comigo, você terá as joias. Não importa o que aconteça.

Ela suspirou, seus ombros relaxaram de alívio.

– Ok, então. Vejo você às 19h30.

Ele estendeu a mão para tocar seu rosto, os dedos apenas roçando em sua mandíbula.

– Estou ansioso por isso. Nós temos muito o que conversar.

Enquanto dizia a última frase, deixou sua mão escorregar para baixo até tocar o pescoço dela, onde o colar outrora repousara. Não havia dúvida. Ele queria saber o seu status. O que aconteceu com o colar. E por que ela não queria mais usá-lo.

Ela suspirou e se virou para ir embora. Como poderia explicar que *ele* era o que tinha acontecido?

capítulo 6

Ash olhou o relógio enquanto esperava no hall de entrada do Bentley Hotel, um dos muitos hotéis de propriedade de HCM. Ele expirava irritadamente ao olhar mais uma vez em direção à entrada.

Ela estava atrasada.

Ou talvez não viesse.

Ele apostaria qualquer quantia de dinheiro que ela viria. As joias de sua mãe obviamente significavam muito para ela, e ainda que tivesse sido um completo canalha ao chantageá-la para jantar com ele, não conseguia reunir nem uma gota de arrependimento. Não se isso lhe desse o que queria.

Algumas horas na companhia de Josie.

Tinha uma dúzia de perguntas fervendo em seus lábios. Queria saber por que ela não usava mais o colar. Queria saber se o cara que o tinha dado a ela estava agora fora de cena. Embora não mudasse seus planos, ela ter riscado ou não o outro cara de sua vida certamente tornaria as coisas muito mais fáceis para ele, já que não haveria um outro relacionamento.

Quinze para as oito, Ash endireitou-se, percebendo lentamente que ela não viria. A decepção invadiu suas veias. Uma sensação nada familiar para ele. Mas se ela pensava que ele seria dissuadido por esperar de pé, ela estava errada. Isso só tornava sua determinação mais ferrenha.

Ash estava prestes a pegar o telefone para ligar para seu motorista quando Josie irrompeu pela porta da frente do hotel. Suas bochechas estavam vermelhas e seus cabelos despenteados, como se tivesse vindo correndo e o vento maltratasse suas longas madeixas.

Quando o olhar de Josie pousou sobre Ash, ela fez uma pausa, estando a vários metros de distância quando seus olhares se cruzaram. Ele se viu caminhando em direção a ela, quando, normalmente, não seria ele a fazer qualquer movimento. Pessoas se aproximavam dele. Não o contrário. No entanto, queria se aproximar antes que ela mudasse de ideia e saísse correndo porta afora.

– Josie – cumprimentou suavemente.

– Desculpe o atraso – disse ela, sem fôlego. – Eu estava pintando. Me envolvi com o trabalho e esqueci completamente de tudo.

Ash olhou para a enorme bolsa pendurada em seu ombro e para as manchas de tinta em seus dedos. Então a fitou com atenção, memorizando cada detalhe, até os dedos dos pés.

– Está tudo bem. Eles seguraram a nossa mesa – disse. – Você gostaria de comer agora ou beber algo antes?

Ela fez uma careta.

– Eu não sou muito de beber. Quer dizer, não tenho nada contra, e bebo de vez em quando, só sou um pouco fraca e bebo drinques de menininha. Mas adoro um copo de vinho de vez em quando.

Ele riu.

– Você se daria bem com Mia, Bethany e suas amigas.

Ela inclinou a cabeça para o lado.

– Quem são Mia e Bethany?

Ele tomou o seu braço, enroscando-o no dele para guiá-la em direção ao restaurante.

– Mia é a esposa de um dos meus sócios, Gabe, e ela é irmã do meu outro sócio, Jace. Ele e Bethany estão noivos.

– Parece uma grande família feliz – ela murmurou.

– É tipo isso.

Eles chegaram ao restaurante e o *maître* de imediato conduziu-os para a mesa de sempre, que normalmente reservava para ele, Gabe ou Jace, quando escolhiam comer ali.

Josie sentou em frente a Ash, mas não conseguiu relaxar por completoe. Estava empoleirada no topo de seu assento, o olhar passeando da esquerda para a direita e para trás de Ash. Parecia pouco à vontade, como se preferisse estar em qualquer lugar menos ali, com ele. O ego de Ash estava tomando uma baita surra. Normalmente, as mulheres não precisavam ser chantageadas para que concordassem em jantar com ele.

– Gostaria de vinho? – ele perguntou quando um garçom apareceu.

Ela balançou a cabeça.

– Não. Água está ótimo. Obrigada.

– Duas – Ash murmurou para o garçom.

– Não deixe de apreciar o vinho por minha causa, se é isso que prefere – disse ela. – Eu só não quero beber e, em seguida, ter de voltar para casa. O álcool me deixa bastante confusa. A última coisa de que eu preciso é sair tropeçando por Manhattan de madrugada.

– Então você tem baixa resistência ao álcool e, quando quer beber, prefere drinques de menininha. Vou ter que me lembrar disso.

Seus lábios se contraíram e seus olhos brilharam. Ele tinha quase conseguido fazer Josie sorrir. Ele era um ogro? Estava acostumado a mulheres enlouquecidas pelo seu charme, embora, em defesa de Josie, ele não tenha sido exatamente encantador em sua presença. Algo nela fazia com que seus instintos de homem das cavernas emergissem rugindo até a superfície. Ele tinha sorte de conseguir formar frases coerentes, sem rosnar, bater no peito e a arrastar de volta para sua caverna pelos cabelos.

Até que isso não cairia mal...

Não apenas ela iria arrancar-lhe as bolas fora, como também ele nunca mais a veria de novo.

O garçom anotou seus pedidos e rapidamente desapareceu. Josie olhou para cima, uma pergunta lhe ocorreu, logo que eles estavam sozinhos.

– Você trouxe as joias? – perguntou em voz baixa.

Ash enfiou a mão no bolso do paletó e tirou um pequeno saco de veludo. Colocando-o sobre a mesa, deslizou-o em direção à ela, mas segurou firme quando Josie tentou pegá-lo.

– O acordo foi o jantar – disse ele. – Eu vou dar as joias agora e espero que você não quebre a promessa no momento em que elas estiverem em suas mãos.

Josie corou. Se por vergonha ou culpa, ele não tinha certeza. Talvez ela tivesse pensado nisso.

– Meu ego está tomando uma baita surra – disse, expressando um pensamento anterior. – Eu sou tão pouco atraente, Josie? Não imaginava a sua resposta para mim no parque. Você estava tão consciente de nossa química quanto eu. Mas age como se eu tivesse alguma doença contagiosa e não quisesse nem respirar o ar que respiro.

Seus dedos deslizaram pelo embrulho, roçando os dele. Um calor se alastrou por seu braço até o ombro. Apenas com o toque dela. Uma coisa tão simples. Nada além disso. Foi acidental e ainda assim o ar fora preenchido instantaneamente com embaraço. Não, ele não era o único que sentia algo, mas era o único que investia.

– Acho que você sabe que é atraente – disse ela, delicada. – E duvido que precise que eu diga isso. Tenho certeza de que ouve isso o tempo todo. As mulheres provavelmente se derretem ao cumprimentá-lo.

– Não dou a mínima para o que as outras mulheres estão pensando – disse ele sem rodeios. – Estou mais preocupado com o que você pensa.

Ela retirou a mão com cuidado, o saco de joias preso com segurança em seus dedos, como se tivesse medo de que a impedisse de pegá-lo. Uma vez que ele não fez nenhum movimento para interceptá-la, ela rapidamente abriu a bolsa e puxou os dois anéis, um colar e uma pulseira, com cuidado.

O alívio era evidente em seus olhos. A água-marinha cintilava enquanto ela delineava os traços da joia com carinho. Um olhar distante dominava-a quando fitou novamente Ash, os olhos marejados.

– Obrigada por trazer minha mãe de volta para mim – ela sussurrou. – Isso é tudo que eu tenho dela. Da minha avó também. Um dia eu quero passá-las para a minha filha. Minha avó e minha mãe eram mulheres excepcionais. Quero que a minha filha tenha esse legado. Mesmo que ela nunca as conheça, quero que conheça suas histórias. Quem foram e quão importantes foram para mim.

– O que aconteceu com elas? – Ash perguntou gentil.

Seus lábios tremeram, mas ela se controlou, o olhar nunca vacilante, embora suspeitosamente brilhante com a evidência de lágrimas.

– Câncer – disse ela, com a voz dolorida de tristeza.

– Faz pouco tempo? – ele perguntou em um tom mais calmo.

A última coisa que queria era magoá-la, mas dava a ele um gosto absurdo que se abrisse dessa maneira, que se comunicasse. Era um começo. O começo de algo mais permanente, do jeito que ele queria. E tinha toda a intenção de conseguir. Apenas iria exigir muito mais paciência do que ele estava acostumado a empregar.

A adrenalina espetava seu corpo, queimava em suas veias. Ela era um desafio. Um desafio que ele queria muito conquistar. Havia muito tempo desde que ele se animara tanto com algo. E Josie definitivamente o tinha animado.

– Dois anos atrás – disse Josie, a tristeza invadindo seus belos olhos. – Mas ela estava doente há mais tempo. No final... – Ela se descompôs, a voz embargada.

– No final o quê? – ele perguntou suavemente.

– No final, foi um alívio, embora eu tenha ficado arrasada por deixá-la ir e dizer adeus. Ela estava com tanta dor. Doeu vê-la assim. Ela sofria. Hesitava em me deixar vê-la daquele jeito, tomar conta dela. Ela se preocupou por muito tempo por estar tomando muito tempo da minha vida e que eu estivesse me afundando com a responsabilidade de cuidar dela. Mas, Deus, ela era minha mãe. Eu teria feito qualquer coisa. Eu não me arrependeria de um único momento nosso juntas. E, no final, ela estava pronta para ir. Ela lutou por tanto tempo e com tanta força. Estava exausta e já não tinha forças para seguir. Isso foi o mais difícil para mim. Assistir a minha mãe incrível desaparecer lentamente. Eu só queria que a dor dela acabasse para que ficasse em paz. Então, quando ela faleceu, senti alívio. E sei que isso soa horrível.

Ele balançou a cabeça.

– Não é horrível, Josie. É humano. Ela era sua mãe, você a amava. Ninguém gosta de ver seus entes queridos sofrendo assim.

Josie balançou a cabeça e enxugou os olhos com as costas da mão.

Seus dedos tremiam quando ela pousou a mão outra vez sobre a mesa.

– Uau, não é uma grande conversa de jantar, não é? Desculpe ficar me prolongando sobre isso.

– Eu que perguntei – ele disse simplesmente. – E o seu pai? Você tem irmãos ou é filha única?

Ela soltou um suspiro infeliz.

– Sou filha única. Meus pais queriam ter mais filhos, mas minha mãe não podia. Ela tinha tido câncer antes e, com todos os tratamentos, não só não podia ter outro filho, como a gravidez seria devastadora para ela. Eu... nós... acreditamos que ela tinha superado isso, foram vinte anos sem nenhuma remissão. Mas voltou. Muito mais agressivo que antes. Seu organismo não respondia ao tratamento.

Ela balançou a cabeça.

– Sinto muito. Lá vou eu de novo.

Ele se esticou na mesa e alcançou as mãos de Josie.

– Nós estamos conversando, Josie. Isso é o que acontece quando duas pessoas saem para um encontro. Pare de pedir desculpas. Se não estivesse interessado, não teria perguntado. No entanto, se for um tema difícil, podemos falar de outra coisa. Estou interessado em tudo relacionado a você. Quero muito ouvir sobre você, sua vida, sua família, sobre o que te diz respeito.

Ela sorriu e não afastou as mãos dele. Fato que o encheu de um sentimento de triunfo.

– Agora, você falou em *pais*. Seu pai também faleceu?

Seus lábios se encresparam e a frieza penetrou em seu olhar, deixando a cor de seus olhos mais intensa. Era como olhar para uma vidraça coberta de geada.

– Ele nos deixou na primeira vez que minha mãe teve câncer. Não imediatamente. Esperou até que ela estivesse bem o suficiente para levar a vida por conta própria e, em seguida, se separou. O motivo? Ele não podia suportar a angústia de perdê-la para o câncer. Não queria ver ela morrer e por isso nos deixou. Não é o maior absurdo que você já ouviu? Não faz nenhum sentido para mim. Nunca fez qualquer sentido abandonar a família, tudo porque temia a morte da esposa. Ele a perdeu de qualquer maneira, mas me perdeu também. Eu nunca o perdoei por isso. Por sair de casa quando precisávamos dele. Especialmente minha mãe. Depois de ela passar por um tratamento extensivo, teve de sair à procura de emprego para pagar as contas.

– Sim, é absurdo – Ash disse sombriamente. – Então você não o viu desde então? Há quantos anos foi isso?

– Dezoito – respondeu ela, com a voz firme. Não importava a sua raiva, e ele não a culpava por isso, ainda havia dor em sua voz. Traição. Ele esfregou o polegar por cima dos seus dedos em um movimento suave, silenciosamente pedindo que ela continuasse a falar. Ele agora a tinha feito se comunicar e, com esperança, ela ficaria relaxada e se abriria ainda mais.

– Eu tinha dez anos quando ele foi embora. Por um bom tempo ele nem tentou entrar em contato comigo ou com ela. Eu terminei o ensino médio, ele me ligou. Queria me mandar um presente de formatura. Eu disse a ele onde deveria enfiar o presente de formatura.

Quanto mais ela falava, mais nebulosos ficavam seus olhos e seus lábios se arqueavam.

– Ele não entrou em contato comigo até minha mãe morrer.

Lágrimas cintilavam em seus olhos, ela usou a mão livre para deslizar o polegar acima das bochechas, onde havia um rastro úmido.

– Desculpe – murmurou mais uma vez. – Não falo sobre isso toda hora. Quer dizer, nunca falo sobre isso com ninguém. As coisas foram saindo da minha boca e nem percebi o quão furiosa ainda estou com essa história.

– É compreensível – ele disse. – É muito tempo para ficar acumulando essa merda toda.

Ela assentiu, concordando.

– Então seu pai te ligou quando sua mãe morreu? Ele sabia que ela estava doente outra vez?

– Sabia – Josie cuspiu. – Ele nunca a visitou. Nunca ligou. Nunca falou com ela. Depois que minha mãe morreu, ele ligou querendo me ver. Disse que sentia muito pelo ocorrido, mas queria que nós fôssemos uma família. Disse a ele que família não faz coisas como a que ele tinha feito e que minha família tinha morrido. Isso foi há dois anos. Ele nunca mais entrou em contato. Não sei nem onde ele mora. Ele se mudou muitas vezes desde que se divorciou da minha mãe. É transferido toda hora no trabalho.

– Você já se arrependeu de não ter mantido contato?

A pergunta a assustou.

– Não. Nem um pouco. Não acho que posso vê-lo sem surtar de raiva. Especialmente depois que minha mãe morreu. Se ele estivesse lá, acho que voaria no pescoço dele. Estava furiosa, meu coração despedaçado. E revoltada. Revoltada porque ele tinha sido um imenso covarde e não ficou com a gente quando minha mãe mais precisava dele.

– Entendo. Sério, entendo mesmo. Não vejo a minha família. Bom, a maioria dela. Recentemente minha irmã veio me ver, mas antes disso eu não me envolvia com nenhum deles.

Ela inclinou a cabeça para o lado, estudando-o. As mãos deles ainda estavam entrelaçadas e Ash desenhava com o dedo em sua pele, dos dedos até o pulso. Ele gostava de tocá-la. Poderia tocá-la a noite inteira. Não era algo sexual. Simplesmente apreciava o toque acetinado de suas mãos. Dedos sujos de tinta, uma cor em cada um deles.

– O que sua família faz? – Josie perguntou delicadamente.

– Longa história. Conto em outra oportunidade. Agora estou muito mais interessado em escutar sobre você.

Ela franziu a testa.

– Não é justo. Já te contei sobre a minha família. Não digo mais nada até você me contar alguma coisa.

Ele riu e suas mãos se apertaram em torno das dela. Os olhos de Josie se ampliaram quando ela admirou as mãos entrelaçadas. Sim, ela sentia o clima assim como ele. Mas relutava, Ash não.

– Muito bem, então. Te dou uma casquinha e depois é sua vez de novo.

Suas sobrancelhas se arquearam.

– Depende do quão relevante eu considerar a informação que você me der. Você deve falar algo que se iguale ao que eu disse.

– É impossível – ele murmurou. Ash olhava atentamente para ela, uma sensação sufocante se apoderando dele. – Nenhuma informação que eu te dê será tão valiosa quanto o que você compartilha comigo.

As bochechas de Josie coraram levemente quando captou seu olhar. Sua mão estava agarrada à dele, mas ele segurou firme, para que ela não se desvencilhasse.

– É o que você pensa – ela disse com a voz rouca. – Talvez eu considere a sua história até mais valiosa. Estou em desvantagem, entende? Você já sabe tudo sobre mim, me seguia. Aposto que sabe mais sobre mim do que eu gostaria. É mais do que justo você igualar as coisas me contando seus segredos mais profundos.

Ela flertava com ele. De um jeito tímido e adorável, como se não soubesse fazê-lo. Ele nunca havia experimentado algo tão... excitante. Tinha desejo, obviamente. Ele a desejava como nunca havia desejado uma mulher. Mas era mais que isso. Estava interessado nela. Queria penetrar sua cabeça tanto quanto queria penetrar seu corpo. Mais que isso, queria sua confiança, ainda que tudo que ele tivesse feito antes não fosse digno dela.

No tempo certo ele se mostraria para Josie. Era só ela dar uma chance.

– Segredos mais profundos, hein! Temo te desapontar. Sou terrivelmente tedioso. Sou casado com meu trabalho e desprezo minha família tanto quanto eles me desprezam. Minha verdadeira família são meus sócios e suas esposas.

– Mas sua irmã veio te ver recentemente. Vocês fizeram as pazes?

Dessa vez ele afastou as mãos, pousando-as de volta na cadeira. Seu olhar desviou até voltar para ela.

– Mais ou menos. Não estou muito convencido quanto à honestidade dela. Prefiro acreditar que ela está finalmente se distanciando da alcateia, mas só o tempo dirá.

– O que fizeram a vocês? Vocês dois.

Ash suspirou.

– Eles nos pariram? Eu sei lá. Minha mãe não tem nenhum instinto maternal e teve quatro filhos. E me assusta uma mulher tão autossuficiente ainda ter filhos que vê como fardos.

O nariz de Josie se enrugou, e seus olhos brilharam de compaixão.

– Você nunca se deu bem com eles? Nem quando era criança?

– Eu os via muito pouco quando criança – Ash disse secamente. – Nós éramos enviados para a escola e só voltávamos nas festas de final de ano, feriados, quando ficávamos com uma babá. Fora isso, meus pais ficavam fazendo as coisas deles. Viajando. Envolvidos na cena social. Meu avô ganhou muito dinheiro, mas nós não tínhamos dinheiro de família. Podemos ser considerados "novos ricos", coisa que minha mãe nunca superou.

– Desculpe minha suposição, mas ela parece ser horrível.

– Não é suposição. Ela e meu pai são pessoas nojentas. Não apenas pais nojentos, mas desagradáveis em todos os aspectos. Acho que o único motivo de ela ter tido tantos filhos é que meu avô vinha de uma família grande, sempre com muitos herdeiros, e queria que minha mãe lhe desse vários netos. Ela não queria deixar o velho irritado de maneira alguma, já que dependia dele em muitos aspectos. Por isso nos teve, e ele custeou nossa educação. Meus pais só tinham tempo para nós na presença do meu avô. Não sei o que era pior, serem pais ruins normalmente ou fingirem ser carinhosos na frente dos outros.

– Que droga – Josie disse. – Eu adorava minha mãe. E minha avó. Eram mulheres maravilhosas. Mas o que houve com a sua irmã? Quantos anos ela tem?

– Brittany é a mais nova. Tem 30 anos. Minha mãe arranjou um casamento para ela logo depois da faculdade, com um homem mais velho, de pedigree. O casamento durou dois anos, Brittany já não aguentava mais, saiu de mãos abanando. Isso deixou minha mãe furiosa porque, em suas palavras, ela tinha trabalhado duro para conseguir esse casamento e tudo que Brittany tinha de fazer era engolir o choro e se manter uma esposa atenciosa até que seu marido morresse, deixando para ela uma gorda herança que ajudaria nossos pais.

– Uau – Josie sussurrou. – Que loucura. Quer dizer, parece aquelas sagas históricas. Não sabia que existiam pessoas assim nos dias de hoje.

Ele sorriu.

– Desculpe por cortar suas asinhas.

– Mas, enfim, por que Brittany veio te ver?

– Ela quer dar o fora – ele disse calmamente. – Como falei, ela não ficou com nada no divórcio e está morando com meus pais desde então. Ela tem formação universitária, mas nunca trabalhou. Veio me pedir ajuda. Inicialmente financeira, mas acho que buscava algum alento. Suporte emocional também.

– E você a ajudou?

– Claro. Eu a coloquei em um apartamento, abri uma conta no banco com fundos suficientes para ela viver até conseguir um emprego. Em alguns dias, ela começará a trabalhar em um dos meus hotéis. O resto é com ela. Eu lhe dei condições de começar uma vida nova, mas o sucesso depende dela. Minha mãe vai ficar preocupadíssima. Ela quer Brittany bem perto, de onde consiga manipulá-la. Só espero que minha irmã tenha coragem de enfrentá-la.

– Acho incrível o que você fez por ela. Ela devia sentir que não tinha ninguém com quem contar.

Ash balançou a cabeça.

– Pior que não tinha. E independentemente de quão mal tenha me tratado no passado, eu percebo que ela não teve muita escolha. Minha mãe não teria permitido que fosse de outra forma. Ela me pareceu honesta desta vez, e se for mesmo, farei qualquer coisa ao meu alcance para ajudar. Não me importo com o que meus pais e meus outros irmãos pensam sobre mim. Brittany ainda não chegou nesse ponto, mas um dia chegará.

– Outros irmãos? Quantos irmãos você tem?

– Três, contando com a Brittany. Tenho dois mais velhos, na casa dos quarenta, e nenhum deles consegue sustentar suas famílias sem a ajuda dos meus pais ou do meu avô.

– Que triste. Então, se você não tem nada a ver com eles, como conseguiu tanta coisa? Quer dizer, você é um homem de sucesso.

– Acho que chegou a sua vez de falar – ele sugeriu. – Já abri meu coração e tudo que sei sobre você até agora é que seu pai é um babaca e sua mãe faleceu depois de uma longa luta contra o câncer.

– Você pode fazer uma pergunta se responder à minha anterior.

Ele arqueou uma sobrancelha.

– Tenho direito a duas, já que você estourou sua cota.

Os lábios dela esboçaram um sorriso.

– Você tem ideia do quão estéril fica essa conversa com toda essa coisa de controlar o "placar"?

– Não precisa ser assim. Ok, vou te responder, mas é a última até que você tenha uma rodada também.

– Fechado – ela disse com um sorriso.

– Conheci Gabe Hamilton e Jace Crestwell na faculdade. Os pais de Jace morreram em um acidente de carro quando ele tinha vinte e poucos anos, e ele teve que tomar conta de sua irmã, bem mais nova. Nosso foco mudou a partir daí. Antes tínhamos aquela atitude "foda--se tudo", e na faculdade só queríamos saber de cerveja e mulher. Montamos nosso negócio assim que saímos da faculdade. Começamos com um único hotel. Botamos nosso coração nisso, além de cada centavo que tínhamos ou que pegamos emprestado. Esperamos um ano até expandir. Usando o primeiro hotel como financiador, estávamos seguros para comprar outra propriedade. A partir disso, usando os hotéis mais antigos e sua fama, conseguimos rapidamente arranjar investidores com mais facilidade.

– Então sua família não tem nada a ver com o seu sucesso.

– Absolutamente nada – ele vociferou. – Eu não pediria nem um centavo a eles. Não queria nenhuma amarra. E queria que eles não tivessem relação nenhuma com meus negócios.

– Imagino que eles não tenham reagido bem a isso – Josie murmurou.

Ele sorriu.

– Nope. Eles ficaram irritados porque a) fiz tudo sem eles; e b) não dou dinheiro a eles. É como se seu pai aparecesse amanhã e quisesse que vocês brincassem de família feliz.

Seus olhos se tornaram sombrios e seus lábios se apertaram com a menção ao pai.

Ele se inclinou para a frente, deslizando a mão pela mesa para que encontrasse a dela outra vez. Um músculo se contraiu em seu braço, deixando-a arrepiada, calafrios subiram por sua pele.

– Bom, agora é minha vez de fazer vinte perguntas.

– Ei, não te fiz vinte perguntas.

– Quase isso – ele murmurou.

Ela suspirou.

– Ok, ok. Pergunte.

O olhar de Ash imediatamente pousou no pescoço de Josie. Para a marca pálida deixada pelo colar que antes ela usava. Fora a primeira coisa que notou quando ela saía da loja de penhores, e ele estava sem esperança alguma. Mas o fato de Josie ter aceitado o jantar, mesmo depois da chantagem, e não estar usando o colar hoje, como um entrave entre os dois, dizia que ela estava no mínimo intrigada pelo que poderia acontecer entre os dois. Seja lá o que fosse.

– Por que você não está usando o colar? – perguntou suavemente.

Sua mão livre foi direto para o pescoço, e seus olhos brilharam consternados. Mas ela se manteve quieta, os lábios firmemente pressionados.

– Josie? Por que você não está usando o colar?

Ela suspirou.

– Não estou mais saindo com ele.

Ele precisou se esforçar para não esboçar nenhuma reação. Ele já suspeitava, mas não queria se precipitar em uma conclusão.

– O que houve?

Ela afastou a mão, pousando-a no próprio colo. Olhava para baixo, evitando o seu olhar. Ele esperava, sem permitir que o silêncio afastasse o assunto. Era muito importante que Josie respondesse. Ash queria saber tudo.

– Você terminou com ele ou ele com você?

– Eu terminei.

– Quer me dizer o motivo? O que aconteceu, Josie?

Ela ergueu a cabeça, os olhos brilhando.

– *Você* aconteceu, Ash. *Você*.

capítulo 7

Não havia nenhum fingimento na surpresa de Ash. Ela definitivamente o pegou desprevenido com sua explosão. Seus olhos se estreitaram e ele se inclinou mais sobre a mesa. Ainda estava segurando uma das suas mãos e cobriu a que estava livre, a palma da mão deslizando por cima dos seus dedos.

O homem era letal. Com cada toque seduzia, e ela duvidava que ele sequer soubesse disso. Ou talvez soubesse. Talvez soubesse exatamente o que estava fazendo.

– Eu não aconteci – disse ele em voz baixa. – Porque, se eu tivesse acontecido, você estaria na minha cama agora.

Sua voz era um rugido rouco, deslizando sobre sua pele até os cabelos de sua nuca se arrepiarem.

Ela tentou puxar de volta para si as suas mãos, mas Ash se manteve firme, não permitindo que ela escapasse.

– Você aconteceu – ela refutou. – Aquele dia no parque. Você me fez questionar tudo. E eu não gosto do que descobri como resultado.

– E o que seria isso?

Ela se mexeu, desconfortável com o seu escrutínio. Não queria ter essa conversa. Era muito íntima. Era muito... reveladora. Ash era um homem que, se lhe fosse dado um centímetro, ele tomaria um quilômetro.

– Sobre o que eu fiz você se perguntar, Josie?

Era claro que ele não ia recuar.

– O que a gargantilha significava – disse ela, cedendo enfim.

– O que você quer dizer com isso? – ele solicitou suavemente.

Ela soltou um suspiro profundo.

– As coisas que você disse, o que o colar significava para você e o que *deveria* significar para mim. Eu percebi isso. Depois. Eu pensei muito sobre isso. E quando fui ver o Michael para descobrir o que significava para ele, nem percebeu que eu não o estava usando. Agora, talvez eu esteja errada, mas acho que um homem não gostaria do fato de que uma mulher tirasse a sua coleira. Quero dizer, se supostamente significa tudo o que você insinuou.

– Você não está errada – disse Ash.

– É um jogo para ele. Talvez tenha sido para mim também – ela sussurrou. – Ele me disse que eu estava levando as coisas muito a sério. Que o colar era divertido, mas sem significado. É como se ele estivesse interpretando um personagem e nada daquilo fosse real. E quando percebi isso, também reconheci que não queria um jogo. Mas, ao mesmo tempo, não sei se eu quero que seja real. Acho que... com você... seria muito diferente. Com um homem como você, quero dizer.

– Não é sem sentido – Ash rosnou, seu rosto estava como uma carranca. – E seria diferente para cacete comigo. Mas você sabe o quê? Seria real. E significaria alguma coisa.

– O que significaria? – ela perguntou, com os lábios tremendo enquanto admirava a intensidade nos olhos dele.

– Significaria que você pertence a mim. Apenas a mim. Que você se submeteria a mim. Que eu cuidaria de você, proveria tudo para você, faria amor com você.

Ele não poderia ter ideia do efeito de suas palavras. Que elas alcançariam algo profundo e falariam com uma parte de Josie que ela não sabia que existia. Com Michael, tinha sido um jogo. Ela podia ver isso agora. Duas pessoas encenando. Fazendo os movimentos de uma excitação. Não havia nada de errado com isso, mas não era o que ela queria.

Mas o pensamento de estar com Ash, de pertencer a ele, no sentido que ele estava falando, a assustava. Ele era avassalador em todos os sentidos da palavra.

– Acho que você sabe que eu te quero, Josie. Certamente não fiz disso um segredo. A questão é se você quer ou não a mim e o que eu posso lhe dar. Mas você também precisa pensar sobre tudo o que eu iria demandar. Porque preciso de muito. Eu dou bastante, mas demando tudo.

Ela engoliu em seco, com as mãos tremendo sob ás dele. Ash fechou os dedos apertados em torno de suas mãos e apertou gentilmente.

– Não sei o que dizer.

– Diga que você vai pensar – ele murmurou. – Faça pelo menos isso por mim.

Ela lambeu os lábios, o peito subindo e descendo com sua respiração rápida. Dizer que ia pensar não era um compromisso. Não havia nada no que ela disse que indicasse que levaria isso a fundo. E precisava de tempo para considerar no que estava se metendo.

– Vou pensar – ela finalmente admitiu.

Satisfação, não, *triunfo* brilhou intensamente nos olhos dele. Ash agiu como se ela já tivesse aceitado. Talvez pensou que ela tivesse, dizendo que pensaria sobre isso. Ou talvez simplesmente não gostasse de aceitar um não como resposta.

O garçom voltou trazendo suas entradas. Ash se calou até que os pratos tivessem sido servidos e o garçom se retirado.

– Agora, me conte mais sobre você. Você é uma artista, obviamente.

Ela assentiu com a cabeça, sem nem mesmo sentir o gosto da comida que colocou na boca. O bife cheirava deliciosamente bem e era tão macio que poderia cortá-lo com o garfo. Mas no momento em que o colocou em sua língua, o gosto não foi processado. Estava muito preocupada com Ash e a proposta que colocara diante dela.

– Você é capaz de ganhar a vida com isso? – ele perguntou.

Era uma pergunta pessoal, mas, até então, Ash não parecia o tipo de homem que se preocupava muito com decoro ou limites.

– Agora consigo um pouco melhor – disse ela tristemente. – Eu tenho sido capaz de me manter. Nem sempre é fácil. Mas tentei empregos regulares, desses das nove às seis. Não tenho paixão por isso. Não como eu tenho pela minha arte. Vendi algumas peças aqui e ali, desenho joias e vendo-as pela internet. Faço o suficiente para pagar meu aluguel. Na maioria das vezes – acrescentou com uma careta. – Este mês estava duro para mim. Pedidos da internet, que são geralmente estáveis, despencaram, e eu não tinha vendido nenhuma das obras que vinha expondo em uma galeria nas últimas seis semanas. É por isso que fui para a casa de penhores vender as joias da minha mãe. Odeio isso, mas não vi outra maneira de pagar minhas contas. Poderia ter obtido um empréstimo, mas isso não me faria bem nenhum se não tivesse o dinheiro para pagá-lo com os juros.

– Onde diabos estava Michael enquanto isso? – Ash exigiu.

Josie piscou para a ferocidade que brotava em seu olhar, a raiva que ela viu transbordando em seus olhos.

– Não tenho certeza se entendi o que você quer dizer.

Os lábios de Ash se contraíram em aborrecimento.

– Você estava tendo problemas financeiros, que a obrigaram a escolher entre vender as joias de sua mãe, algo que, obviamente, significa muito para você, ou não ser capaz de pagar o aluguel e acabar sem um lugar para morar. Michael deveria ter ajudado você.

Ela balançou a cabeça.

– Não. Não é assim. Não quero que ele me sustente. Ele ganha um bom dinheiro, mas a nossa relação não era baseada nesse tipo de coisa. Eu não conseguiria aceitar dinheiro dele. Pareceria muito que ele estava me pagando por sexo.

Ash parecia ainda mais irritado.

– Que raciocínio maluco, Josie. Se fosse uma escolha entre estar nas ruas ou aceitar dinheiro de um homem que com certeza deveria ter cuidado melhor de você, então não há dúvida de que ele deveria ter te ajudado. Você não deveria ter que pedir. Se ele estivesse envolvido contigo, se ele fosse o seu Dom e soubesse o que deveria fazer com você, então saberia que estava em apuros. Ele deveria saber que você estava em uma merda de uma casa de penhores empenhando suas joias para pagar suas contas. E, com maldita certeza, deveria ter tomado a frente e ter cuidado de você. Se te tratasse como deveria, você não se sentiria desconfortável com a sua ajuda. Deveria ter total confiança no homem para quem você deu a si mesma. E ele deve valorizar esse presente, certificando-se de que você não tem nenhuma preocupação financeira ou de qualquer outro tipo.

– Acho que nunca olhei para isso dessa forma – ela murmurou.

– Você olhará – disse ele.

A determinação em sua voz a fez ficar paralisada. Ele tinha tanta certeza de si mesmo. Dela. Da existência de um eventual "nós".

– Como está a sua comida? – ele perguntou, mudando a conversa para uma direção completamente diferente. Ela olhou para seu prato, percebendo que o bife estava semiacabado e não tinha nenhuma lembrança de comer o que tinha ido embora.

– Está boa – disse ela rapidamente. – Excelente, na verdade. Nunca comi aqui antes. É muito chique para mim. O que fez você escolhê-lo?

O canto da boca dele se levantou.

– Eu sou dono do hotel, então é natural que eu tenha aqui um restaurante em que eu goste de comer. Estou feliz que o bife esteja do seu agrado.

Seu queixo desabou.

– Você é dono deste hotel?

A sobrancelha dele se levantou.

– Você parece surpresa. Eu disse que meus sócios e eu somos donos de vários hotéis.

– Eu pensei que você queria dizer algo como uma cadeia de hotéis ou algo pequeno. Este hotel é... – ela procurou pela palavra certa para não soar como uma completa idiota.

–É o quê? – perguntou Ash.

– É tão glamoroso e, obviamente, feito para os ricos. Pensei que você tivesse algo em uma escala muito menor – murmurou.

– Isso te incomoda?

Ela balançou a cabeça.

– Não. Só me pegou de surpresa. Quero dizer, você aparenta ser rico, mas talvez eu não estivesse pensando que era tão bem-sucedido *assim*.

– E você acha que, se concordar com o que eu propus, isso faz de você uma aproveitadora interesseira?

Ele acertou em cheio como um tiro. O homem era muito bom em ler sua mente.

– Vamos apenas dizer que eu não sou da sua estirpe. Quem olhar para nós dois vai imediatamente me rotular de oportunista. Ninguém jamais iria acreditar que eu não estaria com você pelo dinheiro.

– E você estaria? – ele perguntou sem rodeios.

Ela não pôde reprimir a sua reação. Seus lábios se apertaram e os cantos da boca recaíram numa carranca.

– Claro que não! Eu não quero nem preciso de você para me sustentar, Ash. Não quero seu dinheiro. Eu quero...

Ela rompeu com horror diante do que quase disse. Mas Ash não deixou isso passar e seu olhar se tornou mais intenso.

– O que você quer?

– Você – ela sussurrou. – Só você.

A satisfação brilhou nos olhos dele e um sorriso lento se formou ao longo de sua boca.

– Então você precisa aceitar, Josie. Porque comigo vem tudo o que eu posso lhe dar, e não vai me fazer feliz se recusar qualquer coisa que eu escolher para você ou fizer por você. Enquanto soubermos sobre a situação real, não dou a mínima para o que os outros pensem e você também não deve dar.

Ela lambeu os lábios, aquelas últimas palavras voltando para ela. Queria interrogá-lo antes, mas no momento não parecia certo e, em seguida, a comida chegou. Mas a questão estava queimando em seus lábios, e ela tinha que saber.

– Você disse mais cedo... Quero dizer, quando você disse que você iria dar muito, mas que você demandaria muito. O que você quis dizer com isso?

– Tudo – disse ele sem rodeios. – Você na minha cama. Você no meu espaço. Você sob minha proteção. Eu demandaria tudo, Josie, e você daria.

– Isso não parece muito justo – ela murmurou.

– Nada do que eu possa lhe dar poderia se comparar com o seu presente da submissão. O presente de sua confiança. Nada é mais valioso do que isso, e você não pode colocar um preço sobre esse tipo de coisa. Eu ia passar todo o meu tempo tentando alcançar, porque não, cacete, não é igual. O que você me daria supera de longe qualquer coisa que eu poderia lhe dar.

– Você também daria a si mesmo? Quero dizer, você disse que eu iria me entregar a você, mas você me dará você em troca, certo?

Ele fez uma pausa, ainda olhando fixamente em seus olhos.

– Você me teria. Tudo de mim. O que eu escolhesse para lhe dar. Nada mais. E você tem que entender isso. Se isso te incomoda, então você tem de aceitar ou tomar uma decisão, porque não posso dar mais.

Ela digeriu suas palavras por um longo momento e então olhou de volta para Ash, com a testa franzida, enquanto tomava um passo à frente com sua próxima pergunta, ou melhor, com uma condição. Ele poderia não aceitá-la muito bem, mas Josie não poderia nem mesmo considerar esse relacionamento se ele recusasse.

– Eu não vou compartilhá-lo com outra mulher – disse ela. – Quero dizer, se fizermos isso, não vou tolerar que você esteja com outra mulher. Não sei como isso funciona. Se tem outras mulheres como eu. Mas não quero nunca me preocupar se você está com outra pessoa. Porque se eu te der tudo que está demandando, especialmente a minha confiança, então espero que seja fiel a mim por quanto tempo isso durar.

– Não tenho nenhuma intenção de dormir com outra mulher ou até mesmo de estar com outra mulher, se tiver você. Por que eu precisaria de alguém, se você se submeteu a mim e está em minha cama? Eu nunca te desrespeitaria dessa forma, Josie. De tudo o que eu te desse, respeito seria o presente mais valioso. Eu cuidaria de você, te protegeria e te estimaria. Nenhuma outra mulher iria receber essas coisas de mim.

Ela não tinha certeza do que responder. Ele parecia tão... decidido. Como se a sua relação já fosse um fato consumado.

Ele se inclinou para a frente, seu olhar cada vez mais intenso, seu tom de voz... persuasivo. Como se quisesse muito que ela tomasse sua decisão agora, em vez de pensar sobre o assunto por um tempo.

– Uma coisa que precisa entender. Eu não sou melhor do que você, Josie. Entendo que há uma desigualdade de poder nessa relação. As escalas são inclinadas na minha direção. Mas isso não quer dizer que eu seja mais. Nunca serei mais. Você é *tudo* nessa equação. Você não abaixará o seu olhar. Você nunca se sentirá como se fosse menos, porque isso vai me irritar. Você não se ajoelha, a menos que seja o que eu queira, quando você estiver chupando meu pau. Eu tomo as decisões. Você se submete a mim. Mas isso não me faz mais e você menos. Isso faz de você tudo. E o seu poder sobre mim é muito maior do que qualquer poder que eu tenha sobre você. Você fala sobre o que eu te daria e o que você me daria. Sem mim, você vai ficar bem. Você pode conseguir sozinha. Você já provou isso. Mas sem você, eu não tenho nada, porque o dinheiro, a riqueza, o poder, isso não significa nada sem alguém para compartilhar. Então, talvez a minha necessidade de você seja maior do que a sua necessidade de mim. Mas isso não significa que eu não vou fazer tudo ao meu alcance para fazer você precisar de mim tanto quanto eu preciso de você.

Os olhos de Josie se arregalaram diante do seu discurso apaixonado. Caramba, ele quis dizer isso? Tudo isso?

– Você precisa de mim? – ela sussurrou.

Ele soltou a mão dela e recostou-se, arrastando sua própria mão pelo cabelo em agitação.

– Não consigo explicar. Essa coisa... seja lá o que for entre nós. Mas, sim, eu preciso de você. Nem tenho certeza se *precisar* é a palavra certa, é uma palavra tão inadequada para o desejo insano que eu tenho de estar com você. De ter você. De ter a sua submissão. Nunca foi assim com outra mulher. É algo que eu quero. É algo que eu desejo. É algo que eu gosto. Mas com você, é algo de que preciso e, se eu não tiver, vou perder a porra da minha cabeça. Então, sim, eu preciso de você, Josie. E isso é dizer pouco. E se isso assusta você, me desculpe, mas não posso ser de outra maneira contigo. Estou sendo muito honesto. Vou tentar não oprimi-la, mas só conheço uma maneira de estar com você. Completamente, sem me segurar.

Ela estava sem palavras. Não tinha ideia nem mesmo de como responder. Isso era uma loucura. Tudo isso. Eles só tinham visto um ao outro duas vezes antes de hoje à noite. Como poderia ter determinado que ela era alguém de quem ele precisava quando não sabiam quase nada um sobre o outro? Nessa altura, como ela poderia sentir que precisava dele?

– Outra coisa que você precisa saber – disse ele, antes que Josie pudesse responder. – Eu não lido com fantasias, Josie. Eu lido com a realidade. E talvez a sua fantasia *seja* a minha realidade e isso é bom, desde que você perceba que, no final do dia, a fantasia se torna realidade. O que fazemos é real. Está aqui. Sólido. Não vai embora amanhã ou no dia seguinte. Você precisa ter certeza de que pode lidar com isso, porque, sim, eu vou lhe dar a fantasia, mas vai ser real. Sem brincadeiras inventadas que você só sonha em sua cabeça. Está preparada para isso? Pode lidar com isso sendo real e permanente?

– Mas como? Quer dizer, eu entendo do que você está falando sobre a linha entre a fantasia e a realidade. Eu entendo isso, obviamente, Michael queria um jogo. Não era real com ele, e percebi que eu não queria jogar um jogo. Mas se nem tenho certeza do que eu quero, como *você* pode esperar saber?

Ele sorriu e estendeu a mão para deslizar a sua palma sobre a mão dela novamente.

– Esse é o meu trabalho. O seu é se submeter, dar a si mesma espontaneamente. O meu trabalho é estar em sintonia com suas necessidades e desejos, para conhecê-los melhor do que os meus.

– Parece bom demais para ser verdade – ela admitiu. – Você diz que não é fantasia. Isso seria verdadeiro com você, mas *soa* como fantasia.

– Você não vai saber se não mergulhar de cabeça. Mas acredite em mim quando digo que isso não é um jogo. Se você se submeter a mim, saberá que é real. Sem encenação. Sem joguinhos bobos. Você vai sentir isso até os ossos. Eu garanto.

Estava na ponta da sua língua dizer sim. *Mergulhar de cabeça*, como ele rotulou. Mas seria estúpido da parte dela não levar um tempo para pensar, de preferência quando ele não estivesse sentado em frente a ela, seduzindo-a com cada olhar, cada toque e cada palavra que saía de sua boca.

Não havia dúvida de que ele falou com uma parte de sua alma que nunca tinha sido mexida. Fez ela querer coisas que nunca tinha considerado. Josie sabia, sem dúvida, que um relacionamento com ele seria muito diferente do que o que ela teve com Michael. E não estava totalmente certa de que poderia lidar com isso. Ash era uma presença esmagadora. Às vezes a assustava e em outras a intrigava.

– Eu vou pensar – disse ela em voz baixa. – Preciso de tempo, Ash. Isso é... pesado. É uma grande decisão e não posso tomá-la de forma leviana. Eu não gostaria de desrespeitar você, concordando e logo em seguida recusando os termos do nosso relacionamento. Se eu concordar, então tenho que saber que sou capaz de dar todas as coisas que você quer.

– Eu vou lhe dar um tempo – disse ele. – Espero que não demore muito, mas também sei que não há um limite de tempo para a sua decisão. Não vou arranjar outra mulher em uma semana, só porque você não tomou uma decisão. Você precisa saber que não *há* outra mulher. Ninguém em quem eu esteja pensando. A outra coisa que precisa saber é que eu não faço esta oferta levianamente. Na verdade, nunca pedi para outra mulher esse tipo de relacionamento.

Sua testa ficou franzida.

– Mas você disse que esse é quem você é. O que você é. Como você pode nunca ter pedido para outra mulher essas coisas? Duvido que você tenha sido celibatário desde sempre.

Ele riu.

– Não, realmente não. Todas as mulheres com quem eu estive sabiam da situação. O que eu esperava e que eu demandaria. Mas nunca considerei essas relações reais, porque, no fim das contas, nós dois sabíamos que aquilo era muito temporário. Dificilmente o que eu chamaria de um relacionamento real.

– Então, eu não seria temporária? – ela perguntou, expressando talvez o seu maior medo, que ele ia ficar cansado dela em uma semana e simplesmente passar para outra pessoa.

Mas então o que ela estava esperando? O que ela estava sequer pedindo? Algo a longo prazo? Como poderia pedir isso quando ela não tinha certeza se queria algo mais permanente? Era um grande salto a se fazer. Era possível que ela não fosse capaz de lidar com as demandas que ele fez. E, no entanto, a ideia de Ash não querer só uma aventura temporária a inquietava.

– Não posso dizer com nenhuma autoridade o que você vai ser, Josie – disse ele em voz baixa. – Mas o que eu posso dizer é que não, você certamente não vai ser temporária. Tenho a intenção de mantê-la por muito tempo. E se isso te faz sentir melhor, nunca pedi a uma mulher nada mais do que algumas semanas, e nenhuma dessas mulheres tinha sobre mim o poder que você tem.

Um calor percorreu suas veias, enviando prazer para seu peito. Era bobagem. Esse sentimento vertiginoso de que ela significava, de alguma forma, mais para ele do que qualquer outra mulher. Mas que mulher não gosta de se sentir assim com o homem com quem está?

Não importava o que o futuro tinha reservado para eles e em qual relacionamento entrariam, ela foi consolada pelo pensamento de que, por qualquer motivo, Ash sentia por ela o que não tinha sentido por nenhuma outra mulher.

– Não vai demorar muito – disse ela. – Apenas me dê alguns dias para resolver tudo isso na minha cabeça.

Ele acenou com a cabeça.

– Tudo bem. Eu vou te dar o meu número de celular. Quando tiver tido tempo para analisar tudo o que eu disse, me ligue e vamos jantar no meu apartamento. Então, se concordar, nós falaremos sobre os termos, ou melhor, sobre as minhas expectativas.

Ela franziu a testa.

– Não deveríamos fazer isso *antes* de eu tomar a minha decisão?

Ele sorriu.

– É aí que a confiança tem de entrar, Josie. Considere o que eu disse a você, como é que vai ser, e então, quando você disser que sim, nós falaremos sobre os detalhes mais íntimos de nosso acordo.

capítulo 8

Ash não era do tipo que gostava de ficar esperando. Especialmente por algo que desejava. Estava muito acostumado a conseguir o que queria, quando queria. *Não* era uma palavra que não fazia parte do seu vocabulário, e quanto mais tempo passava desde o seu jantar com Josie, mais aflito se sentia.

Nem mesmo a situação com Brittany tinha sido capaz de distraí-lo de sua preocupação com Josie.

Sua irmã havia se estabelecido no apartamento dela e tinha se apresentado para trabalhar na administração da Bentley. Até agora, parecia estar indo bem. Ele recebia relatórios regulares sobre Brittany do gerente, que ficou satisfeito com seu desempenho até agora. Ele comentou que ela era pontual, trabalhava duro e parecia ansiosa para fazer de seu trabalho um sucesso.

Hoje à noite ele tinha planos para jantar com Brittany, e teria esperado ansiosamente por isso, não fosse o fato de que ainda não havia recebido nenhuma resposta de Josie. Tinha se passado uma *semana* desde o jantar e ele estava muito confiante de que teria notícias dela em questão de dias. Havia visto a expressão em seus olhos. Ela ficara intrigada. Estava obviamente atraída por ele. E as coisas que ofereceu pareciam atraí-la.

Então, por que diabos estava demorando tanto tempo para responder? Ou será que ela nem planejava responder? Talvez tivesse chegado em casa e imediatamente mudado de ideia sobre uma relação com ele.

Sabia que deveria ter pressionado por uma resposta na noite em que eles tinham ido jantar. Ela tinha chegado precariamente perto de um consentimento. Ele tinha visto em seus olhos e em sua linguagem corporal. Se ela percebeu, conscientemente ou não, ela o queria bem como o tipo de relação que ele propôs.

Esse era um território novo para ele. Nunca tinha estado em uma posição em que tivesse que esperar uma mulher decidir se queria ficar com ele. As mulheres com quem tinha estado no passado não hesitaram um minuto sequer. Todas ficavam muito ansiosas para estar com ele, não importando quanto tempo as coisas durassem.

E, de fato, várias mulheres não tinham entendido a mensagem de que havia terminado. A última mulher com quem ele e Jace estiveram juntos – sem contar com a Bethany – não tinha lidado bem com o fim do romance. Ficou irritada e agiu exatamente como a mulher desprezada, embora ele e Jace tivessem deixado bem claro que era algo temporário.

Ele repassou mentalmente a noite em que Josie e ele tinham jantado. Sim, havia sido muito franco e direto. Talvez isso a tenha assustado. Talvez tenha se aproximado de um jeito muito duro e rápido demais. Mas não queria enganá-la. Queria que soubesse exatamente no que estava se metendo em um relacionamento com ele.

– Ei, cara.

Ash olhou para cima para ver Jace em pé na soleira da porta de seu escritório. Ash fez-lhe sinal e Jace caminhou em direção à mesa, fechando a porta atrás de si.

– Você tem estado quieto recentemente. Algo errado? Como está o desenrolar da deserção de Brittany?

Ash revirou os olhos.

– Previsível.

– Como assim?

Jace se sentou em frente a Ash e prendeu-o com um olhar curioso.

– Ah, você conhece meus queridos e velhos pais. Meu pai é um belo de um covarde, medroso demais para fazer ou dizer alguma coisa. Ele apenas segue o fluxo com a minha mãe, e tudo o que ela diz vale.

– Eles estão torrando a paciência dela? – Jace perguntou com uma carranca.

– Bem, eles apareceram no apartamento que você está deixando ela usar. Mandaram ela voltar para casa e deixar de ser uma criança. Era em uma mulher de trinta anos que a minha mãe estava dando sermão, preste atenção. Quando Brittany recusou, minha mãe quis saber como ela estava pagando pelo apartamento em que estava vivendo e como fazia aquilo por conta própria. Brittany disse que não era de sua conta como ela chegou ao apartamento e que estava fazendo isso como a maioria das pessoas faz. Trabalhando.

Jace riu.

– Bom. Não teria pensado que ela seria capaz de se impor diante da bruxa má.

– Nem eu, para ser honesto – Ash admitiu. – Mas ela parece estar determinada a romper com a família. Estou orgulhoso. Minha mãe pode ser intimidadora e você tem que entender que, até recentemente, Brittany sempre fez o que a minha mãe queria que fizesse. Sem questionamentos.

– Deve ser um ajuste difícil – Jace disse, em simpatia.

– Vou jantar com ela esta noite. Você e Bethany querem se juntar a nós? Eu gostaria que a Brittany conhecesse a Bethany. Brittany nunca teve boas amigas. As amigas que teve não eram de verdade e ela sabe disso. Quando as coisas ficam pretas, não vêm em seu socorro. Livram-se dela rapidinho.

– Claro. Vou ligar para Bethany e me certificar de que não temos outros planos.

– Obrigado. Vai ser bom para tirar a minha mente de outras coisas.

Já era tarde quando percebeu o que significava fazer essa declaração e a última coisa que queria era discutir isso com Jace, que definitivamente se agarraria a isso e não o deixaria em paz.

– Precisa de ajuda com alguma coisa? – Jace perguntou, com a testa enrugada de preocupação.

– Não. A menos que você tenha uma maneira de fazer uma mulher aquiescer às suas exigências.

Diante disso, a sobrancelha de Jace se levantou.

– Uma mulher? Não diga. Isso já deve valer o preço do ingresso.

– É complicado – Ash murmurou. – Ela está sendo difícil.

Jace riu.

– Mostre-me uma mulher que não seja!

– Bethany – Ash apontou. – Você é um sortudo filho da puta por tê-la. Ela lhe daria a lua e você sabe disso.

– Então, qual é o problema com a sua mulher *du jour*?

Ash fez uma careta.

– É exatamente isso. Ela não é uma mulher qualquer. Não sei, cara. Ela atinge lugares que nenhuma mulher alguma vez atingiu em mim.

– Ah, merda. Aconteceu – Jace se vangloriou. – O filho da puta presunçoso, que deu a mim e ao Gabe tanta tristeza, por fim se apaixonou para valer e, pelo que parece, não é exatamente recíproco.

Ash levantou rapidamente seu dedo médio.

– É muito cedo para isso. Ela só me intriga. Eu a quero – disse ele sem rodeios. – E vou fazer o que for preciso para levá-la para a minha cama. O problema é que ela não está exatamente tropeçando em si mesma para chegar lá.

– Agora, isso é hilário. Mulheres se matam para chegar perto de você. Você é o charmoso. Não é tão durão quanto Gabe e eu somos.

Ash mal se conteve em bufar. Seus amigos estavam redondamente enganados quanto a isso. Ele podia dar a aparência de ser o descontraído, o relaxado, mas quando se tratava de mulheres, do que ele queria, do que precisava? Não havia nenhum charme, nada de ser descontraído. Fazia anos que não deixava essa parte de si mesmo aparecer para uma mulher. Ainda se lembrava dela com carinho. Tinha acabado de completar trinta anos. Era alguns anos mais nova que ele. Ambos queriam e gostavam das mesmas coisas, e quando ele realmente a deixou ver quem ele era, ela não desistiu.

Ainda pensava em Cammie de tempos em tempos. Perguntava-se onde ela estava. Se estava casada e com filhos. E se perguntava se ela tinha encontrado um homem para satisfazer sua vertente submissa.

Ela e Ash se separaram de modo amigável. Ela queria mais do que ele poderia lhe dar. Na época, ele estava solidamente casado com sua carreira, tentando fazer a HCM se tornar o que era hoje. Ela queria sossegar, ter uma família, viver o sonho americano. E Ash não estava preparado para fazer isso.

Não era como se ele se importasse com a ideia de casar com ela. Era uma mulher bonita, divertida de se estar. Ele poderia tê-la amado. Sabia disso. Mas queria esperar. Não queria se casar com ela enquanto não estivesse absolutamente certo de que poderia provê-la de todas as suas necessidades.

E agora? Casamento e compromisso pareciam ser o próximo passo lógico. Gabe e Jace tinham dado esse passo. Estavam todos em um ponto em suas carreiras em que poderiam dar um passo atrás, relaxar, se concentrar em outras coisas além dos negócios.

Mas, enquanto Gabe e Jace tinham encontrado as mulheres perfeitas, que abraçavam e aceitavam o tipo de homem que eles eram e os amavam, apesar de suas imperfeições, Ash ainda não tinha encontrado uma mulher que satisfizesse as partes do seu coração que não eram saciadas com sua carreira e bons amigos.

– Ela me quer – disse Ash. – Ela quer o que eu posso dar a ela, mas até onde eu posso ver, está hesitante.

– Eu sei que a paciência não é uma das suas virtudes, mas talvez este seja o momento em que você vai precisar se familiarizar com o conceito.

A intensa diversão na voz de Jace só fez Ash ficar mal-humorado. Paciência? Definitivamente não era uma de suas virtudes. E ele com certeza não ia começar a se acostumar com a ideia da noite para o dia. Não quando queria tanto alguma coisa como queria Josie.

E ainda não conseguia explicar. Obsessão. Era uma palavra que tinha associado a Jace quando o assunto era Bethany, e Ash tinha ido com força para cima do amigo por isso. Ele não tinha entendido. Até tentou convencer Jace do contrário, chegando ao ponto de fazer uma verificação de antecedentes de Bethany e, em seguida, advertir Jace.

Esse não foi um de seus melhores movimentos, porque Bethany tinha sido a melhor coisa que já tinha acontecido a Jace. Foi uma coisa boa seu amigo não ter escutado o conselho de Ash, e agora que Ash se encontrava numa situação semelhante, poderia muito bem entender a reação incomum de Jace em relação a Bethany.

– Deixe-me perguntar uma coisa – disse Ash, com um tom sério. – No início, com a Bethany, você ficou sentado e esperou ou se mexeu, se responsabilizou e assumiu o controle?

Jace estremeceu, seu rosto se contorcendo em uma careta.

– Eu tentei, a princípio, ser paciente, levar as coisas devagar. Mas isso durou um período muito curto de tempo. Eu queria dar-lhe tempo para se adaptar. Quero dizer, as circunstâncias eram diferentes da maioria. Eu ficava louco ao pensar nela sem ter um lugar para dormir e, quando a coloquei no antigo apartamento de Mia, fiquei maluco, porque ela não estava comigo o tempo todo, mesmo que estivéssemos juntos todos os dias. Mas eu a queria no meu apartamento. Enquanto estivesse morando em outro lugar, eu não sentia como se ela fosse completamente minha. Parece louco, mas eu queria saber onde ela estava a cada minuto. Isso me faz soar como um maldito maníaco, e talvez fosse isso o que eu era. Uma droga, eu sei. Eu só sabia que eu queria ela comigo. Todos os dias. No meu apartamento quando chegava em casa. Na minha cama todas as noites. Não em outro apartamento de onde pudesse fugir a qualquer momento, mesmo se tivesse alguém a vigiando.

– Sim, isso não funcionou muito bem, se bem me lembro – Ash disse secamente. – Ela não se livrou deles e desapareceu por algumas horas?

– Um dia inteiro – Jace murmurou. – Inferno, eu pensei que tivesse me deixado ou ido embora, mas tudo o que fez foi encontrar o Jack, e eu ainda fico tenso só de pensar em tudo o que poderia ter acontecido com ela naquelas poucas horas.

– Eu não entendia na época – Ash admitiu. – Achei que você tinha perdido a cabeça. Mas entendo agora, porque eu me sinto da mesma maneira sobre Josie. E é louco. Nós só nos vimos algumas vezes e tivemos apenas um encontro em que realmente passamos mais do que alguns minutos juntos. Ainda estou me torturando por não tê-la pressionado no jantar. Ela estava tão perto de concordar, mas por ser o idiota que eu sou, recuei, porque não queria oprimi-la, por isso concedi a ela seu desejo de um tempo para pensar. Bem, isso foi há uma droga de uma semana e eu não ouvi merda nenhuma desde o nosso jantar.

O rosto de Jace se enrugou em simpatia.

– Então o que você vai fazer?

– Bem, eu tenho planos para esta noite com Brittany, e você e Bethany se puderem ir, mas amanhã vou mergulhar de cabeça. Cansei de esperar e ser paciente. Se ela vai me dizer não, pelo menos quero ouvir isso de seus lábios, em vez de suportar este silêncio prolongado.

– Boa sorte, cara. Espero que as coisas deem certo para você. E correndo o risco de ser um hipócrita total, desde que eu surtei com você por verificar a vida de Bethany, você fez um relatório sobre a Josie?

Ash assentiu.

– Sim, eu fiz. Após nosso primeiro encontro no parque. Não há segredos no seu armário que eu não tenha descoberto por acaso.

– Ok, bem, se houver alguma coisa que eu possa fazer, você sabe que só tem que pedir. Se você a convencer, nós vamos ter que sair, e quando Gabe e Mia voltarem de sua lua de mel, todos nós podemos sair juntos. Você pode apresentar a Josie para Mia e Bethany. Elas têm um bom grupo de amigas, e eu vou te dizer por experiência própria, quando elas têm essas noites das meninas? – ele parou e um sorrisinho atacou seu rosto.

Ash levantou a mão com um gemido.

– Eu sei, eu sei. Você já me deliciou com os detalhes das mulheres bêbadas e sexys de salto alto avassalador que querem ser fodidas naqueles sapatos sensuais. Não há necessidade de me torturar ainda mais.

Jace riu e, em seguida, levantou-se.

– Deixe-me ir ligar para Bethany. Eu te aviso hoje à noite. Onde vamos comer e a que horas? Eu só preciso avisá-la com antecedência para que se arrume.

– Que tal o Bryant Park Grill logo depois do trabalho?

Jace assentiu.

– Parece bom. Nos vemos lá.

capítulo 9

Brittany estava visivelmente nervosa no jantar, embora Bethany estivesse se comportando como uma dama, tentando quebrar o gelo e tratando Brittany como uma amiga de longa data.

O Bryant Park Grill estava pulsando, como ficava todos os dias depois do expediente. Apinhado de ternos, empresários e empresárias desfrutando de drinques depois de um dia de trabalho. Era um popular refúgio pós-trabalho, mas não foi por isso que Ash o havia escolhido.

Ele o tinha escolhido porque pensou que poderia ver Josie por lá. Mas, de acordo com o homem que tinha contratado para manter os olhos em Josie, ela não saía de seu apartamento havia vários dias.

Talvez estivesse trabalhando incansavelmente para terminar uma nova peça de arte para a galeria. Talvez não estivesse dando à sua proposta um momento para pensar. Ele disse a Jace que lhe daria até amanhã, mas prestara pouca atenção na conversa do jantar, pois se sentia tentado a ir ao apartamento de Josie sem aviso prévio.

Paciência. Jace tinha dito para ter paciência. Ash quase bufou com aquela hipócrita declaração, mesmo que Jace tenha por fim admitido isso.

A comida deles foi servida, e Brittany tinha finalmente relaxado, até sorria para Ash. Em um dado momento ela se inclinou em sua direção para que somente ele ouvisse:

– Obrigada, Ash. Você não sabe o quanto isso significa para mim. Você é a única família que tenho agora. Os outros romperam todos os vínculos. Eles me tratam como se eu fosse uma traidora por querer ter minha própria vida. Você entendeu o que eu queria e precisava e não me julgou por isso.

Ash sorriu.

– Junte-se ao clube dos excluídos. Não é tão ruim quanto parece. Quanto mais longe ficar deles, mais perspectiva você ganha, e vai notar que teria sido feliz se tivesse feito isso há muitos anos. Mas agora fez, e é isso que importa. Vai ficar mais fácil. Eu prometo.

– Isso te incomoda? – ela perguntou com sinceridade. – Quer dizer, te incomoda o fato de o tratarem como um estranho? Que tenham tanto desdém por você e pelo seu sucesso?

Ash encolheu os ombros.

– Incomodava no começo, eu acho. Não pensei muito sobre isso nos últimos anos. Tenho bons amigos, e eles são a minha família. Incluindo você, agora.

O rosto dela se iluminou, a escuridão nos seus olhos desapareceu num relance.

– Fico feliz por podermos ser uma família, Ash. De verdade. Não vou te desapontar. Sei que não consegui o emprego por conta própria, mas você não vai se arrepender de tê-lo conseguido para mim.

Eles foram interrompidos pelo celular de Ash. Ele o pegou imediatamente, prendendo a respiração, sem perceber o que estava fazendo. Poderia ser Josie. Esperara uma semana inteira por algo, alguma novidade.

Quando olhou o nome na tela, franziu a testa. Não era Josie, era o homem encarregado de segui-la.

– Com licença, preciso atender – Ash disse enquanto se levantava, já apertando o botão para atender a ligação.

Ele saiu andando com o telefone em direção a uma área mais silenciosa próxima aos banheiros.

– Alô? – disse rapidamente.

– Sr. McIntyre, sei que minhas novidades vêm sendo repetidas a semana inteira. A Srta. Carlysle não havia saído do apartamento a semana inteira e sei que o senhor vai gostar de ouvir o que eu vi.

– O quê? – Ash perguntou.

– Ela está com um olho roxo. Os lábios machucados. Parece que alguém andou batendo nela. Posso estar errado. Pode ter sido um acidente, mas duvido muito. Pode ter sido por isso que ela não saiu de casa esta semana.

Ash xingou.

– Onde ela está indo agora? Você a está acompanhando?

– Sim, estou seguindo. Parece que está indo para a galeria. Ela estava com várias telas quando entrou no táxi. Mantenho o senhor informado.

– Faça isso – Ash murmurou antes de desligar.

Ele parou por um momento, sua mente invadida pela raiva de pensar que alguém havia batido em Josie. Amaldiçoou o fato de não ter perguntado ao informante se ela tinha ido a algum lugar ou se alguém a tinha visitado. Ele com certeza teria dito se algo desse tipo tivesse acontecido. No entanto, não estava atrás de sua sombra até dois dias depois do jantar. Pensou que ela entraria em contato com ele, e quando simplesmente não entrou, resolveu colocar alguém para monitorar suas atividades.

Obcecado? Ah, sim, esta era a palavra mesmo. *Doente* era outra que servia muito bem. Ele estava agindo como um maluco, do tipo que muitas mulheres fariam de tudo para se livrar. Só que não faria nada para machucar Josie. Não se martirizava por ter colocado alguém atrás dela, afinal, ela tinha sido espancada, ou no mínimo tinha se acidentado de alguma forma.

Por que não ligou para ele? Por que não pediu ajuda? Ela devia ter entendido depois da conversa que ele tomaria conta dela.

Murmurando palavrões, ele voltou para a mesa onde Brittany, Jace e Bethany olhavam para ele. Os olhos deles transbordando preocupação. Sua expressão devia ser pura severidade para que tivessem captado seu sentimento tão instantaneamente.

– Desculpem-me pelo rompante, mas eu preciso ir. Brittany, prometo te compensar em breve. Jace e Bethany, obrigado por virem e, por favor, terminem o jantar. Vejo vocês mais tarde.

Enquanto se virava para sair, Jace o chamou:

– Ash, está tudo bem?

Ash lançou a Jace um olhar que sabia que o amigo entenderia. Ele saberia que tinha a ver com Josie, e entenderia. Jace assentiu e se voltou para as mulheres na mesa, sorrindo e as envolvendo na conversa.

Respirando aliviado e sabendo que estava em dívida com Jace por ter tomado conta da situação, ele pegou o telefone para ligar para o seu motorista. Se Josie estava indo para a galeria, voltaria em breve para casa, já que não tinha ido a nenhum outro lugar por vários dias. Ele se preocuparia em comprar as obras que ela deixara lá depois, mas agora iria ao seu apartamento e esperaria por ela para que tivessem uma conversa para lavar a roupa suja.

capítulo 10

Josie deu um suspiro de alívio quando o táxi encostou na esquina da rua transversal à do seu apartamento. Não queria se aventurar na rua de jeito nenhum, mas queria levar mais dos seus trabalhos de arte para o Sr. Downing. Apesar do dinheiro da venda de suas obras anteriores ser suficiente para que ela se mantivesse pelos próximos meses, queria lhe entregar mais para que o comprador não perdesse o interesse ou achasse que ela não tinha mais nada a oferecer.

Enquanto pagava a corrida e saía do táxi, conscientemente colocou a mão na bochecha machucada e estremeceu quando seus dedos roçaram o canto da boca, onde o lábio estava partido. Cabisbaixa, apressou-se pela calçada em direção a seu apartamento, só querendo estar de volta e fora da vista de qualquer um.

Embora não tivesse nada do que se envergonhar, ainda se sentia constrangida com o que tinha acontecido. Chocada. Completa e totalmente chocada que Michael tivesse ido ao apartamento dela e perdido a cabeça, algo que nunca tinha acontecido antes. Ela ainda estava descrente de tudo. Deveria ter dado queixa à polícia. Deveria ter feito um monte de coisas, mas estivera anestesiada demais para processar tudo isso. Então, em vez disso, se trancou em seu conjugado e trabalhou febrilmente para tirar seus pensamentos dos acontecimentos da semana passada.

Sabia que devia a Ash uma resposta. Uma explicação. Alguma coisa! Ela disse que não levaria muito tempo, mas como poderia ir até ele com hematomas provocados por um homem que a tinha dominado?

Claro, isso era ridículo agora. Ele não era um verdadeiro dominador. Ele estava apenas jogando. Tinha sido uma questão de ego para ele. Ele tinha se tornado alguém completamente diferente no momento em que percebeu que estava seriamente próximo ao término de seu relacionamento. O erro dela tinha sido mencionar Ash, não que tivesse dito o seu nome, mas disse a Michael que ele não poderia dar a ela as coisas que outro homem tinha prometido.

Agora não tinha tanta certeza. E se Ash não fosse melhor? Não sabia quase nada sobre ele. Estivera pronta pra se envolver, tinha inclusive se decidido a ligar para ele no mesmo dia em que Michael fora ao seu apartamento. Mas, após esse fiasco, cultivou dúvidas e seu sentido de autopreservação entrou em ação.

Se Ash era mais intenso do que Michael – e era evidente que ele definitivamente era – então ela poderia esperar o mesmo tipo de tratamento em suas mãos? Ou ainda pior?

Sua cabeça girava com as possibilidades e ela sabia que não estava em condições emocionais para tomar tamanha decisão, para colocar sua confiança, seu bem-estar, todo o seu ser nas mãos de um homem como Ash. E assim ela permaneceria em silêncio, refletindo sobre a decisão, indo e voltando.

O fato era que estava com medo. E esse medo a tinha impedido de aceitar ou declinar a proposta dele. Ela odiava esse medo. Não era como ela queria viver a sua vida ou tomar suas decisões. Precisava de uma cabeça tranquila antes de dar esse passo enorme e confiar em outro homem que poderia muito bem ser igualzinho ao Michael.

Ela soltou um suspiro infeliz e enfiou a mão no bolso para recuperar as chaves de seu apartamento. Sua cabeça estava abaixada quando alcançou as escadas e viu um par de sapatos caros diretamente acima do primeiro degrau que levava até sua porta.

Assustada, olhou para cima e viu Ash ali. Enquanto ele a examinava, a fúria brilhou em seu olhar e ele deu um passo para trás, instintivamente.

– Que diabos aconteceu com você? – exigiu saber.

Ele estava fervendo, a raiva emanava dele em ondas. Qualquer aparência de charme ou calma descontraída havia ido embora. Era uma grande massa raivosa de um macho alfa.

– Por favor, aqui não – ela sussurrou. – Eu só quero entrar em casa. Deixe-me passar e depois vá embora.

Sua expressão de completa *incredulidade* a fez parar um momento enquanto tentava empurrá-lo para fora do caminho. Ele a agarrou pelos ombros, sua pegada firme, mas extremamente gentil, seus dedos contra sua pele, mas sem pressionar sua carne.

– Eu quero saber quem foi o filho da puta que fez isso com você – ele rosnou.

Seus ombros encolheram e ela quase deixou cair as chaves que pendiam frouxamente de seus dedos. Ela apertou a mão e em seguida ergueu o queixo.

– Me deixe passar – disse com os dentes cerrados.

Para a surpresa dela, ele deixou que as mãos pendessem e lhe permitiu descer as escadas, mas a seguiu bem de perto, sem lhe dar nenhuma opção de entrar e fechar a porta para impedir sua entrada.

Ela suspirou enquanto destrancava a porta e a abriu para o interior. Sentiu-se melhor no momento em que estava lá dentro. Seu próprio espaço. Era engraçado que se sentisse segura aqui depois do que aconteceu com Michael. Mas agora que sabia exatamente o que ele era capaz de fazer, nunca cometeria o erro de deixá-lo chegar a menos de um quilômetro de distância dela.

Josie largou a bolsa ao lado da porta e entrou em sua minúscula sala de estar. Ash trancou a porta, deslizando a trava no lugar e, em seguida, também entrou na sala. Um cômodo que de repente parecia ainda menor com ele dentro. Ele ficou ali, olhando para ela, seu olhar era implacável enquanto fazia uma minuciosa inspeção de cima a baixo em seu corpo, parando mais uma vez sobre a contusão em sua bochecha.

Seus olhos se esfriaram e ela estremeceu.

– Você não entrou em contato – ele começou.

Josie corou, culpada, e baixou o olhar, não querendo que ele visse tudo o que queria esconder.

– E agora estou imaginando que houve uma razão para você não me ligar.

Lentamente, ela balançou a cabeça, ainda sem responder ao seu olhar.

– Josie, olhe para mim.

Sua voz era suave. Suave mesmo. Mas definitivamente não era um pedido. Era um comando. Um que ela se sentia compelida a obedecer.

Lentamente, ela levantou a cabeça para que seus olhos se encontrassem.

– Quem fez isso com você?

Foi-se a gentileza, substituída por uma lâmina de aço em seu tom de voz. O corpo dela inteiro vibrou com fúria e isso a fez hesitar em dizer-lhe o que tinha acontecido. Como ela nunca tinha pensado que ele não fosse perigoso e fosse na verdade charmoso ou afável, agora ela não imaginava o porquê. Porque o homem de pé na frente dela, aqui e agora, parecia capaz de coisas terríveis.

E não era como se ela estivesse com medo dele. Não, ela sabia instintivamente, mesmo quando estava tomada pelo medo, que aquele homem não iria machucá-la. Mas ele estava com raiva. Raiva sequer começava a descrever o que ela via em seus olhos. E ele parecia absolutamente capaz de matar alguém. Ela percebeu que tinha medo de contar, não porque tivesse medo dele, mas porque tinha medo do que ele pudesse fazer.

– Josie, me responda – disse Ash por entre os dentes. – Quem fez isso com você?

Ele não ia permitir que ela não contasse. E embora Josie não temesse uma represália, sabia que devia obedecê-lo absolutamente. Ele não lhe permitiria se esquivar da pergunta. Ela acreditava veementemente que Ash ficaria aqui a noite toda, faria o que fosse preciso para conseguir o que queria.

Ela fechou os olhos e deixou escapar um suspiro longo e cansado, seus ombros caídos na derrota.

– Michael – sussurrou, sua voz tão baixa que ela mesma mal conseguia ouvir. Talvez ainda não tivesse realmente verbalizado.

– Como é que é?

As palavras saíam com força de seus lábios, batendo no ar com vigor suficiente para que ela as sentisse. Josie arriscou um olhar para cima e imediatamente se encolheu com a expressão dele. Era... aterrorizante.

– Você ouviu – sussurrou em uma voz um pouquinho mais alta.

– Você está me dizendo que aquele filho da puta causou esses hematomas em seu rosto? Abriu o seu lábio?

Ash avançou rapidamente e ela deu um passo para trás, o que só parecia irritá-lo ainda mais.

– Porra, Josie, eu não vou te machucar! Eu *nunca* vou te machucar.

As palavras eram explosivas. Não eram exatamente calmantes e ainda assim ela se confortou na veemência com que ele fez aquele juramento. Tanto que deu um passo para a frente, de volta na direção dele, de maneira que eles estavam agora apenas a uns centímetros de distância.

O corpo dele inteiro ainda vibrava de raiva. Seus olhos verdes estavam quase pretos, o verde era apenas um fino anel em torno das pupilas dilatadas. E então ele levantou as mãos, lentamente, como se temesse assustá-la. Segurou o rosto dela entre as mãos, seu toque infinitamente gentil, e ela não sabia como ele conseguia fazer aquilo quando o resto do seu corpo estava tão claramente tenso de fúria e sua expressão era tão negra.

Mas o toque era tão deliciosamente tenro que ela derreteu-se em suas mãos. Não sentia dor, embora seu rosto ainda estivesse fragilizado vários dias após o incidente. Ele correu os dedos sobre o machucado e, em seguida, desenhou o corte nos lábios dela, tão levemente que Josie quase não o sentiu.

– Eu vou matá-lo.

A voz de Ash era absoluta. A resolução em sua voz fez seu sangue esfriar dentro das veias porque ela acreditava nele. Nesse momento, ela acreditava que ele seria capaz de matar o homem que a tinha ferido. Seu pulso saltou e sua respiração acelerou enquanto o pânico correu até a sua barriga.

– Não! Ash, por favor. Deixe isso pra lá. É por isso que eu não queria te contar. Por isso que eu não te liguei.

Ela teria dito mais, mas Ash pousou o dedo sobre a parte machucada de sua boca para acalmá-la.

– Deixar pra lá? – Seu tom era mortal. – Porra, você quer que eu deixe pra lá quando aquele filho da puta pôs as mãos em você? Que merda aconteceu, Josie? E eu quero todos os malditos detalhes. Nada deve ficar de fora. Eu quero saber quando isso aconteceu. Quero saber quantas vezes ele bateu em você. E, acima de tudo, quero saber por que diabos você não veio imediatamente até mim ou me ligou, no *instante* em que isso aconteceu.

Sua boca se afrouxou contra seu dedo. E então, como se ele tivesse mudado de ideia por completo, ele se afastou, voltando-se para examinar a sala, olhando para o caminho que levava ao quarto.

– Eu vou te levar para o meu apartamento – disse ele com firmeza. – Você vai morar comigo.

– Espere. *O quê*? Ash, eu não posso...

– Isso não é negociável, Josie. – Os olhos dele brilhavam com propósito e sua postura era rígida, sem permitir nenhuma abertura. – Você vem comigo. Agora vamos para o seu quarto. Você vai sentar na cama e me dizer o que precisa levar para esta noite. Amanhã podemos analisar o que você tem ou quer levar para o meu apartamento e eu vou providenciar que alguém venha e leve tudo. Mas, quando tivermos essa conversa sobre esse filho da puta – e a gente *vai* ter essa conversa –, vai ser em um lugar onde você se sinta absolutamente segura. Um lugar onde você saiba que nenhum mal acontecerá a você. Isso é certo.

Sua boca se escancarou ainda mais, mas mesmo em meio ao absoluto choque da sua proclamação veio... *alívio*. Conforto. Mas principalmente um alívio esmagador. A decisão havia sido arrancada de suas mãos, e naquele momento ela abraçou isso. Suas preocupações – seus medos – em torno de Ash pareciam bobas agora. De modo que ela sequer cogitou que ele pudesse ser como Michael ou que estivesse entrando em uma situação ainda pior do que a que tinha acabado de sair, pois isso parecia absurdo.

– Eu posso arrumar minhas próprias coisas – sussurrou.

Houve um fogo repentino nos olhos de Ash. Satisfação sobre a colocação dela. Talvez esperasse que ela lutasse mais ou mesmo que se recusasse pura e simplesmente, no entanto, ela podia ver que ele não tinha intenção de recuar.

– Não disse que você não *poderia* fazer as malas. O que eu disse foi que você vai se sentar na sua cama enquanto eu faço isso por você. Tudo que eu preciso de você é que me diga o que deseja levar para esta noite e talvez amanhã. O resto vai ser resolvido depois que você e eu conversarmos mais tarde esta noite.

Uau. Ok. Isso estava se movendo com uma velocidade supersônica. Ela se sentia como se tivesse acabado de sair de uma insana montanha-russa e ainda estivesse tentando recobrar seus sentidos.

Ash estendeu a mão para ela, sem se mexer em sua direção ou a levando por conta própria. Simplesmente a estendeu, esperando. Esperando que ela aceitasse. Que alcançasse a sua mão e entrasse em seu mundo.

Respirando fundo, ela aquiesceu, deslizando a palma da mão sobre a dele, virada para cima. Ele segurou os dedos dela suavemente em sua mão e então apertou com firmeza. Como se estivesse forjando um vínculo inquebrável entre eles.

Em seguida, puxou-a suavemente em direção ao quarto, e Josie seguiu, permitindo que ele a guiasse para dentro, onde a sentou na beirada da cama, como se ela fosse incrivelmente frágil. Algo precioso e frágil.

Ash se afastou e fez um rápido levantamento.

– Você tem alguma mala pequena para a noite?

– No armário – disse ela com voz rouca.

Ela observou estupefata enquanto ele começava a guardar rapidamente as coisas sob sua quieta supervisão. Será que estavam invertendo tudo? Ele estava fazendo tudo por ela. O que ela tinha feito por ele? Mas, então, Ash havia dito que lhe daria muito. Mas que pegaria tudo.

Josie estremeceu levemente, imaginando o quanto Ash poderia tomar, e se ela teria alguma coisa de sobra quando ele tivesse tomado sua parte.

capítulo 11

Ash não era estúpido. Ele sabia que tinha pressionado Josie, não tinha dado a ela nenhum tempo para respirar, analisar ou reagir à sua demanda arrogante. E *tinha* sido o cúmulo da arrogância entrar em seu apartamento e pedir a ela para se mudar para a sua casa.

Assim, foi com uma rápida eficiência que ele se pôs a resolver a sua tarefa, porque quanto mais ela ficasse sentada na cama aparentando estar oprimida e confusa, mais tempo teria para reconsiderar o seu acordo silencioso. O que significava que corria o risco de ela não voltar para casa com ele.

E isso *não* era uma opção.

Ele arrumou uma mala para o pernoite, ligou para o seu motorista para se certificar de que estaria esperando do lado de fora do apartamento de Josie, e então a empurrou para a porta, sem lhe dar qualquer tempo para processar aquele evento avassalador.

Após enfiar Josie dentro do carro, fechou a porta e se deteve apenas um momento para ligar para o seu porteiro e pedir-lhe para ir até o seu apartamento e tirar a pintura de Josie de seu quarto e armazená-la, junto com as outras que estavam em sua sala de estar, até que Ash as pegasse de volta. Ele não queria que Josie soubesse que era ele quem tinha comprado seu trabalho. Ainda não.

Quando entrou no carro ao lado dela, relaxou e, em seguida, olhou para o lado, reparando no seu rosto pálido e abalado. Os machucados o irritavam. Enfureciam-no. A ferida no canto de sua boca se destacava, um lembrete de que outro homem havia colocado as mãos sobre o que Ash já considerava seu. Que esse homem havia colocado suas mãos em qualquer mulher de qualquer maneira. Não apenas a mulher de Ash, qualquer outra. Mas, principalmente, na sua mulher.

– Eu não sei se isso é uma boa ideia, Ash – Josie disse calmamente, falando pela primeira vez desde que tinha lhe dado instruções hesitantes sobre o que levar.

– É uma ideia muito boa – disse ele com firmeza. – Você já teria vindo a mim, se não fosse por aquele idiota. Você sabe disso e eu sei disso. Agora, ainda temos que lidar com a questão de Michael, e nós vamos fazê-lo quando estivermos em um lugar que você se sinta segura, e você vai fazer isso em meus braços, onde sabe que nada de ruim vai te alcançar. Mas saiba de uma coisa. O que ele fez não muda nada sobre você e eu. Nós somos inevitáveis, Josie. Desde aquele primeiro dia no parque, somos inevitáveis. Lutar contra isso é um desperdício de tempo e de energia mental. Não estou lutando contra isso e quero que faça o mesmo.

Sua boca se abriu em surpresa. Seus olhos brilharam, não com raiva, mas em reconhecimento. Bom. Eles estavam chegando a algum lugar, porque ela estava começando a ver o que ele via. O que ele *sabia*.

– Não estou feliz que você escondeu isso de mim – continuou ele. – Que você não veio até mim no minuto em que isso aconteceu. Mas nós vamos trabalhar nisso. Você não era minha mesmo que eu soubesse que você era. Mas agora é. E vai vir até mim sempre que tiver um problema.

Lentamente, ela balançou a cabeça, e a satisfação – triunfo – tomou conta dele.

Ele estendeu o braço, não gostando da distância entre eles, mas não querendo pressioná-la demais. Ainda não. Já a tinha pressionado o suficiente. Queria que ela mesma tomasse o próximo passo, e por isso esperava, com o braço estendido na sua direção.

Josie veio prontamente, sem hesitação, e ele gostou disso. Ela deslizou para o lado dele, abrindo caminho a seu lado para que ele pudesse passar seu braço ao redor dela. E ele fez isso, ancorando-a contra ele.

Ela deitou a cabeça contra o peito dele, o topo descansando logo abaixo do seu queixo. Ash gostava dela aconchegada lá.

Josie deu um suspiro e, em seguida, pareceu derreter-se nele, seu corpo se amolecendo como se um grande peso tivesse sido tirado. Alívio.

O cheiro do seu cabelo o atormentou. Suave e doce, como ela. Passou a mão pelo comprimento do seu braço, aproveitando a sensação de sua pele e sabendo que, em breve, ele descobriria toda a sua carne. Mas, por enquanto, ela precisava de conforto. Segurança. Uma sensação de segurança. Ela precisava saber que ele nunca iria machucá-la. Nunca levantaria a mão para ela como Michael tinha feito.

Pressionou os lábios contra seu cabelo e inalou mesmo enquanto estalava um beijo em sua cabeça.

Profundamente. Sim, ele estava profundamente apaixonado. Nem sequer tinha um plano totalmente pensado. Tinha agido por instinto. Sabia que precisava tê-la. Sabia que precisava tê-la em seu espaço. E sabia que, se não a pressionasse agora, provavelmente iria perdê-la.

Oprimi-la parecia a melhor ideia, mesmo que isso fizesse dele um idiota completo. Mas ele não quis se comparar a Michael. Ele não era aquele tipo de homem. Poderia não ser a pessoa mais compreensiva, paciente e atenciosa. E ele definitivamente não recuava quando queria alguma coisa. Mas ele nunca, jamais, levantaria a mão para uma mulher. A ideia o assustava.

Mas Ash não via problema em infligir essa violência para cima do filho da puta que tinha machucado Josie.

Ele deixou esse pensamento de lado, porque sabia que isso tinha que ser resolvido mais tarde – e seria resolvido. Mas Josie vinha primeiro, suas necessidades, seu conforto, a partir de agora.

O caminho foi silencioso, e Ash não fez nada para perturbar isso. Sabia que Josie estava processando os eventos da noite. Sabia que provavelmente estava repensando pela segunda, terceira e quarta vez. Mas ela estava aqui em seus braços, e enquanto estivesse aqui, e não em seu apartamento, ele poderia jogar sujo.

Em vez disso, ele simplesmente acariciou sua pele, deslizando as mãos para cima e para baixo de seus braços, oferecendo-lhe conforto da melhor maneira que sabia.

– Sinto muito, Ash – disse em voz baixa, suas palavras quase se perdendo contra seu peito.

Suas mãos pararam o movimento e ele inclinou a cabeça para baixo para poder ouvi-la melhor.

– Por que você sente muito?

– Por não ter te ligado. Por não ter respondido quando eu disse que faria. Eu estava tão assustada.

Ele deslizou os dedos debaixo de seu queixo e levantou o seu rosto, inclinando-o para cima para que seu olhar encontrasse o dele. Então colocou um dedo sobre os seus lábios.

– Agora não. E você não vai pedir desculpas para mim. Não há nada pelo que se desculpar. Vamos conversar sobre isso, Josie. Eu quero ouvir cada palavra. Mas não aqui. Por agora apenas se sente comigo e deixe-me abraçá-la. Quando chegarmos ao meu apartamento, vamos conversar. Mas, mesmo assim, você não vai pedir desculpas por algo que não foi culpa sua. Eu posso não ter gostado de você não ter vindo até mim quando precisava de alguém, mas entendo.

Seu sorriso era trêmulo e um calor entrou em seus olhos, removendo algumas das incertezas e da ansiedade que haviam habitado aquelas piscinas de água-marinha.

– Pronto, assim é melhor – disse ele. – Você tem um sorriso tão bonito. Eu vou garantir que sorria mais vezes, Josie. Vou fazê-la feliz. Isso é uma garantia.

Ela inclinou a cabeça, com uma expressão desconcertada cruzando o rosto.

– Estou perdida, Ash. Coisas como esta simplesmente não acontecem. Elas *não acontecem*. Uma parte de mim pensa que eu estou em *Além da Imaginação*. É tudo... loucura.

Ele sorriu com indulgência.

– No meu mundo, elas acontecem. Ou pelo menos elas vão passar a acontecer. Não posso dizer que isso já aconteceu comigo também, então nós dois estamos entrando em um território novo. Mas é o seu mundo também, Josie. Não há regras além das que decidirmos para nós mesmos. Não posso dizer que eu alguma vez fui muito tradicionalista de qualquer maneira. Eu sou muito mais o tipo de sujeito que faço do meu jeito e foda-se o resto do mundo.

Seu sorriso se alargou, seus dentes apareciam e uma covinha adorável se formava em seu rosto. Isso o fascinava. O fez querer traçar o recuo e depois segui-lo com a língua.

– Eu meio que estou percebendo isso em você. Tenho pena da pessoa que alguma vez te disse que você não pode fazer algo.

– Sim, eu não aceito muito bem – Ash admitiu.

– Eu vou tentar não ser a pessoa que te tira do sério dizendo que não, então.

Seu sorriso desapareceu e ele olhou fixamente em seus olhos.

– Espero desesperadamente que eu nunca lhe dê razão para me dizer não. Mas se você fizer isso, Josie, entenda. Não vou ignorar essa palavra. A menos que tenha algo a ver com a sua segurança ou o seu bem-estar. Ou se isso significar que você está se afastando de mim. *Não* é uma coisa séria. Significa que eu vou parar o que estiver fazendo. Portanto, use-a com sabedoria e somente se você quiser. Porque vou levar essa palavra muito a sério.

Os olhos dela ficaram suaves e ela inclinou-se mais para ele, o seu corpo se moldando de modo muito tentador sobre o dele. Suas bolas doíam, seu pau estava duro como uma rocha e seus dentes estavam cerrados enquanto Ash tentava controlar sua reação física à proximidade dela.

Essa mulher fazia isso com ele. Ash não tinha nenhuma explicação sobre o porquê. Mal a conhecia, mas sabia que tinha que tê-la. Sabia que *ia* tê-la. Sabia que iriam ficar enroscados e que não tinha desejo de se libertar. Também sabia que essa mulher era diferente de todas as mulheres que vieram antes.

Essa parte o assustava para cacete e o excitava ao mesmo tempo.

E se ela fosse a mulher da vida dele? Aquela mulher que, quando vista pelo homem, atinge-o instantaneamente com o conhecimento de que era feito para ela. Como Mia era para Gabe. Como Bethany era para Jace. A *mulher da vida dele*.

Ele não conseguia sequer entender isso direito. Não ia nem pensar nisso. Era muito cedo. A situação toda era uma loucura. Ele estava levando Josie para o seu apartamento. Estava tomando conta da sua vida. Não tinha pensado além de "o que vem depois?".

Porque, afinal, o que diabos viria depois?

Além de colocar Josie em sua cama, nas suas mãos, submissa, completamente submissa a todas as suas necessidades e desejos. Além de suprir todas as suas necessidades e desejos. Não era o suficiente? Tinha que ser, porque ele não se permitiria pensar além disso.

O motorista freou até parar na rua do prédio de seu apartamento e, em seguida, saiu para abrir a porta para Ash.

Ash saiu primeiro, deslizando para longe de Josie e, em seguida, estendendo a mão para ajudá-la no banco de trás. Ele a colocou do seu lado e, em seguida, pegou sua bolsa de viagem com o motorista antes de correr em direção à entrada.

– Você mora do lado do rio Hudson – Josie disse fracamente, olhando na direção do rio.

– Sim. Tem uma bela vista lá de cima. Vamos subir. Vamos levá-la para dentro.

Eles pegaram o elevador para o último andar e ele carregou sua bolsa para dentro, guiando-a para o quarto. Ela endureceu um pouco quando eles entraram na suíte principal, e olhou para os lados, a cautela refletida em seus olhos.

Ele jogou a bolsa em cima da cama e, em seguida, apontou para o banheiro.

– Eu vou te dar um tempo para vestir o que você vai usar para dormir. Vou estar na cozinha para te servir uma taça de vinho. Leve o seu tempo.

– Onde eu vou dormir? – ela murmurou.

Ele colocou as mãos sobre os seus ombros e deixou as palmas deslizarem por seus braços.

– Na minha cama, Josie. Comigo.

A ansiedade penetrou em seu olhar.

Ele se inclinou e apertou os lábios contra sua testa, sentindo-se particularmente sensível em relação a ela. Talvez fosse a vulnerabilidade. A preocupação e o medo que ele podia ver em seus olhos.

– Quando conversarmos, Josie, vai ser na minha cama, com você em meus braços. Segura. E você sabe disso. Mas você vai apenas dormir. É por isso que deve vestir suas roupas de dormir. Você não vai usá-las de novo, mas hoje à noite, é preciso essa barreira porque ainda não tem certeza de mim. Depois desta noite, você vai ter.

Beijou-a uma última vez e, em seguida, virou-se, deixando-a em seu quarto sozinha para se trocar.

Ele entrou na cozinha, ocupando seu tempo enquanto pegava duas taças e abria uma garrafa de vinho. Lembrou-se de que ela não bebia muito álcool, mas disse que gostava de um copo de vinho de vez em quando, e isso certamente a ajudaria a relaxar esta noite. Ele não sabia ao certo, mas imaginou que ela preferisse vinho tinto. Ela gostaria de algo com cor. Vibrante e saboroso. Nada desprovido de calor como o vinho branco.

Ele franziu a testa quando percebeu que seu próprio jantar tinha sido interrompido, e já que tinha ido direto para a casa da Josie e a encontrou após sua chegada, era provável que ela também não tivesse comido.

Ele remexeu na geladeira à procura de uma salada de frutas e várias fatias de queijo gourmet. Organizou uma bandeja, pegando pão e biscoitos da despensa para acompanhar o queijo e as frutas. E algo doce. Não era verdade que todas as mulheres gostavam de chocolate?

Sua empregada muitas vezes deixava doces caseiros deliciosos, e a receita desta semana havia sido mousse de chocolate com cobertura de cream cheese. Havia cinco pratos de sobremesa individuais na prateleira de cima da geladeira, então ele tirou dois dos recipientes individuais, acrescentou-lhes à bandeja e, em seguida, pegou as colheres da gaveta.

Ciente de que tinha tomado conta de tudo e que tinha dado a Josie tempo suficiente para se preparar para a cama e acalmar os nervos, ele voltou para o quarto.

Quando entrou, ela estava sentada de pernas cruzadas no meio da cama, e ele estava absurdamente tomado pela imagem dela em sua cama. Confortável, com os pés descalços, como se pertencesse àquele lugar.

Josie estava vestindo pijamas de seda rosa choque, de calça comprida e de mangas compridas, cobrindo todo o seu corpo, abotoado até o pescoço.

Daria isso a ela esta noite. Essa barreira. Mas, depois disso, ela viria para a cama sem nada. Dormiria ao seu lado, a sua pele contra a dele.

Os olhos dela se arregalaram quando viram a bandeja que ele carregava e ela se mexeu para cima, realizando manobras para fora da cama, para que ele pudesse apoiar a bandeja.

– Puxe as cobertas – Ash mandou. – Nós vamos ficar na cama e eu vou colocar a bandeja sobre a mesinha de cabeceira. Você pode comer na cama ao meu lado.

Ela rapidamente puxou o edredom e o lençol e até mesmo afofou os travesseiros antes de rastejar de volta para o colchão.

Como dito, Ash colocou a bandeja em seu lado da cama e, em seguida, caminhou em direção ao armário para retirar sua roupa.

Enfrentou um dilema, porque nunca usava nada além de uma cueca samba-canção para dormir. Então encolheu os ombros. Não era como se estivesse completamente nu, e tinha prometido que ela só descansaria em seus braços. Não iria fazer nenhum movimento de investida, então sua cueca samba-canção serviria.

Quando caminhou de volta para a cama, sentiu o olhar dela, mesmo quando tentou esconder o fato de que o estava observando. Foi adorável o jeito como espiou sob os cílios e a cor se acentuou em suas bochechas quando ele se arrastou para a cama ao seu lado.

Ele ofereceu-lhe as frutas e o queijo primeiro e depois colocou um copo de vinho em sua mão livre. Ofereceu-lhe mordidas, apreciando o leve roçar dos seus lábios sobre a ponta dos seus dedos. E ela parecia experimentar tanto prazer de comer da sua mão como ele sentia em alimentá-la desta maneira.

Um olhar sonhador de contentamento entrou em seus olhos, algumas das sombras anteriores foram afugentadas quando ela relaxou. A tensão abandonou seus ombros, e eles se acomodaram, seu corpo inteiro ficando solto.

– Com fome? – Ash perguntou com a voz rouca, hipnotizado pela imagem provocativa que ela apresentava.

Finalmente. Em sua cama. A poucos centímetros de distância. Seu corpo gritou com ele para que a tomasse, para ter o que era dele, até que se criticou mentalmente por ser um idiota impaciente.

– Faminta – ela admitiu. – Eu não tenho comido bem nos últimos dias.

Sua expressão escureceu e a raiva vibrou mais uma vez em seu corpo.

– Você vai cuidar melhor de si mesma a partir de agora. Eu vou cuidar melhor de você – emendou.

Josie sorriu.

– Não é apenas por causa do... Michael... e o que aconteceu. Eu estive ocupada com o trabalho.

Ele sabia bem o porquê, mas perguntou de qualquer maneira, porque pareceria estranho se ele não perguntasse, e ela estava oferecendo as informações, relaxando ao lado dele, e ele queria isso. Queria uma comunicação fácil. Sem hesitação ou reservas da parte dela.

– No que você tem trabalhado?

A cor tingiu suas bochechas e ele olhou com curiosidade para ela.

– Eu tenho trabalhado em uma série de pinturas eróticas. Não muito explícitas. De bom gosto. Sexy, mas ainda assim elegantes.

A excitação brilhou em seus olhos quando ela se sentou por um momento, recusando mais comida de sua mão.

– Vendi todo o meu trabalho que estava exposto na galeria de arte onde vendo por consignação! Foi a coisa mais incrível. O Sr. Downing tinha me dito que ele não poderia aceitar qualquer outra coisa minha, porque nada tinha sido vendido e eu já tinha trazido a primeira pintura da série em que eu estou trabalhando. Então, ele me ligou para dar a notícia de que não só ele tinha vendido tudo, mas que queria mais! E que um comprador estava interessado em tudo o que eu trouxesse para ele. Passei a semana trabalhando no resto da série.

Ela abaixou a cabeça conscientemente e depois espiou de volta na direção dele.

– São autorretratos. Quero dizer, não que você possa dizer quem é, mas eu usei minha imagem nua em uma série de poses. Eu tenho uma...

tatuagem, que eu mesma desenhei, e que aparece com destaque nas pinturas. Eu... eu gosto delas. Acho que são boas. Espero que o comprador goste também.

Havia uma nota de ansiedade no final da sua declaração que fez seu coração apertar. Claro que ele gostaria delas, e estaria condenado se alguém sequer as visse. Elas seriam dele. Só dele. E só ele iria vê-la sem suas roupas. Isso era para ele e apenas ele.

Sem dúvida, Josie era uma mulher bonita, e também havia pouca dúvida de que homens e mulheres seriam atraídos pelas pinturas. Ela tinha talento, não importa o que o gerente idiota da galeria tivesse dito sobre o seu estilo. Era só uma questão de tempo antes que os outros descobrissem esse talento. Ash estava simplesmente feliz de ter chegado àquelas pinturas antes que alguém o fizesse. A ideia de alguém ter algo tão íntimo de Josie o fez cerrar os dentes.

– Tenho certeza de que o comprador vai amá-las – disse ele. Enquanto falava, fez uma nota mental para ligar para o Sr. Downing na segunda-feira de manhã e se certificar de que ele empacotasse e entregasse os quadros no escritório de Ash. – Eu adoraria tê-los visto.

Ela corou, mas sorriu e disse:

– Talvez eu possa levá-lo até a galeria para vê-los. Eu acabei de deixar os quadros lá. Talvez o cliente os não tenha comprado ainda. Eles podem ficar lá por alguns dias.

Ele se inclinou, tocando seu rosto e deixando seus dedos percorrerem sua mandíbula até o pescoço, onde empurrou para trás os longos fios loiros de seu cabelo.

– Prefiro que você desenhe algo novo para mim. Algo que ninguém além de mim verá. Talvez até algo um pouco mais erótico do que os seus outros quadros?

Ela arregalou os olhos e, em seguida, franziu a sobrancelha, como se já estivesse visualizando a pintura. Seus lábios se separaram e sua respiração escapou em uma excitação animada. Ele podia vê-la, literalmente, pintando em sua mente.

– Eu tenho algumas ideias – disse ela. – Adoraria fazer algo mais pessoal. Quero dizer, contanto que você nunca mostre isso.

Ele balançou a cabeça solenemente.

– Ninguém além de mim vai vê-lo. Vou valorizar o que você pintar para mim, Josie. Mas se você me der você, a sua versão sexy, pode ter certeza de que será apenas para mim e mais ninguém.

– Ok – ela murmurou, com o rosto tomado de cor e... excitação.

– Você já comeu o suficiente?

Ela assentiu com a cabeça e entregou-lhe o copo meio vazio de vinho. Ele o colocou de lado, em seguida levou a bandeja até sua cômoda e a deixou lá antes de retornar para a cama. E para Josie.

Ele subiu, segurando seu braço para que ela pudesse se aninhar ao lado dele. Eles estavam inclinados contra um monte de travesseiros, seu corpo ancorado contra o dele.

– Agora me conte sobre Michael – Ash disse em um tom uniforme.

Ela se enrijeceu contra ele, e por um longo momento ficou em silêncio. Em seguida, relaxou e soltou a respiração.

– Eu estava tão errada sobre ele – ela sussurrou. – Nunca imaginei que fosse capaz de algo assim. Mesmo durante nosso relacionamento, quando ele exercia sua... dominação... isso sempre foi feito de maneira cuidadosa e contida. Sempre me tratou com muito cuidado. Como se estivesse determinado a nunca me machucar.

– Onde você estava quando isso aconteceu? – Ash exigiu. – Você foi vê-lo?

Ela balançou a cabeça.

– Não. Ele veio até mim.

Ash xingou.

– Você o deixou entrar em seu apartamento?

Ela se ergueu ligeiramente e se afastou dele, virando para que pudesse olhá-lo nos olhos.

– Por que eu não deixaria? Ash, nós éramos amantes. Ele nunca me deu nenhum motivo para acreditar que ele iria me machucar. Nunca perdeu a paciência. Nenhuma vez. Eu nunca o vi zangado. Ele sempre foi muito calmo e contido. Ele veio para me ver, porque não acreditava que eu estava falando sério sobre o término de nosso relacionamento. Trouxe o colar de volta, pedindo desculpas, dizendo que, evidentemente, significava algo para mim e que ele estaria ciente disso dali para a frente.

Ash franziu a testa, mas não a interrompeu.

– Quando eu disse a ele que estava acabado, ele quis saber o porquê.

Ela parou, olhando para longe, cruzando as mãos no colo, enquanto apresentava o seu perfil para ele. Ele a puxou mais apertado, moldando-a ao seu corpo. Podia sentir seu pulso, o quão agitada tinha ficado.

– O que aconteceu então? – perguntou em voz baixa.

– Eu lhe disse que não poderia me dar as coisas que outro homem havia me prometido – sussurrou.

Ash a apertou ainda mais.

– Continue.

– Ele pirou. Quero dizer, enlouqueceu completamente. As palavras mal tinham saído da minha boca quando ele me deu um tapa. Eu estava tão chocada que nem sabia o que fazer. E então ele estava em cima de mim, onde eu tinha caído, e me bateu novamente. Ele colocou as mãos nos meus cabelos e me acusou de traí-lo. Disse-me que tinha me tratado muito gentilmente. Que se tivesse sido do jeito que deveria comigo isso nunca teria acontecido, que eu nunca o teria traído.

– Filho da puta – Ash rugiu. – Eu vou matá-lo por isso.

Ela balançou a cabeça violentamente.

– Não! Ash, deixe isso para lá. Já era. Já passou.

– Porra nenhuma que já passou!

Ele acalmou sua respiração e tirou a raiva de sua mente, aliviando o aperto em seu braço onde os dedos haviam se enfiado em sua pele. Ela não ficaria com nenhuma marca por sua causa. Não alguma que não fosse dada com paixão e ternura. Não alguma que ela não gostaria de carregar.

– Eu deveria ter ido à polícia – disse em voz baixa. – Deveria ter feito uma denúncia. Mandado prendê-lo. Mas, meu Deus, eu estava em choque. E então me senti tão... estúpida. Como pude não ter visto isso nele? Essa capacidade para a violência? Como eu poderia ter tido relações sexuais com ele e nunca saber o que estava por trás de sua fachada? Quando penso no que poderia ter acontecido. Eu confiava nele. Implicitamente. Eu havia lhe dado pleno acesso ao meu corpo. Ele poderia ter feito alguma coisa comigo. É por isso que...

Ela parou de falar, ficando em silêncio diande de Ash. Ele afastou o cabelo do seu rosto maltratado e, em seguida, deu um beijo na carne machucada.

– Por isso o quê? – perguntou gentilmente.

Ela fechou os olhos.

– É por isso que não te liguei. Por isso que não vim até você. Por isso que não aceitei o que você ofereceu. Eu estava... com medo.

Ele ficou tenso, o olhar focando intensamente sobre ela.

– Com medo *de mim*?

Ela assentiu com a cabeça tristemente.

Ash prendeu a respiração. Entendeu. Não gostou de ouvir isso, mas entendeu.

– Eu compreendo – disse, acariciando o braço dela com a mão. – Você pensou que por tê-lo julgado tão erroneamente não poderia confiar em seu julgamento sobre mim e as minhas intenções.

Ela assentiu com a cabeça novamente.

– Eu entendo, mas Josie, você precisa entender isso. Eu *não* sou o Michael.

Ela olhou para ele, com a esperança vibrando em seus olhos. Queria acreditar nele. Queria confiar em si mesma e nos seus instintos com relação a ele.

– Eu nunca vou te machucar – disse ele, o voto solene vindo de seus lábios. – Se tivermos problemas, nós vamos dar um jeito. E isso não inclui que eu levante minha mão contra você. Nunca.

– Ok – ela sussurrou.

– Venha aqui – murmurou, esticando o outro braço para ela.

Ela não hesitou e prontamente se aninhou em seu peito. Ash passou os braços em volta dela e a abraçou, respirando o seu cheiro.

– Eu me irrito que você vá ficar com essas feridas por mais alguns dias. Eu não gosto de vê-las, mas mais do que eu não gostar de vê-las é *você* ter que vê-las e se lembrar dele ferindo você.

– Eu estou bem – disse ela contra seu peito.

– Você não está. Ainda não. Mas você vai ficar – ele prometeu. – Me dê isso, Josie. Me dê a chance de mostrar que ficaremos bem juntos. Eu entendo que você está tímida agora e que está duvidando de si mesma, mas se entregue aos meus cuidados. Me dê essa oportunidade. Você não vai se arrepender.

Ela ficou em silêncio por um longo momento, que o deixou no limite, enquanto esperava por sua aceitação.

Então ela deu. Uma palavra simples, misturada com incerteza, mas a determinação tranquila.

– Ok.

O seu próprio peito cedeu um pouco. Ele inspirou e expirou por alguns segundos antes de apertá-la contra ele.

– Durma agora, Josie. Amanhã vamos decidir o que fazer sobre o seu apartamento.

Ele a apertou do jeito que estava até que o corpo dela ficou frouxo contra o seu e os sons macios e uniformes de sua respiração encheram seus ouvidos. E ainda assim ele esperou, tenso, repetindo cada palavra que ela havia dito antes. O medo na sua voz. A autocondenação. A imagem dela deitada no chão, Michael de pé sobre ela enquanto a machucava, tornou impossível para ele dormir.

Já passava da meia-noite quando ele calmamente pegou o telefone celular da mesinha de cabeceira e pressionou o número de Jace na sua lista de contatos.

– Que diabos? – seu amigo resmungou ao telefone. – É melhor que seja importante, Ash.

– Eu preciso de um álibi – disse Ash.

Houve um longo silêncio.

– Jesus. Porra! Que merda é essa, cara? Você precisa de ajuda? O que está acontecendo?

Ash olhou para Josie, os cílios descansando sobre suas bochechas, a sombra de uma contusão ainda no rosto.

– Agora não. Mas em breve. Agora, Josie precisa de mim. Ela precisa de conforto e paz. E precisa saber que eu nunca vou machucá-la. Por agora, eu vou gastar cada minuto tendo certeza de que ela sabe disso. Mas então eu vou atrás do filho da puta que deixou esses hematomas no rosto dela e eu preciso de você para ajudar a me fornecer um álibi, se for necessário.

– Cristo, Ash. Que porra é essa? Alguém machucou Josie?

– Sim – Ash cuspiu. – E eu vou garantir que ele não toque nela ou em qualquer outra mulher nunca mais.

Jace soltou seu fôlego sobre o telefone quando ficou em silêncio.

– Qualquer coisa que você precisar, cara, você terá. Não precisa nem perguntar.

– Obrigado, cara – Ash murmurou. – Falo com você mais tarde.

capítulo 12

Josie se mexeu e tentou se esticar, mas percebeu que estava com o corpo enrijecido. Os olhos se abriram e ela piscou brevemente, ainda com a mente confusa. Então se lembrou. Estava na cama com Ash. Na casa dele. Em seus braços.

Seu olhar encontrou aquela parede sólida que era seu peitoral, observando a ida e vinda de sua respiração masculina. Ela inspirou, sentindo seu cheiro. Seus lábios estavam tão próximos que poderia facilmente encostá-los contra a pele dele. E ela se sentia tentada a fazer isso.

Mas os dois não eram amantes acordando depois de uma noite de amor. Eles nem haviam transado. Ainda. Eles mal se conheciam, exceto por alguns gracejos e uma conversa durante um jantar.

E ainda assim ela estava ali, em sua cama, depois de concordar em ir morar com ele.

Fechou os olhos e refletiu mais uma vez se estava fazendo a coisa certa. Sua mente e coração discutiam sem parar, e ela ainda não tinha certeza de quem ganhava tal batalha. Talvez nenhum dos dois. Talvez tivesse que ignorar essa questão, pois na verdade não existia uma decisão "correta".

Hesitantemente, ela ergueu o olhar, prendendo a respiração enquanto tentava ver se ele estava acordado. Seus olhares se cruzaram e ela se sentiu abalada até o último fio de cabelo. Ele estava definitivamente acordado e olhava para ela, como se fosse capaz de captar os pensamentos que brotavam em sua mente.

– Bom dia – ele murmurou.

Ela escondeu o rosto depois de uma onda de calor invadir suas bochechas.

– Josie?

Ela olhou mais uma vez, buscando a pergunta em seus olhos.

– O que houve? – ele perguntou gentilmente.

Ela engoliu em seco.

– Isso é difícil.

Ele deslizou uma das mãos pelo corpo dela, passando por seu braço e depois a enrolando em seus cabelos, antes de passar os dedos pelas laterais de seu rosto.

– Nunca disse que seria fácil. Nada bom é fácil.

Era mais que verdade. E, não, Ash não seria de maneira alguma fácil. Nada nele era simples ou descomplicado.

– Como acordar com você nos meus braços.

Aquela afirmação retumbou em seu peito e um calor invadiu seu corpo, passeando por suas veias.

– Eu gosto disso também – ela sussurrou.

– Quero que se sinta protegida aqui – Ash disse em tom sério. – Protegida comigo.

– Eu me sinto protegida.

– Que bom. Agora me dê sua boca para que eu lhe dê bom dia de verdade.

Ela elevou o queixo e apoiou a mão em seu peito. Ele se encolheu sob seu toque, seus músculos tensos e tremendo. Ela retirou-se rapidamente, mas ele pegou sua mão de novo e devolveu-a ao peito.

– Gosto quando você me toca – ele murmurou. – Quero isso toda hora. Assim como eu espero te tocar a qualquer momento que você estiver perto de mim. Se estivermos no mesmo cômodo, Josie, eu tocarei você.

E então ele a beijou, sua boca sensual e quente se movendo na sua. Foi carinhoso. Pouco exigente. Quase lisonjeiro.

Ela suspirou em sua boca e relaxou, se soltando junto ao corpo dele, prendendo a mão entre seus corpos.

– Estava esperando por isso – ele disse. – Você na minha cama. Sua boca na minha. Você sendo o primeiro sabor que sinto ao acordar. A última semana estava me matando, Josie. Esperando por você. Esperando por isso. E finalmente consegui. Não vou deixar escapar.

– Também esperava por isso – ela admitiu. Ela esperava, de fato. Tinha sonhado com isso. Pensado em como seria. Agora sabia. Era... a coisa certa.

Suas preocupações de outrora desapareceram. Aquelas perguntas. Aqueles medos. A ideia de que estava tomando uma decisão precipitada. Tudo tinha desaparecido em um momento em que tudo parecia certo. Era isso que ela queria. O que ele podia lhe dar. E ela não resistiria mais.

Ele a girou de costas, se debruçando por cima dela, o seu corpo parecendo maior e mais forte. Ele a beijou outra vez, mais profundamente desta vez. Deixando transparecer certa urgência no toque de sua boca.

Seus lábios se moviam fortemente nos dela, exigindo algo a mais. Ele roubava seu fôlego. Ela não respirava pois Ash não permitia.

– Eu estava determinado a esperar. A ser paciente – desabafou. – Mas não consigo, Josie. Preciso de você agora. Me diga que também quer. Você precisa querer. Não posso ser o único aqui que sente como se fosse explodir se não transarmos agora.

Aquelas palavras apaixonadas a deixaram desnorteada. Ela se arqueou para cima dele, convidando-o, porém sem dizer uma só palavra. Mas ele parou, os olhos fixos nos dela. Ele queria as palavras. Queria que ela dissesse.

– Então me diz – ele pediu. – Diga que você também quer, Josie. Quero ouvir para que não haja dúvidas de que você também quer. Tanto quanto eu te quero, tanto quanto eu preciso te possuir, se você não quiser, paramos agora mesmo.

– Eu quero – ela disse sem fôlego, seu coração batendo forte, a adrenalina correndo em suas veias.

– Ainda bem – ele suspirou.

Ele a beijou mais uma vez, como se não suportasse sua boca longe da dela por nem mesmo um segundo. Então relutantemente puxou a cabeça para trás, seus olhos brilhando de desejo.

– Precisamos de preservativos. Falaremos de outros métodos depois, mas, por agora, você precisa estar protegida. E precisamos nos livrar desses pijamas. Rosa é a sua cara, é definitivamente a sua cor, mas, neste momento, estou morrendo de vontade de ver aquela tatuagem.

Ela sorria enquanto ele saiu da cama e se dirigiu ao criado-mudo. Então voltou, e enfiou as mãos pela parte de cima do pijama, depois na parte de baixo.

– Estava louco para ver isso desde aquele dia no parque, quando sua camisa levantou e pude ver um pouquinho.

– Você já viu então? – ela perguntou surpreendida.

Ash sorriu, fazendo uma pequena pausa na retirada de sua calça.

– Sim. Me deixou louco. Quero saber quão grande é.

Ela ergueu o quadril para que ele pudesse tirar o restante do pijama. Ele arremessou a calça do pijama para que pudesse começar a desabotoar os botões da blusa, revelando o resto de seu corpo.

Ao desabotoar o último botão, ele despiu o tecido que lhe caía aos ombros. Ela jogou o corpo um pouco para cima para ficar livre da blusa o quanto antes. Dessa vez foi ela quem jogou a roupa pelo quarto, arremessando-a ao chão, perto da porta do banheiro.

Os olhos dele se voltaram para a tatuagem. Ela observava o caminho que ele percorria com o olhar, seguindo a linha do desenho, que começava no alto de sua coxa e desaparecia entre suas pernas.

Estremeceu com a intensidade daquele olhar. Tinha um quê de possessão. Um olhar que gritava: “É meu!”.

Ash virou Josie delicadamente de lado, no intuito de conseguir ver a totalidade da tatuagem. Tinha uma vibração estonteante, o contraste da cor com seu tom claro de pele. Era rosa, laranja, azul-piscina, combinando com seus olhos, e sombreada em verde e roxo.

Era, como ele já suspeitava, uma vinha em flor, mas era incrivelmente detalhada. Não era uma simples tatuagem, feita em algumas horas. Ele não podia imaginar o tempo que teria levado. A paciência exigida para que o desenho alcançasse tamanha perfeição.

Deixou que seus dedos passeassem pela pele dela, traçando a linha de onde a imagem começava, pelos quadris e depois em direção ao alto de suas coxas, antes de mergulhar para o meio de suas pernas. Ele girou

Josie mais uma vez, de barriga para cima agora, os dedos repousando próximos ao pelo dourado que cobria seu púbis.

– Mostre para mim – disse em um gemido baixo. – Abra as pernas, Josie. Mostre a tatuagem e essa bocetinha doce.

Seus olhos se arregalaram, as pupilas dilatando e contraindo. Mas ela obedeceu instantaneamente, suas pernas vagarosamente se abrindo ao encontro do olhar de Ash. Ele mexeu em seus pelos macios, aprovando aquele desprendimento fácil.

– Lindo – ele disse, as palavras engrossando em sua garganta. A tatuagem, a doce e rosada pele feminina. Josie era linda.

O intrincado desenho se curvava no meio de suas coxas, parando na parte traseira de suas pernas. Era um cobertor brilhante e floral que lhe cobria a pele, vibrante como ela, um reflexo perfeito de sua personalidade, seu lado artístico.

Havia bastante tempo para exercer sua dominância, para submetê-la a ele de todas as maneiras imagináveis. Hoje seria a primeira vez que fariam sexo, era hora de construir uma relação de confiança. Era para ele se ocupar de suas necessidades femininas. Dar-lhe prazer. Seria infinitamente gentil, pois uma vez que a dominasse, Josie então seria toda sua. Ele exigiria tudo. Então, dessa vez, daria a ela uma experiência que seria a base do relacionamento dos dois.

Ele se inclinou para baixo, pressionando sua boca entre os seios dela. Ela se arqueou em direção a ele, buscando mais de sua boca. Ele a atendeu, beijando-a mais, na linha em direção ao ventre. Um gemido suave escapou, e seu abdome estremeceu contra sua boca.

A ansiedade de prová-la, daquela maneira tão íntima, também o fazia estremecer. Ele caminhava para um penhasco. A urgência de abrir-lhe mais as pernas e mergulhar dentro dela era quase insustentável. Ele a queria. Era um instinto primitivo, que lhe invadira a cabeça desde que pousou pela primeira vez os olhos nela. Agora lá estava ela, nua, em sua cama. Faria o que vinha desejando havia muito.

Aproveitaria cada segundo daquele momento, faria valer a pena. Ela tinha confiado nele, e Ash sabia que era algo significativo, dadas as circunstâncias.

Ele pressionou um beijo contra a macia penugem que emoldurava sua vagina, depois se aconchegou mais profundamente, sentindo seu cheiro enquanto ela abria ainda mais as pernas. Ele passou os dedos por seus lábios, macios como veludo, espalhando a umidade até seu clitóris, para que seus dedos deslizassem com mais facilidade sem machucar a carne tão sensível.

– Ash!

Seu nome explodiu em sua boca. Ele amava o jeito como o som de seu nome saía daqueles lábios. E sabia que a deixaria ainda mais excitada quando sua boca chegasse aonde agora seus dedos trabalhavam.

Usando os dedos para abrir sua vagina, ele empurrou o rosto para a frente, passando a boca pela abertura e em direção ao clitóris, aquela umidade como mel em sua boca.

Um profundo gemido escapou de sua garganta, e ela inesperadamente colocou a mão na cabeça de Ash, os dedos penetrando no cabelo. Ele sugava levemente seu clitóris, empregando a força certa para que espasmos de prazer fossem enviados às suas pernas. Então a lambeu de cima para baixo, desejando mais daquela umidade quente e macia.

Sua língua escorregou para dentro dela, fodendo-a devagar, com movimentos sensuais. Enquanto ele decidia que aquela vez seria exclusivamente para o prazer dela, cada contorcida em seu corpo também dava prazer a ele. Seu pênis estava ereto e dolorido, tanto que tinha a impressão de sua cabeça girar.

– Goze – disse arfante, erguendo a cabeça para olhar seu corpo. – Na minha boca, Josie. Goze na minha boca. Você gozará outra vez. Eu vou te deixar louca.

Os olhos dela estavam turvos de prazer, seus lábios vermelhos e inchados de seus beijos, e o fato de seus dentes estarem cravados ali enquanto ele a deliciava.

– Você gosta da minha boca, Josie?

– Ah sim – ela suspirou. – Você é muito bom com a língua.

– Você me inspira – Ash disse com um risinho.

Ela gemeu mais quando ele deslizou a língua para dentro dela outra vez. Provava-a de dentro para fora.

Decidido a aumentar a excitação e fazê-la gozar com sua língua dentro dela, Ash deslizou o polegar pelo clitóris, fazendo círculos enquanto sugava e lambia, como se sua língua fosse um pênis.

O corpo dela se descolou da cama, se erguendo à medida que aumentava a pressão feita pelo polegar dele. Foi ficando mais e mais macia com a língua dele. Ash estava faminto, desejoso de que ela atingisse o orgasmo.

Com a mão livre, enfiou um dedo, deixando a língua suficientemente dentro para esfregar aquelas paredes aveludadas e pressioná-las. Josie agarrou seus dedos, esperando que ele os substituísse pela língua.

– Agora, Josie – Ash gemeu. – Goze.

Ele a tocou com os dedos e com a língua, enquanto ela se debatia de prazer. Josie soltou uma torrente de energia enquanto tremia em torno dele. As pernas fechadas contra sua cabeça, ancorando-o, enquanto ele continuava a prová-la avidamente. E então, de repente, uma explosão morna aconteceu em sua língua.

Ela remexia os quadris a cada onda de orgasmo que passava através de seu corpo. Meu Deus, a marca da ereção dele ficaria para sempre no colchão. Estava rígido, dolorido, faminto para o que sua boca já havia obtido.

Ele se levantou ao perceber que o orgasmo já a deixara naquele estado de hipersensibilidade. Curvando-se sobre ela, as mãos dispostas em ambos os lados de sua cabeça para que o peso não a machucasse, ele se inclinou para baixo, dobrando-se para beijá-la. Assim, ela poderia provar de si mesma, ele poderia partilhar seus fluidos com ela.

– Sua paixão. Sua doçura, Josie. Nunca provei nada mais doce. É você na minha língua e agora em sua própria boca.

Ela gemeu, parecia quase estar sentindo dor, mas o beijou de volta avidamente. Seus mamilos estavam rígidos, projetados para cima como se estivessem implorando por sua boca, assim como sua boceta tinha estado. Ele os alcançaria a seguir. Mas, primeiro, queria provar sua boca e seu pescoço. Depois se concentraria em seus seios deliciosos.

– Posso tocar em você? – ela sussurrou.

– Não tem que perguntar isso – ele murmurou contra seu ouvido. Lambeu a orelha, provocando um arrepio pelo corpo dela. – Quero que você me toque sempre. Eu nunca vou deixar de querer isso. Se você estiver comigo, eu quero você me toque. Mesmo se não for algo sexual. Eu sou uma pessoa sentimental, Josie. Não sei se isso te incomoda. Espero de verdade que não. E eu não dou a mínima se estiver em público ou não. Não tenho nenhum problema que o mundo saiba que você é minha.

Ela suspirou e deslizou suas mãos sobre seus ombros e, em seguida, para as costas. Ele quase rosnou quando as unhas cravaram em sua pele.

– Eu gosto disso – disse ela.

– Qual parte?

– Tudo isso. Michael não era assim.

Os olhos dela tornaram-se aborrecidos, quase ao mesmo tempo em que percebeu que provavelmente não era uma boa ideia falar aquilo, em especial quando Ash estava prestes a enfiar seu pau dentro dela pela primeira vez.

Ele tentou suavizar o rosto, não queria que ela pensasse que o tinha aborrecido.

– Assim como?

– Demonstrativo. Ele não era afetuoso ao me tocar. Exceto quando fazíamos sexo. Mas só então, e mesmo assim, era muito... impessoal. Mas a maneira que você fala parece... mais agradável. Assim, você me quer por perto. Tocando você.

– Claro que sim, eu quero – disse ele. "Não estou nem aí que saibam de nós".

Ela sorriu e então tremeu novamente quando ele se inclinou para arranhar com seu dente a pele logo abaixo da orelha.

– Eu estou gostando, Ash – ela sussurrou. – De tudo isso. E estou assustada, porque me parece bom demais para ser verdade.

– Fico feliz que você esteja gostando, Josie. Seria péssimo se não o fizesse, porque este sou eu e é o que tenho a oferecer. Não é muito bom para ser verdade. É apenas bom. Agora vamos nos concentrar no assunto em questão. Porque se eu não enfiar o meu pau dentro de você logo, vai se tornar muito doloroso para mim.

Ela olhou assustada, mas ele sorriu, deixando-a saber que estava apenas fazendo uma brincadeira. Porque era de fato muito, muito doloroso. Fazia um bom tempo desde que ele não ostentava uma ereção por tanto tempo sem fazer algo a respeito. E chupar sua bocetinha doce enquanto seu pau estava cutucando o maldito colchão não era uma experiência que ele gostaria de repetir tão cedo.

Preferia muito mais um 69, com ela chupando ele enquanto ele se banqueteava nela. Mas, como todas as outras fantasias que tinha, essa teria de esperar. E agora que a deixara exatamente como queria, ele tinha todo o tempo do mundo para explorar cada fantasia sexual que poderia usar de seu repertório.

Ele voltou sua atenção para os seios dela, e eles eram perfeitos. Pequenos, sem ser muito pequenos, mas não muito grandes também. O suficiente para fazer a sua boca aguar, e seus mamilos eram absolutamente perfeitos, e rosados.

Ele percorreu com a língua aqueles bicos tensos, traçando cada detalhe, lambendo a ponta antes de sugar fortemente. O corpo inteiro de Josie ficou rígido, sua respiração tomava todo o ar à sua volta e produzia um zumbido morno.

– Ash.

O modo como ela dizia o seu nome não deixava dúvidas de que queria perguntar algo. Ele olhou para cima, seus olhares se cruzando, observando em fascínio como a cor se tornara elétrica, um azul esverdeado repleto de desejo.

– Eu quero provar você também – sussurrou. – Eu quero fazer você se sentir tão bem quanto você me fez sentir.

Ele sorriu carinhosamente para ela e depois se inclinou para beijar o canto de sua boca.

– Você vai. Mas agora eu e você estaremos dedicados a fazer você gozar quantas vezes conseguirmos. Acredite em mim, você terá o meu pau em sua boca em breve.

– Mal posso esperar – disse ela em um murmúrio vago.

– Eu também – disse antes de abaixar sua boca de volta para os seios.

Ele preguiçosamente brincava com seus mamilos, alternando entre eles, lambendo-os em pontos duros antes de sugar fortemente e morder o suficiente para fazê-la deixar escapar os mais eróticos sons. Não era uma amante silenciosa. Foi extremamente vocal, uma infinidade de sons deslizando de seus lábios, toda sexy, os sons finais do prazer feminino.

Ele tateou à procura do preservativo que tinha pegado na gaveta, arrancou da embalagem em seguida, estendeu a mão para pegar seu membro. Ele estremeceu quando sua mão fez contato com seu pau. Estava duro e tão perto de gozar que até mesmo seu próprio toque era doloroso.

– Está tudo bem? – ela sussurrou.

– Eu estarei bem em cerca de três segundos – ele murmurou enquanto deslizava um dedo dentro dela para avaliar sua disponibilidade.

Ela ainda estava inchada e apertada em decorrência do orgasmo que tivera, e ele ficou louco de pensar o quão excitada ela ficaria quando enfiasse seu pau ali, apertando e extraindo cada gota de seu gozo. Droga, ele tinha que se recompor ou gozaria dentro da camisinha naquele instante mesmo.

Respirando fundo, ele se posicionou sobre ela, cutucando sua abertura com a cabeça do pau enquanto plantava as mãos ao lado da cabeça dela.

– Estenda a mão e me coloque para dentro de você – ele disse com voz rouca. – Envolva seus dedos em volta de mim e me coloque dentro de você, baby.

Ele captou sua reação ao carinho, aprovação e prazer que estampava em seus olhos. Arquivou aquele pequeno pedaço de informação e, em seguida, fechou os olhos quando sua mão o encontrou.

Seus dedos circularam sua largura, acariciando de cima a baixo quando ela o posicionou na entrada de sua vagina. O suor brotava em sua testa e ele apertou os lábios em um esforço para mantê-los juntos.

– Vem – ela sussurrou. – Você está quase lá, Ash. Venha para dentro de mim agora.

Rapidamente, ele empurrou, se assegurando de que não estava investindo muito forte e de que ela seria capaz de acomodá-lo com facilidade. Ela estava apertada, mas se alargava, envolvendo-o enquanto ele empurrava mais fundo e mais forte.

– Agora, mova suas mãos e coloque-as acima de sua cabeça, contra a cabeceira da cama – disse ele.

Ela se contorceu e pulsou em reação, sua boceta estava mais úmida e mais quente a cada segundo. Lentamente, ela fez o que ele pediu, erguendo as mãos e, em seguida, colocando-as por cima da cabeça.

Ele ergueu-se e, em seguida, deslizou as mãos por baixo da bunda dela para que pudesse segurá-la e posicioná-la para entrar mais fundo. Ele olhou para baixo, louco pela visão de seu pau deslizando para dentro e para fora de sua boceta. Então suas mãos deslizavam de sua bunda para as coxas até que ele enganchou-se atrás das costas, abrindo-a ainda mais, para que ela ficasse completamente acessível.

– Quão perto você está de gozar outra vez? – ele perguntou, respirando pelo nariz enquanto buscava controle.

– Perto – ela sussurrou. – Mas eu preciso...

Ela mordeu o lábio e sua voz parou, com olhar distante.

– Olhe para mim – ele disse agressivamente.

O olhar dela estalou de volta o seu, os olhos arregalados.

– Do que você precisa?

– Uhm, que você me toque. – A vermelhidão se espalhou pelo seu rosto e pelo seu corpo, tornando-o deliciosamente rosa. – Eu nunca consegui gozar apenas com penetração.

Ele se abaixou, descansando em seus braços, próximo ao rosto dela, a boca perigosamente perto.

– Muitas mulheres não conseguem gozar sem a estimulação do clitóris – disse suavemente. – Não significa que haja algo de errado com você. Além disso, mesmo que fosse uma raridade, nunca hesite em me dizer do que você precisa na cama. Entendeu? Não posso te agradar se eu não souber o que te excita e o que não. E quero que você seja feliz, porque isso me faz feliz.

– Entendi – ela retornou delicadamente.

– Use sua mão – disse ele, cuidadosamente chegando a puxar uma de suas mãos para baixo. – Eu vou acelerar, baby. Estou prestes a explodir aqui. Está duro há muito tempo. Depois que eu começar, não vou conseguir parar, então você precisa se certificar de que gozará comigo. Se você precisar de um minuto, comece a tocar a si mesma agora. Apenas deixe-me saber quando, ok?

Ela deslizou os dedos entre seus corpos, e ele pôde sentir quando ela tocou o clitóris. Havia um ar imediato de satisfação em seus olhos. Eles ficaram sonhadores e nebulosos, turvos de desejo.

– Vá agora – sussurrou.

– Tenha certeza, Josie. Não vai demorar.

Ela assentiu com a cabeça, o rosto já tenso com seu orgasmo iminente. Era como soltar os cães de caça.

Ele se retirou, aproveitando o deslize sensual de seu corpo. Então se projetou para a frente e começou a enfiar forte e profundamente. Mais rápido. Mais forte. Seus olhos se reviravam. Ele nunca havia sentido algo tão bom como aquilo.

Um rosnar alcançou seus ouvidos. O sangue circulando pelas veias. Josie enfraquecia-se diante dele e o quarto desapareceu quando uma onda de prazer floresceu, desabrochando como um broto bem fechado nos primeiros raios de sol da primavera.

– Jesus – ele gemeu. – Isso vai me matar.

– A mim também – ela engasgou. – Oh Deus, Ash, não pare, por favor!

– O cacete que eu vou parar.

Ele se jogou sobre ela, a força de suas estocadas agitando toda a cama. Seus seios balançavam sedutoramente, seus mamilos tão duros e frisados que parecia algo doloroso. Mas, então, o inferno, ele estava batendo contra ela como um animal no cio.

O desejo o estilhaçava. Como navalha afiada, seu orgasmo inchou e ferveu, concentrando-se em suas bolas e depois rumando para seu pênis, explodindo para fora em um surto doloroso. Ele não estava respirando. Ele estava empurrando, aproveitando a onda. Mergulhando na sua vagina quente mais e mais.

– Josie – sussurrou, seu nome era quase um gemido.

– Eu estou com você, Ash.

Suas palavras cortaram o último fio e ele mergulhou numa espiral descendente como um floco de neve ao vento. Louco. Vibrando loucamente. Seu corpo inteiro chiando como um fusível queimado. Inferno, ele provavelmente tinha explodido alguns circuitos. Sua mente estava atordoada. Completamente cansada, saciada, satisfeita.

Ele caiu em cima dela, já não era capaz de manter seu peso nos braços. Estava ali, ofegante, seu corpo sob o dela. Por um longo instante permaneceu lá, porém sabia que a estava sufocando, além de também ter que se livrar do maldito preservativo.

Ele não podia esperar para transar com ela sem aquilo. Ficaria dentro dela a noite toda. Acordariam em uma pegajosa e molhada sujeira, mas ele não ligaria. Queria seu sêmen dentro dela e sobre ela.

Esticando-se para cima, ele beijou sua testa e afagou seus cabelos, removendo-os de seu rosto para beijar seus lábios.

– Foi bom assim para você? – ele perguntou.

– Se tivesse sido melhor, eu estaria morta – disse séria.

Ele sorriu e se ergueu somente o suficiente para jogar a camisinha no lixo. Depois, se arrastou de volta para a cama, abrigando Josie em seu corpo.

– Acho que dormiria mais um pouco agora – ele murmurou.

– Uh-hum – ela concordou.

– Então vamos dormir. Arrumarei algo para comermos quando acordarmos.

Ela se aconchegou mais em seu abraço e depois cruzou a perna sobre ele, para que ficasse enroscado nela.

– Por mim tudo bem – sussurrou.

capítulo 13

– Eu quero que você use o colar, Josie – Ash disse em voz baixa.

Ela virou-se em seus braços, surpresa com a declaração contundente. Os dois estavam esticados no sofá de Ash, uma manhã preguiçosa depois do sexo e de um cochilo. Depois que acordaram novamente, Ash trouxe o café da manhã para ela na cama e, em seguida, levou-a até o banheiro, onde lavou cada centímetro de sua pele e cabelo no chuveiro.

Ele a enxugou, penteou os cabelos e, em seguida, envolveu-a num robe antes de levá-la para a sala, onde sentaram no sofá e lá ficaram.

Ash olhou fixamente para ela como se estivesse avaliando sua resposta. O seu olhar cintilou em seu rosto e depois subiu para se prender nos olhos dela.

– Sei que você usava o do Michael. Também sei que não significava porra nenhuma. Isso significa alguma coisa para mim, Josie. Quero que signifique algo para você também.

– Ok – ela sussurrou.

– Eu quero escolhê-lo especialmente para você. Eu não o tenho ainda, mas vou comprar. E quando eu comprar, quero que você o use. Você faria isso por mim?

Ela assentiu com a cabeça, já se imaginando usando sua joia, a noção do que aquilo significava para ele estava viva em sua mente.

– Tem um monte de outras coisas para a gente conversar hoje – continuou ele. – Muita coisa que precisamos resolver. Prefiro botar tudo pra fora hoje, para que possamos seguir em frente, sabendo o que precisamos saber. E você vai saber o que precisa saber.

– Ok, Ash. Estou pronta.

Ele apertou os braços dela, e a satisfação transbordava em seus olhos.

– Significa muito que você possa confiar em mim. Especialmente depois do que aconteceu com aquele idiota. Eu não vou te machucar assim, Josie. Você pode não saber disso agora, mas vai saber em breve.

– Eu sei que você não vai me machucar – disse ela, aproximando sua boca da dele. – Eu confio em você, Ash. Mesmo. Não estou dizendo isso só por dizer. Você precisa saber como é difícil para mim. Mas estou bem com a minha decisão. Sei que é o caminho certo. Você não tem que provar isso para mim.

– Sim, eu tenho – ele refutou. – Todos os dias. Eu tenho que mostrar a cada dia o que você significa para mim. Isso é por minha conta. E nós vamos chegar lá. Isso – você – é importante para mim. Eu vou garantir que saiba disso em todos os momentos.

Ela se inclinou, colocando a cabeça em seu ombro, seu corpo se acomodando sobre o dele. Ash se sentiu tão bem. Tão sólido e forte. Não precisava de esforço para fazê-la se sentir segura. Ela se sentia segura. Só de estar perto dele.

– A primeira coisa que precisamos conversar é sobre os exames médicos e método contraceptivo.

Ela levantou a cabeça, uma sobrancelha erguida em dúvida.

– Eu não quero usar camisinha. Não com você. Quero poder gozar dentro de você, em você. Para podermos fazer isso, você precisa ter um método contraceptivo alternativo e também precisamos fazer testes para sabermos que nós dois estamos limpos, embora eu já te diga agora, Josie. Não sei o que você fazia com o Michael, mas eu uso camisinha. Nunca deixei de usar. E já tem um tempo para mim. Não desde...

Ele parou e balançou a cabeça.

– Eu vou falar disso daqui a pouco.

Ela inclinou a cabeça para o lado.

– Falar do quê?

– As circunstâncias nas quais eu estava da última vez que fiz sexo com uma mulher – Ash disse num tom sério. – Eu vou chegar a isso. Mas agora há outras coisas que precisam ser resolvidas.

O jeito que ele falou a deixava preocupada. Ela franziu a testa e ele estendeu a mão, enrolando-a ao redor de sua nuca, para puxá-la para baixo, de modo que seus lábios se acomodassem à testa dela.

– Michael e eu usávamos camisinha – disse em voz baixa. – Ele é o único homem com quem estive em dois anos. E já uso método contraceptivo.

– Você está bem com a minha palavra ou você quer uma cópia do meu último exame médico? – ele perguntou.

Ela franziu a testa, perguntando-se se isso era algum tipo de teste. Se dissesse que queria uma cópia do seu exame médico, iria parecer que não confiava nele? Estaria questionando se ela confiava nele tanto assim? Mas se ela não perguntasse para ele, se dissesse que sua palavra era boa o suficiente, estaria dando um enorme salto. E sua vida era muito importante para correr esses tipos de riscos.

– Eu gostaria da cópia – disse ela.

Ele assentiu, aparentemente inabalado por seu pedido.

– Eu vou me certificar de que você o receba ainda esta tarde.

– E eu? – ela perguntou. – Você quer que eu seja examinada? A última vez que vi um médico foi há três meses. Obviamente, tive relações sexuais desde então.

– Eu vou marcar para esta tarde.

Seus olhos se arregalaram.

– Eu não conseguiria uma consulta com o meu médico tão rapidamente.

– Vamos usar o meu. Ele vai ver você – Ash disse confiante.

Ela assentiu com a cabeça.

– Agora, precisamos discutir o nosso arranjo aqui. Neste apartamento.

– Ok.

Ela não queria soar hesitante. Mas as coisas pareciam muito mais simples na teoria. Agora que iriam realmente discutir os detalhes, ela estava nervosa e no limite.

– Não conheço outra forma de fazer isso sem ser direto – Ash disse com voz calma. – Eu sei que você está nervosa, mas vamos conversar sobre isso e depois lidar com a questão.

Ela respirou fundo e, em seguida, assentiu.

– Este apartamento não é conveniente para o transporte público. Para mim é até melhor assim, porque prefiro ter a segurança de saber que estará segura quando sair daqui. O que significa que o meu motorista vai me levar para o trabalho de manhã e me pegar à tarde. Entre esses momentos, vai voltar aqui e estará à sua disposição. Mas, e isso não sou eu sendo um idiota controlador, eu quero saber aonde você vai, quando você vai, e eu quero saber se você está segura enquanto estiver fora.

"Agora precisamos resolver o seu apartamento e tirar o que você precisa de lá. Você vai trazer para cá o que precisar. Tenho um escritório e quartos extras. Pode usar qualquer um desses espaços, o que você gostar, para pintar ou desenhar. Eu acho que a sala de estar pode ser a melhor escolha, simplesmente porque você vai ter mais luz e terá uma vista para o rio.

Josie ficou tonta. Como se tudo ao seu redor estivesse se movendo na velocidade do som enquanto ela ficava imóvel, tentando apreender tudo.

– Eu quero e preciso que você seja flexível, porque quando eu chegar em casa, a cada dia, quero você aqui. O que significa que eu vou ficar em contato contigo e você vai fazer o mesmo comigo. Meu horário varia. Alguns dias vou estar em casa cedo, e nestes dias eu vou te avisar. Em outros, vou me atrasar. Se eu viajar – e não tenho planos imediatos de viagem – vou querer você comigo. Isso é algo com que você pode lidar?

Ela respirou fundo e sorriu trêmula.

– Eu tenho escolha?

Ele fez uma pausa.

– Não. Essas são as minhas expectativas.

– Bem, então acho que vou estar em casa quando você estiver – disse ela levemente.

Ele suspirou, seus ombros declinaram um pouco com o alívio. Como se ele tivesse esperado que ela fosse recusar. Ela tentava imaginar o que ele faria se tivesse dito não. Colocaria ela para fora? Ou tentaria chegar a um meio-termo?

Ash prontamente tinha admitido sua necessidade por ela. Ele a queria, sem dúvida. Mas quão inflexível ele realmente era? Ela estava curiosa, mas não estava pronta para forçar a barra. Ainda não. Não por algo com o que ela não tinha nenhum problema real. Se, e quando, a hora chegasse, se Ash impusesse algo que ela não pudesse abraçar, então iria testar os limites do recém-formado relacionamento.

– Apenas para que eu possa entender suas... expectativas... Basicamente você me quer aqui quando você estiver. Ou onde você estiver. E você quer que eu lhe diga aonde estou indo, quando e de onde. Quer que eu faça *check-in* do local que estou com frequência.

Aquilo não parecia tão exigente para ela. Parecia razoável. Não queria Ash se preocupando com ela. Não queria ser uma distração para ele. Se ele se preocupava, e era óbvio que se preocupava, queria fazer tudo o que podia para aliviar o estresse.

– Sim – ele disse, com os olhos cada vez mais atentos. – Mas, Josie, você precisa entender. Você faz parecer fácil. Não é. Eu vou ficar chateado se você deixar escapar. Esta não é uma daquelas coisas "oh, desculpe, eu esqueci completamente de dizer para onde estava indo" e que você vai rir depois. Eu espero que você me conte tudo.

– Ok, Ash – disse calmamente. – Eu entendo.

Ele assentiu com a cabeça.

– Agora, há coisas que você precisa saber sobre mim. Não quero que essa merda apareça mais tarde e deixe você surpresa ou desconfortável. É melhor que saiba tudo desde o início, para que possa lidar com as coisas e elas não se tornem um problema no futuro.

Josie levantou uma sobrancelha. Ele parecia muito sério. Como se estivesse prestes a jogar alguma bomba em cima dela. Ela queria brincar e perguntar se ele estava a ponto de admitir ser um assassino, mas Ash estava sério demais e não iria apreciar a sua descontração leviana. Então, permaneceu em silêncio, esperando o que ele tinha a dizer.

Ele se moveu para cima, fez uma careta por um momento e então se inclinou para a frente, para que conseguisse colocar uma almofada entre suas costas e o braço do sofá. Ela se afastou para a frente, abrindo espaço, mas então ele prontamente serpenteou um braço ao redor da cintura dela e puxou-a com firmeza de volta para ele, para que mais uma vez ficasse aninhada em seu corpo.

– Qualquer conversa séria que tivermos será com você em meus braços, então eu vou encostar em você – disse ele. – Nunca estará do outro lado da sala. Isso não vai me fazer feliz. Aviso agora que se ficar chateada e nós tivermos uma discussão, você não vai colocar essa distância entre nós.

Ela sorriu contra o peito dele e balançou a cabeça. Isso soava muito bem para ela. Uma das coisas de que desgostava mais sobre Michael era sua indiferença. A distância – distância emocional – entre eles. Michael fazia mais o tipo de sentar do outro lado do quarto e discutir. Aliás, as únicas vezes em que encostava nela era quando faziam sexo. Ele não demonstrava carinho ou era afetuoso. E Ash parecia não conseguir manter as mãos longe dela por dois segundos. Ela gostava disso. Gostava *muito*.

– Isso vai ser uma discussão séria? – perguntou, não mais capaz de esconder o tom de brincadeira em sua voz.

Não havia dúvida de que Ash irradiava seriedade hoje. E estava começando a ser sufocante. Ela precisava dar leveza ao momento, mesmo que por um breve segundo. Não estava em sua natureza levar tudo tão a sério. E Ash era um cara intenso. Talvez finalmente ficasse mais alegre em torno dela, ou talvez fosse para sempre assim... carrancudo... quando se tratasse dela.

Seu abraço se apertou ao redor dela.

– É. É sério. Tudo sobre mim e você é sério. Entendo que isso pareça pesado, especialmente hoje, quando vamos resolver tudo. Não vai ser sempre assim tão... intenso. Mas hoje, sim. Preciso colocar pra fora tudo que tenha o potencial para machucá-la, porque não vou permitir isso daqui para a frente.

Ela franziu a testa novamente e o empurrou para que pudesse ver seus olhos. Tão sérios e concentrados. Sobre ela. Observando cada reação sua.

– O que é isso, Ash? – perguntou. – O que é que você acha que vai me machucar? Ele suspirou.

– Não sei se vai ou não, mas poderia, se você não entender isso desde o início. Só não quero que fique vendada. Se está preparada e sabe de tudo, então isso não tem o poder de pegar você desprevenida.

Ela estendeu a mão para tocar seu queixo, correndo os dedos sobre a pele. Ele não tinha se barbeado esta manhã, e o loiro escuro formava uma sombra em sua mandíbula.

– Então me diga. Eu vou entender.

Ele pegou a mão dela e a beijou, pressionando a boca em sua palma.

– Jace Crestwell é o meu melhor amigo. Ele e Gabe Hamilton. Mas Jace... nós compartilhamos um vínculo. Gabe é o meu melhor amigo, sem dúvida. Mas Jace e eu sempre tivemos uma amizade mais íntima. É meu irmão em todos os sentidos da palavra. Eu confio nele. Ele cuida de mim e eu cuido dele. Sempre. Estamos habituados a compartilhar tudo, e com isso quero dizer mulheres. Eu tive um monte de *ménages à trois* ao longo dos anos com Jace.

Sua testa se franziu e as sobrancelhas se aproximaram quando ela olhou nos olhos dele. E pensar que estava preocupada pensando que teria que compartilhá-lo com outras mulheres. Isso ela não esperava. Não podia imaginar como alguém tão possessivo quanto Ash gostaria que ela tivesse relações sexuais com outro homem enquanto ele assistia ou participava. Além disso, não era algo que ela quisesse.

– Isso é uma coisa... Quero dizer, é isso que você quer fazer comigo? Quer me dividir com outro homem?

– De jeito nenhum.

A negação foi explosiva, as palavras corriam de sua boca em um sopro de ar que Josie sentia em seu queixo. O alívio veio com força e ela relaxou, esperando que continuasse.

– Eu não entendia, no passado – ele murmurou – como Jace estava com Bethany. Eu não entendi, mas agora sim.

– Você está me confundindo – disse pacientemente. – Eu não entendo o que você está falando.

– Como eu disse, Jace é meu melhor amigo. Ele está envolvido com Bethany. Eles estão noivos. Vamos encontrá-los muitas vezes. Eu quero dividir você com eles. A amizade deles, quero dizer. Eles são importantes para mim e você é importante para mim. Então, vamos passar algum tempo com eles. E o que você precisa saber é que, no início, na primeira noite em que Jace e Bethany estavam juntos, eu estava com eles.

Seus olhos se arregalaram.

– Você está... você ainda faz... *ménages*... com eles?

Ash sacudiu a cabeça.

– Claro que não. Jace não queria nem da primeira vez. Eu não sabia disso na época. É estranho e complicado, mas o que você precisa saber é que tive relações sexuais com a Bethany. E você vai encontrar com ela. E com Jace. E eu não quero que seja estranho para você. Era estranho como o diabo nas primeiras vezes em que estivemos todos juntos depois daquela noite. Mas estamos bem agora. Bethany está tranquila com isso e por isso Jace também. Não é um assunto que trazemos à tona. Mas ele está lá. E não quero que se machuque quando olhar para ela e souber que tive relações sexuais com ela. Porque não há nada lá, Josie. Nada além de amizade profunda. Bethany é uma grande mulher. Eu acho que você vai gostar dela. Não é uma ameaça para você.

– Eu entendo – disse Josie em voz baixa. – Aprecio você estar me dizendo. Estar sendo direto comigo sobre isso. Eu posso ver como seria estranho, especialmente se eu não soubesse e de alguma forma acabasse falando besteira na frente deles.

O olhar de Ash estava focado nela, estudando-a atentamente.

– Será que vai ser um problema para você? Passar o tempo com uma mulher que eu comi e com quem eu me importo muito?

– Não se você me disser que não deve ser um problema para mim.

Ele balançou a cabeça.

– Não, não é um problema. Como eu disse, eu não entendia aonde Jace estava indo na época. Sua possessividade com as coisas que Bethany estava envolvida. Nós nunca tivemos uma mulher entre nós desse jeito. Nunca houve alguma importante. Mas eu entendo agora, porque sei que não quero dividir você com ninguém, e especialmente não com meu melhor amigo, mesmo que ele seja solteiro e não comprometido. E quanto a outros homens, isso é algo que você nunca terá que se preocupar. Eu tive *ménages à trois* com Jace e uma outra mulher. Um monte de vezes. Não vou mentir. A gente fodeu um número incontável de mulheres ao longo dos anos. Não é algo de que eu me orgulhe, mas não é algo que tire o meu sono. É o que é. Mas não haverá trios com você, Josie. Vai ser só você e eu. Eu vou ser o único homem a fazer amor com você de agora em diante.

Tudo parecia tão determinado e ainda assim ela sabia que aquelas eram apenas palavras. Como poderiam ser outra coisa? Eles se conheciam há tão pouco tempo! Eles só tinham feito sexo uma vez. E ele estava falando como se aquilo fosse um negócio feito. Que eram permanentes e numa relação de longo prazo.

Enquanto ela não duvidava do comprometimento dele, ou até mesmo do seu próprio, não havia nenhuma maneira com que pudesse olhar para o fim da estrada com qualquer autoridade. Havia muitas dúvidas.

– Agora me diga o que você está pensando – ele solicitou.

Ela sorriu.

– Eu não sei como você espera que eu reaja, Ash. Você acha que eu iria mudar o que penso porque você fez sexo bizarro com um monte de mulheres? Você tem o que, 35 anos? Trinta e seis? Não seria realista pensar que você não teve seus casos.

– Tenho 38. Quase 39 – ele corrigiu.

– Ok, bem, então você tem 38 anos. Eu já lhe disse que eu tinha um relacionamento e sexo com um homem recentemente, como há algumas semanas. Não posso condená-lo por ter relações semelhantes.

– Mas nós não vamos ficar esbarrando com o homem com quem você trepou – Ash apontou.

Ela suspirou.

– Eu não vou dizer que vai ser divertido olhar para ela e comparar mentalmente o nosso desempenho, ou até mesmo imaginar você e seu amigo fazendo amor com ela. Mas eu vou lidar com isso, Ash. E se ela é tão legal quanto você diz que ela é, então eu vou gostar dela e nós poderemos, sem dúvida, ser amigas. Eu só vou ter que evitar me torturar, visualizando você na cama com ela.

– Foi só uma vez – disse ele rispidamente. – Não quero você pensando nisso quando estivermos juntos. Porque, saiba disso, Josie, não importa quem foi no passado, você é meu presente e meu futuro. E essas mulheres não chegam nem um pouco perto de você.

Um sorriso curvou seus lábios e ela se inclinou, pressionando a testa contra ele.

– Eu vou fazer o meu melhor para não pensar sobre isso, então.

– Que bom. Agora, é quase hora do almoço e ainda precisamos resolver o seu apartamento. Quer ir comer alguma coisa e, em seguida, passar por seu apartamento para que você possa pegar todos os seus materiais de arte? Se você fizer uma lista das coisas enquanto estivermos lá, eu vou mandar alguém para embalar tudo para você. Não quero que você se preocupe com outra coisa além de se estabelecer no meu apê.

– Isso parece bom – disse ela.

Ele a beijou avidamente.

– Vamos ver outras pessoas com tempo. Mas, por agora, eu quero você só para mim. Estou tentado ligar para o trabalho segunda-feira e passar a semana com você.

Seu coração acelerou. Era uma imagem tentadora. Uma semana inteira na cama de Ash. Em seus braços.

– Infelizmente, com Gabe em sua lua de mel e os negócios que estamos tendo no trabalho, Jace e eu não podemos faltar.

– Eu entendo – disse ela com facilidade. – Tenho trabalho a fazer também.

– Gosto da ideia de você trabalhar no meu apê – ele murmurou. – Quando eu estiver no escritório, você vai estar aqui. Eu gosto dessa imagem. E então você estará aqui quando eu chegar em casa. Vestindo absolutamente nada, Josie. Eu te ligo quando estiver a caminho de casa todo dia, e, quando eu chegar aqui, quero você nua me esperando. A menos que eu diga algo diferente, é assim que eu quero.

– Ok – ela sussurrou.

capítulo 14

Jace estava esperando por Ash, quando este entrou em seu escritório na segunda-feira de manhã. Não que Ash tivesse alguma dúvida de que seu amigo estaria maquinando para entender a ligação na noite de sábado.

Jace estava sentado no escritório de Ash quando ele entrou, o olhar preocupado de Jace o encontrou.

– Você conseguiu resolver tudo? – perguntou Jace, nem dando tempo para Ash se sentar.

Ash jogou a pasta sobre a mesa e, em seguida, deixou-se cair em sua cadeira, olhando para o amigo, cujos olhos estavam escuros de preocupação.

– Eu estou trabalhando nisso – Ash murmurou. – Fiz algumas ligações no meu caminho para o trabalho. Preciso colocar alguém para vigiar o babaca, monitorar seus movimentos, descobrir o melhor momento para atacar.

– Jesus – Jace murmurou. – Você está falando sério sobre isso.

A sobrancelha de Ash subiu. Havia uma pilha de notas sobre a sua mesa. Chamadas não atendidas que ele precisava retornar. Documentos que necessitavam da sua assinatura. Mas ele deixou isso intocado, recostando-se na cadeira enquanto calmamente observava Jace em sua mesa.

– Eu lhe dei alguma razão para acreditar que eu era qualquer coisa além de extremamente sério? Ele a machucou, Jace. Deixou hematomas no rosto dela. Não tem a menor condição de eu deixar isso para lá.

Ela estava muito assustada e chocada para denunciá-lo. Mas estou feliz que ela não tenha feito isso, porque eu posso fazer o filho da puta sofrer muito mais. Ele teria saído da cadeia em dois segundos, duvido muito que sairia alguma coisa disso. Você sabe como esse tipo de merda acaba varrida para debaixo do tapete. Especialmente quando você tem dinheiro e conexões para fazer isso desaparecer.

– Ele tem todas essas coisas? – perguntou Jace.

– Algumas, sim. Não é páreo para mim, no entanto. Eu vou me certificar de que ele receba a maldita mensagem. Josie é minha e, se algum dia ele foder com ela de novo, ele é um homem morto.

– Como a Josie está levando tudo isso? – Jace perguntou calmamente.

Ash fez uma pausa.

– Bem, eu acho. Eu realmente não lhe dei tempo para processar muito. Quando cheguei ao seu apartamento, depois de fugir do jantar na noite de sexta, não dei a ela nenhuma opção. Arrumei suas coisas e disse que ela iria morar comigo. Foi uma decisão imbecil. Ela precisava de um tratamento gentil, mas eu sabia que, se eu lhe desse espaço, ela poderia nunca vir até mim. Portanto, eu aproveitei a minha vantagem quando ela estava esgotada e abalada e a coloquei na minha casa de uma vez.

Um sorriso curvou os cantos da boca de Jace.

– Você? Decisões idiotas? Você não é supostamente o cara charmoso e agradável? Pensei que agir como um idiota era um trabalho meu e de Gabe.

Ash fez careta.

– Por que diabos todo mundo acha que eu sou uma mocinha descontraída?

Jace bufou.

– Eu nunca disse isso, cara. Mas você é geralmente o Sr. Polido quando se trata de mulher. Não sabia que você saía desse seu jogo.

– As outras mulheres não importavam – Ash disse simplesmente. – A Josie importa. Não posso me dar ao luxo de bancar uma de cauteloso com dela. Tenho que aproveitar a minha vantagem enquanto a tenho.

Jace tomou um longo fôlego, seu olhar estudando Ash atentamente. Depois de um momento, Ash se mexeu desconfortável sob o escrutínio de seu amigo.

– Você está pensando a longo prazo nessa história? – perguntou Jace. – Você diz que ela é diferente e eu já tenho visto o quão diferente você está por causa dela. Está falando de violar a lei e fazer só Deus sabe o que com o babaca que bateu nela. Mas de quão diferente nós estamos falando aqui, Ash?

– Pense em como você se sentiu quando conheceu a Bethany – Ash disse em um tom uniforme.

– Merda – Jace respirava. – Não diga mais nada. Eu entendo. E parabéns, cara. Nunca pensei que iria acontecer com você tão rápido. Você sempre foi tão determinado a viver de acordo com o nosso lema, “curtir para valer e viver livre”.

– Sim, bem, você também foi – Ash disse seco. – E não me felicite ainda. Há muita merda para resolver, e embora eu tenha Josie onde quero agora, definitivamente ainda não está resolvido.

– Mas sabendo o que eu sentia pela Bethany, e você dizendo que é assim? Você está feito, cara. Se sentir ainda metade do que eu sentia pela Bethany no início, é isso aí para você. E te conhecendo do jeito que eu conheço, se Josie é o que você quer, com certeza absoluta você não vai deixar ela ir embora.

– O cacete que eu vou – Ash murmurou. – Se ela não ficar comigo a longo prazo, vai ser porque ela lutou comigo com unhas e dentes e venceu. E eu não perco.

– Você está pensando em casamento? Compromisso absoluto? Do que estamos falando aqui, Ash? Preciso saber para que eu possa te encher o saco depois de todos os insultos que você arremessou no meu caminho e no de Gabe quando nós estávamos sofrendo sozinhos e desamparados por Bethany e Mia.

Ash levantou o seu dedo médio.

– Eu não sei ainda. Casamento é um grande passo. É permanente. E ainda é muito cedo para pensar em casamento, bebês e essas merdas. Tudo em que eu consigo focar é na Josie e em me certificar de que ela está tão interessada por mim como eu estou por ela.

Jace balançou a cabeça.

– Sim, eu entendo. Mas só para você saber, eu vou começar a planejar a despedida de solteiro agora.

Ash riu.

– Tanto faz, cara.

A expressão de Jace ficou mais séria e ele dirigiu um olhar duro na direção de Ash.

– Agora, e o homem que machucou a Josie? Você disse que precisava de um álibi, e você sabe que eu vou fazer tudo o que você precisar, mas preciso de detalhes aqui. Não posso dizer que visitá-lo no presídio na ilha Riker está na minha lista de prioridades de merda para fazer, nem na lista de diversões.

Ash suspirou e passou a mão pelo cabelo.

– Estou verificando isso, como eu disse. Mas quero passar rápido por esse assunto. Quero deixar a Josie acomodada, e parte disso é saber que esse idiota não vai ameaçá-la mais. Tenho algumas informações preliminares sobre ele e os seus movimentos. Ele é muito previsível. Mantém sempre a mesma rotina. Se isso é verdade, então pretendo abordar essa situação na sexta à noite.

Os olhos de Jace se estreitaram e ele se sentou para a frente em seu assento.

– Você quer dizer pessoalmente? Ou deixará o problema sob os cuidados de terceiros?

– Ambos – disse Ash, observando a reação de seu amigo.

– Jesus, Ash. Não fode as coisas, cara. Duvido que a Josie queira visitá-lo na cadeia mais do que eu quero.

– Não vai ser um problema – Ash disse sem alterar a voz. – Os caras que eu tenho em mente são bons. Cobrem todas as bases. Eles vão jurar que não me conhecem e eu vou jurar que não os conheço. Não quero te colocar em uma posição ruim e definitivamente não quero a Bethany envolvida, de modo que eu ia preferir que meu álibi fosse só você e não vocês dois juntos.

Jace balançou a cabeça.

– Sim, você sabe que eu não me importo de ir para a parede com você. Nunca. Mas eu não quero que isso chegue perto da Bethany. E o que você precisar, cara. Você sabe disso, né?

– Sim, eu sei. Eu agradeço, Jace.

– Deixe-me saber, ok? Não me deixe no escuro. Vou querer mais detalhes, e se você entrar em apuros, é melhor me ligar, cacete. Não faça isso sozinho, entendeu? Se não conseguir organizar com os homens com quem você pretende falar para o trabalho, então me chama e eu vou com você.

Ash sorriu.

– Sim, mamãe. Quer limpar minha bunda para mim enquanto isso?

– Vai se foder – Jace disse rudemente.

Ash riu e depois ficou sério quando olhou para Jace.

– Não quero que isso chegue perto da Bethany ou de você. Fornecer o meu álibi já é suficiente. É mais do que eu quero lhe pedir. Nunca faria nada para prejudicar o seu relacionamento com a Bethany.

– Sim, eu sei. Mas também sei que você é meu irmão, Ash. É a minha família. Não aqueles idiotas com quem você compartilha o sangue. Eu e Gabe e, por extensão, Mia e Bethany. Não importa o que eu tenha que fazer para ajudá-lo, vou fazer, sem perguntas.

– Meu Deus, cara. Para com isso agora ou seremos um bando de meninas bobinhas procurando malditos lencinhos para enxugar as lágrimas.

Jace jogou a cabeça para trás e riu.

– Ok, agora que temos isso esclarecido, quando vou poder conhecer a Josie?

Ash bufou.

– Em breve. Eu quero que você e Bethany a conheçam. Depois que eu tiver cuidado dessa merda com o ex dela, então vou poder respirar um pouco mais aliviado. Talvez possamos jantar na noite de domingo.

Jace balançou a cabeça.

– Parece bom para mim.

– Ela sabe sobre a Bethany. – Ash fez uma careta. – Eu disse tudo a ela. Não queria que isso a pegasse desprevenida, não que eu tenha achado que isso algum dia viria à tona, mas não queria correr nenhum risco.

Jace estremeceu.

– Como ela reagiu? Eu posso ver como isso seria estranho para cacete quando estivéssemos todos juntos. Especialmente agora que ela sabe.

– Ela foi tranquila. Duvido que qualquer mulher goste da ideia de andar com outra com quem seu homem dormiu no passado. Mas eu assegurei que você tinha intenção de nunca mais compartilhar a Bethany com ninguém, e que, além disso, eu não ia querer estar envolvido em qualquer relação a três e que, com certeza, não gostaria de ter um *ménage à trois* com ela e um outro cara.

Jace fez uma careta.

– Porra, eu não vou compartilhar a Bethany com ninguém. É ruim o suficiente que teve aquela vez com você.

Ash ergueu as mãos.

– Não fique nervoso. Eu não falei isso para te chatear. Apenas queria que você soubesse que a Josie sabe. Eu estava sendo sincero com ela sobre tudo em relação à minha história sexual.

– Aposto que isso levou um tempo – Jace disse seco.

– O mesmo tempo que você levou para explicar para a Bethany – Ash atirou de volta.

– *Touché* – Jace disse com um sorriso. Então se levantou, indo em direção à porta. – Se isso é tudo, vou começar a trabalhar. Tenho algumas ligações para fazer e uma teleconferência em meia hora. Você tem planos para o almoço?

Ash olhou para o relógio.

– Não, mas pretendo ir para casa mais cedo hoje. Não queria deixar a Josie sozinha tão rapidamente depois que eu a acomodei na minha casa. Tenho pessoas trazendo suas coisas para o meu apartamento e disse a ela que eu ia ajudar a resolver tudo quando chegasse em casa. Então, provavelmente vou pular o almoço, limpar a minha mesa e, em seguida, dar o fora umas duas da tarde.

Jace balançou a cabeça.

– Ok. Mantenha-me informado. Especialmente sobre sexta-feira. Precisamos pensar bem nas nossas histórias.

– Pode deixar – respondeu Ash.

capítulo 15

Josie pôs de lado o pincel e esfregou as mãos na tentativa de limpá-las antes de pegar o telefone que tocava. Estremeceu ao ver que se tratava de uma ligação de Ash. Uma palpitação se iniciou em sua barriga, subindo para a garganta.

– Alô?

– Estou indo para casa.

As simples palavras de Ash lhe causaram um arrepio.

– Ok – ela murmurou. – Estarei pronta.

– Bom. Você não esqueceu, então.

– Não – ela disse suavemente. – Eu sei quais são suas expectativas.

Ele fez uma breve pausa.

– Mas isso é o que você quer, Josie? Ou você está somente acatando os meus desejos?

– Eu também quero, Ash. Estou um pouco nervosa porque é tudo muito novo para mim e ainda estamos nos conhecendo. Mas não estaria aqui se não quisesse. Não importa que tipo de mulher você leva para o seu apartamento normalmente, eu não sou assim. Não sou fraca. Reconheço que não lidei com a situação com o Michael como deveria, mas não sou magoada com facilidade.

Ele riu, o som de sua risada era vibrante e amável.

– Não achei nem por um momento que você fosse uma mulher fraca, querida. É necessário uma mulher forte para ficar ao lado de um homem como eu. Nunca duvide disso.

Um sorriso ligeiro invadiu seu rosto, e seu ventre se contorceu em alegria ao ouvir aquelas palavras de carinho. Não fora a primeira vez que ele a havia chamado de "querida", e ela adorava quando Ash fazia isso. Tinha algo na voz daquele homem, suave, carinhosa, toda vez que usava aquelas palavras, algo que fazia seu coração disparar.

– Preciso desligar se quiser que eu esteja pronta quando você chegar – disse. – Não quero desapontá-lo no seu primeiro dia em casa comigo.

Outra pausa, e então sua voz ficou mais baixa e doce, fazendo uma excitação percorrer suas veias.

– Você não vai me desapontar, Josie. Não quero que você pense assim. Não quero que isso passe pela sua cabeça. Se estiver aí quando eu chegar, nua e me esperando, não ficarei desapontado. Estou esperando por isso o dia todo. Vou desligar para que você se prepare. Nós nos vemos em breve.

– Tchau – ela sussurrou.

Assim que desligou, ela saiu correndo, desesperada ao se deparar com todos os artigos de pintura espalhados pela sala. Ela sabia que a faxineira viria no dia seguinte, mas não queria ser um fardo. Por esse motivo, todas as suas coisas estavam em caixas, impecavelmente arrumadas. Ela não se preocupara em arrumar as coisas pois queria trabalhar, ansiosa para que tivesse mais um quadro na galeria.

Esperava que Ash não se incomodasse com a bagunça que havia deixado em seu apartamento meticulosamente arrumado.

Ela correu para o banheiro, pensando se teria tempo para um banho rápido. Mas ela já havia tomado um naquela manhã. Estava limpa. Apenas suas mãos e braços estavam cobertos de tinta, algo que poderia resolver rapidamente.

Ainda assim, Josie estava cuidadosa em relação a sua aparência. Ela penteou seu longo cabelo loiro e admirou o reflexo no espelho. Sem maquiagem hoje, ainda que normalmente não usasse mais que brilho labial e rímel.

Satisfeita por não parecer absolutamente desgrenhada, ela foi para o quarto e tirou suas roupas. Dobrou o jeans e a camiseta, sem saber se voltaria a vesti-los ainda hoje ou se Ash a deixaria ocupada até a hora de dormir. Ela saberia o que aconteceria assim que chegasse a hora.

Mas e agora? Ela esperaria no quarto? Deveria ficar sentada na sala esperando por ele? Ela franziu a testa pensativa. Eles não acertaram os detalhes, só que ela deveria esperar nua por ele.

Ele especificou bem a parte de que não a queria ajoelhada, a menos que estivesse chupando seu pau. Seu rosto corou ao lembrar desse momento. Michael gostava que ela se ajoelhasse. Gostava de sua subserviência. Na época, aquilo não a incomodava. Era parte do relacionamento deles, e ela prontamente tinha concordado. Agora se sentia tola por ter sido tão submissa.

Ela foi até a sala, decidindo que ali seria o lugar onde esperaria por ele. Ash gostava da ideia de chegar em casa e encontrá-la nua esperando por ele, o que sugeria a Josie que gostaria de vê-la assim que entrasse no apartamento. Se tivesse que procurá-la, então talvez ela não estivesse esperando por ele da maneira correta exatamente. E ela gostava da ideia de ser a primeira coisa que ele veria ao sair do elevador.

Uma vez que não iria se ajoelhar, ela optou pelo sofá de couro, colocando uma das almofadas no assento para maior conforto de sua pele nua. Então se pôs a pensar se deveria sentar, ficar reclinada... Um risinho brotou em sua garganta. Ela estava pensando demais sobre o assunto.

Ela era uma artista, a aparência era importante para ela. Conhecia bem poses provocantes, e Ash com certeza gostaria disso. Queria impressioná-lo quando chegasse em casa.

Um calor se apoderou de seu peito quando aquelas palavras foram assimiladas. Chegar em casa. Quão fácil ela se acomodara àquela vida, ao apartamento, tomou-a para si. Ela realmente pensava naquele lugar como sua casa? E teria um homem chegando em casa para vê-la todo dia?

Sem refletir se estava louca por alimentar tais pensamentos, ela se sentou de lado, arrumando o cabelo para que caísse pelos ombros, ocultando parcialmente os seios. Não que tivesse alguma inibição, mas menos geralmente era mais. Homens se excitavam mais com o que não viam do que com o que era exibido explicitamente.

Era o que fazia seus quadros tão provocativos. A pele insinuada. Apenas uma espiada no proibido.

Ela descansou a cabeça no braço do sofá e deixou seu olhar pousado na saída do elevador. Sua pele entorpecida, a ansiedade tomando conta de seu corpo como se pudesse imaginar o que Ash faria quando chegasse em casa.

Uma excitação se agitava profundamente em seu corpo. Ela estava tentada a deslizar os dedos por entre as pernas e se tocar para um rápido orgasmo. Não precisaria de muito. Já estava excitadíssima só de pensar na chegada de Ash. Mas não queria fugir do plano que ele fizera para a noite.

Então esperou, cada segundo parecendo uma hora.

Quando ouviu o elevador, ela soluçou e prendeu a respiração por um momento. Sua boca estava seca e ela rapidamente umedeceu os lábios assim que a porta se abriu, revelando Ash, vestido no terno que colocara para trabalhar.

Uma das mãos escorregou para um dos bolsos da calça, a pose casual e arrogante. Ele exalava riqueza, charme e... poder.

Ela estremeceu quando seus olhares se encontraram. Os olhos dele queimando sua pele, maravilhados com a cena. Ele estava impressionado, e ela ficou feliz de ter optado por uma pose sedutora, em vez de somente sentar e esperar.

Ele caminhou até ela, o maxilar tenso, os olhos em chamas. Ela ergueu a cabeça, observando sua chegada.

– Olá – ela disse. – E seja bem-vindo.

Ele a surpreendeu, caindo de joelhos em frente ao sofá. Ele se inclinou em direção à sua boca em uma pressa acalorada que lhe roubou o fôlego. As mãos dele se enrolaram entre seus cabelos, trazendo-a para perto de si até que não houvesse nenhum espaço entre eles.

– Maravilhoso para cacete – ele gemeu. – Fiquei o dia todo pensando neste momento. Eu chegando em casa, vendo você esperar. Mas nada poderia me preparar para a realidade.

Ele deslizou os dedos em suas bochechas gentilmente, enquanto ela tentava recuperar o fôlego de seus beijos.

– Estou muito feliz porque você está aqui, Josie.

– Eu também – ela murmurou.

– Tive várias ideias enquanto vinha para cá. Pensando em como te pegaria quando chegasse aqui. No momento em que te vi, esqueci tudo, só vi como você estava em meu sofá.

– Quero saber de todas essas ideias. Fiquei curiosa agora.

Ele sorriu, seus olhos cheios de deleite.

– Algumas delas devem ser ilegais.

– Melhor ainda.

Ele riu baixinho, o som vibrando em sua pele.

– Eu gosto desse seu entusiasmo.

– Será que devemos escrever todas e escolher como vamos transar tirando um papel de um saco? – perguntou cruelmente. – Ou posso contar com você para escolher a melhor opção?

– Minha querida está atrevida hoje – ele sussurrou. – Talvez eu deva puni-la por isso.

Um rubor subiu em seu rosto. Uma de suas sobrancelhas se ergueu.

– Você gosta dessa ideia.

Ela limpou a garganta, insegura sobre o que responder. Ash havia dito que não curtia muito joguinhos. Brincar de safada e submissa para ganhar uma punição não era um joguinho?

O olhar de Ash arqueou, e ele levantou o queixo de Josie para que ela olhasse para ele.

– Em que diabos você está pensando agora?

Ela suspirou.

– É bobo. Acho que estava apreensiva sobre o que responder. E como soaria se dissesse que você me punir era algo que me deixava excitada. Você disse que não gostava de joguinhos e que gostava de tudo mais realista.

Ele esfregou o polegar em seus lábios para silenciá-la.

– Primeiro de tudo, nunca hesite em falar nada. Especialmente sobre o que te excita, o que quer, o que precisa de mim. Sexual, emocionalmente, seja o que for. Em segundo lugar, seus desejos não são joguinhos. Acho que o que eu disse deve ter te deixado confusa. O que quis dizer é que eu e você, o que acontece entre nós, é real. Não é um jogo, uma brincadeira. Não significa que não podemos brincar. Você só deve entender que isso tudo é de verdade.

– Claro como um cristal – Josie disse, divertindo-se.

– Nós não falamos sobre punições. Devo dizer, não sou muito ligado à disciplina. Não sou seu pai e você não é uma criança. Mas gosto de algumas coisas, existe uma grande diferença entre achar que você merece punição e eu querer bater no seu traseiro porque me excita. Entende o que eu digo?

– Sim – ela disse sem fôlego.

– Estou achando que essa ideia te agrada.

Ela assentiu.

– Eu gosto. Quer dizer, me excita. Tem algo sexy em um macho alfa com água na boca me batendo. Ou fazendo o que quiser de mim. Parece bobeira.

Ash suspirou.

– Você não entendeu, gata. Nada que você pense ou sinta é bobeira. Entendeu? Se te excita, então não é bobo. Se te excita, então eu quero saber, pois quero te dar prazer. Quero que se sinta bem. Agora, o que quero nesse momento é que você fique de joelhos e meta meu pau na sua boca. E depois? Falaremos depois dos seus desejos. E dos meus. Tomara que combinem.

Ela engoliu em seco, molhando os lábios, ansiosa.

Ele gemeu, e depois a beijou, pressionando os lábios nos dela, devorando-a, faminto.

– Você me deixa louco – Ash suspirou.

– Que bom – ela sussurrou.

Ele recuou, ficando de pé. Então esticou a mão para ajudá-la a se levantar. Agarrou uma almofada do sofá e jogou-a no chão, pedindo que ela se ajoelhasse ali.

A mão dele foi direto para a braguilha, abrindo o zíper. Enfiou a mão dentro da calça, tirando seu pênis ereto do confinamento que eram suas roupas e pousando-o em frente à boca de Josie.

– Lamba – ele ordenou. – Estimule a cabeça e depois me chupe.

Ela esticou a língua, fazendo círculos na cabeça, provocando a parte mais sensível. Adorava o jeito como ele segurava a respiração e soltava um pequeno sibilo em reação.

Os dedos dele penetraram nos cabelos dela, torcendo os fios até o couro cabeludo. Sua pegada não era suave, e ela gostava daquilo. Com a outra mão, segurava o maxilar de Josie, abrindo sua boca enquanto forçava o pênis para dentro dela.

As suas estocadas não eram mais suaves que o carinho no cabelo, ela gostava ainda mais daquilo. Amava aquele poder que pairava no ar. Era como um leão pronto para dar o bote. Um macho predador, delicioso.

Ela se ergueu um pouco para que pudesse ir mais fundo. Ela o queria mais fundo. Queria seu gosto, amava a forma como ele matinha o controle, o fato de que ela não tinha poder, exceto o que ele tinha conferido a ela.

– Nossa – Ash suspirou. – Nunca senti nada tão bom quanto meu pau na sua boca, meu bem.

Ela estremeceu de prazer com aquelas palavras. Seus mamilos se excitaram, ficando duros e franzidos. Ela engasgou quando ele alcançou seus seios com os dedos, torcendo-os gentilmente, colocando a pressão certa para deixá-la louca sem machucá-la.

Ela chupava vagarosamente da base até a ponta, deixando a cabeça descansar em seus lábios antes que voltasse a chupar outra vez, escorregando pelo seu comprimento até que o queixo encostasse em seu saco. Ela engolia, sugando a cabeça com a garganta. Ele gemia, recompensando a investida com um beliscão, enquanto seus dedos ficavam mais agressivos em seus seios, provocando gemidos nela também.

– Eu te imaginei de tantas formas – Ash disse em uma voz embargada. – Amarrada, de costas, com marcas na pele. De quatro, eu te comendo por trás, sua bunda, sua boceta. Você em cima de mim, me cavalgando. Eu fodendo a sua bocetinha doce enquanto você me chupa. Tudo que você imagina passou pela minha cabeça.

Ela estremeceu, seu corpo tremendo quase violentamente enquanto as imagens que provocava em sua mente a deixavam em chamas.

– Não vou ser sempre tão fácil assim – murmurou. – É difícil segurar, mas não quero que seja muito rápido.

Ela afastou os lábios de seu pênis e olhou para ele, as mãos segurando seu membro.

– Não quero que seja fácil, Ash. Não é por isso que estou com você. Quero o que pode me dar. Eu *preciso* disso.

Ele segurou seu rosto e olhou para ela, com expressão terna.

– Adoro que você queira isso de mim, Josie. Só quero ter certeza de que está pronta. Você passou por muita coisa na vida, e esses últimos dias foram agitados e estressantes.

– Sim, foram – ela concordou. – Mas sabia que hoje foi um ótimo dia? O primeiro dia bom que tive em muito tempo, que me senti feliz. Eu estava bem, Ash. Por sua causa. Porque eu estava aqui. Fiquei na sua sala pintando e só pensava no quão feliz eu estava por ficar aqui, trabalhando, esperando o momento de você me ligar para avisar que estava chegando.

Seus olhos suavizaram, tomando um tom mais claro, quase elétrico.

– Você me deixa sem fôlego.

– Agora – ela disse, voltando a ficar de joelhos e se posicionando para mergulhar em seu pau outra vez. – Quando começamos a parte pervertida?

capítulo 16

Ash estava quase desorientado pela visão de Josie de joelhos, com a boca em torno de seu pau, como ele havia imaginado tantas vezes desde que a viu naquele primeiro dia no parque. Agora, ela era dele. Em seu apartamento. Em sua vida.

Ele sabia que ela tinha lhe dado um presente valioso. Não olhou para além do fato de que ela ofereceu-lhe a sua confiança. Havia colocado seu corpo e seu coração nas mãos dele, e Ash faria o que fosse necessário para protegê-los. Nunca tomaria por certo o que esta bela e corajosa mulher estava lhe dando.

Ele deslizou as mãos pelo cabelo dela, enrolando os fios em torno de seus dedos, enquanto se inclinava para ela. Mais profundo. Cada estocada era o prazer mais extraordinário que ele já tinha experimentado.

Ele teve muitas mulheres. Havia sido honesto com Josie sobre isso. Mas ela era diferente. E ele não podia nem dizer por que definitivamente. Havia algo nela que falava com ele em um nível diferente. Que o fez pensar sobre permanência quando isso nunca foi um problema em seus relacionamentos passados. Mas, então, ele e Jace fodendo as mesmas mulheres dificilmente poderia ser classificado como relacionamento de verdade.

Fazia anos desde que ele passara algum tempo sozinho com uma mulher, e descobriu que a ideia agora o encantava. Josie o encantava.

Ela estava de joelhos diante dele, completamente submissa, e não só submissa, mas queria as mesmas coisas que ele queria. Gostava das mesmas perversões que ele gostava. Não havia uma mulher mais perfeita para ele. Disso estava certo.

Ele afundou em sua boca, contraindo-se na parte de trás da garganta dela antes de escorregar de volta para fora, aproveitando para raspar a língua sobre a sensível parte inferior de seu pênis. Em seguida, ele se retirou, viu como os seus olhos, piscinas de água-marinha nubladas de desejo, encontraram os seus.

Sem dizer uma palavra, estendeu sua mão para baixo para alcançar a dela e ajudá-la a se levantar. Assim que ela subiu, puxou-a para seus braços, apertando-a contra seu peito. Ele a beijou, quase esquecendo na sua urgência de possuir sua boca que deveria tomar cuidado. Ela ainda tinha contusões. Sua boca ainda estava frágil. No entanto, isso não o impediu de foder sua boca, mesmo tão gentil como ele foi.

– Vamos para o quarto – disse impaciente. – Eu fui duro com a sua boca. A partir de agora eu vou me concentrar em outras partes do seu corpo delicioso.

Dos olhos dela pareciam saltar faíscas pelo calor e antecipação. Ela estava implorando por perversão. Ele certamente poderia providenciar isso para ela. Suas mãos estavam coçando para deixar as nádegas dela vermelhas, para ver as marcas de sua posse sobre o corpo dela. Foi um impulso primitivo que o tomou completamente. Queria dominá-la de maneira que não houvesse nenhuma pergunta quanto à sua propriedade.

Mas, enquanto ele a guiava em direção ao seu quarto, reconheceu que não queria apenas possuir o corpo dela. Queria possuir o seu coração. E enquanto iria possuir seu corpo rapidamente – como já tinha possuído uma vez – demandaria muito mais esforço e tempo para possuir as partes dela que mais valorizava. Seu coração, sua mente e sua alma.

Ele queria tudo. Não iria se contentar com qualquer coisa menos do que ela inteira.

Agora só tinha que convencê-la.

– Vá para a cama. Deite-se de barriga para baixo, com as mãos para trás na parte baixa das suas costas. Eu irei até você assim que tiver preparado tudo.

Ela prendeu a respiração e um rubor impregnou suas bochechas. Ele podia ver que sua respiração tinha se acelerado e a emoção refletia em seu olhar. Sua mão deslizou da dele, deixando-o desprovido de seu toque. Então ela foi até a cama e se posicionou como ele a tinha instruído.

Ele recolheu os itens de que precisava em seu armário. Uma cinta de couro. Estava confiante de que isso iria dar a ela – e a ele – grande prazer. Um pedaço de corda.

Ele largou a corda na cama e, em seguida, posicionou seu joelho entre as coxas dela abertas. Reuniu seus pulsos em uma mão e, em seguida, começou a enrolar a corda de seda em torno deles, prendendo-os juntos.

Ela suspirou baixinho. Ele podia sentir a tensão percorrendo seu corpo.

Quando tinha seus pulsos firmemente amarrados, recuou.

– Fique de joelhos – disse com firmeza, injetando um toque de comando em seu tom. – Bunda para o ar. Rosto contra o colchão.

Ela fez esforço para se levantar, e ele avançou por baixo dela, espalmando sua mão sobre sua barriga macia. Ele a ajudou a se levantar até que os joelhos se encontrassem fixos contra o colchão e ela repousou o rosto contra a cama.

Satisfeito com sua posição, ele recuou novamente para recuperar a cinta de couro.

– Você já fez isso antes, Josie? Eu não quero que seja demais. Você precisa me avisar o quanto você aguenta.

– Sim – ela sussurrou. – E eu aguento para caramba, Ash. Não se segure. Eu... preciso disso. Eu quero isso.

Ele se inclinou para a frente, cobrindo-a com seu corpo.

– Se for demais, a qualquer momento, você me diz para parar. Entendeu? Tudo termina com essa palavra, querida.

Um tremor rolou por seu corpo. Ela gostava de palavras carinhosas. Ele gostava de sua reação a cada vez que usava essa palavra.

Em seguida, deu um passo para trás mais uma vez e passou a mão sobre sua bunda voluptuosa.

– Doze – disse ele. – Doze marcas que você vai usar em sua pele. Quando eu estiver certo de que você está comigo, nós vamos mudar para mais. Mas, por agora, começamos com uma dúzia.

Ela assentiu com a cabeça, os olhos fechados, os lábios apertados com expectativa. Ele não a fez esperar mais.

O primeiro estalo do couro contra sua pele repercutiu alto no silêncio. Ela pulou, o vermelho imediatamente em chamas em sua bunda. Em seguida, um gemido escapou de seus lábios, um som inebriante para ele.

Mais uma vez ele desferiu o golpe habilmente, na outra nádega. Um vermelho brilhava, colorindo sua pele, o contraste entre a pele mais pálida e intacta e o lugar onde o couro a tinha beijado de forma bonita e marcante.

Ela se contorceu inquieta quando Ash administrou o terceiro, quarto e quinto golpes. No nono, ela estava suavemente implorando. Mais. Mais forte.

– Os últimos três, Josie. Eles vão ser mais fortes. E então eu vou foder esse seu cuzinho gostoso. Você acha que aguenta?

– Ash.

O nome dele saiu em um gemido. Um apelo desesperado. Sim, ela estava com ele. Mais do que com ele. Ele estava se segurando, e Josie não queria isso.

Ele permitiu mais força para o décimo golpe, observando de perto como ela recebia a dor. Ela estava lá, em um primeiro momento. Mas tão rapidamente quanto ela registrava aquela dor, ela a convertia, a mandava para longe e abraçava o prazer.

Seus olhos, abertos agora, eram suaves e sonhadores, como se ela tivesse fugido para outro mundo.

Ash não estava acostumado a moderar seus movimentos, a se conter. Controlou-se com Bethany, naquela noite em que ele e Jace tinham estado juntos com ela, porque Jace não lhe permitiria fazer nada além disso. Mas Josie era importante. Diferente. Ele queria acariciá-la. Ser gentil e paciente, mesmo quando ela mesma transpirava impaciência com as suas reservas. Haveria tempo de sobra para lhe dar tudo. Por enquanto, queria ter certeza de que ela estava com ele a cada passo do caminho, para que não cruzasse a linha e fizesse com que ela sentisse mais dor do que prazer.

Ele lhe deu o décimo primeiro e, em seguida, fez uma pausa, saboreando o último, desejando que ela ficasse nervosa e necessitada. Ela se contorceu incansável, arqueando as costas. Ele nem sabia se ela estava ciente da maneira como seu corpo pedia por mais.

– Doze, Josie. Receba o último. Me dê. Tudo o que você tem.

Ele trouxe a cinta para baixo, mais forte do que das vezes anteriores, tomando cuidado para não acertar os mesmos pontos que tinha atingido antes. O estalo soou. Seu grito de surpresa desapareceu em um gemido. Um suave e doce suspiro de prazer que arrepiou o cabelo da nuca dele e mergulhou profundamente debaixo de sua pele. Seu pau estava rígido, tão duro que era doloroso. Ele queria estar dentro de seu corpo. Profundamente em sua bunda. Era a única parte dela que ele não possuíra ainda, o obstáculo final em sua posse completa de seu corpo.

Ele deixou cair a cinta, impaciente para estar dentro dela. Mas se segurou, se obrigando a tomar os cuidados que precisava para garantir que ela poderia tomá-lo sem dor.

Levou o seu tempo com a aplicação do lubrificante, alargando sua abertura, acrescentando um dedo e depois dois, aplicando o gel dentro e fora. Então ele esguichou mais em sua mão e esfregou-o por toda a extensão de sua ereção.

Um gemido escapou dele. Seu pau odiava sua mão. Não era o que ele queria. Seu pênis queria estar dentro dela.

Ele se posicionou para a frente, colocando suas nádegas rosadas nas palmas das mãos antes de separá-las, para que sua abertura ficasse à mostra para ele. Em seguida, ele circulou sua ereção com uma mão, apalpando a base, e guiou-a contra a entrada.

Ela apresentou a imagem mais erótica, ajoelhando-se, com o cuzinho à mostra, suas mãos amarradas e fixadas na parte baixa das costas. Totalmente incapaz de fazer qualquer coisa, além de tomar tudo o que ele tivesse para lhe dar.

Ash enfiou a cabeça de seu pênis na abertura enrugada e começou a pressionar para a frente, levando o tempo necessário e exercendo uma paciência que não sabia que possuía.

Ela gemeu quando ele começou a empurrar para dentro, esticando seu anel apertado em torno da largura grossa de seu pau.

– Não lute contra isso, baby. Empurre para trás e deixe-me entrar – ele acalmou. – Vai ser muito gostoso quando eu estiver dentro.

Ele estendeu a mão debaixo dela, circulando sua cintura, os dedos espalmados amplamente contra sua barriga. Então ele baixou os dedos, investigando por dentro dos cachos úmidos para encontrar seu clitóris. Assim que seu dedo roçou contra o botão tensionado, ela pulsou em reação e ele se aproveitou dessa explosão de prazer para estocar duramente.

Ela engasgou enquanto seu corpo se abriu, rendendo-se à invasão. Ele fechou os olhos e respirou asperamente pelo nariz enquanto lutava contra a ejaculação. Deus, era tão apertada em torno dele, agarrando-o como um punho. E ele tinha entrado apenas até a metade.

Ele acariciou mais uma vez sobre o clitóris, exercendo apenas a quantidade certa de pressão, e quando ela começou a se contorcer contra ele, usou sua força para empurrar para dentro pelo resto do caminho. Até as bolas. Ela o envolveu, engolindo-o inteiro. As coxas dele descansaram contra sua bunda enquanto soltava a respiração.

– Eu estou perto – ela sussurrou desesperada. – Eu não consigo segurar, Ash. Oh, Deus.

Ele moveu seu dedo, apenas por um momento, esperando ela se recuperar. Não queria que ela gozasse ainda. Isso faria sua posse ser muito dolorosa. Ela precisava estar com ele por todo o caminho. No minuto em que gozasse, o tesão acumulado estaria perdido e ele a machucaria.

– Não até eu gozar – ele ordenou, retirando-se um pouco para que ele pudesse estocar de volta para dentro dela. – E eu não estou pronto ainda, baby. Você é tão gostosa. Vou desfrutar deste doce cuzinho um pouco mais antes de gozar dentro de você.

Ela gemeu de novo, apertando sua bunda duramente em torno de seu pênis.

Ele retirou-se e empurrou para a frente novamente, com cuidado para manter os dedos longe de seu clitóris. Em seguida, ele a tocou novamente, testando o quão perto ela estava de cair.

No momento em que seu corpo se apertou, ele tirou o dedo de novo, o que lhe valeu um som desesperado de agitação e impaciência. Ele sorriu. Tão sensível. Bonita para caralho. E toda sua.

Ele estava dentro de sua bunda até as bolas, nenhuma parte de seu corpo intocada por ele. Ela usava suas marcas naquela bela bunda. E ainda queria mais. Perfeita para cacete.

Ash começou a empurrar com mais força. Ritmicamente. Um estímulo para a conclusão. Assim que sentiu suas bolas preparadas e a corrida começou a ser um obstáculo em cima dele, começou a acariciar seu grelinho novamente, querendo-a com ele, querendo que os dois voassem sobre aquele abismo juntos.

Com a mão livre, fechou os dedos ao redor de seus pulsos amarrados, segurando a corda, segurando-os e usando-os para puxá-la de volta com força contra ele para satisfazer suas estocadas. Ela soltou um grito agudo, que o preocupou por um momento, porque temia que a estivesse machucando. Mas ela estava empurrando para trás contra ele, desesperada por mais.

– Vem comigo, Josie – ele respondeu asperamente. – Goza para mim, baby. Eu estou lá. Estou gozando. Foda comigo.

Seus dedos nunca saíram de seu clitóris, mesmo quando o seu próprio orgasmo o invadiu. A sala ficou turva em torno dele. Ele fechou os olhos enquanto se esforçava para dentro dela, quando ele a puxava de volta para satisfazer seus impulsos mais exigentes.

A primeira liberação de seu gozo foi dolorosa. Afiada. Avassaladora. Ainda assim, ele continuou a pressão, banhando suas entranhas com seu sêmen quente. Até que se infiltrou a partir de sua abertura e correu pelo interior da perna dela.

O visual impulsionou seu orgasmo a novas alturas. Ver a prova de sua posse sobre o corpo dela era extremamente prazeroso. Ele nunca tinha ficado tão satisfeito antes.

O nome dele saiu com uma voz rouca da boca dela. Seu corpo inteiro se apertou. Seus dedos se fecharam em punhos apertados debaixo da mão dele. O corpo dela se abalou e tremeu e então ela deslizou para baixo, seus joelhos se soltando na cama. Ele foi com ela, sua mão deslizou do meio de suas pernas para apoiar-se sobre a cama, para que ela não suportasse todo o seu peso. Mas ele a deixaria ter um pouco dele. A sensação dela debaixo dele, da maneira como cobria o corpo dela, o atingia com força. Ele adorava.

Nada era mais gratificante do que ela debaixo dele, Ash profundamente enraizado em seu corpo.

Quando se tornou evidente que o seu peso provavelmente era muito e que ela estava lutando para recuperar sua respiração, ele se mexeu, fazendo com que os dois gemessem quando começou a se retirar de seu cuzinho.

Delicadamente, puxou o resto para fora, segurando-se sobre as mãos quando olhou para a bunda avermelhada, a abertura distendida, onde ele tinha estado apenas alguns segundos antes, e os traços de seu sêmen em sua pele.

– Linda para caralho – ele murmurou. – Nunca tive uma visão mais bonita, baby.

Ela suspirou, seus cílios tremulavam contra sua bochecha. Em seguida, ele soltou os laços em seus pulsos e se inclinou para pegá-la em seus braços. Ela se aninhou em seu peito enquanto Ash a levava para o banheiro. Ele a colocou no vaso sanitário apenas o tempo suficiente para ligar o chuveiro e esperar a água aquecer. Então, puxou-a para o chuveiro com ele e lavou cada centímetro de sua pele com as mãos suaves.

– Foi demais? – murmurou enquanto passava a mão sobre sua bochecha.

Ela olhou para ele, seus olhos ainda vidrados com paixão. E sorriu. Um sorriso bonito, de apertar o coração e que o fez querer comê-la mais uma vez.

– Nunca é demais – sussurrou. – Foi maravilhoso, Ash. Eu adorei.

Ele se inclinou para beijá-la, enquanto o jato quente chovia sobre ambos.

– Fico feliz em ouvir que você estava comigo, meu bem. Porque é definitivamente algo que eu quero fazer de novo. Nunca vou ter o suficiente de você.

Ela passou os braços ao redor de seu pescoço, abraçando-o enquanto devolvia o beijo. Ele se esticou por trás dela para desligar a água e, em seguida, a conduziu para fora para enrolar uma toalha em volta dela, para que não ficasse com frio.

Depois que ela estava seca, ele colocou seu robe em torno dela e amarrou as extremidades da faixa, de modo que ficasse completamente coberta.

– Ainda é cedo. Você quer sair e comer alguma coisa ou prefere que eu encomende comida e nós comemos aqui?

Ela parou por um momento, com as mãos enfiadas nos bolsos do roupão. A toalha que tinha enrolado no cabelo dela estava empoleirada no topo de sua cabeça, e ela nunca tinha estado mais bonita do que estava aqui, vestindo seu robe, em seu banheiro, enquanto discutiam seus planos para a noite.

– Gostaria de comer em casa. Aqui, com você, se estiver tudo bem – disse ela. – Esta é a nossa primeira noite juntos. Quero dizer, não exatamente a primeira, mas é o primeiro dia que você vai ao trabalho e volta para casa. Eu gostaria de passá-lo sozinha com você.

Ele sorriu, porque entendia o que ela estava dizendo. Não tinha nenhum desejo de compartilhá-la com o mundo ainda. Para ele, convinha muito bem ficar atrás das portas de seu apartamento, prolongando o inevitável, quando os dois sairiam juntos.

Queria apresentá-la a Jace e Bethany. Gabe e Mia. Queria compartilhá-la com seus amigos. Esperava que eles se tornassem amigos dela também. Mas, por agora, estava contente em permanecer apenas eles dois, enquanto pudessem adiar o mundo exterior.

Inclinou-se para beijá-la, roçando seus lábios longa e docemente sobre os dela.

– Parece perfeito para mim. Vou pedir a comida e você pode me mostrar no que trabalhou hoje.

capítulo 17

Ash manuseou a gargantilha que havia mandado desenhar para Josie enquanto esperava Jace fazer sua aparição no escritório. Ele sabia exatamente o que queria para Josie, contudo, encontrar alguém que pudesse desenhar sob medida em questão de dias tinha sido um desafio. Mas ele encontrou, como todo o resto, se você tem dinheiro suficiente, nada é impossível.

Escolheu bronze porque amava o contraste do metal dourado contra a pele clara de Josie, combinava bem com as luzes douradas em seu cabelo. Mas as pedras, ele estava determinado de que deveriam combinar com os olhos dela. Águas-marinhas, raramente encontradas no mercado, foram incrustadas no metal, criando uma gargantilha de joias deslumbrantes que ficariam lindas em sua pele e proporcionariam um perfeito casamento com seus lindos olhos.

Poderia ter escolhido topázio azul, mas não eram tão raras ou tão caras, e ele só queria o melhor para Josie. Pequenos diamantes adornavam a borda, proporcionando uma linha brilhante ao redor da gargantilha, e, entre as águas-marinhas, havia esmeraldas menores, apenas para fornecer uma gama mais rica de cor.

Queria algo vibrante. Algo que refletisse sua personalidade. Não apenas alguma peça de joia maçante e incolor, escolhida sem pensamento ou cuidado para a pessoa que fosse recebê-la.

O resultado, precisava admitir, era impressionante. Sabia, antes mesmo de ela ver, que iria adorar.

E o momento era perfeito. Porque ele não se sentia como se pudesse dar esse passo com Josie até depois que a situação com Michael tivesse sido abordada. Hoje à noite a situação iria ser resolvida, em seguida o foco de Ash cairia unicamente em Josie. Michael não seria mais uma ameaça.

Durante toda a semana Ash se manteve firme na opinião de que Josie devia permanecer em seu apartamento. Ele não queria ela saindo, e a única vez que ela o fizera – o passeio até a galeria para levar mais obras de arte para o Sr. Downing e também para pegar seu cheque relativo às últimas peças – ele mandou seu motorista com ela, que a tinha acompanhado no interior do edifício. Ash não queria correr nenhum risco de que Michael estivesse esperando por ela ou que decidisse fazer uma cena em público, o que Ash sabia que entristeceria e envergonharia Josie.

Ele não tinha explicado a Josie por que tinha sido tão contundente em suas expectativas, ou por que disse a ela que na próxima semana lhe seria concedida mais liberdade para fazer o que gostava. Ele mal podia dizer-lhe que tinha que primeiro cuidar do idiota que colocara as mãos nela. Nada do que havia planejado chegaria até Josie. Fazia muita questão disso. E Michael também nunca mais iria tocá-la novamente.

Um som na porta o fez olhar para cima e ver Jace entrando. A expressão de seu amigo estava triste e preocupada, mas, então, Ash já tinha dito a ele por que precisava vê-lo.

– Tenho tudo pronto para hoje à noite – Jace disse calmamente.

– Bethany vai estar fora, certo? – perguntou Ash. Ele tinha sido explícito. Enquanto Jace estivesse envolvido, pelo menos na capacidade de fornecer um álibi para Ash, ele não queria que Bethany tivesse qualquer papel na mentira dele. Assim como nada disso jamais deveria chegar até Josie, também não queria que chegasse a Bethany. Ela teve dificuldades suficientes em sua vida e Ash não pretendia envolvê-la em outras.

Jace balançou a cabeça.

– Eu disse a ela, assim como você disse a Josie, que temos uma reunião importante aqui no escritório. Eu consegui uma teleconferência com investidores. Você vai estar aqui no início para que todos eles possam dar uma boa olhada em você. Você vai se levantar em alguns minutos e desculpar-se para ir ao banheiro. Silenciaremos a chamada por um tempo. Mas então fica um pouco complicado, porque você vai ter que continuar a realizar a chamada de conferência enquanto estiver no caminho. Se eu inclinar o monitor no ângulo certo, posso fazer de mim o foco principal e seu funcionário entrará e sentará no fundo. Seu casaco e ele estarão lá, mas será você na chamada real. Certifique-se de que eles te ouçam periodicamente. Eu preparei para que monitores de segurança do prédio sofram uma pane logo antes de você sair, então nenhuma câmera vai pegar você partindo. Tenho um crachá de segurança extra que você pode usar para acionar a saída, assim, de acordo com os registros de segurança, você ainda vai estar aqui comigo e, se necessário, eu vou usar o seu crachá para sair quando o fizer. Só posso fazer a chamada continuar por um determinado tempo, então, quando ficar em silêncio para lidar com a sua situação, você precisa fazê-lo rápido e, em seguida, correr de volta para que pareça que você estava lá durante toda a chamada. Seria melhor se você viesse direto para cá, para que possamos ambos sair juntos, assim que todas as câmeras voltarem a ficar online.

Ash assentiu.

– Obrigado, cara. Significa muito pra mim. E, só para que você saiba, se der merda, você está limpo. Eu não vou deixar isso cair no seu colo.

– Apenas certifique-se de que não vai dar nenhuma merda – Jace disse em um tom seco. – Eu ainda acho que você deveria arrumar alguém para cuidar disso. Você está se arriscando pra caralho fazendo isso por conta própria.

Os lábios de Ash se apertaram.

– Eu quero passar o meu ponto pra ele, e a melhor maneira de fazer isso é entregar a mensagem pessoalmente. Quero esse filho da puta se cagando de medo. Quero que saiba que eu o tenho na mão, e depois vou bater nele até que desmaie, quero que ele saiba que posso facilmente arruinar a vida dele se sair da linha novamente.

O sorriso de Jace era triste.

– Tenho que admitir, você tem um motivo. Também tenho que admitir que, se algum filho da puta mexesse com a Bethany, eu o destruiria com as minhas próprias mãos e não dependeria dos outros para fazer o trabalho sujo para mim.

– Você me entende, então.

Jace balançou a cabeça.

– Sim, entendo. Não me agrada a situação, mas eu te entendo. Estou preocupado, Ash. Não quero essa merda caindo para cima de você. Não quando você encontrou...

Ele parou e Ash prendeu-o com um olhar.

– Quando eu encontrei o quê?

Jace deu um sorriso malandro quando olhou para o amigo.

– Sua kriptonita.

Ash não vacilou. Era isso o que Josie era? Sim, ele poderia dizer isso. Tinha dado a Gabe e Jace uma dor de cabeça sem tamanho por terem caído de quatro por suas mulheres e irem contra o seu grito de guerra "curtir pra valer e viver livre". Mas agora estava em uma situação muito semelhante e não se opunha nem um pouco.

A sensação de paz caíra sobre ele.

– Você esteve muito mais calmo, estabelecido, recentemente – disse Jace. – Eu gosto de você assim, cara. Depois de Bethany... – Ele parou novamente com um suspiro, quase como se odiasse tocar no assunto depois que tinha jurado não mais fazê-lo. – Depois de Bethany, eu estava preocupado. Conosco. Odiei o que aconteceu, embora eu não me arrependa. Espero pra cacete que isso faça sentido. Eu não gostei do que aquilo fez com a gente e eu não gosto de como eu fui um merda para você e Bethany depois daquela noite. Mas eu também não me arrependo da decisão que tomei de não compartilhá-la com você.

– Eu não me arrependo também – Ash disse com um sorriso. – Eu estou bem com isso, Jace. Você precisa parar de voltar a esse assunto. A gente está bem. Você nunca mais foi um babaca. Bethany te faz feliz. Agora eu tenho Josie e ela me faz feliz.

– Fico feliz por você, cara.

– Sim, eu sei que fica.

– Nenhuma notícia da sua família? Como estão as coisas com a Brittany?

Ash suspirou.

– Nada esta semana, e isso me deixa nervoso, porque não é do feitio deles simplesmente desistir e assistir. Brittany está feliz em seu trabalho. Ela não fez muito mais do que trabalhar e ir pra casa, mas vai chegar lá. Eu quero que ela encontre Mia e Josie e se misture com as meninas de Mia. Seria bom para ela. Josie é mais próxima da idade de Brittany, quem sabe as duas se dão bem.

– Você parece positivamente domesticado com todo esse papo de organizar as namoradas – Jace brincou.

– Vai se foder, cara.

A expressão de Jace ficou séria.

– Portanto, nada da bruxa má? Ela está na dela? E o velho? Não acredito que ele não tenha nada a dizer sobre a deserção de Brittany. Não quando ele preza tanto os laços familiares, não importando quão falsos eles sejam.

Ash suspirou.

– Pois é. Nada nesta semana. Mas eu não acho que vá durar muito.

– Bem, quando a merda bater no ventilador, eu espero que me avise. De jeito nenhum vou deixar você em um ninho de cobras sem pedir reforço.

Ash riu.

– Você faz soar como uma operação policial.

– Porra, uma noite com sua família se enquadra.

Ash olhou para o relógio.

– Quer bater um rango antes de nossa teleconferência? Eu quero ligar para conferir como estão as coisas com Josie. Quero me certificar de que está tudo bem com ela e lembrá-la que eu vou chegar atrasado.

– Quero. Quer ir no Grill de novo?

Ash assentiu.

– Obrigado mais uma vez, Jace. Sabe que eu não digo o suficiente, mas você e Gabe sempre tomaram conta de mim... Não tenho palavras.

Jace sorriu.

– Depois de hoje à noite, que tal você deixar sua mulher fora da coleira e deixá-la se misturar com o resto de nós?

Ash riu.

– Sim, eu sei, eu a mantive exclusiva para mim esta semana. Tem sido bom. Mas, sim, eu quero que ela conheça você e a Bethany também. Gabe e Mia vão estar de volta no domingo. Seria bom se nos reuníssemos com eles também.

– Um ano atrás, você seria capaz de imaginar que nós três estaríamos tão envolvidos com mulheres? Gabe casado, eu ficando noivo e você pirado por uma mulher que acabou de conhecer?

Ash lhe lançou um olhar.

– Quem é você para falar sobre pirar por uma mulher depois de vê-la apenas uma vez?

O sorriso de Jace não estava arrependido.

– Só precisa de uma vez, cara. Quando é a mulher certa, você simplesmente sabe. Nunca pensei que eu fosse ficar assim, mas depois que vi Bethany, eu simplesmente sabia.

– Sim, eu entendo. Eu também não acreditava, mas então conheci Josie e algo simplesmente deu um clique. Não consigo nem explicar.

– Não precisa. Eu entendo – Jace disse enquanto caminhavam para fora do escritório de Ash. Ele parou na porta e virou-se para Ash, seu olhar sério. – Lembre-se disso, cara, e é aplicável e verdadeiro em diversos níveis. Aprenda comigo, porque parece que eu me esforcei para fazer merda. Apaixonar-se é a parte fácil. E tudo o que acontece depois que é difícil e dá trabalho.

– Cristo. Você se transformou em um psicólogo de boteco – disse Ash com desgosto.

Jace rebateu.

– Tudo bem, não escute um conselho amigo, mas não venha chorar para mim quando você foder com tudo.

– Sim, que se foda – Ash resmungou.

– Quer ir andando ou pegar o carro?

– Andando – disse Ash. – Eu vou ligando pra Josie no caminho.

* * *

Ash olhou friamente para o rosto ensanguentado de Michael Cooper, enquanto os outros homens que o tinham acompanhado mantinham-se de pé ao lado, seus olhares alertas, atentos a qualquer sinal que os denunciasse.

Ash flexionou os dedos, trabalhando com a rigidez da mão, as luvas que usara estavam rasgadas em uma das mãos e manchadas com o sangue do homem.

– Esqueça que Josie Carlysle existe. Entendeu? Se eu ouvir que você chegou perto dela de novo, vai se arrepender.

Michael acenou com a cabeça, cuspindo sangue do lado da boca.

– Eu entendo. Jesus. Ela não vale a pena.

– Resposta errada, babaca. Ela vale a pena. Mais do que você jamais poderia imaginar. Ela é minha agora e eu protejo o que é meu. Além disso, se você pensar em ir à polícia como ela deveria ter feito quando você colocou as mãos nela, vou transformar a sua vida num inferno. Eu estarei observando você, Cooper. Não se esqueça disso. Se você tentar criar problemas, vou arruiná-lo. Você não vai ter mais nada. E, se você não acha que eu tenho o dinheiro, o poder e as conexões para que isso aconteça, basta me provocar. Quando eu terminar, você estará vivendo em uma caixa de papelão, pedindo dinheiro para comer.

Michael assentiu com a cabeça mais uma vez, o medo e o pânico refletidos em seus olhos. Ele era um verme patético e sem culhões.

Ash soltou a camisa de Michael e empurrou-o para o chão, onde ele permaneceu, ofegante, baixos gemidos de dor lhe escapavam pela boca ensanguentada.

– Isso é o que você fez com ela, seu filho da puta – disse Ash, com uma fúria lancinante em cada palavra sua. – Você bateu nela e, em seguida, segurou-a no chão, enquanto batia nela novamente. Considere-se sortudo porque isso é tudo que estou fazendo com você. Esqueça o meu aviso e virei para cima de você com tanta força que vai se lembrar de mim quando estiver dando uma mijada. Por falar nisso, estou observando você, Cooper. Se eu ouvir que você feriu *qualquer* mulher novamente, eu vou te pegar.

– Precisamos ir – um dos homens disse, em voz baixa. – Você disse que teríamos poucos minutos. É perigoso ficar aqui por mais tempo.

Ash assentiu.

– Eu já terminei com este idiota.

Ash e os outros se viraram, deixando Michael estendido na lateral do prédio onde o emboscaram. Era um caminho que ele tomava todas as noites e, felizmente para Ash, era bem longe da vista das ruas principais. Ainda assim, estava assumindo um risco enorme. Se a pessoa errada cruzasse com eles, o inferno poderia cair sobre a Terra. Não podia se dar ao luxo de ser visto, não podia pagar todas as testemunhas que iriam contrariar seu álibi se Michael desse uma de imbecil e fosse à polícia.

Ele puxou a gola do casaco comprido que fora comprado especificamente para essa noite, e que seria jogado no lixo e nunca mais usado.

Satisfeito que seu rosto estava protegido por um capuz que ele tinha puxado sobre seu cabelo e pelas lapelas que cobriam suas bochechas, ele saiu correndo, deixando Michael deitado no chão, a aparente vítima de um assalto. Ele esteve mais do que disposto a deixar que os outros homens pegassem o que quisessem.

Ash entregou para o homem à sua direita um maço de dinheiro e murmurou seus agradecimentos.

– Não tem problema, McIntyre – C.J. murmurou. – Se você precisar de nós, sabe onde nos encontrar.

Ash assentiu com a cabeça e caminhou na direção oposta de onde haviam partido quando chegaram à rua. Ele estava a apenas alguns quarteirões do prédio de escritórios e teria que se apressar para conseguir voltar antes que as câmeras voltassem a funcionar. Ele pegou o telefone, a chamada ainda em aberto, e levou-o ao ouvido. Ainda tinha o botão de mudo apertado e o manteve assim, de modo que os sons das ruas não pudessem ser ouvidos.

Ele ouviu enquanto Jace efetivamente mantinha a conversa, sem dar oportunidade para que Ash interrompesse. Quando chegou à porta do prédio, entrou às pressas, certificando-se de que seu rosto estava encoberto. Ele se abaixou em um banheiro no primeiro andar para enfiar o casaco na bolsa de ginástica que carregava e arrancou o capuz.

Depois de verificar sua aparência e garantir que não havia sangue nele em qualquer lugar, apertou o botão de mudo em seu telefone e se dirigiu para o elevador.

Poucos minutos depois, estava na porta do escritório de Jace e fez sinal para que o outro homem contratado se afastasse. Eles trocaram os paletós, o outro homem desapareceu rapidamente e Jace se juntou ao desfecho da reunião, agradecendo aos investidores pelo seu tempo e respondendo a algumas perguntas de última hora. Jace olhou interrogativamente para ele, seu olhar varrendo-o de cima a baixo como se para avaliar se haveria qualquer indicação do que ele tinha feito.

Ash apenas balançou a cabeça em sua direção quando terminaram a chamada.

Houve um longo silêncio antes de Jace finalmente irromper.

– Algum problema?

Ash sacudiu a cabeça.

– Não. O safado recebeu o que merecia. Ele vai desfilar com aqueles machucados por mais tempo do que Josie. E vai pensar duas vezes antes de levantar a mão para outra mulher.

– Que bom que está resolvido. Essa merda me estressa, cara. Gostaria de saber quando diabos você se envolveu com o tipo de gente que você usou para esse trabalho. Porra, ainda sobre esse assunto, como você conhecia os homens que mandou para cuidar do problema de Bethany com os caras a quem Jack devia dinheiro?

Ash deu de ombros.

– Isso importa? Eles não são pessoas que eu vou convidar para jantar, e você, Gabe e, especialmente, as nossas mulheres jamais terão de conhecê-los.

Jace suspirou.

– Só me faz pensar em que tipo de merda você já se meteu sem que eu saiba.

– Nada ilegal – Ash falou devagar.

– Até agora – Jace disse com calma.

– Até agora – Ash concordou. – Mas precisava ser feito. Não vou permitir que alguém sacaneie minha mulher. Não hesitaria em fazê-lo novamente se houvesse a necessidade.

Jace levantou-se, soltando um profundo suspiro.

– Estou pronto para ir para casa e para a minha mulher, e tenho certeza de que você está pronto para ir para a sua. – Seu olhar vagou sobre Ash mais uma vez, a preocupação clara em seus olhos. – Você está bem, cara?

– Sim, eu estou bem. Aquele desgraçado nem encostou em mim. Minha mão está dolorida, mas nada sério.

Jace balançou sua cabeça.

– Vamos sair daqui e garantir que sejamos vistos saindo juntos.

capítulo 18

Aquela foi a primeira noite na semana que Ash se atrasava para chegar em casa do trabalho, e foi uma droga. Embora só estivessem juntos há uma semana, Josie já estava habituada com Ash chegando em casa antes do anoitecer. Eles caíram em uma rotina confortável. Ela pintava durante o dia. Ele trabalhava. Mas então ele vinha para casa e ela o esperava. Todos os dias. No sofá, nua. E assim que entrava no apartamento, o ar mudava.

Ela tinha pedido a ele safadezas, e era exatamente isso que Ash lhe concedia. Suas nádegas ainda estavam doloridas da noite anterior. A primeira vez que ele havia batido nela, na segunda-feira à noite, não tinha sido demais. Havia sido perfeito. Então ele descansara daquilo por toda a semana, optando por novos métodos, que não envolviam um chicote em suas costas.

Mas e na noite passada?

Ela esfregou as mãos em seu traseiro, aproveitando a sensação ainda latejante da pele machucada. Ele usou um chicote, e não foi gentil como na primeira noite. Mas então ela implorara por mais. Mais da tênue linha entre prazer e dor.

O que ele tinha em mente para hoje? Ou estaria muito cansado após um dia longo de trabalho no escritório?

O telefone de Josie tocou, e ela o pegou imediatamente, os olhos se iluminando ao ver que era Ash quem ligava.

– Oi – ela disse suavemente.

– Oi, baby. Já estou chegando. Fique pronta para mim. Foi um dia difícil. Só quero chegar em casa e te encontrar.

Um arrepio se espalhou em seu peito. Aquilo a deixava ridiculamente desnorteada, o fato de que seu homem se apressava para chegar em casa e encontrá-la. Ash era o tipo de homem que poderia ter a mulher que quisesse. E ele a tinha. Nenhuma mulher no mundo deixaria de aproveitar uma massagem no ego daquelas.

– Você me encontrará – ela disse. – Estou esperando, Ash.

Ela já tinha em mente a forma como o saudaria naquela noite. No fundo, eles fariam as coisas que ele quisesse. Era dele o controle. Era dele a autoridade. Ele dava a palavra final. Mas nunca mais havia pedido que ela chupasse seu pênis, desde aquela primeira noite, e ela sabia que ele tinha gostado. E muito.

Hoje, queria fazer isso. Tomar as rédeas da situação um pouco, para que ele tivesse prazer depois de um cansativo dia de trabalho. Não achava que ele se oporia a dar a ela aquela minúscula pitada de poder.

Ela se livrou das roupas, penteou o cabelo e conferiu a aparência no espelho, como fazia todos os dias enquanto esperava por ele. Então, foi à sala de estar esperar no sofá.

Ela sentia que não esperaria muito naquela noite, o que não significava que ele tinha demorado muito para ligar, ou talvez ela tivesse relaxado o suficiente naquela rotina que cada minuto já não demorava uma hora para passar.

Assim que ela escutou o elevador abrindo, deslizou suas pernas pelo sofá e ficou de joelhos no grosso tapete de pelo em frente, no centro da sala.

Quando os olhos dos dois se cruzaram, ela se sentiu remexida com a intensidade daqueles olhos verdes brilhantes. Seus olhos eram duros, mas agradecidos. Escuros, tão escuros que causaram em Josie um *frisson.* Sua expressão não passava nada, aquele não tinha sido o melhor dia do mundo, mas ele parecia muito satisfeito de tê-la encontrado de joelhos, ainda que tivesse dito a ela que não esperava vê-la naquela posição.

Ash andou em direção a ela, jogou a maleta provocando um baque no chão. Também tirou o paletó e largou-o na poltrona e imediatamente começou a desabotoar as mangas.

Quando parou na frente dela, Josie ergueu as mãos, deslizando o zíper. Os olhos de Ash se encheram de surpresa.

– O que você está fazendo? – perguntou em voz baixa.

Ela sorriu.

– Estou lhe dando as boas-vindas. Basta ficar quieto e apreciar.

– Ah, inferno – ele suspirou.

Ela abriu o zíper de suas calças e impacientemente empurrou-as para baixo, abaixo dos quadris. Em seguida, mergulhou sua mão por dentro da cueca, puxando sua rígida ereção para fora daquele confinamento. Ela lambeu os lábios, pensando na primeira vez que sentira o gosto dele. A sensação daquele membro rígido sobre sua língua.

– Jesus, Josie. Você lambendo os lábios desse jeito está me deixando louco.

Ela sorriu novamente enquanto guiava a larga cabeça de seu pênis na direção de sua boca.

– Essa é a ideia.

Ele prendeu a respiração, a inalação aguda era audível naquele silêncio todo. Ela lambeu a cabeça e, em seguida, a colocou dentro de sua boca, sugando suavemente enquanto puxava mais para dentro.

– Eu senti sua falta hoje – sussurrou enquanto deixou o pau deslizar para fora de sua boca por um momento. – Estava esperando a noite toda para você voltar para casa. Queria fazer algo especial. Algo que você não fosse esquecer.

– Garantido, eu não vou esquecer disso, querida. Nunca. Adoro chegar em casa para te encontrar. Esta semana foi a melhor semana da minha vida.

Mais uma vez, aquela sensação vertiginosa atacou, espalhando calor pelo corpo inteiro. Adorava que Ash fosse tão aberto com ela. Não havia dúvida de como ele se sentia, o que ele queria. Nenhuma suposição tola, jogos. Nada de jogos. Mas então, ele havia dito isso a ela. Que ele não faz o tipo que curte joguinhos. Que o que acontecia entre eles era real. O que eles faziam era real. Talvez ela não estivesse totalmente convencida no início, mas ele provou a ela que falava sério.

Todos os dias ele não hesitava em dizer-lhe como era bonita, o quanto a queria, o quanto gostava de tê-la morando em sua casa. Que ele adorava o seu dom de submissão e que apreciava o fato de que ela tinha lhe dado sua confiança.

Em uma semana, este relacionamento superou qualquer outro que ela já tivera no passado. Em apenas uma semana, Ash se tornou mais profundamente enraizado do que qualquer outro homem havia sido. Com Michael, o tempo longe um do outro não parecia interminável. Ela não olhava para o relógio, ansiosa para vê-lo novamente.

O coração dela não havia se envolvido. E agora sim. Ash não apenas possuía seu corpo. Ele era dono de seu coração e de sua alma, e havia conquistado tudo aquilo em menos de uma semana.

Parecia loucura. Coisas como esta só aconteciam em livros ou filmes. Relacionamentos eram coisas complicadas, nas quais você tinha que trabalhar duro. Não aconteciam por acaso. O amor não acontecia por acaso. Acontecia?

Mas tinha acontecido.

Não poderia amá-lo tão cedo, poderia? Não enquanto eles ainda estavam se conhecendo, explorando os limites de seu relacionamento.

Ela estava em êxtase. Definitivamente. Estava sem dúvida afim dele. Gostava muito dele. Mas o amava? Será que sentia como se cada minuto que ficassem separados fosse uma dolorosa tortura?

Aquilo a deixava louca, porque sabia que estava se apaixonando por aquele homem, mas lutou contra a ideia, sabendo que era cedo demais. Sabendo que ainda havia muito que não sabia sobre ele. Não tinha sequer conhecido seus amigos, sua família. Embora duvidasse que algum dia os conhecesse. Ele odiava a família. Não tinha segredos quanto a isso.

Ela não podia imaginar odiar sua família. Adorava sua mãe e lamentou sua morte. Mas odiava seu pai, então quem era ela para julgar Ash? Mas então, ela não contava com seu pai como sua família. Porque a família não nega socorro quando precisamos. Não a família de verdade.

Não, seu pai era um doador de esperma e nada mais.

– Baby, você não está aqui.

A reprimenda gentil de Ash trouxe Josie abruptamente de volta ao presente e para fora de seus pensamentos dispersos. Ela levantou a cabeça para vê-lo olhando para ela, as sobrancelhas juntas enquanto deslizava o pênis para sua boca.

Ela corou, culpada por ter sido pega de surpresa com tanta facilidade. Não se podia esconder nada de Ash. Ele via tudo. Ele estava em sintonia com seu humor, seus pensamentos. Era assustador para ela que ele a lesse tão certamente depois de apenas uma semana juntos.

– No que você está pensando, baby? Porque definitivamente não é no meu pau. Não que o que você está fazendo não esteja bom, mas sua cabeça com certeza não está aqui.

Ela suspirou e balançou-se nos calcanhares, seus dedos ainda em volta de seu membro.

– Desculpe, Ash. A culpa é minha. Eu estava pensando em uma centena de coisas.

Ela se perguntava se ele a puniria. É certo que Michael o teria feito. E suas punições não eram prazeres excêntricos. Elas machucavam. Eram feitas para machucar.

O olhar de Ash se estreitou quando continuou a estudá-la.

– O que diabos está se passando pela sua cabeça agora? Seja o que for, não estou gostando disso.

Ela apertou os lábios, quase permitindo que a palavra "nada" escorregasse para fora. Não seria bom mentir. Ele a questionaria até que dissesse a verdade. Ele gostava de franqueza e honestidade. Gostava de saber o que se passava na cabeça dela.

– Eu queria saber se você vai me punir por ter me distraído – disse ela em voz baixa. – E eu estava pensando sobre as punições de Michael e o fato de que ele teria me castigado por não lhe dar minha total atenção. E seus castigos não eram prazerosas punições como as suas são. Eles... doíam. Apenas isso. Não havia prazer neles.

Havia uma centelha de raiva nos olhos de Ash que a fez afastar a mão instintivamente. Um ar sombrio tomou conta de seu rosto e ela de imediato lamentou o fato de que tinha sido tão honesta. Não devia ter trazido Michael para a conversa. Não no apartamento de Ash. Não para suas vidas.

Ela baixou os olhos, atando os dedos juntos entre os joelhos.

Acima dela, Ash xingava, mas ela não olhou para cima. Então as mãos dele se fecharam delicadamente em torno de seus ombros, erguendo-a até que ela estivesse de pé na frente dele. Ele puxou as calças para cima e fechou o zíper.

– Este é um daqueles momentos em que vamos conversar, mas vamos fazer isso com você em meus braços.

Ele não parecia com raiva, e um alívio percorreu seu corpo. Droga, era tão difícil navegar nas águas de um novo relacionamento. Estar sempre preocupada se estava dizendo ou fazendo a coisa certa era muito desgastante. Ela não queria estragar tudo. Já estava meio apaixonada. Ok, talvez muito apaixonada por Ash, e queria saber até onde iriam com isso.

Ash virou em direção ao sofá e, em seguida, sentou-se, puxando-a para perto. Suas mãos deslizavam sobre seu corpo, pelos seus braços, antes de dar outro aperto suave. Ele segurou o rosto dela, apertou o pequeno canto de sua boca, onde ainda havia uma pequena contusão.

– Eu te disse antes, eu não sou seu pai. Você não é minha filha. Nós não estamos desempenhando papéis de pai e filha aqui. Você é uma mulher adulta, livre para fazer suas próprias escolhas. E se isso soa contraditório para o tipo de relacionamento que você e eu temos, não é para ser. Você tem uma escolha se deseja ou não ficar comigo. Eu não posso te pressionar. Não posso te forçar a tomar decisões. Não quero fazer isso nunca. Jamais.

– O que significa que eu não estou disposto a te castigar por coisas que você supostamente fez errado ou para me desagradar. Isso faria de mim um idiota, e não é o que quero ser com você. Agora, e quando acho que devo bater no seu traseiro porque isso dá prazer a nós dois? Aí, sim, eu sou a favor disso. E isso vai acontecer frequentemente quando eu estiver no comando. Mas prendê-la com um chicote e causar dor em você por nenhum motivo, a não ser por você ter me deixado chateado? Não vai ser assim. Nunca. Porque isso faria de mim o mesmo babaca que bateu em você porque ficou chateado quando você terminou com ele.

Ela assentiu, entendendo aonde ele queria chegar.

– Você realmente entendeu, Josie? Porque me deixa revoltado pensar nele te machucando por causa de uma suposta infração. Nunca vou encostar em você, sexual ou fisicamente, quando estiver irritado com alguma coisa. Posso dizer coisas que a magoem. Tenho um gênio difícil. Mas nunca vou machucá-la de propósito.

Outra vez ela assentiu, e a tensão se dissolveu em seu peito.

A sua voz baixou até ficar macia, seus olhos encontraram os dela, cálidos e suaves.

– Baby, quero que você entenda que seu relacionamento com o Michael não tinha nada de bom. Não era saudável. E não era um indicativo do tipo de relacionamento que você pensava ter com ele. Talvez funcione com outra pessoa, e se funciona, ótimo para elas. Desde que o homem e a mulher estejam cientes e confortáveis com a situação, e se a mulher concordar. Se é disso que ela precisa e é o que quer do cara com quem está, então ótimo. Mas não funciona para mim. Sou um cara exigente. Nós dois sabemos disso. Não sou tão egoísta e arrogante a ponto de pensar só em mim o tempo todo. Se há algo de que você não gosta ou não quer, tudo que tem de fazer é me falar. Falaremos sobre o assunto. Descobriremos se é realmente importante. E daremos um jeito de resolver a questão.

Ela relutou em sorrir, mas seus lábios relaxaram e o alívio invadiu seu olhar.

– Estava querendo fazer isso hoje, mas quando cheguei aqui e a vi de joelhos, nua e esperando por mim... Vamos apenas dizer que eu esqueci tudo o que planejava fazer. Mas você está aqui em meus braços agora, e eu acho que isso é o mais lógico a se fazer.

Ela inclinou a cabeça para o lado e olhou curiosamente para ele.

– Deixe-me ir buscar uma coisa na minha pasta.

Virou-se, colocando-a no sofá, e então deslizou por baixo dela. Caminhou em direção à pasta jogada num canto, vasculhou dentro dela e um momento depois voltou trazendo uma caixa longa e retangular.

Colocou a caixa debaixo do braço e retomou sua posição anterior. Ele se encostou ao braço do sofá com ela em seu colo, seus braços firmes ao redor dela. Ele segurou a caixa na sua frente para que os dois pudessem vê-la e, em seguida, abriu-a cuidadosamente, revelando uma maravilhosa gargantilha.

Josie engasgou quando ele tirou o conteúdo da caixa e segurou-o no ar. Ela sabia o que era. Ele disse que faria uma daquelas. Mas ela nunca tinha imaginado que seria tão requintada.

– Eu quero que você use isso, Josie. Quero que entenda o que isso significa.

– Eu adoraria, Ash – ela disse suavemente.

Ele ergueu a gargantilha, envolvendo com ela o pescoço de Josie. Ela se virou para que ele pudesse prendê-la nas costas e, em seguida, virou-se para ele, para encarar sua expressão feroz.

– É perfeito – disse ela. E era. – É sem dúvida algo que eu teria escolhido para mim.

Ele sorriu.

– Sim, é você. Combina com você. Eu queria algo para combinar com os seus olhos, mas também queria que refletisse sua personalidade. Sua vibração.

Lágrimas se formaram nos cantos de seus olhos e ela respirou fundo para não perder a batalha deixando-as cair.

Ele tocou seu rosto, acariciando ternamente a pele e, em seguida, deslizou seus dedos para baixo, percorrendo uma trilha até o colar pousado em seu pescoço.

– Quero que entenda o que isso significa, baby – disse novamente. – Eu sei que é rápido demais, mas só porque é rápido demais não significa que não seja real. Eu vi meus dois melhores amigos se apaixonarem forte e rapidamente. Muito rápido. Sei que pode acontecer, e que pode durar. Quero que dure. Não estou dizendo que estamos lá ainda. Mas eu quero que *cheguemos* lá. E quero que você entenda o significado desta gargantilha. Em alguns aspectos, é ainda mais importante do que um anel de noivado. Não que você não vá ter um também. Quando chegar a hora, você terá o anel, e você terá o meu compromisso. Mas este colar é tão importante quanto um anel e suas formalidades.

– Eu nem sei o que dizer – disse ela, a voz embargada enquanto olhava para Ash admirada.

– Diga que você compreende o significado e diga que vai usá-la. Em seguida, vamos chegar a outras partes da conversa que eu quero ter com você.

Ela assentiu com a cabeça e, em seguida, ergueu os dedos para tocar a joia.

– Eu nunca vou tirá-la, Ash.

A satisfação brilhava nos olhos dele e, em seguida, ele a puxou para si em um beijo longo e sem fôlego. Quando se afastou, seus olhos estavam semicerrados e cheios de desejo.

– Agora, voltando ao seu relacionamento com Michael.

Ela fez uma cara feia, mas ele colocou os dedos em seus lábios.

– Entendo que não é um bom assunto. Entendo você não querer falar sobre isso ou até mesmo ter medo de trazer isso à tona quando está comigo. Mas, querida, é de você que estamos falando. Não vou fingir que o seu relacionamento com ele não aconteceu e não sou tão imbecil a ponto de proibir qualquer menção ao seu passado e às coisas que a afetam. Você não tem que ter medo de falar sobre nada comigo. Se é importante para você, então é importante para mim e nós tocaremos no assunto. Entendeu?

– Sim, entendo. Eu só não quero ele aqui, sabe? Seu apartamento é o nosso mundo e eu odeio trazê-lo à tona aqui.

– Eu entendo, querida. Mas aqui é o lugar onde você deve se sentir mais segura para trazer à tona a merda do seu passado que tanto te machuca. Eu não quero você sempre se tolhendo comigo. Agora, o que eu queria adicionar era que seu relacionamento com Michael era todo um equívoco. E vou te dizer por que eu penso assim. Não quero que pense que estou te julgando ou pensando que você era uma idiota por estar com ele. Mas o que quero dizer é importante e tem influência sobre o que você e eu temos agora.

Deus, ela amava aquele homem. Se já não tivesse reconhecido que estava perdidamente apaixonada por ele, essas palavras, completamente sinceras, palavras impressionantes, teriam sido a confirmação. Onde mais encontraria um homem como este? Alguém tão carinhoso e atencioso. Tão doce, gentil e ao mesmo tempo duro e exigente como ela precisava?

Ele era, em uma palavra, perfeito. E Josie nunca tinha pensado que homens perfeitos existissem, exceto no mundo da fantasia.

Ela se acomodou em seus braços, quentes e fortes, esperando ouvir o que ele diria a seguir.

– Michael demandava de você no relacionamento, mas não te dava merda nenhuma de volta. E sei disso pelo que você me disse sobre o assunto. Ele esperava coisas de você. Ele te punia quando você não cumpria essas coisas. Mas não dava nada em troca. Você disse que ele era frio e distante. Ele nunca foi carinhoso. Não te dava o que você precisava. E não te recompensava quando você fazia algo que agradava.

Ela franziu os lábios em desgosto porque Ash tinha pegado exatamente no cerne da questão. E o problema era ela nunca ter notado isso tudo enquanto estava se relacionando com Michael. Ela erroneamente assumiu que todos os relacionamentos eram iguais ao que tinha na época. Ash estava rapidamente provando que estava errada.

– Ele não demonstrava carinho. Não te fazia agrados porque sabia que você iria adorar. E, baby, isso é errado. Seu relacionamento era só para agradar a ele. Você nunca era importante. Tratava-se do que ele poderia tirar de você, sem ter que dar de volta. O que é completamente insano. Não é o jeito de um homem tratar uma mulher que deveria amar e proteger.

– Você não é assim – ela sussurrou.

Seus olhos se arregalaram.

– Graças a Deus que você pensa assim, baby. Eu não ficaria satisfeito se pensasse que não estou dando o que você precisa. E se algum dia chegar a esse ponto, quero que me fale. Porque vou consertar as coisas. Não vou nunca agir assim conscientemente. Mas, se acontecer, espero que você me dê um forte grito de alerta.

Ela sorriu.

– Não se preocupe, Ash. Agora que você me mostrou como um relacionamento pode ser, e eu sou uma mulher gananciosa, nunca vou ficar com alguém como Michael. Você me estragou para qualquer outro homem.

Sua expressão escureceu.

– Acho bom, porque eu não tenho intenção de que você me troque por outro homem. Se eu não estiver te dando o que precisa, então é melhor me dizer o que está faltando, porque não quero você correndo para outro homem para isso. Não quero mesmo. Você é minha, Josie.

– Eu sou sua – ela sussurrou, deslizando os dedos em seus maxilares firmes.

– Agora, vamos falar sobre eu te colocar uma coleira, por assim dizer.

Suas sobrancelhas se ergueram.

– Coleira? Ash, isso soa horrível! É isso que você acha que fez? Colocou uma coleira em mim?

Ele riu.

– Estava só brincando, querida. Jace me acusou de ter colocado uma coleira em você porque tenho te mantido só para mim. E ele está certo. Mantive uma rédea muito curta em você esta semana. Estou sendo egoísta. Não queria dividir você com ninguém ainda. E isso não é justo com você. Você só pisou fora de casa uma vez esta semana.

– Eu nem tinha reparado, Ash. Amei esta semana com você. E tenho trabalhado. Então tem sido ótimo.

– Sim, mas isso vai ficar repetitivo depois de um tempo. Eu só queria ter certeza...

Ele fez uma careta e se calou.

– Certeza de quê?

– Não é importante – disse bruscamente. – A questão é que eu quero que você conheça meus amigos. Eles são as pessoas mais importantes da minha vida depois de você. São minha família. Minha família de verdade. Gabe e Mia vão chegar na tarde de sábado e, se estiverem a fim, eu gostaria de levá-la para conhecer todos neste domingo. Gostaria que conhecesse minha irmã Brittany também. Ela está tendo as dificuldades dela e é quase da sua idade. Mia, Bethany e as amigas delas são um pouco mais jovens, mas eu acho que você vai gostar delas também. Mia e Bethany são cabeça-feita, e ambas têm o coração do tamanho do Alasca.

– Mal posso esperar – disse ela com sinceridade. – Se significam tanto para você, não tenho dúvidas de que vou gostar deles, Ash. E eu quero conhecer as pessoas que você ama. Estou feliz que deseje compartilhar essa parte da sua vida comigo. Gostaria de ter algo assim para compartilhar com você também.

Ele a apertou novamente.

– Quero que você tenha pessoas para amar e para te apoiar, baby. Odeio que esteja sozinha, sem família e que tenha perdido sua mãe. Tenho certeza de que eu a teria amado, se era tão maravilhosa quanto você fala.

Josie sorriu e estendeu a mão para beijá-lo novamente.

– Bethany é diferente, Josie, e quero que você tenha isso em mente. Ela teve uma vida difícil, por isso provavelmente não seria uma boa ideia fazer perguntas íntimas. Por enquanto, pelo menos.

As sobrancelhas de Josie franziram enquanto olhava para Ash.

– O que você quer dizer?

Ash suspirou.

– Ela era sem-teto quando Jace e eu a conhecemos. Ela estava trabalhando na festa de noivado da Mia, não sabíamos disso na época. Nós dormimos com ela naquela noite, como já havia te contado. Mas ela sumiu na manhã seguinte e Jace rodou a cidade inteira atrás dela. Ele a encontrou num abrigo e a levou para casa com ele. O resto é passado, mas, mesmo depois de tudo isso, ela ainda teve algumas recaídas. Ela tinha um irmão de consideração, que vivia com ela nas ruas, e ele estava metido em confusão. Bethany era viciada em analgésicos e venceu isso, mas a densidade do relacionamento dos dois quase a derrubou nas drogas outra vez. E aí seu irmão, Jack, encheu seu chocolate quente de droga e quase a matou. Todos nós achamos que ela havia tido uma overdose, tentando se matar. Foi uma droga, pois foi logo depois de Jace entrar em casa, me encontrar com Bethany, e sair correndo com raiva. Então, quando na manhã seguinte encontraram Bethany naquele estado, não pareceu nada legal.

– Uau – Josie suspirou. – Parece inacreditável! Coisa de novela ou algo do tipo.

– Pois é – Ash murmurou. – Tirando a parte de que era vida real. Jack não queria machucá-la, ele é que queria cometer suicídio, mas Bethany pegou a xícara errada e acabou no hospital, lutando para sobreviver. Estou te contando isso para que não solte uma pergunta inapropriada ou deixe a situação desconfortável para você ou para Bethany.

Ela mordeu o lábio, cheia de perguntas fervilhando na cabeça, mas não sabia se devia ou não perguntar porque talvez soasse como... ciúmes. Ainda que ela sentisse um incomodozinho quando ele falava de Bethany. Sua expressão mudava ao falar dela. Ficava claro que, ainda que pertencesse a seu amigo, Ash tinha por ela muito carinho.

– Em que você está pensando? – Ash perguntou. – Conheço essa cara. Você quer perguntar alguma coisa. Pergunte, baby. Saiba desde já que pode me perguntar o que quiser.

Ela inspirou fundo.

– É que você disse que Jace o encontrou com a Bethany no apartamento dele e deu o fora. Mas você havia me dito que só rolou algo naquela primeira noite...

Os lábios de Ash se contorceram.

– Não era nada. Eu passei no apartamento para levar umas coisas de trabalho para Jace. Nós tínhamos uma proposta que estava dando errado, e foi por isso que ele apareceu em casa com um humor tão duvidoso e chegou a uma conclusão tão equivocada. Eu devia a Bethany desculpas, fui muito duro com ela no início. Não achei que fosse a mulher certa para Jace. Via como ele estava ficando louco por ela. Também queria superar todo o desconforto daquela primeira noite em que nos conhecemos. Pedi desculpas a ela e disse que queria que fôssemos amigos. Que Jace era importante para mim e então ela também era, já que ele a amava. Foi o que Jace viu.

Josie assentiu.

– Eu entendo.

Ash ergueu a cabeça, olhando fixamente para ela.

– A coisa com Bethany ainda te incomoda?

Seus ombros se ergueram enquanto ela respirava, mas foi honesta. Devia isso a ele.

– Sim. Não vou mentir. Isso me deixa um pouco nervosa, pensar em conhecê-la. Não que eu não acredite em você. Mas não existe uma única mulher no mundo que não se importe de encontrar um caso antigo de seu namorado, mesmo que tenha sido um lance de uma noite só. E pior que ter de conhecê-la é ter de passar um bom tempo com ela. Vou superar isso. Mas vou ser honesta, no momento em que a conhecer vou ficar imaginando vocês dois juntos e isso não vai ser nem um pouco divertido.

Ash não ficou feliz com aquela revelação.

– Não quero que se torture por causa disso, baby. Não significou nada. Pelo menos para mim. Para Jace significou muito. E se ele tivesse sido honesto comigo desde o início, aquela noite nunca teria acontecido. Eu teria recuado, não estava afim dela. Não estava naquela época nem estou agora.

Um alívio se espalhou pelo peito de Josie. Aquelas palavras foram tão sinceras, ela acreditava plenamente.

– Estou agindo como uma boba. Não vou deixar isso me incomodar, Ash. Prometo. E não vou trazer à tona o passado de Bethany. Ela parece ser uma mulher incrível.

– Ela é – Ash disse. – Perfeita para Jace. E você é perfeita para *mim*.

capítulo 19

Ash levou Josie para o quarto, apertava a mandíbula fortemente enquanto lutava contra o desejo de levá-la para a cama e meter com força nela, longa e duramente. Ele estava no limite, a questão com Michael ainda estava viva em sua mente.

E isso só fez o seu desejo de possuir Josie, de reafirmar sua reivindicação e sua posse, muito mais feroz. Era inexplicável o impulso que tomava conta dele quando estava perto dela. Ele se perguntou se isso nunca iria diminuir. De alguma forma, não achava que ia.

Algo tão volátil, tão avassalador, não era apenas fogo de palha. Não queria que aquilo fosse embora na próxima semana, no próximo mês ou até mesmo no próximo ano. Poderia muito bem imaginar-se sentindo assim daqui a dez ou vinte anos. O que lhe dizia que ele já estava pensando a longo prazo, não importando que tivesse decidido levar um dia de cada vez e não olhar para além do presente.

Era muito duro pensar apenas no dia de hoje, quando quase se matou tentando amarrá-la com ele em uma relação permanente. Tudo o que fazia agora era convencê-la a ficar com ele. Para mostrar-lhe como era perfeita para ele e, esperançosamente, como ele era perfeito para ela.

Josie se virou, seu corpo nu, suave e quente contra o dele. Ela olhou para ele, os olhos brilhando com um desejo macio. Ash pensou que, às vezes, podia jurar ter visto amor em seus olhos. Mas talvez fosse o que ele queria ver. Josie não tinha dito nada, mas nem ele tinha. Foi muito rápido. Não importa o que disse a ela, só tinha se passado uma semana. As pessoas não se apaixonam em uma semana.

Só que eles se apaixonaram. Ash tinha visto isso. Sabia que tinha acontecido. Sabia que iria durar.

Será que ele queria que Josie o amasse?

Com certeza absoluta queria. Ele queria, podia provar, iria saborear a doçura dessas palavras quando finalmente passassem pelos lábios dela.

– O que você quer hoje à noite, Ash? – ela perguntou em voz baixa. – Diga-me como me quer. Você teve um longo dia. Eu quero fazer você se sentir bem.

O coração dele amoleceu. Doce, querida Josie. Tão ansiosa para agradar. Tão quente e disposta. A escuridão que pairava sobre ele, desde que deixou o escritório para ir atrás de Michael, se esvaneceu sob o raio de sol que era Josie. Um pouco da tensão deixou seus ombros enquanto as mãos dela alisaram os seus braços e até o pescoço, onde ela segurou seu queixo nas mãos.

– Não vou deixar marcas no seu bumbum esta noite, baby. Eu fiz isso ontem à noite. Adorei cada minuto daquilo. Amei essas marcas em seu cuzinho doce. Mas você ficaria machucada se eu fizesse isso outra vez.

E ele não queria que a violência que havia empregado apenas algumas horas antes a tocasse de qualquer maneira. Sabia que não iria machucá-la – intencionalmente – mas não daria a si mesmo nenhuma possibilidade de escorregar para além do aqui e agora e de volta para aquele lugar obscuro em que tinha estado quando bateu no outro homem.

Não se arrependia do que tinha feito, mas também não queria que isso tocasse Josie. Nunca.

– O que, então? – ela sussurrou. – Diga-me. Eu vou fazer o que você quiser.

Ele passou a mão pelo lado do seu cabelo, olhando em seus olhos inundados com seriedade. Tão ansiosa para agradar. Tão suave e submissa que fazia seu estômago doer.

– Quero você de quatro, meu bem. Não vou amarrá-la esta noite. Quero que seja capaz de se manter de pé. Vou foder essa boceta primeiro e depois o seu cuzinho. Não serei tão gentil como fui naquela primeira noite em que comi a sua bunda. Você pode lidar com isso?

Sua respiração falhou em seus lábios e suas pupilas se dilataram rapidamente quando o desejo inundou seu rosto.

– Eu quero qualquer coisa que você me der, Ash.

Ele beijou sua boca, deslizando sua língua para dentro para prová-la. Ele amava o jeito que engolia o fôlego dela, respirava o mesmo ar que ela expirava. Havia algo decididamente intimista sobre isso. Sobre a tomada de ar que ela dava, sugando-o e saboreando-o antes de devolvê-lo.

– Vá para a cama – disse ele em uma voz rouca. – Apoiada sobre as mãos e os joelhos, joelhos à beira do colchão.

Ela se afastou dele e Ash estava relutante em deixá-la ir, mesmo pelo tempo que levou para ela se posicionar como ele tinha mandado. Observou enquanto ela se arrastou até a cama e apresentou sua bunda do jeito que ele queria. Então, Josie olhou para trás por cima do ombro, um convite claro em seus olhos.

Ela queria isso. Estava pronta. Ele só tinha que ter certeza de que não levaria as coisas longe demais. Ela merecia gentileza. Já havia sofrido demais nas mãos de um homem dominante. Não que Michael pudesse ser chamado de dominante. Ele era um idiota. Um idiota abusivo que perdeu o controle da mulher em sua vida.

Não que Ash fosse menos controlador, mas tudo era uma questão de apresentação. Josie prestaria absoluta atenção à autoridade de Ash, mas ele daria a ela todas as coisas que Michael nunca havia dado. Amor, respeito, ternura. Iria estimá-la por completo.

Ash se despiu rapidamente e pegou o tubo de lubrificante da gaveta do criado-mudo, jogou-o na cama ao lado da bunda de Josie e passou as mãos sobre suas nádegas, pegando e acariciando. As marcas da noite anterior ainda estavam lá, desaparecendo, mas ainda visíveis, um grande contraste contra sua pele pálida e macia.

Suas marcas. Prova de sua posse. A excitação estilhaçou dura e ferozmente através de seu corpo até que o pau dele inchou, ameaçando explodir sob a tortura requintada.

Ele deslizou os dedos pelas dobras de sua vagina, testando sua excitação. Ela estava inchada e molhada, mais do que pronta para a sua entrada, mas, ainda assim, ele se manteria fora, querendo acariciá-la até novos platôs.

Ela se contorceu incansavelmente, empurrando o corpo contra seus dedos examinadores, agarrando-o avidamente quando Ash se retirou. Ele enfiou novamente, indo mais fundo, testando as paredes aveludadas de sua vagina, procurando o lugar onde a textura é mais áspera, um pouco diferente do resto. Ele estocou e ela soltou um grito. Uma explosão de umidade revestiu seus dedos e ele sorriu. Sim, Josie estava pronta. E ele não podia esperar para chegar ao seu interior.

Segurando o pau com uma mão, abriu-a com a outra, posicionando-se na boca da sua boceta antes de empurrar lentamente, centímetro por centímetro, até que ambos estivessem vibrando com a necessidade.

Quando ganhou sua profundidade e tensionou contra ela, com as bolas achatadas entre a bunda de Josie e suas coxas, ela soltou um suspiro ofegante que Ash sentiu por todo o caminho até a sua alma. Todas as maneiras de possuí-la rodavam dentro da escuridão de sua mente. Havia algo nela que o chamava para essa escuridão, como se fosse a única pessoa com quem ele ficaria bem em compartilhar isso. Ela queria isso. Ela poderia aceitar. Precisava disso. Assim como ele precisava.

Ele se inclinou sobre ela, cobrindo-a com seu corpo, enquanto permanecia firmemente preso dentro de sua vagina.

– Diga-me uma coisa, Josie – disse numa voz suplicante e sedosa. – Toda a conversa sobre o meu *ménage à trois* com Bethany e Jace te deixou com ciúmes?

Ela se enrijeceu e, em seguida, virou a cabeça, clara confusão e desconforto estampados em sua expressão.

– Ash... Não estou entendendo...

Não, ela não teria entendido. Saiu tudo errado. Ele amaldiçoou sua língua, porque não tinha conseguido falar como queria.

– Só queria perguntar, você se imaginou nesse *ménage*? É algo em que você pensou? É algo que te excitou e que você queria?

Ela balançou a cabeça, os olhos ainda perplexos. Mas estava lá, apenas um flash, a dica de algo em seus olhos. Ele mal conseguia ver pela forma como ela estava virada.

– Acho que isso te deixou excitada – disse com a voz rouca. – E eu já disse que não iria acontecer. Isso te decepcionou, Josie? Você já imaginou o que seria ter dois paus ao mesmo tempo dentro de você?

Ele estendeu a mão por debaixo dela para acariciar o clitóris, sentindo o corpo dela responder ao seu toque. Ela se apertou em torno dele, sua boceta doce flutuando e apertando, caindo sobre sua ereção até que ele estivesse perto de explodir.

– Sim – ela sussurrou. – Eu imaginei como seria a sensação.

– Tem outra maneira – disse Ash suavemente. – Não tão boa como a coisa real, mas posso, no mínimo, lhe dar essa sensação. Não tenho nenhum desejo de dividir você com outro homem, querida, mas posso lhe proporcionar essa experiência, pelo menos.

– Eu não entendo – disse ela em um tom ofegante, animado.

– Eu vou colocar um plugue anal. Um bem grande para que você fique totalmente ajustada e apertada em torno dele. Então vou foder sua boceta com o plugue inserido. Você vai ter a experiência de dois paus dentro de você sem que haja outro homem na situação.

– Oh.

Essa única palavra transmitia toda uma série de coisas. Excitação. Agitação. Sim, ela queria. E ele daria isso a ela. Não podia lhe dar outro homem – isso nunca iria acontecer –, mas poderia lhe dar essa sensação. Ter sua boceta e seu cuzinho preenchidos.

Ele recuou, levantando o seu peso sobre ela, retirando-se lentamente através do inchado tecido de seda. Em seguida, empurrou para a frente de novo, por não estar pronto para deixar o calor apertado. Ainda não. Iria provocá-la um pouco mais, deixá-la tão excitada que ela perderia sua cabeça.

Ele empurrou para a frente, para trás e para a frente, mais analiticamente enquanto procurava manter o seu controle. Ela gemeu e se contorceu agitadamente, mas sabia que não iria passar do limite. A não ser que seus dedos estivessem em seu clitóris. Isso o ajudou, porque significava que ela só iria gozar quando ele estivesse pronto.

Depois de mais algumas penetrações, ele olhou para baixo, apreciando a vista do seu pau deslizando de sua boceta, molhado com seus sucos, tão estreita. Apertado para cacete. Ele não podia sequer imaginar o quanto estaria mais apertada com aquele consolo enterrado nela.

Ele puxou completamente para fora e deixou-a tremendo de quatro sobre a cama enquanto foi buscar um dos consolos fechados em seu armário. Suas mãos tremiam quando rasgou a embalagem. Antecipação, desejo, um fio de navalha, fervor nas veias.

Quando ele voltou para a cama, as mãos de Josie estavam fechadas em punhos apertados, plantadas no colchão, e ela virou a cabeça para olhar para ele, arregalando os olhos quando percebeu o tamanho do plugue.

Ele riu suavemente.

– Não é maior do que eu, querida. Você vai tomá-lo e vai me tomar.

– Vai doer – disse Josie em dúvida.

– Parte do prazer é a dor – ele disse em voz baixa. – Lembre-se das marcas na sua bunda da noite passada. Eu fui muito mais duro com você do que na primeira vez. Mas você levou e pediu mais. Afaste a dor, Josie. Aceite-a, porque depois da dor vem o prazer. Eu vou te dar isso e muito mais.

Ela fechou os olhos, jogando a cabeça para trás, seu cabelo loiro brilhante se derramando como seda sobre suas costas. Ele queria torcer as suas mãos nas costas, puxar com força e foder com ainda mais força. Mas isso viria. Por enquanto tinha que prepará-la. Amaciá-la para a situação. Então os dois poderiam passar dos limites juntos.

Ele aplicou uma quantidade generosa de lubrificante, tanto no consolo quanto na bunda dela, estendendo sua abertura, deslizando seus dedos por dentro para revestir sua passagem. Quando estava certo de que havia o suficiente para empurrar o plugue com o mínimo esforço, ele jogou o lubrificante de lado e deu um passo para trás entre as suas coxas.

– Respire, baby. Eu estou indo bem devagar e amenizando o tranco, mas me ajude, respirando tranquila e empurrando para trás quando eu avisar.

– Ok – ela sussurrou, com a voz entrecortada de emoção.

Ele inseriu a ponta, esticando sua abertura um pouquinho quando começou a empurrar para dentro. Ela gemia baixinho e Ash fez uma pausa, retirando e, em seguida, avançando em movimentos lentos de foda, enquanto Josie continuava a se esticar em torno dele.

Durante vários segundos, ele brincou, provocando, empurrando para dentro e para fora, indo um pouco mais fundo com cada impulso. Então chegou perto, acariciando seu clitóris enquanto começou a pressionar mais e mais.

– Oh, Deus – ela gritou.

– Foi demais?

– Não! É tão bom, Ash. Não pare!

Ele riu.

– Não vou parar, baby.

Ele acariciou delicadamente sobre o grelinho, colocando-a em frenesi, antes de, finalmente, empurrar o plugue por completo para dentro. Ela gritou e arqueou as costas, com as pernas tremendo e sacudindo violentamente enquanto arquejos escapavam de seu peito.

– Shhh, querida – ele sussurrou. – Está completamente dentro. Basta respirar e se acalmar. Vou te dar alguns segundos para relaxar. Não quero que você goze ainda.

Ela abaixou a cabeça, apoiando-a contra o colchão, os olhos fechados enquanto seu corpo continuava a tremer. Ele queria que isso fosse bom para ela. Era tudo por ela. Sem dúvida, ele tinha de desfrutar cada bocado, mas isso era para ela. Ele queria que Josie gritasse de prazer. Gritasse seu nome.

Ele deu um passo para trás e a cabeça dela imediatamente levantou, virando-se em direção a ele, seu olhar o procurando. Ele sorriu e se inclinou para beijar a parte baixa de suas costas, logo acima da curva de suas nádegas.

– Dê-me um minuto, baby. Quero fazer isso ser bom para você.

– Se você fizer melhor, eu vou morrer – disse ela com um gemido.

Ele riu de novo e, em seguida, foi buscar a faixa vermelha escarlate no topo de seu armário. Ele comprou essas coisas no minuto em que Josie tinha se mudado para o apartamento dele. Queria que tudo que usasse com ela fosse novo. Sem nunca ter tocado outra mulher.

Ash a levou de volta para a cama e, em seguida, puxou-a delicadamente de modo que ficasse de frente para ele. Ela estava de joelhos, coxas abertas para aliviar a tensão do plugue. Seu rosto estava corado de excitação, rosado, os olhos vidrados.

Seus olhos se arregalaram quando ele começou a levantar a faixa para colocar sobre os olhos dela. Ele parou apenas o tempo suficiente para oferecer uma explicação.

– Vou te vendar. Isso vai aumentar os seus outros sentidos. Quero que confie em mim totalmente para lhe dar prazer.

– Eu confio em você – disse Josie com uma voz doce e suave.

Ele sorriu por sua aprovação e, em seguida, colocou a faixa sobre os olhos dela. Amarrou-a com força na parte de trás, verificando se havia tapado completamente os olhos, deixando-a nas trevas.

– Agora quero que você se deite – exigiu. – De barriga para cima, com as pernas sobre a borda da cama.

Enquanto falava, ele a ajudou na posição, tomando o cuidado de posicioná-la como queria. Ela caiu sobre o colchão, um leve sorriso nos lábios inchados.

– Queria que você pudesse ver o que eu estou vendo – disse rispidamente. – Você é tão bonita, Josie. Todos exposta na minha frente. De olhos vendados, esse consolo no seu cuzinho. Apenas esperando por mim.

Ele se ajoelhou na frente da cama para que o seu rosto e boca ficassem no mesmo nível que sua boceta aberta. Ele lambeu sua abertura até o clitóris, aproveitando os arrepios que surgiam em cascata pela sua barriga.

– Eu não vou aguentar muito tempo assim, Ash – ela disse em uma voz tensa.

– Sim, você vai – disse ele calmamente. – Você vai gozar quando eu lhe disser e não antes.

Ela emitiu um som de impaciência que o fez sorrir. E ele continuou a chupá-la, saboreando-a como uma iguaria, lento e doce.

Ela se retorceu debaixo dele, se arqueando em resistência, cada vez que ela descia de volta, o plugue empurrando mais fundo dentro dela. Ela estava ofegante, tão perto de seu orgasmo. Mas ele conhecia bem o seu corpo. Conhecia os sinais de sua iminente libertação. E assim ele se afastou, deixando-a precariamente na beira do abismo.

Ela gemeu, um som de desânimo e frustração, fazendo-o sorrir mais uma vez.

– Quando eu disser, meu bem. Quando eu disser e não antes.

– Você está me matando – ela lamentou.

– Oh, eu nem sequer comecei – disse ele suavemente. – Antes de eu terminar, você vai me implorar.

– Eu estou implorando agora!

Seu sorriso se alargou e ele afastou mais as pernas abertas. Então enfiou a mão no criado-mudo de novo, retirando grampos de mamilo, ela não podia ver. Ele se inclinou, lambendo um mamilo e depois o outro, convertendo-os em pontos túrgidos.

Ele chupou ambos, estabelecendo um ritmo que iria deixar os dois insanos com desejo e necessidade. Quando ele deixou seus mamilos em picos eretos, passou sua língua pela última vez e, então, cuidadosamente, aplicou o primeiro grampo.

– Oh! – exclamou, quando o grampo mordeu seu mamilo. – Ash?

– Calma, meu bem. Eu não vou te machucar. Você sabe disso. Basta um pouco de dor. Para lhe dar uma vantagem. Você vai gostar.

Ele colocou o outro e, em seguida, recostou-se para examinar sua obra.

Ela era uma obra de arte. Sem declarações piegas. Ela era totalmente magnífica. A tatuagem intrincada e colorida serpenteava sobre seu lado direito. Reflexo de quem ela era e do que ela era. Ele poderia dizer honestamente diante dela que nunca tinha sido um fã de tatuagens em mulheres. Não era algo que lhe interessava. Mas, a partir do momento em que ele tinha tido um vislumbre da sua, ficara mordido de com curiosidade.

Nela não era apenas uma tatuagem como tantas outras. Era a sua arte. A reflexão de si mesma. E combinava perfeitamente com ela. Ash não teria feito de nenhuma outra forma.

– Você me fascina, Josie. Você tem uma aparência limpa, saudável, de boa moça. Esses cabelos loiros, os olhos azuis esverdeados lindos. Mas, por baixo das roupas, há essa tatuagem. Ela grita: menina má. Eu gosto. Gosto muito.

Um sorriso curvou seus lábios novamente. Um sorriso sonhador.

– Fico feliz que você goste.

– Oh, eu gosto, baby. Sem dúvida nenhuma. Gosto de tudo que te faz ser você.

Ele olhou um momento para os grampos empurrando seus mamilos para cima e, em seguida, soltou sua mão à deriva para baixo por sua linha média, ao longo de sua barriga e para a umidade entre suas pernas. Sim, ela estava pronta. Sem dúvida nenhuma. Mas não queria acabar com ela tão cedo. Ele tomaria seu tempo. Iria saboreá-la. Tornaria isso bom para ambos.

Ele acariciou seu pênis, segurando-o perto da abertura da boceta dela, enquanto olhava para o que era seu. *Meu*. Ela era sua, com certeza. Nunca pensou que teria uma mulher que o entendesse completamente em sua cama. E, no entanto, ali estava ele, olhando para uma mulher tão bonita que doía de olhar. Ele não conseguia olhar para ela sem uma dor forte no peito. A certeza e o reconhecimento de que ela era dele. E ele nunca olharia para trás. Nunca se arrependeria de coisa alguma.

Ele empurrou os joelhos dela para cima, dobrando as pernas de modo que ela ficasse escancarada para ele. A base do plugue estava alojada na sua bunda. E ele estava pronto para mergulhar naquela boceta apertada.

O suor escorria da sua testa e os dentes estavam cerrados, quando ele empurrou através de suas dobras quentes e úmidas para alojar-se em sua abertura. Oh, inferno, como ela estava mais apertada. Muito mais apertada do que antes, aquele plugue fazendo a abertura da sua boceta ainda menor.

Não ia ser fácil entrar, mas a sensação ia ser incrível para caralho.

Ele empurrou a cabeça para dentro, os olhos revirando com a sensação deliciosa dela sugando calorosamente seu pau. Ela gemeu alto, com as mãos saindo da cama e vibrando, quase como se ela não soubesse o que fazer com elas.

Inferno, ele sabia o que fazer com elas. A ideia de tê-la não só com os olhos vendados, mas presa, excitava-o. Ser capaz de olhar para sua mulher, vulnerável e indefesa contra a sua vontade. Ah, sim, isso o excitava.

Ele se afastou e ela registrou a queixa com um gemido. Ele acariciou uma perna, sua imaginação trabalhando horas extras quando expandiu seu pensamento anterior de amarrar as mãos dela. Cacete. Amarraria as mãos e os pés dela. Ele a abriria incrivelmente e a seguraria lá. Tudo o que tinha a fazer era colocá-la na beira da cama, onde ele poderia amarrar os tornozelos aos pés da cama.

– Só mais um minuto, baby – disse, com voz mais áspera do que pretendia. – Vou te amarrar.

Ela engoliu em seco, mas não emitiu nenhum som. Seu peito subia e descia com o esforço de sua respiração. Ele sabia que a excitava tanto quanto o excitava.

Ele pegou a corda de seu armário e, em seguida, voltou para a cama. Conduziu-a até o final da cama e, então, pesquisou suas possibilidades.

Ele levantou os braços dela sobre sua cabeça e os colocou juntos, unindo os pulsos com um nó seguro. Então puxou a ponta mais longa da corda em direção à cabeceira da cama, puxou-a esticada para que os seus braços ficassem esticados no alto, e garantiu, testando a tensão, que não colocasse muita pressão sobre os ombros dela.

Ciente de que estava perfeito, ele voltou para a ponta da cama, deixando sua mão vaguear preguiçosamente pelo corpo dela, apreciando e saboreando a plenitude de suas curvas, as linhas magras de sua barriga estreita e o arco de seus quadris. Mas desta vez ele não a tocou intimamente, fato que a frustrou, a julgar pelo gemido que emitiu. Ele sorriu novamente. Sim, isso ia ser perfeito e não estava com pressa. Ele ia saborear a deliciosa visão dela presa e foder até ambos perderem a cabeça.

Delicadamente, ele puxou um tornozelo para cima, envolvendo a corda em torno dele antes de esticá-la para amarrá-la ao pé da cama. Novamente testou a tensão, querendo que ela estivesse apertada e amplamente aberta, mas não querendo machucá-la ou deixá-la muito desconfortável.

No momento em que pegou sua outra perna, ela se abalou e tremeu sob seu toque. Sua respiração estava vindo mais rapidamente agora e um suor brilhava em sua pele.

– Ash?

Ele fez uma pausa antes de garantir o último vínculo com a cabeceira da cama.

– Sim, querida?

– Esqueça o que eu disse sobre não ser capaz de gozar sem a estimulação do clitóris – disse com voz fraca. – Eu acho que estou prestes a chegar lá de qualquer maneira!

Ele riu e se inclinou para beijar o interior de sua panturrilha.

– Na-na-ni-na-não, meu bem. Não até eu dizer. Você não vai me deixar para trás aqui.

Ela suspirou e fechou os olhos, apertando os lábios enquanto lutava contra a intensificação de desejo dentro dela.

Em seguida, ele deu um passo para trás para examinar sua obra.

– Maravilhosa – ele respirou. – Você não tem ideia de quão excitado eu estou agora, Josie. Eu gostaria que pudesse ver a si mesma agora. Nunca tive uma visão mais bela do que você amarrada na minha cama, toda aberta para mim. Vou fazer um banquete em você.

– Por favor, Ash. Estou implorando. Por favor, eu preciso de você.

Ele tinha prometido que ela iria implorar, mas não queria vê-la implorando.

Não, queria agradá-la. Queria retribuir todo o prazer que ela estava lhe dando.

Suas mãos deslizaram por baixo de sua bunda, levantando tanto quanto as cordas permitiam. Ele segurou e acariciou os montes volumosos enquanto se instalava, pronto para possuí-la.

Posicionou o pau em sua abertura, empurrando um pouco para testar o aperto. Ele soltou um gemido, que foi ecoado por ela quando se alargou em torno dele.

– Tão apertada – ele grunhiu. – Quero que você sinta isso, baby. Isso é o que seria ter dois paus dentro de você.

– É maravilhoso – ela suspirou. – Mais, Ash, por favor, antes de eu enlouquecer!

Ele empurrou com mais força, quase morrendo enquanto o corpo dela lutava contra sua intrusão. O plugue tinha deixado a sua boceta dolorosamente apertada. Mas foi uma dor que ele abraçou, porque depois do limite da dor vinha um prazer inimaginável.

Ele estava suando agora, rígido, enquanto procurava manter o controle. Avançou para a frente, empurrando mais profundo em sua passagem estreita.

– É demais – ela gritou. – Ah, meu Deus, Ash. Eu vou gozar!

Ele parou, segurando suas pernas, seus dedos cravados em sua carne.

– Não é demais, baby. Nunca é o suficiente. Espere por mim. Goze quando eu gozar.

Ele olhou para baixo, fazendo uma careta quando viu que estava apenas com a metade para dentro. Ele puxou de volta e, em seguida, colocou uma mão sobre seu monte de Vênus, deslizando o dedo entre suas dobras até seu clitóris.

– Vou enfiar forte, baby. Eu não vou aguentar muito e nem você. Goza comigo agora. Vou te foder duro. Vai doer. Mas vai ser bom para cacete.

Ela gemeu mais uma vez, todo o seu corpo se apertando ao redor dele.

– Me machuca, então, Ash. Eu quero. Eu preciso disso. Preciso de você.

O apelo suave arrancou o último resquício de seu controle. Ele pressionou o polegar sobre o seu clitóris e, em seguida, martelou para a frente, determinado a alcançar todo o caminho neste momento.

Ela gritou, sua boceta convulsionando em torno dele. Ela ficou molhada. Escorregadia. Tão quente e aveludada. Ele começou a martelar dura e rapidamente, e então ela se abriu e ele deslizou pela extensão completa. Mas não parou para saborear a sensação de estar completamente imerso em seu calor. Estava muito perto. Ela estava muito perto. Não havia como parar agora.

Seus quadris bateram contra a bunda dela, empurrando seu corpo inteiro. O corpo dela balançava contra as cordas apertadas e ela se arqueou para cima, inclinando-se para fora da cama.

Mais profundo, mais forte. A visão dele turva. Os suspiros dela soando em seus ouvidos.

– Vem comigo – ele rosnou. – Agora!

Seu grito se espalhou no quarto. Seu gemido continuou e continuou enquanto o corpo dela se contraía em torno dele. Seu gozo foi nervoso e doloroso, fervendo em suas bolas e, em seguida, explodindo seu pênis. Ele começou a gozar em fluxos intermináveis, o sêmen derramava da boceta dela sobre a cama.

Ele estocou de novo, tocando no seu grelinho com o polegar enquanto Josie gritava de novo. Então, puxou a si mesmo para fora de sua boceta e agarrou o pênis pulsante em sua mão. Bombeou-o com força, apontando o gozo para sua boceta e depois para sua barriga.

Jorrou em sua pele, marcando-a. Expelindo em sua carne com jorros espessos e brancos.

Ela estava soluçando. Seus ouvidos estavam zunindo. E então Ash deslizou para dentro dela outra vez, sem ser capaz de suportar estar fora de seu corpo. Ele foi ainda contra ela, aproveitando as últimas rajadas. Fechou os olhos e se inclinou para ela, seu corpo arfando com esforço.

Nunca tinha estado tão acabado. Nunca tinha sentido tanto como se suas entranhas estivessem do avesso. Ele ficou deitado com ela, seu sêmen viscoso e quente entre eles. Então a beijou logo abaixo dos seios.

– Você me tira do sério, Josie – murmurou. – Completa e totalmente fora do sério.

capítulo 20

Quando Josie viu o restaurante onde ela e Ash encontrariam os amigos dele, um mal-estar tomou conta dela. Era um restaurante que Michael costumava frequentar com regularidade. Era seu lugar favorito para comer, um lugar onde a tinha levado muitas vezes.

Sacudindo sua hesitação momentânea, ela se fixou ao lado de Ash, o braço envolto firmemente ao redor dela enquanto caminhavam para dentro. Se esbarrasse em Michael, e parecia provável que o fizesse, já que ele jantava ali quase todos os domingos à noite, ela não agiria como se estivesse com vergonha de nada. Certamente não do fato de que ele a atacou. E certamente não tinha vergonha de estar com Ash, não importando o quão rápido ela tinha entrado em outro relacionamento depois de ter terminado as coisas com Michael.

– Tem alguma coisa errada? – murmurou Ash enquanto eram encaminhados para a mesa.

Ela balançou a cabeça e sorriu.

– Não está nervosa, certo? Relaxe, querida. Eles vão te adorar.

Desta vez o sorriso dela veio mais facilmente.

– Eu não estou preocupada, Ash. De verdade.

Ele a apertou ao seu lado.

– Que bom. Eu quero que você se divirta.

Quando chegaram à sua mesa, situada no canto mais distante, onde eles teriam silêncio e privacidade, Josie viu que os amigos dele já estavam lá.

Ela piscou quando percebeu os dois homens que se levantaram quando chegaram à mesa. Meu Deus, que gatos! Individualmente, cada um dos três era lindo. Mas juntos? Eles formavam a epítome do rico, arrogante e devastadoramente bonito.

Ela ignorou completamente as duas mulheres sentadas, porque... *oi?*, ela era uma mulher; e como poderia ver algo além dos três machos alfa reunidos?

– Josie, eu quero que você conheça meus amigos e parceiros de negócios, Gabe Hamilton e Jace Crestwell.

O homem que ele chamou de Gabe deu um passo adiante, com um sorriso largo esculpido em seu rosto forte como pedra. Ele estendeu a mão, e ela estremeceu quando sua pele fez contato.

– Muito feliz em conhecê-la, Josie – Gabe disse com uma voz rouca que simplesmente exalava tesão. – Eu estive ansioso por isso.

– Muito bom conhecê-lo também – Josie murmurou.

Ela se virou para Jace e engoliu em seco. O homem era o oposto de Ash. Sombrio e taciturno enquanto Ash era mais leve e aparentemente menos meditativo, mas Josie sabia que as aparências enganavam. A aparência de Ash estava em contraste direto com a sua verdadeira personalidade. Ele podia parecer descontraído e despreocupado, mas era totalmente sério. Pelo menos com ela.

Jace se inclinou e beijou cada bochecha dela antes de se retirar com um sorriso que fez seus olhos castanhos-escuros se tornarem acolhedores e convidativos.

– Eu ouvi muito sobre você, Josie. Fico feliz que Ash finalmente permitiu que você saísse do apartamento por tempo suficiente para se misturar com o resto de nós.

Ela riu e relaxou e, então, voltou sua atenção para as duas mulheres pelas quais estava incrivelmente curiosa. Qualquer uma que conseguisse capturar e cativar homens como Gabe e Jace tinha que ser muito, muito, especial. E de acordo com Ash, eles estavam muito cativados. Completa e assumidamente apaixonados.

Ela queria isso. Ansiava por isso. Ela queria o mesmo com Ash. E se as palavras dele fossem algo a se levar em consideração, estavam neste caminho. Ainda a deixava perplexa que aquilo tinha acontecido tão rápido, mas depois ele explicou que também tinha acontecido rápido para seus amigos. Nesse contexto, talvez não fosse tão inacreditável que ela e Ash se tornassem um casal sério em um curto espaço de tempo.

– Querida, eu quero que você conheça duas mulheres muito especiais, Mia e Bethany. Mia é a recém-casada e tenho certeza que se Jace continuar nesse caminho, Bethany não estará muito atrás em dar o passo para o altar.

– Pode crer – Jace grunhiu.

– Olá, Josie – disse Mia, seu sorriso era aberto e amigável. Ela era irmã de Jace, de acordo com Ash, e agora Josie podia ver a semelhança.

– Oi – Josie devolveu. – Estou muito feliz em conhecê-las.

– Olá, Josie – disse Bethany, seu sorriso não era menos amigável do que Mia, mas deixava óbvio que era mais tímida e mais reservada.

Lembrando de tudo que Ash contara sobre Bethany, Josie a estudou, considerando o fato de que a jovem sentada ao lado do lugar que Jace havia escolhido percorrera um longo caminho e aguentara uma vida muito dura.

E ainda havia o fato de que essa mulher tinha ido para a cama com Ash. Ash *e* Jace. Josie não tinha certeza se ficava com ciúmes pelo fato de que Bethany teve as mãos de Ash em cima dela ou se tinha inveja pelo fato de que Bethany tinha aproveitado um *ménage à trois* com dois machos alfa incrivelmente lindos.

Ela estava bastante inclinada à segunda opção.

– Olá, Bethany – Josie respondeu calorosamente. – Eu ouvi muito sobre todos vocês. Você são muito importantes para Ash. Família, como ele os chama. Eu não aguentava mais esperar para conhecer todos vocês.

Ash a encaminhou para sua cadeira ao lado de Gabe e em frente a Bethany e Mia.

– Ele é nossa família – Jace disse com uma voz firme. – E nós somos a dele. Absolutamente.

– Eu acho que é maravilhoso que ele tenha amigos tão leais – Josie disse com maciez.

– Então, Ash disse que você é uma artista, Josie – Jace falou, uma vez que todos estavam em seus assentos. – E que você desenha joias também.

Josie balançou a cabeça, de repente tímida de ter a atenção voltada para si.

– Ela é incrível – disse Ash. – Seu trabalho é lindo.

Josie virou-se para Ash, surpresa.

– Mas você não o viu. Ou não muito. Ainda não, de qualquer maneira.

Ash pareceu rapidamente desconfortável, mas depois sorriu.

– Eu vi no que você está trabalhando agora. É muito bom.

O calor percorreu suas bochechas e ela sabia que estava corando. Estava trabalhando no momento com um tema bem mais erótico do que em seus trabalhos anteriores. Mas era para Ash, apenas Ash.

– Foi você que desenhou o colar que está usando agora? – perguntou Mia, inclinada para a frente, com o olhar preso à gargantilha de Josie. – É lindo!

Agora ela estava realmente corando. Estava convencida disso. Ash apertou a sua mão por baixo da mesa e ela controlou o seu constrangimento. Isso era importante. Era o que ele queria. Para que ela nunca tivesse vergonha das pessoas saberem que era dele.

– Não – disse em uma voz rouca. – Ash mandou fazer pra mim. Foi um presente dele.

Os olhos de Mia se arregalaram com compreensão, e, a seu crédito, ela não pressionou mais nem tentou encobrir o constrangimento por dizer algo mais apressadamente.

O olhar de Josie foi atraído para a gargantilha que Bethany usava. Sua mão tinha ido em direção a ela automaticamente no minuto em que Mia tinha comentado sobre a de Josie. Evidentemente, era uma espécie de coleira também. Uma dada a ela por Jace. Será que todos os amigos de Ash compartilhavam de suas inclinações sexuais? Ela certamente poderia ver Gabe e Jace em um papel dominante. Era evidente pela maneira que olhavam para Mia e Bethany. Evidente na sua linguagem corporal, o quão protetores eles eram mesmo sentando em um restaurante público.

Talvez os outros não notassem, mas Josie sim. Estava em sintonia com aquele aspecto porque era o que estava vivendo. Era uma necessidade dentro dela, da mesma forma que parecia ser uma necessidade para Ash, Gabe e Jace.

Ela tinha um milhão de perguntas. Perguntas intrometidas que ela adoraria ser capaz de fazer a Mia e Bethany. Mas segurou a língua. Não ia querer eles se intrometendo na sua relação com Ash, e ela lhes ofereceria a mesma consideração. Mas isso não amenizava a curiosidade ardente que tinha. Talvez com o tempo, se viessem a ser amigas, ela se sentisse mais confortável com esse tipo de conversa com as outras mulheres. Mas, ainda assim, sabia sem dúvida que nunca iria entrar em uma discussão com Bethany sobre a relação a três que ela teve com Ash e Jace. Havia um limite para a inveja com que ela podia lidar!

Gabe e Jace estavam olhando para ela, a curiosidade aberta em seus olhares. Eles provavelmente estavam tão curiosos sobre ela quanto ela estava sobre eles. Mas, se conheciam Ash, se fossem tão próximos quanto Ash vinha insinuando, havia pouca dúvida de que sabiam exatamente o tipo de relacionamento que o amigo preferia e sabiam que Josie era... submissa.

Mas se pensasse que olhariam para ela com "menos" em seus olhos, de alguma forma diminuindo-a ou pensando que eram "mais" do que ela, estava errada. Não havia nada além de interesse. Havia preocupação com o seu amigo, sem dúvida, e eles provavelmente estavam avaliando se achavam que Josie combinava com ele.

Ash dissera que no começo não tinha pensado que Bethany fosse uma boa ideia para Jace, e, na verdade, até fora verbal sobre isso. Estariam seus amigos pensando a mesma coisa sobre ela?

Ela não queria ser considerada indigna. Eles não a conheciam e Josie não queria ser julgada depois de um rápido olhar.

– Eu adoraria ver o seu trabalho em algum momento – disse Gabe. – Acho que a gente poderia dar uma alegrada no prédio dos nossos escritórios. Tudo o que temos é um monte de merda abstrata chata. Acha que se interessaria em dar uma olhada em algum momento e ver o que poderia fazer para colorir um pouco as paredes?

Ela sorriu.

– Claro. Eu adoraria. Mas vou avisá-lo logo. Minhas pinturas são definitivamente coloridas. Eu não sou muito do tedioso, de coisas sombrias. Eu gosto de. . . cores vibrantes. Temas. E eu definitivamente teria que mudar a marcha. O que eu estou trabalhando agora dificilmente seria apropriado para um ambiente de negócios.

Ash tossiu, engasgando com uma risada.

As sobrancelhas de Jace se levantaram.

– Ah, é? Então diga. No que você está trabalhando agora?

Ela corou de novo, sabendo que falara o que não devia.

– Em nada que você vá ver – Ash disse em um tom uniforme. – Este é para os meus olhos só. Mas você é bem-vindo para ver todo o resto que ela quiser mostrar.

– Ah, agora eu estou curiosa! – exclamou Mia. – Do que ele está falando, Josie?

Ela limpou a garganta, mortificada por ter jogado isso no ar. Sua boca sempre ficava à frente de seu cérebro, infelizmente.

– Ahn, bem, eles são um pouco eróticos. – ela corou novamente. – Coisas como autorretratos. Quero dizer, não é como se eu tivesse alguém para usar como modelo.

– Ah – Bethany disse, seus olhos brilhando de tanto rir. – Sim, eu aposto que Ash ficaria louco se você os mostrasse para alguém.

– Pode ter certeza – Ash murmurou. – Ninguém verá isso além de mim.

Mas alguém os tinha visto. Ou pelo menos o primeiro que ela tinha levado para o Sr. Downing. Ele havia sido vendido junto com todas as suas outras pinturas, e com os outros daquela série que tinha levado para a galeria após a primeira venda. Ela se perguntava se incomodava Ash o fato de que alguma pessoa desconhecida lá fora detinha aquelas pinturas. Ela desejava agora que não os tivesse vendido. Desejava que pudessem ser apenas de Ash.

– Josie, estamos planejando uma noite só das meninas esta semana e adoraríamos que você viesse – disse Mia.

Gabe e Jace prontamente gemeram e Ash sorriu.

– Que gemido foi esse? – perguntou Josie.

Ash riu.

– Depois de tudo o que eles me disseram, eu definitivamente acho que é uma boa ideia que você vá. Mas vou ficar muito decepcionado se você não voltar para casa bêbada em um vestido sexy e com sapatos avassaladores. É o que tem me torturado desde a última vez em que elas saíram juntas. Agora que eu posso participar em primeira mão, tenho que dizer que estou ansioso.

Josie lançou a todos olhares perplexos.

Gabe riu.

– Vamos apenas dizer que quando as nossas meninas saem, elas ficam bêbadas, se divertem, mas, em seguida, chegam em casa e tiram vantagem de nós, pobres homens de família.

Bethany bufou.

– Como se você não gostasse.

– Não diga isso, baby – Jace disse, com divertimento em sua voz. Mas a expressão em seus olhos dizia tudo. Eles haviam ficado positivamente mais melosos quando ele olhou para Bethany.

– Então, você está bem com isso? – ela sussurrou para Ash de forma que os outros não pudessem ouvir.

Ash entrelaçou os dedos com os dela debaixo da mesa, mas, em seguida, baixou a mão e passou o braço em volta dela, puxando-a para tão perto que suas cadeiras se bateram e ela estava quase em seu colo.

Evidentemente, ele não mentira quando disse que gostaria de tocá-la, estar perto dela, e não dava a mínima para quem visse.

– Oh, sim, eu estou bem com isso – Ash murmurou de volta. – Se eu conseguir o que Gabe e Jace conseguem quando suas mulheres saem e ficam bêbadas? Então, sim, definitivamente. Eu vou até mesmo te comprar o vestido e os sapatos para a ocasião.

Ela riu baixinho.

– Isso garante um novo vestido *e* sapatos?

– Sem dúvida.

– Eu não bebo muito, como disse a você, mas para isso talvez eu vá ter que fazer uma exceção.

Seus olhos brilhavam enquanto Ash olhava para ela.

– Faça uma exceção. Vou me certificar de que não se arrependa.

Eles conversaram sobre assuntos casuais. A lua de mel de Gabe e Mia dominou a maior parte da conversa enquanto Mia contou a viagem deles a Paris. Depois que as refeições foram servidas e eles comeram, os menus de sobremesa foram repassados e Josie pediu licença para ir ao banheiro.

Mia e Bethany levantaram-se para acompanhá-la e as três mulheres se dirigiram ao toalete feminino.

Josie terminou primeiro e esperou do lado de fora. Ela ouviu a porta se abrir e virou para ver se era uma delas, mas sua boca se abriu quando viu Michael sair do banheiro masculino, bem em frente ao feminino.

Ele estava com uma aparência terrível!

Seus olhares se encontraram por um breve momento antes que ele piscasse e olhasse rispidamente para longe.

– Michael – ela sussurrou. – O que diabos aconteceu com você?

Ela poderia jurar que o medo cintilava em seus olhos. Ele não conseguiu sair rápido o suficiente e Josie estava atordoada demais para fazer mais do que olhar enquanto ele saía com pressa.

Não havia um pedaço em seu rosto que não estivesse ferido. E estava feio. Corte nos lábios, olhos inchados.

– Josie?

Josie virou-se para ver Mia e Bethany ali, com olhares de preocupação em seus rostos.

– Você conhece aquele homem? – perguntou Mia. – Está tudo bem?

– Eu o conheço, sim – Josie murmurou. – E está tudo bem. Vamos voltar para a sobremesa. Tenho certeza de que já estará lá.

Durante todo o caminho de volta para a mesa, a mente de Josie estava em um turbilhão infernal. Ela não imaginava o rosto de Michael ou o fato de que ele quase quebrara o pescoço tentando evitá-la. E ela não conseguia entender o medo em seus olhos. Ele estaria com medo *dela*?

O olhar de Ash estava afiado quando ela se sentou. Ele não perdia nada e seus olhos se estreitaram quando olhou para ela e, em seguida para Bethany e Mia, como se achasse que elas pudessem ter feito algo para aborrecê-la.

– O que há de errado? – exigiu saber. – Você está pálida. Alguma coisa aconteceu?

– Falamos depois – ela disse baixinho.

Sem mais outra palavra, Ash se levantou e pegou a sua mão. Ela seguiu de boca aberta quando ele a arrastou para o pátio para que ficassem de pé na frente da fonte. Ele a puxou para si, segurou a mão no seu rosto e olhou fixamente em seus olhos.

– Diga-me o que aconteceu – disse sem rodeios. – Mia ou Bethany disseram alguma coisa para incomodá-la?

Ela balançou a cabeça, seus pensamentos ainda confusos. Não conseguia manter o pensamento predominante de sua mente, mesmo que fosse ridículo. Não era?

– Eu vi o Michael – deixou escapar.

O rosto de Ash escureceu de fúria, seus olhos soltaram faíscas.

– O quê? Ele disse alguma coisa para você? Será que aquele bastardo a seguiu até aqui? Por que diabos você não veio imediatamente para mim, Josie?

Ela levantou a mão para deter o fluxo de perguntas.

– Este é o restaurante favorito dele. Ele e eu comemos aqui muitas vezes. E ele está sempre aqui aos domingos. Eu teria ficado mais surpresa se não o tivesse visto.

Ash xingou.

– Você deveria ter me dito, Josie. Poderíamos ter ido comer em outro lugar.

Ela engoliu em seco e olhou para Ash.

– Ele estava com uma aparência terrível, Ash. Parecia que alguém o tinha espancado quase até a morte.

– Parecia? Isso não aconteceria com um cara tão legal. Talvez agora ele não levante a mão para encostar em outra mulher.

– Diga-me uma coisa, Ash. Você tem alguma coisa a ver com ele ter sido espancado?

Era um risco. Uma pergunta imprudente estimulada pelo medo que a havia inundado no minuto em que vira Michael. Lembrou-se da firmeza com que Ash disse que iria cuidar dela. Que ela não precisaria se preocupar com Michael nunca mais. Ela pensou que aquelas eram apenas palavras para confortá-la, ditas no calor do momento. Todos tinham momentos como esse. Isso não significava que ele as seguiria à risca!

Os seus olhos brilharam e ele olhou calmamente para ela, com os lábios apertados.

– Eu não vou mentir para você, Josie. Então, tenha cuidado com o que você vai perguntar.

– Oh, Deus – ela sussurrou. – Você *fez* isso. Oh meu Deus, Ash. O que você fez? Como pôde? E *por quê*?

– Você precisa me perguntar *por quê*? – ele disse entre dentes. – Que porra é essa, Josie? Ele te machucou. Aquele filho da puta te colocou no chão. E você não acha que isso é motivo suficiente para ter certeza que ele nunca faça nada como isso de novo?

O sangue esvaiu-se de sua face. Ela vacilou, instável em seus pés. Ash xingou novamente e, em seguida, estendeu a mão para ela, puxando-a para si mais uma vez. Ele passou a mão sobre seu rosto, empurrando o cabelo para trás.

– Você se colocou sob meus cuidados, Josie. Isso não é algo que eu vá tomar levianamente. E quando você me deu isso, quando você se submeteu a mim, também me deu o direito de cuidar de qualquer ameaça a você. Precisa lidar com isso. Aceite. Porque isso não vai parar. Eu não hesitarei em fazer isso novamente se você estiver ameaçada.

– Jesus, Ash. Você não pode fazer esse tipo de coisa. E se ele te denunciou? Você vai ser preso. Pelo amor de Deus, você poderia ir para a cadeia!

Sua expressão se suavizou.

– Não vai acontecer, baby.

– Como você sabe? – ela perguntou desesperadamente.

– Eu cuidei da questão. Isso é tudo que você precisa saber. Isso não te interessa mais, baby. Queria demais que você tivesse dito que havia uma boa chance de cruzar com ele aqui. Eu nunca ficaria. Quero que você esqueça disso e dele.

– Como é que eu vou esquecer dele dessa forma? Agora eu não vou nem conseguir dormir preocupada que a polícia venha atrás de você. Ash, isso poderia estragar o resto da sua vida! Não vale a pena. *Nada* vale o resto da sua vida.

– Você está errada – ele grunhiu. – Para me certificar de que o filho da puta nunca mais chegará perto de você novamente, vale tudo. Eu não vou discutir com você sobre isso, Josie. Esta foi a minha decisão. Faremos isso do meu jeito. Você sabia disso quando topou participar. As regras não mudam porque você decide que não gosta de alguma coisa.

– Mas você disse...

– O que eu disse, baby?

Ela bufou em um suspiro, botando tudo para fora através dos lábios.

– Você disse que não era assim. Que eu tinha uma escolha. Que você não iria fazer alguma coisa que eu não quisesse.

Ele suspirou impaciente, um olhar aborrecido em seu rosto.

– Baby, está feito. Você não tem uma escolha, porque a escolha já foi feita. E eu não vou me desculpar por não discutir com você de antemão. Foi a minha escolha. Você pertence a mim. Disse a você desde o início que levo isso muito a sério. Significa que eu vou te proteger. Eu faço o que for preciso para me certificar de que você está segura e bem cuidada.

– Eu saberia disso algum dia se não tivesse cruzado com ele? – ela sussurrou.

Ash imediatamente sacudiu a cabeça, sem remorso, olhar firme inabalável.

– Não. Não é algo que eu ia querer que você soubesse, ou mesmo pensasse. Estou até chateado que você o tenha visto.

Ela fechou os olhos e balançou a cabeça, tentando se livrar do zumbido que tinha nos ouvidos. Aquilo era louco, não era? Ash tinha corrido um enorme risco. Por ela. Não queria que ele se arriscasse. De jeito nenhum. Como poderia estar tão certo que nada iria recair sobre ele? A única coisa com que parecia irritado era que ela tivesse encontrado com Michael. Era óbvio que Ash nunca teve qualquer intenção de que ela soubesse de coisa alguma. E ela não tinha certeza de como se sentia em relação a isso.

O ditado era que o que olhos não veem o coração não sente, e ela imaginava que, neste caso, era assim mesmo. Ela desejou não saber de nada. Talvez não se sentisse tão inquieta. E tão incerta sobre o homem com quem ela tinha se comprometido dessa maneira.

– Josie, você está pensando demais sobre isso – Ash repreendeu suavemente. – É por isso que nunca quis que você soubesse. Nada de bom pode vir de você se preocupar e insistir nisso. Se isso nos coloca em questão para você, então eu só posso dizer que fui honesto com você. Eu fui direto. Nunca tentei esconder o tipo de homem que eu sou. E disse desde o início que faremos as coisas do meu jeito. Você é minha, tenho que te proteger. Cuidar de você. Eu posso lhe garantir que nada de mau jamais chegará perto de você. Não quero que pense sobre isso. Você pode fazer isso por mim?

Ela sugou o ar numa respiração profunda enquanto Ash a observava atentamente, à espera de sua resposta. Isso era enorme. Ele estava, basicamente, perguntando se ela poderia superar isso e seguir em frente. Pedindo que não pirasse com isso, que confiasse nele. Essas eram grandes coisas a se fazer. Ela assumiu que Ash era um negociador. Um rico e poderoso empresário. Nunca tinha imaginado por um minuto que ele pudesse estar imerso em coisas obscuras ou que ele fosse mesmo capaz de usar a violência contra alguém que tinha machucado a mulher que ele considerava sua propriedade.

Isso não deveria surpreendê-la, e talvez fosse isso o que ela estava combatendo. A ideia de que talvez não tivesse sido tão chocante para ela como deveria ser. Isso explicaria por que estava tentando formar uma indignação ou todas as respostas apropriadas. Porque não estava se sentindo da forma como achava que deveria estar.

– Josie? – Ash questionou em voz baixa. – Eu preciso de uma resposta, baby.

– Sim – ela disse finalmente. – Eu posso fazer isso por você, Ash.

Ele a envolveu nos braços e apertou os lábios com força contra a sua testa. Ela fechou os olhos, derretendo em seu abraço.

– Isso me assusta, Ash. Não pelas razões que você pode pensar, e talvez eu me sinta culpada por isso. Mas o que me assusta não é você ter sido a pessoa que saiu e espancou alguém. Eu não me preocupo que você seja capaz de me machucar desse jeito. O que me assusta é a ideia de te perder. De você ir para a cadeia porque estava me protegendo. Eu não quero isso. Eu nunca quis isso.

Ele sorriu e baixou a boca, beijando seus lábios.

– Não se preocupe comigo, querida. Eu tenho tudo sob controle. Eu não saí simplesmente por aí sem planejar e chutei ele. E eu não digo isso para te assustar, mas porque eu não quero que você se preocupe. Depois desta noite, nós não falaremos mais a respeito. Nós não vamos mais mencionar isso. Mas eu levei a cabo um plano bem pensado. Eu tenho um bom álibi e Michael foi advertido das consequências de jamais chegar perto de você ou de ir à polícia. Eu não acho que nós vamos ter um problema com nenhum dos dois. Deixei o recado bastante claro.

Ela pressionou a testa em seu tórax, o topo de sua cabeça roçando levemente na parte inferior do queixo de Ash.

– Ok – sussurrou. – Eu não vou me preocupar e nós não vamos falar sobre isso novamente.

Ele a apertou contra si.

– Obrigado, querida, por confiar em mim. Eu não vou te decepcionar. Agora vamos voltar para dentro e terminar a sobremesa. Você tem uma noite das meninas para planejar e eu tenho vestido e sapatos para comprar para você.

capítulo 21

Josie caminhou na frente de Ash quando o elevador se abriu para o apartamento. A viagem até em casa tinha sido silenciosa. Comeram sobremesa, conversaram casualmente com os amigos de Ash e, então, ele deu algumas desculpas e os dois saíram. Ela sabia que Ash a observava, analisava seu humor e suas reações em relação ao ocorrido com Michael.

O que ela diria? Que se sentia mais envergonhada pelo fato de *não ter* ficado indignada com o que Ash tinha feito do que com o fato de ele ter exigido vingança contra o homem que tentara machucá-la?

Ela não queria ficar pensando no tipo de ser humano que havia se tornado. Ou talvez isso só a fizesse mais humana. Odiava Michael pelo que tinha feito. Odiava o fato de tê-la deixado em dúvida. Era o que a deixava mais chocada, envergonhada e amedrontada para acusá-lo de qualquer coisa. Também não suportava o fato de que, se tivesse feito a coisa certa, Ash nunca teria tido a necessidade de se meter na confusão. Ela mal podia culpá-lo enquanto sua própria empáfia tinha sido fundamental para que tudo acontecesse.

– Está de cabeça cheia, baby – Ash observou enquanto paravam na sala de estar.

Ela se virou para ele, buscando dentro de si um sorriso.

– Estou bem, Ash. De verdade. Não quero que você pense que estou chateada com você, ou com raiva. Estou com raiva de mim mesma, não de você.

Ash ergueu uma das sobrancelhas e estreitou seu olhar.

– Por que diabos você está com raiva de si mesma?

Ela suspirou, e ele envolveu os braços em volta de sua cintura, puxando-a para o sofá. Sentou-se e colocou Josie em seu colo, posição com que ambos já estavam bastante familiarizados.

Ela adorava o fato de ele não querer nenhum tipo de distância entre os dois. Adorava a necessidade dele de tocá-la a todo momento, que ele a quisesse perto sempre que discutiam algo sério. Josie sentia um grande conforto com tudo isso.

Era muito difícil sentir medo quando estava nos braços de Ash. Ela soube, assim que ele a defendeu de Michael, que a protegeria de qualquer coisa que pudesse machucá-la.

– Josie – ele disse. – Estou esperando, baby.

– Se eu tivesse tido coragem de fazer o que deveria ter feito, você nunca teria tido que se arriscar da maneira como se arriscou partindo para cima do Michael – ela disse com uma cara tristonha.

Ele passeou os dedos em seus lábios, o olhar firme. Parecia furioso.

– Que bobeira – vociferou. – Eu ainda teria que partir para cima daquele babaca. E, com certeza, meu jeito de lidar com isso ainda é mais efetivo do que ele ser simplesmente preso. Provavelmente já estaria solto e com um tapinha nas costas. E, se você quisesse correr atrás de algo no futuro, seria um inferno. Não dá pra medir quão longe ele iria para fazê-la desistir de puni-lo. Desse jeito – o meu – ele está morrendo de medo, e além disso, agora sabe o que é ser espancado por alguém. Não quero mais que seja um problema para você. Ele disse algo quando se viram hoje? Você não falou.

Ela balançou a cabeça.

– Não, ele parecia assustado.

Um ar de triunfo brilhou nos olhos de Ash.

– Que bom – disse firmemente. – Então ele não disse nada? Olhou para você?

– Esbarrei nele, ou ele quase esbarrou em mim, quando eu esperava Mia e Bethany. Saiu do banheiro masculino e engasgou quando me viu. Parecia acabado!

– Ótimo – Ash murmurou outra vez.

– Eu perguntei o que havia acontecido, mas ele não disse nada. Agiu como se não conseguisse desviar de mim rápido o suficiente.

Ash sorriu.

– Pelo visto minha mensagem surtiu efeito.

– Sim, acho que surtiu – ela murmurou.

Ele passou a mão pelos cabelos dela e deu um beijo em sua testa.

– Isso ainda está te incomodando?

– Não – ela sussurrou. – Talvez me incomode mais o fato de não me incomodar. Sei que não faz sentido, mas me sinto culpada. Eu me sinto uma péssima pessoa por não ficar abalada com o que aconteceu com ele.

Ele a beijou novamente, deixando os lábios pressionados contra sua cabeça.

– Você não se sentir mal porque aquele babaca teve o que mereceu não faz de você uma pessoa horrível. Ele é um idiota, Josie. Pense no fato de que não apenas ele não vai mais te machucar, como também não vai mais machucar nenhuma outra mulher. Ele estar preso não garantiria isso. Mas, se eu parto para cima e ameaço acabar com ele se tocar em outra mulher, é garantido.

Ela franziu o nariz.

– Vou esquecer isso. Ele mereceu mesmo. Quase queria ter estado lá só para dar um chute no saco dele.

Ash riu.

– Fiz isso por você, baby. Não quero que se envolva nesse tipo de coisa. Quero você iluminada, não se arrastando pelas sombras comigo.

– Você me defender não quer dizer ficar nas sombras, Ash. Significa muito para mim saber que você se ariscaria tanto. Por mim.

– Não tenha dúvida – ele disse em um tom sério e baixo. – Nunca questione isso. Tudo que você precisar, tudo que quiser, será seu.

Ela se ergueu para beijá-lo.

– Nesse caso, Ash, faça amor comigo. É o que eu realmente preciso e o que quero agora.

– *Isso* você definitivamente não precisa nem pedir – ele sussurrou contra sua boca.

Ash se moveu para cima, inclinando-se para a frente antes de se erguer e levantá-la nos braços. Ele a levou para o quarto e gentilmente a deitou na cama.

– Não sei o que tenho em mente esta noite, baby, mas o que eu quero te dar é doce. Você já sofreu. Não quero que pense nisso hoje à noite, não quando acabou de ver o bastardo que bateu em você. Portanto, esta noite, eu vou lhe dar algo doce. Vou fazer amor com você, assim não só vai saber como me sinto em relação a você, mas vai *sentir* tudo isso também.

Deus, ela amava aquele homem, e ficava cada vez mais difícil impedir aquelas palavras de escaparem. Seria fácil dizer, mas queria o momento certo. Agora não tinha certeza se era esse momento. Não queria que ele pensasse que tinham sido apenas palavras ditas no calor da situação. Queria que ele tivesse absoluta certeza do que ela quis dizer, que veio de seu coração.

Ele se inclinou para baixo, fundindo sua boca quente na dela. Suas línguas se encontraram e deslizaram sensualmente uma na outra. Áspero, depois macio. Quente, úmido, elétrico.

Ash queria mostrar a Josie, mas ela também queria mostrar a ele. Queria fazer amor com ele. Deixá-lo sentir o que significava para ela.

Ela apoiou as mãos em seus ombros e então as deslizou para o pescoço. Puxou-o para baixo, encontrando a sua língua com a dele, enredando-as sem fôlego. Provou-o. Queria mais.

Seus dedos se arrastaram para baixo de sua camisa, puxando impaciente.

– Eu quero você nu – ela reclamou.

Ele riu, o som vibrava sobre sua boca.

– Quero você nua também. O que me diz de fazermos algo a respeito?

– E rápido – ela desafiou com um largo sorriso nos lábios.

– Oh, não – disse ele com um sorriso enquanto rolavam juntos, puxando as roupas. – Que garota safada!

Ela riu, puxando suas próprias roupas, enquanto Ash rasgava as suas. Chutou as roupas para fora da cama e ficou deitada, as palmas das mãos viradas para cima enquanto sorria para ele.

– Demorou demais – zombou enquanto ele chutava suas calças para longe.

Ele a puxou para perto, pelo braço. Ela foi de encontro ao peito dele.

– Se você pensa que demorei para tirar a roupa, espere e veja quanto tempo vou demorar para te deixar louca – disse ele com uma voz sedosa.

– Você não faria isso – ela suspirou.

Ele levantou uma sobrancelha.

– Não faria?

– Você disse que não íamos fazer com castigos – ela pontuou.

– Quem disse que seria um castigo? Eu não posso pensar em nada mais prazeroso do que ficar um bom tempo te provocando, te deixando louca, até você gritar meu nome ao gozar.

Ela gemeu e se apoiou em seu peito.

– Pare. Você está me torturando, Ash. Não importa como você chame isso, é definitivamente um castigo.

– Bem, então, o que você me diz de invertermos os papéis?

Intrigada, ela olhou para ele, inclinando a cabeça para o lado.

– Você em cima. Você é quem manda hoje.

– Hum, estou gostando da ideia. Definitivamente tem potencial.

– Então, vamos lá, gata. Dome seu homem na cama e cavalgue-o.

Ela inclinou-se para beijá-lo, espalmando o rosto entre as mãos para segurá-lo em um forte e sexy beijo.

– Hum – ele gemeu, dando sinais de prazer. – Minha linda submissa gosta da ideia de ficar no comando por uma noite.

Ela amava aquelas palavras saindo da sua boca, sua linda submissa, da forma como ele dizia. Era tanta ternura e afeto naquela voz. E sabia o que ele estava fazendo. Gostava mais ainda dele por conta disso. Ela estava varrendo de vez os pensamentos sobre Michael e sua relação com ele. O fato de ele nunca dar de volta o que tirava dela.

Naquela noite, Ash daria para Josie o presente mais precioso que podia dar: ele mesmo, sua confiança, seu controle sobre ela.

Este não era um homem que já tinha se submetido a controle e submissão. E ela não se iludiria em relação a isso. Estava no comando, mas ele seguiria guiando mesmo de baixo. Porque ela sabia que Ash continuaria no controle. Ele daria as rédeas de seu controle.

– Deite na cama – ela disse bruscamente. – De costas para baixo, cabeça no travesseiro. Quero que você fique confortável.

– Gata, preciso dizer, você em cima de mim, e eu metendo em você? Não importa como eu esteja, estarei confortável.

Josie sorriu, acariciando seu maxilar, enquanto direcionava Ash para a cama.

A quem ela estava enganando? Não tinha a menor ideia de como fazer aquilo. Na verdade, nem tinha lá muita vontade de estar no comando. Mas era o que Ash queria, o que ele queria permitir a ela, então faria sem reservas.

Ele fez o que ela mandara, espalhando suas costas largas pela cama. O pênis já estava saliente, quase alcançando o umbigo, quando ele deitou. Estava pulsante, muito rígido, a cabeça avermelhada já soltava fluidos.

Josie se arrastou pela cama, entre as pernas de Ash, e vagarosamente ficou sobre ele, apoiada nos joelhos e nas mãos. Ela mergulhou a cabeça para baixo e lambeu seu saco, passeando a boca pelos testículos.

Ele gemeu suavemente e se contorceu, se ajustando a uma posição que desse a ela melhor acesso. Josie lambia suas bolas, sugando levemente antes de se voltar para a base do pênis. Então, ela esticou a língua pelo comprimento, passando pela veia grossa que ia até a cabeça.

Quando chegou ao topo, hesitou por um momento, fazendo círculos com a ponta da língua. Então o chupou profundamente em um movimento rápido. Os quadris dele se descolaram da cama, arqueando, empurrando o corpo contra a boca dela.

– Nossa, Josie. Está ótimo, baby. Essa sua boca é deliciosa.

Ela riu.

– Que bom que você gosta.

As mãos dele se emaranhavam nos cabelos dela, segurando a cabeça em direção a seu órgão. Sim, ele tinha permitido a ela ficar no comando, mas ainda tomava conta da situação.

Por um bom tempo ela chupou e lambeu, aproveitando a maneira como ele se debatia e remexia na cama. Então Ash tirou a cabeça dela por um momento, segurando-a pelos cabelos.

– Baby, se você quiser transar, deve fazer isso logo. Estou quase lá, não vou aguentar mais muito tempo. Quero gozar com você.

Ela ergueu a cabeça, libertando os cabelos de suas mãos. Então cruzou uma das pernas por cima dele. Foi na direção de sua ereção, até que esta ficasse no meio de sua virilha.

Erguendo-se, Josie plantou as mãos em seu peito e se levantou levemente.

– Preciso da sua ajuda – ela sussurrou. – Meta em mim, Ash.

Os olhos dele brilhavam de prazer enquanto pegava seu pau. Ele acariciou a vagina dela com a mão livre, tocando o clitóris enquanto se posicionava. Quando Ash forçou a cabeça de seu pênis para dentro da abertura, ela relaxou, permitindo a entrada da ereção.

Com as mãos livres, ele agarrou os quadris dela, puxando-a em direção a si enquanto ela deslizava para baixo para envolvê-lo completamente.

Com a respiração presa, ela deixou que ele entrasse inteiro. Aquela sensação de ser preenchida era indescritível. Mais ainda do que quando ele a fodeu com o plugue na bunda dela. Ela se sentia inimaginavelmente pequena e apertada, e ele parecia enorme se enfiando em sua boceta.

Cada movimento enviava pequenos choques de prazer pelo seu ventre. Ela ergueu o corpo, gemendo enquanto ele voltava a enfiar o pênis.

– Nossa – Ash bufou. – Tão apertada. Você aperta meu pau como se ele fosse do tamanho de um punho, gata. Nunca senti nada assim na vida.

Josie colocou mais peso nos braços, fazendo mais pressão em seu peito. Ele nem parecia notar. Ela observava os olhos dele, a maneira como a olhava cheio de desejo, prazer, como as pupilas se dilatavam cada vez que ele enfiava tudo.

Seu maxilar estava rígido, como se os dentes tivessem endurecido. Havia linhas de tensão ao redor de seus olhos e em sua testa. Um leve sinal de transpiração brilhava acima de sua sobrancelha. Ele era o homem mais bonito que ela já tinha visto na vida. E era todo seu.

– Faça eu gozar, gata – ele disse. – Diga o que fazer para você gozar e vamos terminar juntos.

– Toque-me – sussurrou. – Meus seios e meu clitóris.

Ele sorriu, aqueles lindos olhos ardentes. Apalpou um dos seios e depois deslizou a outra mão entre seus corpos para que pudesse tocá-la intimamente. Josie fechou os olhos, jogou a cabeça para trás e esperou até que ela processasse o que ele estava fazendo.

Quando os primeiros sinais do orgasmo surgiram, rápidos e agudos, ela começou a se movimentar. Josie levantava e subia. Ash continuou acariciando seus seios, alternando entre um e outro. Ele esfregava o dedo em seu clitóris, firme, com a medida certa de pressão, mas ainda infinitamente delicado.

– Estou quase lá – ela disse ofegante. – E você?

– Quase – ele resmungou. – Não pare, gata. Seja lá o que estiver fazendo, não pare agora.

Ela ganhou um ritmo mais rápido. A cabeça para trás, os cabelos batendo em suas costas, a boca aberta em um grito silencioso que fatalmente recuperaria a voz. As mãos dele deslizavam pelo seu corpo. O pênis entrando mais e mais.

O orgasmo chegou ao seu pico, fora de controle, em espiral, como uma queda livre. E a pressão ainda continuava, sem alívio.

Ash arqueou os lábios, batendo contra Josie por baixo. Ela ficou molhada de repente e então percebeu que ele também gozava, o prazer encharcando-a. Um barulho molhado invadiu seus ouvidos, tão erótico. O cheiro do sexo picante e almiscarado chegou a suas narinas.

Ele deu um pequeno beliscão em seu mamilo, a cereja no topo de um bolo de prazer. Era um salto livre, como ela nunca havia experimentado: poderoso, explosivo, doloroso, mas ainda assim tão maravilhosamente incrível que a única coisa a fazer era relaxar e sentir.

Josie afundou as unhas em seu peito, sabendo que machucava sua pele. Ash ficaria com marcas por dias, assim como ela ficava com as marcas de suas possessões. Por Deus, havia escolhido se submeter, mas ele era tão dela quanto ela era dele.

Ela se deixou cair para a frente, os braços já sem força para suportá-la. Ash acomodou-a gentilmente próximo dele, abraçando-a enquanto sussurrava em seu ouvido. Josie não fazia ideia do que ele tinha dito. Não escutava nada com o zumbido no ouvido. O sangue pulsando. Seu corpo estava dormente da cabeça aos pés. Parecia que tinha sido atingida por um raio e todas as terminações nervosas estavam fritas.

E então ela atentou para outra pulsação. A confortável e acolhedora batida do coração de Ash contra seu corpo. Josie suspirou, se acomodando mais ainda em seus braços, e ele a apertava forte; juntos enquanto buscavam recuperar o fôlego.

– Estou te esmagando? – ela perguntou fracamente.

– Não, querida. Não quero que você se mexa. Fique exatamente onde está, comigo. Assim mesmo. Quero ficar dentro de você por um bom tempo ainda. Nós nos lavaremos amanhã de manhã.

Ela sorriu enquanto ele afagava seus cabelos. Nada era tão gostoso como este momento, aqui e agora, esparramada em cima de seu homem depois de tê-lo cavalgado forte por tanto tempo. E ele dentro dela por quanto tempo conseguisse. Definitivamente, uma maneira maravilhosa de se dormir. O que poderia ser melhor?

Nada poderia machucá-la ali. Não existia o mundo lá fora. Nada de famílias malucas, ex-namorados obsessivos, nenhum medo de Ash ser preso por fazer justiça com o homem que a havia machucado.

Apenas ela e Ash.

Eu te amo.

As palavras continuavam presas dentro dela. Mas tinha certeza de que uma hora ou outra elas encontrariam a saída. E daí que era cedo demais? Na hora certa, diria a ele.

capítulo 22

No dia seguinte, Ash mandou o motorista particular buscar Josie em seu apartamento. Ela almoçaria com ele e Brittany no Bentley Hotel, onde a irmã trabalhava. Depois de encontrar os amigos na noite anterior, Josie já não estava tão nervosa para encontrar Brittany, embora tivesse que admitir, estava curiosíssima para conhecer aquela mulher.

Ash já tinha adiantado para Josie que, até bem recentemente, Brittany brincara de ser a filha perfeita e obediente, ficando ao lado da família em seu desprezo e desdém em relação a ele, mas então veio até Ash aos prantos, pois queria se libertar daqueles laços.

Era necessário alguém de coragem para enfrentar uma família daquele tipo – uma mãe daquelas – que Ash descrevia. Especialmente depois de trinta anos e de um casamento que sua mãe a obrigou a contrair.

Ash esperava do lado de fora quando o carro chegou e abriu a porta, estendendo o braço para ajudar Josie a sair. Ele passou um braço em volta de sua cintura, mantendo-a próxima de si enquanto caminhavam até o restaurante.

Eles se dirigiram para uma mesa, a mesma em que haviam comido na sua primeira noite juntos; já havia uma mulher sentada ali. Josie tentou absorver todos os detalhes à distância para que não ficasse encarando-a quando chegassem à mesa.

Ela definitivamente conseguia enxergar a semelhança entre eles. Brittany tinha o mesmo cabelo loiro, com muitas variações de tom, que

Ash. Ela também tinha os olhos verdes do irmão e o formato de seus rostos era bastante similar.

Quando chegaram mais perto, Brittany ergueu a cabeça e um sorriso convidativo se abriu em seus lábios. Josie podia jurar que vira uma cara de alívio na outra mulher. Talvez estivesse preocupada com o fato de Ash não poder vir.

E, quando sorriu, Josie pode ver o quão maravilhosamente bonita Brittany era. Mas, claro, Ash era um homem bonito. Brittany era como uma versão feminina dele. Não tinha os traços fortes de Ash. Também não tinha o olhar intenso, a expressão, o jeito de se portar.

Não importa o quão malucos e horríveis fossem aqueles pais, eles definitivamente tinham dado aos seus filhos bons genes.

Brittany se ergueu, mas manteve-se parada, como se esperasse para ver como Ash a cumprimentaria. Ele deu a volta na mesa e envolveu sua irmã em um abraço apertado. Beijou sua bochecha e pegou sua mão, apertando-a. A reação de Brittany foi meiga. Ela olhou para Ash, como todas as irmãs mais novas olham para os irmãos mais velhos quando fazem algo de importante e significativo. Olhava para ele como se fosse um rei.

– Britt, quero que você conheça Josie. Josie, essa é minha irmã, Brittany.

– Olá, Josie – disse Brittany em um tom cultivado, que gritava dinheiro e prestígio.

Mas não havia pretensão nela. Brittany apertou a mão de Josie calorosamente e, em seguida, para surpresa de Josie, abraçou-a e beijou suas bochechas.

– Olá, Brittany. Estou feliz de finalmente te conhecer. Ash falou muito de você.

Nesse ponto, seu entusiasmo deu uma leve diminuída, seus olhos ficaram um tanto preocupados.

– Só coisas boas – Josie se apressou em dizer, arrependida de já ter soltado uma pérola. – Ele disse que você estava fazendo seu trabalho super bem aqui. E brincou que você acabaria dirigindo toda a cadeia de hotéis antes que eles se dessem conta.

Brittany sorriu e relaxou. Ash guiou as duas mulheres para seus assentos e acenou para o garçom.

– Estou gostando – Brittany disse, enquanto o garçom tomava nota de seus pedidos de bebida. – É bom ser útil. Estou me lembrando do quão esperta sou. Isso me tomou algum tempo, já que infelizmente eu vinha sendo bastante adepta à estupidez nos últimos anos.

Ash balançou a cabeça.

– Não cobre tanto de si mesma, Britt. Você chegará lá. Roma não foi construída em um dia.

Josie riu do provérbio antigo.

– Ele está certo. Eu já estourei minha cota de erros idiotas. Mas estou determinada a superá-los.

Ash apertou sua mão por debaixo da mesa, mas a surpreendeu quando ergueu-a e deu-lhe um beijinho na palma.

– Ótimo ouvir isso, querida. É questão de tempo.

Brittany olhou inquisitivamente de Ash para Josie e, em seguida, seus olhos se iluminaram e um sorriso se abriu em sua face.

Josie acreditava ser mais do que óbvio que ela e Ash eram mais do que só um encontro casual. Ash deixara bem claro que Josie era alguém importante para ele. Por que outro motivo ele a traria para almoçar com sua irmã?

– Mamãe tem te dado trabalho, Britt? – Ash perguntou.

Brittany fez uma careta e tomou um longo gole de vinho que o garçom servira.

– Ela apareceu um dia desses, como eu te falei. Depois disso, liga todo dia. Eu ignoro as chamadas e deixo cair na caixa postal. Ela ligou para o trabalho uma vez e desliguei. Não ouvi falar dela desde então.

Ash assentiu em aprovação.

– Que bom. Chegaremos lá. Mais cedo ou mais tarde ela vai perceber que já não pode mais enterrar as garrinhas em você e encontrará um novo alvo.

– Como ela fez com você? – Brittany observou.

– Ok, talvez não vá – disse Ash com tristeza. – Mas você vai descobrir como lidar com isso e depois de um tempo ela não vai te incomodar tanto.

– Eu invejo você – disse Brittany. – Eu sei que já disse isso antes, mas eu daria qualquer coisa para ser confiante assim.

O tom melancólico em sua voz fez Josie estremecer com simpatia. Mas ela ficou em silêncio, não querendo interromper a conversa.

O garçom veio e anotou os pedidos, e Ash inclinou-se para trás, alcançando Josie. Ela deslizou para o lado dele, suas cadeiras juntas uma da outra. Seu braço estava em torno de seus ombros enquanto ele continuava sua conversa com Brittany.

– Há quanto tempo vocês estão saindo? – perguntou Brittany.

Josie ficou imóvel, a boca de repente incapaz de se mexer. O que poderia dizer? Eles não estavam saindo. Dificilmente se poderia chamar o que tinham de encontros. Eles ultrapassaram essa fase. E, de alguma forma, a palavra *saindo* parecia tão mansa sem nenhum indicativo da intensidade do relacionamento.

– Josie e eu estamos juntos há algum tempo agora – disse Ash facilmente.

– Oh, isso é bom. Vocês parecem muito bem juntos. Conte-me mais sobre você, Josie. O que você faz?

Ash aparentemente não tinha falado de Josie para Brittany. Josie lambeu os lábios, sentindo-se constrangida na frente da irmã de Ash. Não importa que ele tivesse claramente delineado as dificuldades que Brittany tinha vivido, a mulher ainda assim vinha de um berço de ouro. De um mundo que não combinava com Josie. Ela tinha um marido rico, pais ricos. Inferno, seu irmão Ash tinha mais dinheiro do que Deus.

– Eu sou artista – Josie disse com uma voz rouca. – Eu também desenho joias. Mas, principalmente, trabalho com pintura.

Os olhos de Brittany se arregalaram e Josie não tinha certeza se era surpresa, julgamento ou sabe-se lá o quê. Sua nuca se arrepiou e ela imediatamente se sentiu na defensiva.

– Eu adoraria ver o seu trabalho em algum momento – disse Brittany.

– Tenho certeza de que podem combinar isso algum dia – disse Ash. – Agora ela está ocupada trabalhando em algo para mim, e tem um cliente que compra todas as suas peças, de modo que está muito focada nisso agora.

– Você parece tão bem-sucedida! – Brittany exclamou.

Josie abaixou a cabeça.

– Bem, sim, suponho que você possa dizer isso. É algo um pouco novo, em desenvolvimento, por isso ainda acho difícil pensar dessa forma. Alguém entrou na galeria onde eu exponho, comprou todas as minhas obras e exigiu mais. Eu não tenho nenhuma ideia do que estão fazendo com elas. Não ouvi nada sobre fazer uma exposição privada. Talvez seja para uma coleção particular que nunca será mostrada.

– Mas, ainda assim, você deve estar feliz. Eu adoraria ser independente desse jeito – Brittany disse melancolicamente.

– Estou muito feliz – disse Josie. – Significa muito para mim ser capaz de andar com os próprios pés e me sustentar.

Brittany assentiu, seus olhos brilhando compreensivos.

Ash permanecia ao lado dela, os lábios crispados. Será que ela tinha dito ou feito algo que o desagradou? Certamente não podia culpá-la por gostar de ser capaz de se sustentar. Em nenhum aspecto aquilo interferia no relacionamento entre eles. Inclusive foi o que deu-lhe a confiança para permanecer com ele, submissa, porque sabia que não precisaria estar naquela posição. Não tinha que contar com Ash para se sustentar. E isso era importante. Dava-lhe muito mais poder de escolha para estar com ele.

A comida chegou, quebrando o atual tema da conversa. Por vários momentos, eles comeram em silêncio.

Brittany ergueu os olhos, a boca se abria como se ela obviamente fosse falar alguma coisa. Mas então seus olhos se agitavam e sua boca se fechava subitamente.

– Droga – ela murmurou.

Ash franziu a testa e começou a se virar para ver o que Brittany olhava, mas, antes que pudesse, uma mulher apareceu, ficando de pé entre Ash e Brittany.

Sem a necessidade de ser dito, Josie imaginou que aquela era a mãe deles. Também era óbvio de quem os irmãos tinham herdado a aparência. Ela tinha o cabelo comprido, loiro, provavelmente ajudado por um frasco inteiro de tintura para cobrir o cinza, porque Josie não conseguiu detectar qualquer sinal de sua idade. Pelo menos, não olhando a cascata saudável e brilhante que era o cabelo.

Além disso, não havia uma única ruga estragando seu rosto. Não havia indicação de sua idade. Sua pele era suave e clara. As unhas eram imaculadamente cuidadas, e joias caras pendiam dos pulsos e dedos.

– Merda – Ash murmurou.

Sua mãe enviou-lhe um olhar que teria fritado um homem inteiro.

– Cuidado com a língua – retrucou. – Não há nenhuma razão para ser vulgar.

– Que diabos você está fazendo aqui? No meu hotel – ele vociferou. A ênfase sobre aquele ser o *seu* hotel não passou despercebida por Josie ou por sua mãe.

Seus olhos queimavam de raiva quando olhou para Ash. Em seguida, seu olhar virou-se para Brittany. Josie estava apenas contente pelo fato de a mulher, até agora, ter simplesmente a ignorado.

– Quando é que você vai parar com esse jogo bobo? – perguntou rispidamente.

O rosto de Brittany corou. Não importa o que ela tinha dito sobre a manipulação de sua mãe antes, era evidente que ainda não era páreo para ela.

– E você – disse, voltando-se para Ash. Ela apontou o dedo de maneira repreensiva na direção dele. – Eu sei o que você está fazendo e não vai funcionar.

Sua voz era como gelo, e fazia Josie estremecer.

Eles eram seus filhos e ainda assim ela os tratava como se fossem pessoas que *odiava*.

– E o que é que eu estou fazendo, pode me dizer? – Ash revidou.

Ele não moveu o braço que abraçava Josie, na verdade apertou-a ainda mais para junto de si. Ela podia sentir seus dedos se enterrando em seu braço, mas não fez nenhum movimento para se soltar. Duvidava que ele mesmo percebesse o quão doloroso era seu abraço. Era sua única indicação de como a visita inesperada da mãe o estava afetando.

Não importa o que dissesse sobre sua mãe, ainda o machucava o fato de ela ser assim... mal-intencionada.

Os olhos de sua mãe se estreitaram, expelindo fúria através do tom de verde que compartilhava com os filhos.

– Usando Brittany para se vingar de mim por algum trauma inventado. Realmente, Ash. Colocá-la para trabalhar em seu hotel? Quão vulgar é isso? Você deve ter dado uma boa risada de vê-la trabalhando, não é? Faz você feliz saber como isso me deixa?

Ash a encarou, seu rosto estava sombrio, a raiva brilhando em seus olhos. Brittany lançou um olhar preocupado na direção de Josie, mas pelo menos não parecia estar sofrendo. Ela não tinha acreditado na acusação de sua mãe.

Josie lançou a ela um olhar de apoio e simpatia, deixando claro que também não podia acreditar naquelas palavras.

– Eu não dou a mínima como isso te deixa – Ash rugiu. – Tudo que me interessa é como a Brittany se sente. Mas não tome minha palavra como verdade, querida mãe. Pergunte a ela. Pergunte a ela como ela se sente e se estou zombando dela, dando-lhe um emprego de verdade, no qual ganha um salário de verdade para fazer um trabalho real.

A mãe não ousava olhar a filha. Mas Brittany falou, com tom uniforme e inalterado:

– Pedi a ele um emprego. Ele me deu o que eu pedi. Agora, por favor, saia daqui, mãe. Você está fazendo um escândalo, algo que você sempre odiou.

A fúria despertou nos olhos da mulher. Josie ficou surpresa que não saísse vapor de seus ouvidos. E então seu olhar pousou em Josie, como se estivesse à procura de uma nova vítima. Josie se sentia desconfortável com a situação, mas se recusou a reagir. Manteve a expressão serena e despreocupada.

– Esta é sua nova prostituta, Ash? Como se atreve a levar minha filha para almoçar com você e mais uma de suas mulherzinhas?

Brittany ofegou, o rosto ficando vermelho. O horror estava refletido em seus olhos quando ela se virou para Ash.

Ash se levantou, fazendo um barulho alto quando empurrou a cadeira para trás. Então fez um gesto para o segurança que já circulava pelo local.

– Acompanhe essa mulher – disse em um tom frio. – Além disso, ela não está mais autorizada a voltar às instalações de qualquer uma das minhas propriedades. Fotografe-a e distribua o retrato e o nome. A pessoa que permitir a entrada dela será demitida imediatamente.

O rosto de sua mãe ficou branco com o choque. E, em seguida, voltou à cor à medida que o constrangimento a invadia. Olhou à direita e depois à esquerda, consternada quando viu um segurança de cada lado.

– Saia – Ash disse, enunciando cada palavra. – Fique longe de Brittany e fique longe de mim. E fique bem longe de Josie. Ela será minha esposa e mãe dos meus filhos. Eu não vou permitir qualquer desrespeito com ela. Nunca. Agora suma da minha vista. E diga ao nosso querido pai que Brittany e eu estamos fora. Não temos mais nenhum desejo de fazer parte da família.

– Ash, espera – sua mãe pediu. – Eu preciso falar com você, por favor. Eu deixei meu temperamento me tirar o foco, mas eu vim aqui hoje para falar com você. Eu nem sabia que Brittany estaria aqui. Eu fui pega desprevenida. Mas há algo que eu preciso falar com você.

– E eu não dou a mínima – disse ele friamente. – Não tenho nenhum interesse em qualquer coisa que você tenha a dizer.

Josie ficou parada, chocada com as palavras de Ash. Sua esposa? Mãe de seus filhos? Pelo amor de Deus, ele tinha ido longe demais! Eles se conheciam há pouquíssimo tempo. Ele nunca havia dito nada para ela sobre casamento e crianças. Não que ela tivesse qualquer coisa contra, mas não deveria ter mencionado isso antes de esbravejar em um restaurante?

Sua mãe lambeu os lábios enquanto os seguranças a seguravam.

– Eu preciso falar com você, Ash. É importante. É sobre seu avô.

– Você não vai me manipular como manipula todo mundo em sua vida. Não tenho nenhum interesse em você ou no velho. Olhe ao seu redor, mãe. Eu não preciso de você. Eu não preciso dele. Fiz sucesso por conta própria, sem nenhum de vocês. E, talvez, essa seja a grande razão de me desprezar tanto.

Ela ficou branca, mas a raiva brilhava em seus olhos. O coração de Josie doía por Ash. Não importava que ele tivesse desenvolvido uma casca grossa com relação à sua família. Aquela era a sua mãe! Todo mundo precisava de uma mãe. Não podia imaginar o que ele sentia ao pensar que a mãe o desprezava.

Ela estendeu a mão, sem saber se era o que deveria fazer, mas fechou os dedos em torno da mão de Ash e, em seguida, levantou-se para ficar ao lado dele. Só que ele se mexeu, de modo que ela não estava mais exatamente ao lado dele, mas atrás dele. Ele estava protegendo-a já naquele momento contra o julgamento da mãe. Josie só queria que ele soubesse que ela estava ali, ao lado dele, sempre. Podia ser seu protetor, mas ela com certeza iria protegê-lo como podia.

– Encaminhe-a para fora – disse Ash aos dois seguranças.

– Eu conheço o caminho – ela bufou, descartando a mão de um dos guardas.

– Não tenho dúvida disso. Mas deixá-la sair por conta própria iria me privar do prazer de ter te despejado – Ash disse.

Ele assentiu para os dois seguranças e eles arrastaram a mãe pelos braços, um de cada lado, e começaram a guiá-la para fora do restaurante.

Seus gritos de indignação encheram o ar. Josie corou porque todos os olhares no restaurante caíram sobre eles. Ela tinha visto até mesmo alguns flashes. Não havia dúvida de que o incidente de hoje estaria em todos os tabloides. Ash era um dos homens mais ricos da cidade. Era de uma família rica, de pessoas com conexões na sociedade. Seu avô era uma figura conhecida na política. Sem dúvida, os jornais tropeçariam uns sobre os outros para relatar o distanciamento entre Ash e sua mãe.

E se Michael visse? Será que tentaria causar problemas para Ash quando percebesse que era ele?

Mais flashes, desta vez muito mais perto. Josie se escondeu, cobrindo o rosto com a mão. Ash a empurrou mais para trás e, em seguida, lançou a mão para as pessoas tirando fotos. Num momento, mais seguranças correram para a frente, efetivamente impedindo aquela sessão de fotos improvisada.

Josie afundou em sua cadeira. Brittany parecia em estado de choque. Ela estava pálida e parecia mortificada quando se encolheu em sua cadeira. O coração de Josie doeu em compaixão.

– Eu vou a uma noite das meninas na quarta-feira à noite – Josie disse casualmente. – Você deveria vir com a gente. Vai ser divertido.

Brittany piscou surpresa quando olhou para Josie.

Ao lado de Josie, Ash tinha retomado o seu lugar, e fechou os dedos ao redor dos dela, apertando quando ela fez o convite. Josie deu uma olhada em Ash e viu uma calorosa aprovação brilhando em seus olhos. Ela sorriu, encorajando-o, como se quisesse dizer que *tudo ficaria bem*.

– Eu não sei – começou Brittany.

– Você devia ir, Britt. Josie vai com Mia, Bethany e suas meninas. Você já conheceu Bethany. Elas são legais. Você vai gostar. Não há mulheres melhores no mundo – disse Ash.

As bochechas de Brittany se enrubesceram de alegria.

– Eu adoraria, Josie. Obrigada. Diga-me quando e onde.

Josie olhou para Ash, porque não sabia quando e onde. Só sabia que era na quarta-feira e que comprariam um vestido e sapatos novos após o almoço com Brittany.

– Eu vou mandar um carro para você – Ash prometeu. – Eu te mantenho avisada. Elas levam a noite das meninas muito a sério. Você vai precisar de um vestido sexy e um par de saltos avassaladores. É o *dress code*, ou pelo menos foi o que me disseram.

Brittany riu.

– Bem, eu tenho muitos desses itens. Graças a Deus, vou dar uso para eles. Dei uma olhada no outro dia e pensei comigo mesma que eu nunca teria a necessidade deles outra vez.

Ash sorriu para a irmã.

– Esteja pronta às sete. É a vez de Jace de cuidar do rebanho, ele vai buscar todas de carro. Eu vou informá-lo para buscá-la e deixá-la em casa.

Seus olhos brilhavam de emoção. Naquele momento, Josie ficou feliz de ter sido espontânea e ter feito o convite impulsivo.

– Obrigada por me convidar, Josie. Parece divertido!

Josie sorriu calorosamente para a irmã de Ash e, em seguida, estendeu a mão sobre a mesa para apertar a sua.

– Nós, meninas, temos que ficar unidas, né?

Brittany sorriu de volta.

– Pois é. E com caras como Ash por perto, é ainda mais importante não deixar que eles se deem bem em cima da gente.

– Ei! – Ash se defendeu.

Josie lhe deu uma cotovelada no estômago e ele fingiu se dobrar de dor.

– Vamos terminar de comer. Não vou deixar que aquela desgraçada arruíne nosso almoço – declarou Ash. – Você tem que voltar ao trabalho, Britt, e Josie e eu temos algumas compras para fazer no shopping.

Os olhos de Brittany se arregalaram.

– Shopping? Você?

Ash olhou para ela.

– Algumas coisas fazem valer a pena ir ao shopping. Como os resultados que teremos dessas compras.

Josie deu uma cotovelada nele, agora de verdade, seu rosto vermelho de vergonha.

Brittany e Ash riram. Josie relaxou. O momento de desconforto já havia passado e Ash e Brittany não deixaram que aquilo abalasse o resto do dia.

Quinze minutos mais tarde, Ash estava levando Josie ao carro para seguirem em direção às lojas.

Ele a puxou contra si, passando o braço em volta dos seus ombros. Beijou sua testa e deixou seus lábios pressionados em sua pele por um longo momento.

– Significou muito pra mim você convidar Britt para a noite das meninas – ele declarou. – Isso foi gentil, baby. Não vou esquecer.

Josie sorriu e depois ficou séria.

– Você não acha que Mia e Bethany vão se importar, não é? Eu nem sequer pensei em perguntar a elas primeiro.

Ash sacudiu a cabeça.

– Não, elas são demais. Não vão se importar nem um pouco. Especialmente se eu contar alguma fofoca prévia sobre Brittany para Mia. Foi uma coisa boa a se fazer, baby. Era algo que você não precisava fazer, mas estou realmente feliz que tenha incluído Britt no grupo de vocês. Ela precisa disso. Ela precisa de bons amigos.

– Fiquei feliz em fazê-lo – Josie disse suavemente. – Todo mundo precisa de amigos. Brittany provavelmente mais do que a maioria. Ela parecia tão triste e constrangida quando sua mãe apareceu.

O rosto de Ash ficou sombrio.

– Eu sinto muito por aquilo. Desculpe, ela arruinou o nosso almoço.

Josie balançou a cabeça.

– Ela não arruinou nada, querido. Você e Brittany não deixaram. Eu não a conheço. Não importa o que ela pense sobre mim, ou que ela não ache que eu seja boa o suficiente para você.

Ele ficou completamente imóvel, com os olhos brilhando em seu rosto.

– Você me chamou de "querido".

Ela corou e desviou o olhar.

– Sinto muito. Provavelmente soa estúpido.

Ele pegou o rosto dela, não tão gentilmente, e forçou-a de volta para ele.

– Eu gostei. Gostei muito. Você nunca me chamou de nada a não ser Ash.

– Gostou mesmo?

Ele assentiu.

– Sim. Não ligue para o que os outros homens gostam ou deixam de gostar ou o que pensam se você me chamar por algo meigo. Eu gosto. Isso me faz sentir alguém importante para você, então, sim, eu gosto muito.

Ela sorriu.

– Ok, então, querido. Eu me lembrarei disso.

Ele a beijou, longa e profundamente. A língua deslizando dentro da boca dela, de maneira sensual. Quando finalmente se afastou, seus olhos estavam escuros de desejo. Ele alisou seu rosto, apalpando a bochecha enquanto olhava de volta para ela.

– Não ligo a mínima para o que a minha mãe acha de você, baby. Desde que você se lembre de que é uma babaquice esse negócio de você não ser boa o suficiente. Não quero que isso jamais passe pela sua cabeça. Não precisa nem mencionar. Você é perfeita para mim e precisa sempre se lembrar disso.

Ela sorriu de volta e se esticou para beijá-lo, sentindo o gosto doce da sua boca.

– Eu me lembrarei.

capítulo 23

Depois de ouvir tudo sobre as anteriores noites das meninas, Josie estava determinada a se certificar de que ele aproveitaria cada bocado, tanto quanto Gabe e Jace tinham aproveitado em ocasiões passadas. O que significava que não o deixaria ver o vestido, ou os sapatos, ou melhor, nada.

Ele protestou contra a ideia de ela se vestir na casa de Mia. Queria uma provinha do que estava por vir, mas Josie lhe dissera com voz firme que o efeito seria arruinado se a visse antes.

Ah, ele tinha visto o vestido. Tinha visto até mesmo os sapatos. Afinal, ele havia ido comprá-los com ela. Levou vinte minutos para convencê-la a comprá-los porque, ah, meu Deus, eles eram ridiculamente caros! Era óbvio que ela estava no mercado de trabalho errado, porque um par de sapatos custava três vezes mais do que um dos seus quadros vendidos. Mas ele não tinha visto o vestido ou os sapatos nela, nem a tinha visto toda arrumada para a noite. Josie levou uma bolsa com maquiagem, vestido e sapatos, determinada a fazer seu cabelo e todo o resto na casa de Mia.

Ash não estava feliz com isso, mas a colocou em seu carro com instruções para o motorista de levá-la para o apartamento chiquérrimo de Gabe e Mia em Midtown. Ela acenou descaradamente com a promessa de vê-lo mais tarde.

Quando chegou ao prédio, para sua surpresa, encontrou tanto Bethany quanto Mia esperando por ela no lobby. Bethany pegou uma das bolsas de Josie, enquanto Mia conduziu todas para o elevador.

Quando chegaram ao último andar, o elevador se abriu em um espaçoso apartamento, com uma bela vista da cidade a partir das janelas da sala de estar.

Gabe se encontrou com elas na sala e Josie ficou para trás, um pouco receosa em relação a ele. Ele aparentava ser tão... formidável. Não que ela pensasse que iria machucá-la. Ou Mia. Mas era simplesmente um cara quieto, intimidante, e ela só tinha encontrado com ele uma vez, então não tinha atingido um nível de conforto com ele ainda.

Gabe puxou Mia para si e deu um beijo ardente que fez os dedos de Josie se enrolarem. Bethany apenas sorriu e olhou para Josie, um brilho provocante nos olhos.

– Eu vou deixar as senhoritas com as coisas de vocês – disse Gabe. – O carro e o motorista estão esperando na frente. Basta ligar lá para baixo e avisar o porteiro quando vocês estiverem prontas para sair. Jace vai chegar ao clube um pouco mais tarde para se certificar de que todas cheguem em casa depois. Eu vou para a casa do Ash jantar.

Mia abriu um sorriso devastador para o marido, que, por sua vez, lhe rendeu um olhar sensual que disse a Josie que Gabe estava muito ansioso para mais tarde.

– Se precisar de mim para alguma coisa, – Gabe disse enquanto tocava o queixo de Mia com os dedos, – Ligue para mim. Você tem meu celular. Se tiver qualquer problema, me liga.

Mia revirou os olhos.

– Você sabe que eu vou ligar, Gabe. Além disso, Jace vai estar lá, para não mencionar Brandon e todos os seus amigos seguranças. Eles mantêm o olho bem atento sobre nós quando estamos no clube.

Josie estava se perdendo rapidamente nessa conversa.

– Brandon é o namorado de nossa amiga Caroline. Ou melhor, seu noivo desde que a pediu em casamento recentemente. Isso é o que estamos comemorando hoje – Bethany sussurrou. – Ele trabalha na Vibe como segurança e sempre cuida de nós quando estamos ficando bêbadas.

Josie concordou.

Gabe beijou Mia uma última vez e, em seguida, acenou para Bethany e Josie.

– Divirtam-se, senhoritas, mas tenham cuidado, ok? Fiquem juntas na boate. Não deixem de vigiar suas bebidas e, se uma de vocês for ao banheiro, leve pelo menos uma outra pessoa com você.

– Gabe! – Mia exclamou, irritada. – Pelo amor de Deus, não somos adolescentes. Nós já sabemos cuidar de nós mesmas!

Gabe riu, teve a graça de parecer envergonhado e, em seguida, dirigiu-se para o elevador.

As mulheres mal tiveram tempo de se dirigir para o enorme banheiro antes do telefone celular de Mia tocar. Ela soltou um suspiro quando olhou para quem estava chamando.

– Pelo amor de Deus. Ele nem sequer foi embora ainda e já está me ligando.

Bethany riu e tanto ela como Josie esperaram enquanto Mia atendia o telefone. Ela disse: "tudo bem" e depois "eu também te amo", sua voz ficando suave quando disse a última frase.

Mia colocou o telefone no balcão e olhou para Josie e Bethany.

– Gabe encontrou com a Brittany no térreo, então a está colocando no elevador agora. Vou buscá-la. Bethany, comece a fazer o cabelo da Josie. Ela vai precisar colocar o vestido antes de fazer maquiagem, ou vai passar maquiagem nele todo.

– Pode deixar – disse Bethany, fazendo um movimento e espantando-a com as mãos. – Vá buscar Brittany para que possamos começar a noite.

Uma hora depois, as quatro mulheres desceram pelo elevador até o saguão e saíram, Mia liderava o caminho. Lá fora, como Gabe havia prometido, um motorista esperava para conduzi-las para a limusine.

Quando estavam todas acomodadas, Mia puxou uma garrafa de champanhe do balde de gelo e serviu quatro copos.

– A Carol não vem com a gente. Ela vai nos encontrar no clube. No entanto, isso não nos impede de fazer um brinde em sua homenagem.

Bethany assentiu solenemente quando levantou a taça.

Brittany brindou com entusiasmo, os olhos verdes, como os olhos de Ash, brilhavam de emoção.

– Muito obrigada por me convidarem para vir – disse Brittany. – Eu não tenho feito nada além de trabalhar e voltar para o meu apartamento. Estou começando a me sentir uma velha!

Mia enviou-lhe um olhar de horror.

– Nós não podemos nos sentir assim. Passe uma noite com a gente. Isso vai te deixar bem de novo.

Brittany ficou séria e olhou na direção de Josie.

– Eu realmente sinto muito pela minha mãe e pelo que ela disse sobre você. Eu fiquei horrorizada e envergonhada. Ainda mais porque a aguentei por tanto tempo. Ash nunca a deixou se sobrepor a ele e é por isso que ela o odeia tanto. Mas eu e meus irmãos?

Ela parou, encolhendo-se.

O coração de Josie se sensibilizou e ela estendeu a mão para apertar a sua.

– Você não tem nada pelo que se desculpar, Britt – disse ela, adotando o apelido carinhoso que Ash usava para a irmã. A julgar pela luz instantânea nos olhos da mulher, ela gostou. – Estou feliz só pelo fato de não estar deixando ela passar por cima de você agora.

O nariz de Mia se enrugou em desgosto.

– Sem querer te ofender, Brittany, mas sua mãe é uma babaca. E o Ash é um cara muito bom. Eu não tenho nenhuma ideia de como ele conseguiu ser assim vindo desse conjunto de genes.

Brittany fez uma careta.

– Você não está me ofendendo, Mia. Eu, mais do que ninguém, sei o quão babaca minha mãe é. Não sei por que ela é assim. Gostaria de saber.

Os olhos de Bethany ferveram com simpatia.

– Eu não sei muito, só o que Jace me contou e as poucas vezes em que Ash mencionou sua família, mas nada disso soa bem. Jace se preocupa com ele. Muito.

– Não vamos falar sobre eles esta noite – Brittany disse em uma voz alegre. – Nós deveríamos estar nos divertindo, certo? Esta é a primeira vez que posso dizer honestamente que fiquei ansiosa para uma noite com as meninas.

– Concordo – disse Josie. – E preciso da ajuda da Mia e da Bethany porque, hum, obviamente, Ash está esperando algo desta noite, e não estou totalmente certa do que é. Não quero desapontá-lo!

Tanto Mia quanto Bethany se desmancharam em gargalhadas.

– Ah, nós vamos te colocar a par de todos os detalhes sórdidos – Mia disse presunçosamente. – Eu tive que guiar Bethany na sua primeira noite fora com a gente, e vamos apenas dizer que ela fez um homem feliz naquela noite.

– Vocês estão me matando – Brittany murmurou. – Eu não tenho um cara gostoso para ir encontrar em casa, e tenho que dizer, já tem muito tempo desde que eu tive qualquer coisa remotamente parecida com sexo bom.

Os lábios de Bethany fizeram um som.

– E um dos amigos de Brandon, Mia? Tem uma vasta gama de gostosura trabalhando nesse clube. Certamente um deles é solteiro.

– Eu vou perguntar para a Carol sobre isso quando chegarmos lá – disse Mia.

– Não quero parecer tão desesperada – Brittany protestou.

Bethany sacudiu a cabeça.

– Claro que não! A Carol irá te ajudar. Talvez apresentá-la a um dos rapazes.

Quando chegaram ao clube, a porta abriu-se imediatamente, e uma mulher bonita e jovem enfiou a cabeça, com um largo sorriso nos lábios. Ela empurrou a sua mão antes que alguém pudesse sair.

– Olhe para isso! – ela gritou. – Não é incrível?

Mia segurou a mão da mulher e, em seguida, puxou-a para que caísse dentro do carro com elas.

– Oh, meu Deus, Carol, é lindo! Brandon escolheu tão bem!

Carol sorriu tão intensamente que iluminou o interior da limusine. Então ela olhou na direção de Josie e Brittany e seu sorriso ficou ainda maior.

– Eu sou a Caroline – disse, estendendo-lhes a mão direita. – Vocês devem ser Josie e Brittany!

– Eu sou a Josie – Josie disse, retornando seu sorriso. – E esta é a Brittany.

– Brandon está esperando, então vamos indo – Caroline disse com entusiasmo. – Ele está com a nossa mesa, é claro, e hoje temos duas garçonetes em vez da nossa habitual. Nós estamos expandindo, meninas! Em breve teremos todo o clube só para a gente em nossas saídas.

– Aí está uma ideia – Mia falou pausadamente. – Nosso próprio clube privado. Isso tem certo charme.

Bethany bufou enquanto elas se apinhavam para sair.

– Tudo o que tem a fazer é dizer a Gabe que você quer um e ele vai comprá-lo.

Mia sorriu.

– Isso é verdade.

– Chessy, Gina e Trish já estão dentro esperando na mesa – explicou Caroline.

Em seguida, um grande sorriso bobo atacou seu rosto e Josie olhou para cima para ver o que ela estava olhando.

Um cara alto, bastante musculoso e muito sexy estava ali, sorrindo com indulgência. Ele tinha um cavanhaque e usava um brinco em sua orelha esquerda. Era óbvio, a julgar pela forma como se olharam, que ele tinha que ser Brandon, o segurança. Certamente aparentava ser.

– Senhoritas – cumprimentou. – Se vocês me seguirem, vou mostrar sua mesa para vocês.

– Você é incrível, Brandon – Mia disse, dando um tapinha no ombro dele. – O anel da Carol é lindo!

Ele sorriu.

– Fico feliz que você aprove. Eu queria que ela tivesse o anel perfeito. É apenas justo. Eu fico com a garota perfeita e ela recebe o anel perfeito.

– Ah, droga – Brittany murmurou. – Essa é a coisa mais impressionante que eu já ouvi um cara dizer.

Josie tinha que concordar. Foi absolutamente doce.

O rosto de Caroline corou, mas seus olhos brilhavam de amor por Brandon. Duas semanas atrás, ver isso teria deixado Josie insanamente ciumenta, porque Michael nunca iria deixar seus sentimentos virem à tona em público. Tampouco em ambiente privado, na verdade. Mas agora ela tinha Ash. Ash que não tinha problema algum com o fato de as pessoas saberem que Josie era dele.

Eles abriram caminho para a frente, ignorando a longa fila de pessoas que esperavam para entrar. Então Brandon as levou pela multidão barulhenta em direção a um conjunto de mesas no canto da sala, perto da pista de dança.

A música reverberava pelo ar, invadindo o sangue de Josie, bombeando o pulso dela de acordo com o ritmo. Seus pés já estavam doendo, e ela sabia que não havia nenhuma maneira de dançar com esses sapatos. Ela provavelmente se mataria. Mas os sapatos eram mais para o benefício de Ash. Ele tinha realmente sido bastante claro sobre suas escolhas quando tinham ido fazer compras. Ela pouparia seus pés durante a noite, mas, quando voltasse para o apartamento, eles seriam usados novamente.

Quando chegaram à mesa, a garçonete estava ali com uma bandeja cheia de bebidas. Mia sorriu e virou-se para explicar a Josie e Brittany.

– Ela sempre nos traz duas bebidas para começar a noite. Nós viramos uma imediatamente após um brinde do grupo e, então, saboreamos a segunda até que ela venha de volta com mais. Bethany e eu não tínhamos certeza de quais eram suas preferências, então escolhemos bebidas femininas. Cosmos e Amaretto Sour. O Sour é o favorito da Bethany e uma das poucas coisas que ela pode beber até o ponto de intoxicação. Se você avisar à garçonete sobre o que você gosta, ela vai passar por aqui com mais uma rodada mais tarde.

– Eu gosto do Cosmos – Brittany disse acima da música.

– Eu não bebo muito – Josie disse com tristeza. – Eu estou meio que fazendo uma exceção esta noite. Ash estava tão ansioso para que eu saísse que eu não podia desapontá-lo.

Bethany e Mia riram.

– Isso é porque Gabe e Jace têm torturado Ash com todos os detalhes do que o homem ganha na noite das meninas – disse Bethany piscando seus olhos.

– Tente um Amaretto Sour, Josie – Bethany disse, empurrando uma das bebidas em suas mãos. – Eu não bebo muito também, mas este é realmente bom. Doce e frutado, sem muito álcool. Eu ainda consigo ficar bêbada com eles.

Quando todas estavam com suas bebidas, elas se reuniram em um círculo apertado, enquanto Mia fez as apresentações entre Chessy,

Gina, Trish, Josie e Brittany. Uma vez que foram apresentadas, todas elas seguraram suas bebidas no alto.

– Para Carol! – Mia gritou. – E essa pedra grande para cacete em seu dedo!

– Para Carol! – disse o grupo em coro.

Elas brindaram, derrubando as bebidas pelas bordas. Em seguida as engoliram, bebendo até os copos ficarem vazios. A garçonete esvaziou a bandeja das bebidas da segunda leva e, com um sorriso, deixou as mesas para ir buscar mais.

– Vamos dançar! – Carol gritou.

Josie se permitiu ser puxada para a pista de dança. Ela gostava de dançar. Era realmente muito boa nisso. Fazia um tempo, no entanto, Michael não gostava muito de dançar ou ir a boates. Ela poderia mexer sua bunda maravilhosamente bem, e esta noite era uma ótima noite para se soltar e se divertir um pouco.

Ela gostava das amigas de Mia e de Bethany. Brittany também, a julgar pelo seu grande sorriso e os olhos dançantes.

– Nós temos um precedente a seguir – Mia gritou.

– É? – Josie perguntou.

– Sim – Bethany interrompeu. – Nós ficamos realmente sexys na pista de dança, fazemos todos os homens ficarem babando, e quando o namorado da vez chegar, nós paramos tudo e oferecemos a eles, Brandon e o resto dos caras, um show que eles não vão esquecer.

Josie caiu na gargalhada.

– Ok, eu estou começando a ver de onde Ash está tirando essa coisa com a noite das meninas.

Os olhos de Mia brilharam alegremente.

– Oh, Bethany e eu vamos te colocar a par de tudo depois que nós tivermos tomado algumas bebidas e fizermos uma pausa na mesa.

Isso soou justo. E até então? Ela ia deixar seu cabelo solto. Apenas uma figura de linguagem, no entanto. Bethany passou muito tempo colocando o cabelo de Josie em um "elegante coque bagunçado", como Mia tinha chamado. O resultado ficou sexy, se a própria Josie tivesse que dizer algo.

Mechas sedosas escapavam dos grampos que prendiam o coque no lugar. Mia tinha usado um monte de maquiagem nos olhos, na verdade, um monte de maquiagem em geral, mas o efeito foi impressionante. O resultado final ficou incrível. Josie não era vaidosa, mas sabia que estava gostosa naquela noite.

Bethany a tinha chamado de deusa bronze. O vestido que Josie tinha escolhido era de uma cor bronze/dourada que combinava perfeitamente com seu cabelo e cor da pele. Apertado, sem alças e curto. Não havia muita coisa ali, mas acentuou suas pernas e, ainda por cima, com os saltos de dez centímetros que ela escolheu? Sim, as pernas dela estavam ótimas.

A coleira realmente se destacava com seu cabelo preso e o vestido tomara que caia. Ela tinha visto tanto Bethany quanto Mia olhando-a no trajeto até lá, uma centena de perguntas transbordando em seus olhares. Josie imaginou quanto tempo levaria até que elas começassem a surgir.

Brandon as checava frequentemente. Ele e outros três caras que Josie supôs que também fossem seguranças. Embora um deles parecesse muito... Bem, ela não tinha certeza do que ele parecia, mas ele não era um segurança. Disso ela estava certa. Enquanto Brandon e os outros estavam vestidos casualmente com jeans e camisas polo, esse outro cara estava vestindo um terno caro, camisa de seda, abotoaduras de diamante que não pareciam falsas.

O interessante foi que, enquanto Carol tinha apresentado Brittany para os três seguranças que trabalhavam com Brandon, o cara de terno havia se aproximado e pedido a Brandon para apresentá-lo a Brittany. E agora? Brittany e o cara misterioso estavam de pé ao lado, conversando. Brittany tinha um brilho sobre ela que só podia significar uma coisa: o cara estava interessado.

Josie cutucou Mia e apontou sua cabeça na direção de Brittany.

– Quem é aquele, com a Brittany?

Mia seguiu seu olhar e, em seguida, franziu o cenho enquanto estudava o casal.

– Não faço ideia, mas Brandon deve saber. Vou perguntar.

Antes que Josie pudesse dizer a ela que estava tudo bem, Mia fez um gesto para Brandon vir. Ele veio, Caroline grudada ao seu lado, com os dedos espalmados possessivamente sobre seu braço.

– Quem é o cara com a Brittany? – perguntou Mia.

Brandon apertou os lábios por um momento antes de voltar seu olhar para Mia e Josie.

– Seu nome é Kai Wellington. Ele é o dono do clube.

Os olhos de Josie se arregalaram.

– Ele é o dono? Da coisa toda?

Brandon riu.

– É. Ele é dono de vários clubes. Ele normalmente não fica muito aqui. Ele acaba de abrir um lá em Las Vegas, há algumas semanas, e está passando todo o seu tempo por lá. – Ele olhou para Caroline e apertou-a mais perto dele. – Ele quer que eu trabalhe lá. Assuma a segurança. Se eu for, eu quero que a Carol vá comigo.

Por um momento, Mia parecia aflita e o coração de Josie se apertou. Carol era sua melhor amiga. Mas Mia rapidamente assumiu um controle sobre sua reação e sorriu amplamente.

– É tipo uma promoção ou algo assim?

– Ou algo assim – Brandon disse, divertido.

– Estou feliz por você – disse Mia, mas Josie podia ver que a parte inferior dos seus lábios tremia.

Então Mia jogou os braços em torno de Caroline e a abraçou firmemente.

– Estou feliz por vocês dois – disse Mia apressadamente. – Você está animada, Carol?

Caroline se afastou de Mia, com um largo sorriso.

– Sim, eu estou. Eu estou muito feliz por Brandon. Ele trabalhou duro para isso e é incrível que o Sr. Wellington confie nele. Mas eu odeio deixar a cidade... e vocês – terminou infeliz.

Brandon a puxou de volta em seus braços e, em seguida, puxou Mia para o outro lado.

– Olhe para o lado positivo. As suas noites das meninas podem ser transferidas para Las Vegas. Vou me certificar de que vocês recebam o tratamento VIP do começo ao fim. Podem planejar umas duas por ano.

– Gosto dessa ideia – Bethany disse, falando pela primeira vez.

– Então, Brandon – Josie disse, puxando a atenção de volta para Brittany. – O que o Sr. Wellington quer com a Brittany? Ele não te pediu para apresentá-la a ele?

Brandon olhou para o lado mais uma vez antes de olhar de volta para as mulheres. Seus olhos pareciam lamentar.

– Eu realmente não posso dizer nada. O Sr. Wellington é um homem muito reservado. Mas eu diria que ele está interessado. Ele não tirou os olhos dela a noite inteira.

Muito interessante. Josie olhou na direção deles novamente e Brittany também não tinha tirado os olhos dele uma vez sequer. Ash acharia interessante também, embora ele provavelmente fizesse uma verificação completa do passado de Kai Wellington.

– Nós temos algumas bebidas para tomar – Caroline disse alegremente. – A noite está indo para o lixo e Jace provavelmente vai estar aqui a qualquer momento. Bethany, ele vai ficar muito decepcionado se você não estiver completamente alucinada. Ele acha que você é a bêbada mais adorável da história!

Mia deu uma gargalhada e Bethany sorriu, embora ela tivesse pegado sua bebida.

– Eu vou pedir para a garçonete passar aqui e servir vocês – disse Brandon. – A pausa acabou para mim. Hora de fazer outra passagem em torno do clube. Se vocês todas quiserem um lugar mais calmo para beber e relaxar, vou colocá-las em uma das salinhas com vista para a pista de dança. Há um botão que você pode apertar para silenciar a música e o ruído exterior.

Josie sorriu pelo seu entendimento. Sem dúvida, ele pensou que Mia e Caroline gostariam de falar sobre sua mudança iminente e elas realmente não podiam fazer isso na pista de dança.

– Isso parece perfeito! – exclamou Bethany. – Podemos ir para lá um pouco? Eu preciso de uma pausa de dançar e de ficar em pé, e adoraria um lugar mais calmo para beber e conversar.

– Sigam-me. Vou me certificar de que a garçonete sirva a Chessy e as outras. Elas ainda estão na pista de dança. Ela vai avisá-las sobre o lugar onde vocês estão quando não quiserem mais dançar.

As mulheres seguiram Brandon, mas Josie acenou-lhes para parar, quando chegaram ao local onde Brittany e Kai estavam. Ela queria verificar Brittany e se certificar de que ela estava confortável, ou ver se precisava de resgate.

– Oi – Josie disse, abrindo um sorriso brilhante ao cumprimentar Kai. – Eu queria avisar à Brittany que estamos indo para uma das salinhas. Não queria que ela ficasse nos procurando.

O braço de Kai deslizou ao redor da cintura de Brittany, ancorando-a com ele. Ok, então, parecia que o homem agia rapidamente. Ele sorriu, e era um sorriso gentil, acolhedor, mas Josie não perdeu a força nos olhos. Este era um homem poderoso e intimidador. Ela olhou para Brittany para avaliar sua reação.

– Sua preocupação é admirável – disse Kai em voz baixa que ela quase não pôde ouvir por causa da música. – Mas vou cuidar muito bem da Brittany e vou acompanhá-la até a sua salinha, eu mesmo, quando ela estiver pronta.

– Tudo bem por você?

Josie dirigiu a pergunta apenas para Brittany, porque até agora Kai tinha tomado para si toda a conversa.

Brittany sorriu e Josie não pôde ver nenhuma tensão ou fingimento. Todo o seu rosto estava corado.

– Eu estou bem. Obrigada, Josie. Eu vou encontrar você e as meninas em um minuto.

– Leve o tempo que quiser – Josie disse com um sorriso.

– Ela vai – Kai murmurou.

capítulo 24

Ash se esticou no sofá, com uma bebida em uma das mãos, enquanto Gabe se esparramava na poltrona em frente a ele. Os dois tinham comido o que Gabe tinha comprado no caminho depois de deixar as mulheres em seu apartamento.

Ash olhou para o relógio e sorriu.

– Quão bêbadas você acha que elas estão agora?

Gabe fez uma careta.

– Tenho certeza de que estão bem no caminho.

Ash riu, mas estava ansioso para a hora passar. Ele queria Josie de volta, bêbada, bonita, e estava morrendo de vontade de vê-la naquele vestido e nos saltos que tinha comprado. Ela nem sequer o deixou vê-los quando os experimentou na loja. Tudo o que disse era que ela achava que ele iria gostar do resultado final.

Que ideia! Ele gostaria dela em um saco de batatas ou com uma sacola de papel na cabeça. Não lhe importava o que ela usasse, porque ele iria tirar bastante rápido. Era o que estava por baixo que importava mais. Mas, ainda assim, a imagem dela arrumada, cambaleando em saltos sensuais e com olhos nublados com álcool? Sim, isso o agradaria. Ele ouviu de Gabe e Jace o suficiente para saber que a noite das meninas não era algo a se perder.

Nenhum dos dois tinha qualquer problema com as suas mulheres saindo e se divertindo, porque depois elas voltavam para eles, e a recompensa era espetacular.

Seu celular tocou e ele o pegou imediatamente, pensando que poderia ser Josie. Ele esperava que a noite se desenrolasse bem e que ela estivesse relaxada e se divertindo.

Ele franziu a testa quando viu o nome de seu porteiro como a chamada recebida.

– Ash – disse ele brevemente.

– Sr. McIntyre, você tem visitantes no saguão. Eles queriam subir, mas eu liguei antes. Eles dizem que são seus pais.

– Oh, Jesus – Ash murmurou. Simplesmente mate-os de uma vez. Eles tinham que estar aqui logo esta noite? Eles nunca puseram os pés em seu apartamento, da mesma forma que nunca tinham posto os pés em seu edifício de escritórios também. Inferno, antes do almoço em que sua mãe tinha se infiltrado no início da semana, seriamente duvidava que eles jamais tivessem pisado em um de seus hotéis também.

Tal movimento cheirava a desespero. Sua mãe queria "conversar" depois de fazer aquela cena no restaurante, e ele ia deixá-la ciente, em termos inequívocos, de que não tinha vontade de discutir qualquer coisa com ela. Ele a baniu das suas unidades hoteleiras, mas talvez ele devesse ter ampliado seus parâmetros um pouco. Mas não imaginou que eles viriam até aqui. Fazê-lo ir ao seu encontro era mais o estilo deles.

Ele olhou para Gabe, que o estava observando com uma carranca. Ele balançou a cabeça para deixar Gabe saber que não era nada acontecendo com as mulheres.

– Eu vou descer. Não os deixe subir. Na verdade, nunca os deixe subir se eles aparecerem novamente. Eles não são bem-vindos aqui – Ash grunhiu. – Eu vou descer e cuidar desse assunto pessoalmente, mas, no futuro, se eles aparecerem, você deve mostrar-lhes a porta. E, por favor, é melhor não deixá-los subir quando eu não estiver aqui e a Josie estiver.

– Sim, senhor.

Ash desligou a chamada e, em seguida, pôs-se de pé.

– Que porra é essa, cara? – Gabe perguntou. – O que está acontecendo?

– Meus pais estão me fazendo uma visita – Ash disse secamente. – Eu estou descendo para informá-los que não são bem-vindos.

– Merda – Gabe xingou. – Eu vou com você.

– Não é necessário – Ash disse com voz calma. – Só espere por aqui. Estarei de volta em alguns minutos.

Gabe levantou-se, ignorando a resposta de Ash.

– Não disse que era necessário. Mas eu vou com você.

Ash encolheu os ombros. A maioria das pessoas não gostaria de lavar sua roupa suja e de discutir seu drama familiar na frente dos outros. Mas Gabe não era qualquer um. Ele era da sua família verdadeira. Assim como Jace. E Gabe sabia tudo que havia para saber sobre a sua querida mamãe. Exceto que ela tinha aparecido na hora do almoço. Não é que Ash não quisesse contar para ele ou para Jace, mas isso tinha saído da sua cabeça. Ele tinha estado muito focado em outras coisas.

– Ela mostrou a cara dela outro dia – disse Ash, enquanto eles entraram no elevador. – Eu estava almoçando com Josie e Brittany no Bentley e ela apareceu e fez uma cena. Mandei que a escoltassem para fora e dei instruções de que ela não tinha permissão para ir a qualquer uma de nossas unidades hoteleiras.

– Jesus! Ela não desiste nunca?

Ash sacudiu a cabeça.

– Evidentemente que não. Ela insultou a Britt e a Josie. Então, ela queria conversar. Como se eu fosse dar-lhe alguma hora do meu dia, mesmo se ela não tivesse vomitado seu veneno todo sobre as meninas.

Gabe balançou a cabeça enquanto o elevador descia.

– É um fato triste, mas talvez você deva pensar em uma ordem judicial de afastamento. Mandar aqueles idiotas para a cadeia na próxima vez que vierem bisbilhotar. Talvez isso fosse uma mensagem clara e os deixasse saber o quão séria é a ordem de ficarem bem longe de você e Brittany.

– Eu vou mandar minha mensagem cara a cara – disse Ash, seu rosto ficando fechado por causa do ao confronto iminente.

Discutir com os seus pais no saguão do seu prédio não era a sua primeira escolha, mas de jeito nenhum ele iria permitir que entrassem em sua casa. Esse era o seu santuário. E de Josie. Ele não estava prestes a tê-lo invadido por pessoas que detestava. E com certeza absoluta não teria este confronto no território deles. Não lhes daria a satisfação de ir com eles. Nunca.

Quando saiu do elevador, Ash viu sua mãe e seu pai esperando no lobby. Nenhum dos dois parecia feliz e, quando se viraram e o viram, não havia boas-vindas em seus olhos. Sem nenhum reconhecimento de que aquele era seu filho. Mas, então, nunca tinha sido. Ele não entendia isso. Não conseguia entender aquela frieza em relação aos próprios filhos. Jamais iria tratar seus próprios filhos dessa maneira.

Ele caminhou até eles e parou a vários metros de distância, seu rosto esculpido em gelo. Olhou para os dois friamente, até que seu pai realmente vacilou e desviou o olhar, a culpa transbordava de seus olhos.

– Por que vocês estão aqui? – Ash perguntou sem rodeios.

O olhar de sua mãe se lançou sobre ele e, em seguida, sobre Gabe, o aborrecimento faiscando em seus olhos.

– Realmente, Ash, este é um assunto privado. Não poderíamos falar em particular? Talvez no seu apartamento?

– Gabe é da família – Ash disse em um tom equilibrado. – Qualquer coisa que vocês têm a dizer pode ser dito na frente dele.

Ela bufou delicadamente e, em seguida, relaxou suas feições. Ele podia jurar que ela estava de fato tentando parecer... boa. Suplicando. Sua nuca se arrepiou porque ela parecia um vampiro sedento por sangue se aproximando da presa.

– Eu queria pedir desculpas pelo meu comportamento infeliz no início da semana.

A cor apareceu em suas bochechas e parecia que as palavras quase a sufocaram. Elas provavelmente a sufocavam. A emissão de um pedido de desculpas não era algo que ela já tivesse feito.

– Desculpas aceitas. Agora, isso é tudo?

A raiva brilhou em seus olhos brevemente antes que ela a afastasse, mais uma vez, compondo-se em uma expressão mais agradável.

– Seu avô gostaria de ter a todos nós para o jantar. Brittany também. Ele – e eu – gostaríamos muito se vocês viessem. Seus irmãos e suas esposas, e as crianças vão estar lá também, é claro.

Os olhos de Ash se estreitaram.

– Sem chance.

O pai pigarreou, falando pela primeira vez.

– Eu gostaria que você reconsiderasse, filho.

Ash olhou para ele com nojo.

– Filho? Quando eu fui seu filho? Acho melhor vocês pararem com a baboseira e me dizerem exatamente o que é que vocês querem aqui. Porque com certeza jantar com a família não é um tempo de prazer.

Os lábios de sua mãe se estreitaram e seus olhos brilharam. Desta vez, ela não fez nada para tentar esconder sua irritação.

– Ele vai mudar o testamento. Está chateado porque a nossa família está indo para o buraco, como ele diz. Não está feliz com a deserção de Brittany. Disse que, se eu fosse uma mãe de verdade, então meus filhos não iriam todos me desprezar. Ele tem reclamado, dizendo que nós devemos começar a nos sustentar e que está cansado de despejar dinheiro em um ninho de víboras. Disse que se uma mãe e um pai não conseguem sequer manter sua família unida, então não deveria nos recompensar deixando tudo.

Ash riu e só irritou sua mãe ainda mais.

– Isso afeta você também – ela sussurrou. – E a Brittany! Se ele nos cortar de seu testamento, corta todo mundo. Você não receberá um centavo e nem a Brittany.

Ash sacudiu a cabeça, ainda rindo.

– Talvez você não tenha me ouvido todos estes anos, mãe querida. Eu não dou a mínima para o dinheiro do velho. Eu nunca dei. Ele vem com muitas condições, assim como tudo com você tem condições.

– Se você não se importa, então, pelo menos, pense em como isso vai afetar sua irmã. Ela não vai receber nada.

– Eu vou provar para a Brittany que ela nunca terá que dar a mínima para dinheiro ou para as condições do velho também – Ash disse friamente. – Ela não quer fazer parte dessa família tóxica mais do que eu quero. Ela quis sair. Eu lhe dei essa opção.

Os dedos de sua mãe se fecharam em punho. Então ela se virou para o seu pai e gritou com ele.

– Faça alguma coisa, William! Não fique aí parado como um covarde. Estaremos arruinados se ele mudar o testamento!

– Não há nada que ele possa fazer – Ash disse calmamente. – Não há nada que qualquer um de vocês possa, eventualmente, dizer que vá me fazer ser agradável com a família. Eu não dou a mínima para os meus irmãos ou o fato de eles não poderem sustentar suas esposas e filhos. Eu não dou a mínima pra você e para meu velho e querido pai. Você fez sua cama e pode deitar nela. Brittany e eu vamos ficar bem.

– Eu te odeio – sua mãe sibilou.

Ele se encolheu, embora soubesse disso. Mas, de alguma forma, ouvir essas palavras da mulher que lhe deu a vida o cortava profundamente.

– Elizabeth, pare com isso – retrucou o pai. – Você não quis dizer isso. Ele é o nosso filho, pelo amor de Deus. É de se admirar que ele não queira nada com qualquer um de nós? Pense no que você está dizendo.

Mas Ash sabia que ela quis dizer cada palavra. Estava lá em seus olhos. Sempre esteve lá desde o dia em que ele deu o fora da sua família e fez o seu próprio caminho no mundo.

– Eu acho que é hora de vocês irem embora – Ash disse calmamente. – E não voltem. Vocês não são bem-vindos aqui. Vocês não são bem-vindos em qualquer uma das propriedades que eu possuo. E aqui vai um aviso: fiquem bem longe da Brittany. Fiquem bem longe de mim. E sem sombra de dúvidas é melhor ficarem bem longe da Josie e do resto da minha família. Se espalharem veneno em qualquer um deles, eu vou atrás de vocês. Vou tirar tudo de vocês. Além disso, eu vou me certificar de que o velho *realmente* mude o testamento e deixe vocês sem nada. Se não acham que eu estou falando muito sério, apenas ousem me provocar.

– Você está blefando – sua mãe vociferou.

Ash levantou uma sobrancelha e lhe enviou um olhar. Ele não disse nada. Não precisava. Ela empalideceu e, em seguida, olhou para o lado, com o rosto branco, quando percebeu o quão sério ele estava.

Quando olhou de volta para ele, parecia... *velha*. Abatida e derrotada. Ela deu um passo para a frente, sua mão indo para seu braço. Demandou tudo o que ele tinha para não recuar.

– Ash, por favor. Eu estou implorando. Não faça isso. Se você quer que a gente suma, nós o faremos. Eu nunca vou chegar perto novamente. Nem mesmo da Brittany. Se você o fizer mudar de ideia. Se você vier a um jantar sequer, eu juro que nunca mais vai nos ver novamente, a menos que você queira. Eu vou emitir a promessa por escrito. O que você quiser. Não deixe seu ódio por mim arruinar a vida de seus irmãos. Pense em seus filhos. Suas esposas. Pense no seu pai e em mim. Nós não vamos ter *nada*.

– Não deixe que ela foda com sua cabeça, Ash – Gabe resmungou, falando pela primeira vez.

Ash levantou a mão.

– Eu não irei ao jantar. De jeito nenhum eu vou expor Britt a isso. Ou a Josie. E para onde eu vou, ela vai. Isso está escrito em pedra.

Vendo que ela poderia estar fazendo progressos, sua mãe se inclinou para a frente, ansiosa.

– Você não tem que vir jantar. Mas se encontre com ele, Ash. Você pode colocar uma perspectiva diferente sobre a Brittany ter ido embora. Diga a ele o que quiser. Diga-lhe que nos reconciliamos. Basta fazer o que for necessário, a fim de convencê-lo a não cortar todos nós de seu testamento.

– Jesus – Gabe desabafou. – Isso é patético.

Ela enviou a Gabe um olhar frio, tão cheio de ódio que Ash recuou.

Que diabos havia de errado com essas pessoas? Como ele tinha vindo destes dois descontentes egocêntricos?

– Vou ligar para o velho – Ash ofereceu.

Gabe balançou a cabeça em desgosto.

– Mas isso é tudo que eu vou fazer – Ash continuou. – E estou te dizendo agora, esta merda acaba aqui. Se eu ouvir que você chegou perto da Britt ou da Josie, se você fizer outra aparição em um dos meus hotéis, no meu escritório e, especialmente, na minha *casa*, eu vou puxar o tapete debaixo de você, tão rápido que quebrará o seu pescoço. Entendeu?

Ela balançou a cabeça rapidamente, os olhos cheios de esperança. Desesperada nem sequer tentou encobrir. O fato de que ela se humilhou o suficiente para implorar por alguma coisa dele lhe disse o quão tomada pelo desespero e com medo ela estava.

Ele deveria ir embora. Deveria lavar suas mãos de todos eles. Mas eram sua família. Seu sangue. Mesmo que ele nunca tenha desejado um relacionamento familiar com eles, a ideia de serem destituídos deixou um gosto ruim na boca.

– Saiam – disse Ash. – Para mim já chega. Eu não vou deixar vocês arruinarem minha noite.

– Obrigado, meu filho – disse o pai em voz baixa. – Isso significa muito para a sua mãe. Para mim. E para os seus irmãos também. Diga para a Brittany... – Ele parou com um suspiro e passou a mão sobre o rosto. – Diga para a Brittany que eu a amo e que sinto falta dela, espero que ela esteja bem.

Ash assentiu com a cabeça e, em seguida, olhou diretamente para a porta.

Sua mãe, evidentemente satisfeita por ter vencido a batalha, girou e afastou-se, com o nariz no ar.

Quando Ash se virou em direção ao elevador, Gabe estava olhando para ele, fazendo uma careta e torcendo os lábios.

– Meu Deus, cara, isso é uma merda. Eu sabia que eles eram ruins, mas, até ver isso, eu não tinha ideia.

Ash encolheu os ombros.

– Como é mesmo o ditado? "Você pode escolher seus amigos, mas não pode escolher sua família"?

capítulo 25

Josie seguiu Bethany e Mia, que acompanhavam Caroline e Brandon para uma sala privada situada acima da pista de dança. Embora você pudesse ver o andar de baixo, Brandon assegurou-lhes de que ninguém seria capaz de ver dentro do camarote, então elas tinham privacidade completa.

– Eu estarei de volta para ver como vocês estão daqui a pouco – Brandon disse a Caroline enquanto lhe dava um beijo nos lábios.

Caroline se jogou no sofá confortável ao lado de Josie. Mia sentou no outro lado de Caroline e Bethany empoleirou-se no braço.

– Então você está se mudando para Las Vegas – Mia murmurou.

Lágrimas encheram os olhos de Caroline.

– É. Brandon quer se casar antes de irmos. Nós temos seis semanas para encontrar um lugar para morar lá, nos casarmos e nos mudarmos para lá antes que ele comece em seu novo emprego. O Sr. Wellington está sendo fabuloso sobre tudo. Ele está pagando pela transferência e também ajudando com o pagamento da casa. Ele é muito sério sobre Brandon e quer que ele considere isso como uma posição de longo prazo. Ele está dobrando o salário dele para que não tenha que se preocupar com dinheiro e eu tenha tempo de sobra para encontrar um emprego.

– Isso é maravilhoso, Carol – Mia disse de modo suave. – Mas vou sentir sua falta terrivelmente.

– Todas nós vamos – Bethany emendou. – A noite das meninas simplesmente não vai ser a mesma sem você!

Caroline abraçou-as e, em seguida, levantou-se.

– Eu vou dar um pulo no banheiro feminino e ver se as outras estão chegando. Eu também vou enquadrar a garçonete e dizer-lhe que todas nós queremos mais uma rodada. Volto em um segundo.

Mia viu sua melhor amiga ir com uma carranca infeliz. Quando Caroline saiu da sala, Mia suspirou.

– Droga, eu vou sentir falta dela.

– Eu sei – disse Bethany. – Eu também vou. Mas você ainda tem a nós, Mia.

Mia olhou para cima, sorriu e impulsivamente estendeu a mão para apertar as de Josie e Bethany.

– Ok, então nós estamos sozinhas agora e eu tenho que admitir, Josie, que Bethany e eu estamos cheias de perguntas curiosas sobre você e Ash. Espero não te ofender, mas estamos morrendo de curiosidade para saber todos os detalhes!

Josie riu.

– Eu não me importo. Mas receio que vocês fiquem desapontadas. Não há nada de realmente emocionante sobre o nosso relacionamento.

Mia bufou.

– Você vai nos perdoar se não acreditarmos nisso. A primeira coisa que você tem que nos dizer é o quão bom ele é na cama. Suponho que Bethany já saiba, mas eu tenho que admitir, estou curiosa!

Em seguida, ela prontamente fechou a mão sobre a boca, os olhos se arredondando com horror.

– Oh meu Deus, Josie! Sinto muito! – um gemido baixo escapou e Mia escondeu o rosto entre as mãos. – Eu sou tão estúpida. Eu juro. Gabe e Jace estão sempre me dizendo como eu deixo escapar o que estou pensando, sem qualquer consideração com o que eu estou dizendo.

Josie sorriu ironicamente.

– Está tudo bem, Mia. Realmente. Eu sei sobre a Bethany e o Ash. – ela olhou para Bethany para ver a outra mulher ainda mais envergonhada do que Mia. Suas bochechas estavam rosadas e seus olhos eram espelhos do desconforto.

– Eu espero que você entenda – disse Bethany. – Quero dizer, isso não significou nada para o Ash. Oh, Deus, isso é ainda mais estranho do que a primeira vez em que Jace e eu vimos Ash juntos depois daquela noite.

Josie estendeu a mão para apertar a de Bethany.

– Por favor, não. Está tudo bem, de verdade. Admito, quando Ash me contou sobre o que aconteceu, eu temi encontrá-la. Eu não estava louca para passar meu tempo com uma mulher que tivera relações sexuais com Ash. Eu odiava a ideia de imaginar vocês dois juntos. Mas depois de conhecê-la, vi que estava tudo bem. E eu acho que, em diversas maneiras, ver como Jace é com você ajudou a cimentar para mim que não havia nada entre você e Ash, exceto profunda amizade.

– Fico feliz – Bethany disse sinceramente. – Eu amo o Ash. Eu de fato o amo. Mas como um amigo. Eu idolatro Jace além de toda razão.

– Acho que arruinei qualquer chance de a gente descobrir a fofoca entre você e Ash agora, Josie – Mia disse com tristeza.

Josie riu.

– Bem, não, não se você me pagar com fofoca também. Eu da mesma forma estou morrendo de curiosidade sobre os seus homens. Como por exemplo, isso é uma coleira que você usa, Bethany? Ou é apenas um colar?

As bochechas de Bethany ficaram rosadas quando ela tocou o diamante que descansava no vazio de sua garganta.

– É uma coleira – disse em voz baixa. – Jace queria que eu usasse. Eu nunca tiro.

– O seu também é uma coleira, Josie? – perguntou Mia.

Josie concordou.

– Que louco – Mia murmurou. – Eu quero uma também. Eu acho elas tão legais. Eu adoraria que Gabe escolhesse uma e a colocasse em mim. Mas ele não é muito interessado em coleiras. E, para ser honesta, eu também nunca fui até ver a de Bethany. O significado por trás disso é bem legal.

Bethany e Josie, ambas, concordaram.

Josie botou para dentro o último gole de sua bebida e colocou o copo sobre a mesa na frente do sofá. Ela estava tendo uma boa onda, mas não estava nem perto de ficar embriagada. Ela tirou os saltos dos seus pés doloridos e esticou os dedos dos pés, quase suspirando de contentamento.

– Ih, olhe, lá está Jace – disse Mia.

Ela tinha se levantado e caminhado até a área envidraçada do camarote para olhar para o andar de baixo.

Ela voltou até Bethany.

– Ele chegou cedo não? Ou será que não estamos bebendo o suficiente?

– Eu acho que nós não estamos bebendo tanto – Bethany disse com tristeza.

– Fazer o quê? Temos que corrigir isso. E a única maneira que eu conheço para ficar alucinada em um curto espaço de tempo é virando umas doses!

– Oh, céus – disse Josie. – Eu nunca tomei uma dose de nada.

– Você vai ficar bem – disse Mia. – Depois da primeira, você realmente não sente mais o gosto.

Só então a porta se abriu e o resto das mulheres entrou ruidosamente. A garçonete estava com elas e distribuiu bebidas e, em seguida, ouviu quando Mia lhe deu a seguinte série de ordens.

– Doses? – perguntou Caroline. – Desde quando bebemos isso?

– Desde que não estamos nem perto de ficarmos bêbadas o suficiente – Mia disse secamente. – Jace já está aqui, o que significa que não temos muito tempo. Temos que alcançar o bonde!

– Traga a garrafa – Chessy disse para a garçonete. – Melhor, traga duas! Temos um monte de mulheres aqui esta noite.

A garçonete sorriu.

– Pode deixar.

Todas se empilharam sobre os sofás e cadeiras, sapatos voando em todas as direções. Alguns momentos depois, a garçonete voltou e começou a enfileirar os copinhos de *shots* sobre a mesa.

– Todo mundo tem um? – Trish gritou.

Depois de um coro de "sim", Gina ergueu o copo num brinde. Todas levantaram os delas e, em seguida, em meio a gritos de "Vai, vai, vai!", elas desceram a primeira dose.

Fogo ardia na garganta de Josie. Ela tossiu e cuspiu tanto que seus olhos lacrimejaram. Podia sentir em sua barriga. Inferno, ela podia até sentir que havia viajado até sua bexiga. Tinha estacionado lá, queimando e girando. Ela já precisava ir fazer xixi.

– Vamos para a próxima! – Trish encorajou.

Elas pegaram os próximos copos, os ergueram como fizeram da última vez e, em seguida, jogaram o conteúdo para dentro.

Uma risada baixa soou da porta. Todo mundo se virou para ver Jace parado ali com Brandon. Os dois pareciam estar se divertindo. Jace estava rindo abertamente. Então Jace se afastou e Brittany apareceu na porta, com o rosto cor-de-rosa, os olhos brilhando.

Atrás dela, estava Kai Wellington. Ele a segurava pelo cotovelo, mas a deixou escapar, quando ela começou a avançar.

– Desculpe o atraso – disse sem fôlego. – Sobrou alguma coisa para mim?

Gina jogou um copo na direção de Brittany. Brittany o pegou e, em seguida, o colocou para baixo para que Mia pudesse derramar uma dose da garrafa de tequila que a garçonete trouxera. Elas estavam loucas. Todas elas. Josie incluída. Ela precisava ser louca para estar fazendo isso. Ela ia ter uma puta ressaca na manhã seguinte. Mas, e por enquanto? Estava se divertindo demais.

– Eu estava com tanta inveja de vocês – Brittany disse melancolicamente.

Bethany inclinou a cabeça para o lado.

– Por quê?

– Porque todas vocês têm um homem esperando em casa. Tudo o que vocês falaram é sobre o quão bonitinho eles acham vocês quando estão bêbadas. Como vão rasgar seus vestidos fora e comê-las em seus saltos. – sua expressão foi escurecendo. – Eu nunca tive um homem que quisesse fazer isso comigo.

– Você tem agora – disse Kai lentamente da porta.

Brittany ficou vermelha, mas o calor penetrou no seu olhar quando ela se virou para olhar para ele, que ainda estava de pé na porta.

– Oh, meu Deus – Mia murmurou. – Brittany, minha garota, eu diria que você se arrumou para a noite.

Brittany sorriu.

– Talvez!

– Sem talvez sobre isso, gata – disse Kai em um rosnado baixo. – Divirta-se com suas amigas, mas, e quando acabar? Você vem pra casa comigo.

– Eu acho que acabei de gozar – Gina murmurou baixinho.

– Nem brinca – disse Trish. – Eu vou precisar trocar de calcinha. Meu Deus, Brittany. Ele é sexy!

O sorriso de Brittany estava tão luminoso quanto uma lâmpada de cem watts. Ela pegou o copo cheio e rapidamente o jogou para dentro.

– Elas fazem isso regularmente? – perguntou Kai, com diversão palpável em sua voz.

– Sim – tanto Jace e Brandon responderam em uníssono.

– Por que o quarto está girando? – Josie perguntou, com os olhos vesgos, enquanto tentava manter-se equilibrada com os giros. – Kai, você é dono da boate, – Brandon disse – por que ele está girando?

Kai riu.

– Não está girando, querida. É o álcool que está fazendo você girar.

– Então, por que você serve álcool que deixa as pessoas girando? – Bethany perguntou em voz perplexa.

Jace riu dessa vez.

– E fica ainda pior – Brandon disse com um suspiro. – Elas realmente estão apenas começando.

A garçonete se apressou de volta, pegando os copos vazios e trocando-os por copos limpos. Ela fez uma rápida verificação da garrafa que tinha deixado e em seguida botou uma nova em seu lugar.

– Ela é demais – Caroline murmurou enquanto pegava outra dose. – Devíamos totalmente levar ela para Vegas com a gente, Brandon.

– Bebam, amigas. A noite ainda é uma criança! – Chessy cantou.

Josie virou mais duas doses, mas seus olhos saltavam o tempo todo. Ela era peso-pena. De jeito nenhum seria capaz de aguentar mais álcool sem vomitar. A sala estava girando, como um carrossel do inferno. E todo mundo estava dobrado, o que fazia a sala cheia parecer ainda mais lotada.

– Que tal um pouco de música – Mia desabafou. – Chega de falar um pouco? Quem quer dançar comigo?

Josie levantou a mão.

– Eu quero! Mas alguém tem que me ajudar a levantar.

Josie foi içada para cima por pelo menos três pares de mãos. Mia apertou o botão para permitir que a música entrasse pelo sistema de som. As meninas gritaram e então todo mundo se levantou, pulando e se batendo, acompanhando o ritmo.

– Isso é divertido! – Josie gritou.

– Pode apostar que é! – Mia gritou de volta.

– Obrigada por me convidar – exclamou Brittany. – Eu me diverti muito, e oh, meu Deus, Kai quer que eu vá para casa com ele depois. Será que eu vou?

Josie lançou um olhar confuso em direção à porta, onde os homens ainda estavam de pé e seguramente ouviram a pergunta bêbada de Brittany.

Os lábios de Kai se torceram com diversão.

– Eu recebo um voto?

Josie virou-se para Brittany.

– Você quer?

Brittany piscou.

– Sim. Sim, eu quero.

– Contanto que ele me dê informações de contato para que eu possa saber se você está bem amanhã e garantir que ele não te matou enquanto você dormia, então, sim, vá com ele – Josie encorajou.

Houve mais risadas pela porta, mas Josie ignorou. Ela estava se divertido muito dançando com suas novas amigas. E elas eram ótimas. Bem como Ash tinha dito.

Ela fechou os olhos e ficou de costas para Mia, enquanto ambas dançavam, braços para cima, bundas balançando o tempo todo.

O telefone de Ash tocou e ele viu que era Jace ligando.

– E aí, cara, as mulheres já estão te botando na coleira?

Jace riu.

– Você devia chegar aqui, cara.

Os olhos de Ash se estreitaram e ele olhou para Gabe, que também estava prestando atenção à conversa.

– O que está acontecendo? – Ash exigiu. – Elas estão bem?

– Ah, sim, elas estão bem. Mas eu acho que nós vamos ter que ir para o plano B.

– Qual é o plano B?

– Bem, o plano A era que eu colocasse todas elas numa limusine e partisse para casa depois de elas encherem a cara se divertindo. No entanto, elas estão atualmente no chão de um camarote privado, olhando para o teto e falando merdas que eu nem sei do que se tratam. Se você tem alguma esperança de salvar a noite, a minha sugestão é que você venha recolher a sua mulher e a leve pra casa.

Ash riu.

– Gabe e eu estaremos aí em alguns minutos. Tome conta delas até lá.

– Pode deixar – Jace disse enquanto desligava.

– Que diabos? – Gabe quis saber.

Ash riu.

– De acordo com Jace, elas estão muito loucas. Ele disse que elas estão deitadas no chão de um dos camarotes. Ele sugeriu que a gente recolhesse as nossas mulheres se ainda temos alguma esperança para mais tarde.

– Eu vou com você e chamo o meu motorista no caminho para que nos encontre lá.

Ash assentiu.

– Vamos.

Vinte minutos depois, eles pararam na frente da boate. Ash instruiu o motorista a estacionar a uma curta distância e permanecer de prontidão. Então ele e Gabe saíram e caminharam em direção à entrada.

Graças a Deus Brandon estava esperando por eles. A fila ainda estava enorme. Eles nunca teriam entrado se não fosse por ele.

– Eu quero mesmo saber? – Gabe perguntou a Brandon enquanto eles se dirigiam para dentro.

Brandon riu.

– Não, eu duvido. Elas tiveram uma boa noite, no entanto. Ninguém mexeu com elas. O proprietário do clube esteve por perto a maior parte da noite e a segurança é sempre reforçada em torno dele.

– Quem é o dono do clube e por que diabos ele estava cercando nossas mulheres? – Ash perguntou.

Brandon riu novamente.

– Mulheres, não. Apenas uma. Ele parece bastante interessado na Brittany. Ele passou a noite inteira colado com ela e isso não é do feitio dele. Nunca fica sem mulheres para lhe fazer companhia, mas é raro procurar uma mulher como fez com a Brittany.

Ash fez uma careta. O homem precisava ficar longe da sua irmã.

Brandon os levou através de um pequeno lance de escadas para o segundo andar, onde muitos camarotes e mesas abertas formavam um semicírculo acima da pista de dança. Na porta, Brandon bateu suavemente e abriu, revelando Jace e um homem que Ash não reconheceu.

Jace olhou para cima e os viu. Seu sorriso era instantâneo e ele acenou para que entrassem. Quando Ash e Gabe entraram, os olhos de Ash se arregalaram quando viu o que havia diante dele.

Havia mulheres em todos os lugares. Mulheres realmente bonitas. Este era o sonho perfeito de qualquer homem. Uma sala cheia de mulheres lindas, muito bêbadas.

Mas seu foco se concentrou em apenas uma: Josie. Ela estava deitada na ponta do sofá, com o braço pendurado para o lado. Mia estava deitada abaixo dela, mas a metade superior de seu corpo estava entre Josie e o sofá, de modo que a cabeça dela repousava no quadril de Josie. Na parte inferior, Bethany estava na direção oposta, assim seus pés estavam quase no rosto de Josie.

No chão, Chessy, Gina e Trish estavam deitadas em várias poses, enquanto Caroline estava esparramada em uma cadeira, com as pernas apoiadas sobre o braço.

Elas não estavam desmaiadas, mas estavam alheias a qualquer coisa que acontecia ao seu redor.

Ash riu. Gabe ostentava um enorme sorriso. Os outros homens não estavam menos encantados com a vista.

– Que diabos vamos fazer com elas agora? – Ash perguntou em voz baixa.

Gabe enviou-lhe um presunçoso e satisfeito sorriso.

– Se eu tiver que te dizer o quê, então não há esperança para você, cara.

Josie olhou para cima, aparentemente só agora ouvira sua voz. Seu sorriso era encantador, seus olhos completamente desfocados. Sua cabeça pendia enquanto ela falava.

– Ei, querido – cantou. – Você sabia que existem dois de você? Quem disse que precisa improvisar para me dar duas picas? Há dois de você agora. Isso daria um *ménage* incrível. Eu, você e você! Só para dizer.

Gabe, Jace e Brandon se acabaram de rir.

Ash gemeu e correu para cobrir a sua boca com a mão.

– Jesus, baby. Você devia parar de falar agora.

Ela sorriu debaixo de sua mão. Quando ele a retirou, ela lhe enviou um sorriso completamente pateta, deslumbrante, que lhe tirou o fôlego.

– Você vai me levar para casa para me foder nos meus sapatos agora? Mia e Bethany me contaram *tudo* sobre serem comidas de salto alto depois de terem seus vestidos rasgados. Eu vou ficar muito decepcionada se não ganhar o mesmo – disse ela em uma voz solene.

Ele se inclinou e deu um beijo suave em sua testa.

– Eu acho que posso te acomodar assim, baby. Você está pronta?

Ela levantou os dois braços.

– Me leva para casa – disse de forma dramática. Então colocou um dedo sobre os lábios e disse: – Shhhh! Não conte a Ash, mas Brittany está indo para casa com um cara formidável hoje à noite. Eu não tenho certeza que ele aprovaria. Ele provavelmente vai querer fazer toda uma investigação sobre a vida dele para se certificar de que está tudo bem com a sua irmã.

Ash fez uma careta e, em seguida, olhou para Brittany antes de olhar para a porta.

– De que diabos ela está falando? – perguntou na direção de Jace.

O homem de pé com Jace deu um passo adiante. Ele era educado. Ash percebeu isso de primeira. Ele tinha dinheiro. Tinha aquele ar tranquilo que dizia a Ash que tinha um monte de dinheiro, mas não necessariamente saía por aí gritando isso.

Ash olhou fixamente para ele, sem recuar um centímetro. Para a sorte do outro, ele também não.

– Eu sou Kai Wellington – disse calmamente. – Eu sou o dono da boate. Eu ofereci a Brittany que ela fosse pra minha casa esta noite.

Ash continuou a encará-lo.

– Não quero que você tire vantagem dela. Ela está bêbada.

– Eu sei. Não vou dormir com ela. Ainda.

Ash se encolheu. De jeito nenhum queria entrar em uma discussão sobre quem dormiria com sua irmã.

– Vou garantir que ela chegue em casa – Brandon falou. – Você não tem que se preocupar.

Kai enviou a Brandon um olhar divertido. Ash poderia dizer que ele não gostava de Brandon falando por ele ou oferecendo seus serviços. Mas Brandon também sabia quão importante essas mulheres eram para Gabe, Jace e Ash. Havia sido esclarecido, em termos inequívocos, o que aconteceria com ele se algum dia deixasse acontecer algum mal a qualquer uma delas quando estivesse na boate.

– Faça isso – Ash disse suavemente. – Eu gostaria de um telefonema quando ela estiver segura em casa.

– Me dê o seu cartão. Eu vou garantir que receba essa ligação – disse Kai.

Ash pescou em sua carteira, tirou seu cartão de visita com o número de seu celular e, em seguida, entregou a Kai.

– Se vocês quiserem ir embora com as suas mulheres, eu e os outros seguranças vamos garantir que Chessy, Trish e Gina cheguem em casa bem. A Carol vai ficar comigo até eu sair – Brandon ofereceu.

Gabe acenou em acordo.

– Tudo bem, então. Vamos pegar nossas mulheres e dar o fora daqui – Ash anunciou.

capítulo 26

– Reunião das meninas! – Mia gritou com beligerância. Ela estava no centro da sala e acenou com a mão urgentemente para Bethany e Josie.

Josie e Bethany se esforçaram para se levantar do sofá. Josie balançou precariamente e olhou para seus pés, sem entender por que eles não estavam funcionando corretamente. Ela quase caiu, e uma mão forte a agarrou pelo cotovelo.

– Ops! – exclamou antes de se acertar. Ela deu a seu ajudante um sorriso deslumbrante e registrou de volta um sorriso masculino divertido. Era Ash? Merda, a sala estava girando tanto que não poderia dizer quem era quem ou onde estavam.

Ela balançou para onde Mia a esperava e segurou no braço de Bethany, quando a outra mulher tropeçou em seu caminho.

Rindo como loucas, elas se reuniram com Mia.

– Ok, o negócio é o seguinte – Mia disse em um sussurro alto. – Nós definitivamente temos que nos encontrar para o almoço de amanhã e trocar informações. Eu não posso esperar para ouvir como Ash vai reagir.

Josie franziu a testa e, em seguida, olhou para trás por cima do ombro, para onde os homens estavam, havia sorrisos indulgentes em seus rostos.

– E quanto à Brittany? – Josie assobiou. – Ela está saindo com o Sr. Dono da Boate ali. Temos que saber o que aconteceu, certo?

– Certo – Bethany disse solenemente.

– Brittany! – Mia gritou novamente.

Brittany se enfiou entre elas, invadindo o círculo, o rosto corado com entusiasmo.

– Ok, almoço amanhã – disse Mia. – Temos que saber todos os detalhes sórdidos!

Uma série de barulhos ficou mais audível e Josie virou-se, silenciando os machos com uma feroz carranca. Eles riram e Josie voltou sua atenção para as mulheres.

Brittany mordeu o lábio e, em seguida, olhou por cima do ombro de Josie na direção de Kai Wellington.

– Eu não sei, pessoal. Talvez eu esteja mordendo mais do que eu possa mastigar.

– Eu vou cuidar bem de você, Brittany – disse Kai, se divertindo.

– Eles estão nos espionando – Mia murmurou.

– Meio difícil evitar, baby – Gabe disse, com um riso na voz. – Você está gritando alto o suficiente para a boate inteira ouvir.

Mia franziu a testa e, em seguida, baixou a voz para um sussurro alto.

– Uma da tarde. No Isabella. Para o resumo da nossa noite das meninas.

– Será que elas sempre fazem isso? – Kai perguntou ao fundo.

– Como eu vou saber – Jace murmurou. – Nada como ser intimidado pela avaliação do dia seguinte. Isso é pressão para cacete para se colocar sobre um homem.

As mulheres riram e em seguida Mia colocou a mão para dentro do círculo.

– No três. Vamos pegar nossos homens.

Elas bateram as mãos, umas sobre as outras, formando uma pilha no meio.

– Um, dois, três!

Elas levantaram as mãos, rompendo com o amontoado. Josie tropeçou para longe, procurando no chão pelos seus sapatos.

– Meus sapatos! Eu tenho que achar esses sapatos – ela reclamou. – Vou estragar tudo se eu não achar os sapatos!

– Procurando por estes, querida?

Ela olhou para cima para ver Ash ali de pé, os sapatos pendendo de seus dedos. Seus olhos estavam acesos com um sorriso, mas seu olhar ardia de modo apreciativo sobre o corpo dela. Ela fez uma manobra experimental, esperando que seu vestido cobrisse tudo o que ele deveria.

Seus olhos brilharam com mais força e ele estendeu a mão para ajustar a parte de cima, seus dedos roçaram o volume de um dos seus seios.

– Essa visão é apenas para mim – ele murmurou. – Não é que você não esteja deliciosa com essa sugestão de um mamilo, mas ninguém mais pode ver.

Ela colocou as mãos sobre o peito aterrorizada e, em seguida, olhou ansiosamente para os outros homens.

– Oh, meu Deus. Será que eles viram os meus mamilos?

As gargalhadas invadiram o ambiente e houve uma série de cabeças balançando negativamente. Ash inclinou-se para beijá-la, puxando-a em seus braços. Seu corpo inteiro tremia com o riso.

– Não, querida. Ninguém além de mim viu.

Enquanto falava, ele virou-se, enviando um olhar na direção dos outros homens que imediatamente balançaram a cabeça e forjaram expressões de completa inocência.

– Eu preciso colocar meus sapatos – Josie resmungou.

Ash a pousou delicadamente no sofá e deslizou suavemente os saltos de volta a seus pés. Havia algo extremamente decadente em ter um homem colocando seus sapatos de volta. Suas mãos eram suaves e quentes contra sua pele. Ele apertou um dos pés com a mão antes de se erguer de volta e oferecer a mão para ajudá-la.

Ela se levantou, experimentalmente, testando suas pernas. Ela não usara os sapatos durante a maior parte da bebedeira, e a última coisa que queria era cair de cara no chão, agora que os tinha colocado de volta.

Ela estava trêmula, mas Ash agarrou firmemente seu cotovelo antes de puxá-la para seu lado. Ela suspirou e se derreteu contra ele, saboreando o calor e o cheiro daquele macho maravilhoso.

– Obrigado por cuidar delas – Ash disse a Brandon, enquanto caminhavam em direção à porta.

– Ei, e o meu agradecimento? – Jace balbuciou. – Basta lembrar, a próxima é a sua vez.

Ash sorriu.

– Estou ansioso por isso.

Ash se dirigiu para a porta, segurando Josie apertada contra o seu lado. Ela tropeçou um pouco e ele diminuiu o ritmo, se adaptando ao seu caminhar instável. Ela estava derretida contra ele, tão suave e doce que ele desejava que não estivessem tão longe do apartamento. Ele não queria nada mais além de tirá-la daquele vestido e comê-la naqueles sapatos até que ambos desmaiassem.

Gabe e Jace definitivamente não tinham mentido. Ele tinha uma inveja doentia deles por terem experimentado isso antes. Mas agora tinha Josie. Josie era uma parte de seu círculo de amigos, como ele queria. Ele olhava para o futuro com imensa satisfação, seguro com o conhecimento de que, a partir de agora, teria isso também.

Outros caras podem reclamar sobre a noite das meninas. Alguns não gostam quando suas mulheres saem sem eles. Porra, e se eles tivessem isso por esperar? Haveria falta no mercado de vestidos sensuais e sapatos de salto brilhosos feitos para trepar.

Ele sorriu novamente enquanto conduzia Josie em direção à rampa que levava até a pista de dança. Brandon apareceu com outro segurança, escorando Ash e proporcionando uma barreira de proteção para que não fossem empurrados pelos outros frequentadores do clube.

Quando chegaram do lado de fora, ele dirigiu Josie em direção ao carro que os esperava e a ajudou a entrar. Quando ele deslizou para o banco traseiro, Josie já estava indelicadamente estendida por todo o assento, as pernas caindo para a lateral. Um de seus sapatos pendia precariamente do pé, e ele o deslizou de volta, segurando seu tornozelo como fizera antes.

Ela abriu os olhos e deu um sorriso meio pateta e meio doce para ele.

– Oi – disse com a voz rouca.

Ele riu e se inclinou para beijar seu nariz. Ela era bonita para cacete. E toda sua.

– Oi. Se divertiu?

– Ah, sim – ela suspirou. – Você estava certo. Mia e Bethany são uma bomba. Assim como o resto dos amigos delas. – ela franziu a testa um minuto e Ash olhou curiosamente para ela, tentando entender a fonte daquela confusão. – Carol está se mudando, no entanto. Isso faz com que Mia fique triste. Carol e Brandon vão se casar e se mudar para Las Vegas. Mas está tudo bem. Ela ainda vai ter a Bethany. E eu – disse, apontando para o peito.

Ash riu.

– Sim, baby. Ela vai ter você.

– E Brittany! – Josie disse, iluminada. – Ela se divertiu, Ash. Ela estava triste porque não tinha um cara que quisesse comê-la bêbada, mas depois ficou com Kai.

Ash fez uma careta.

– Não sei se gosto da ideia dela pegando um estranho em uma boate.

– Eu acho que ele é legal – Josie disse lentamente. – Ele parece muito intenso. Mas de um jeito bom, sabe? Como você.

Ash sacudiu a cabeça.

– Se ele é como eu, então eu *sei* que não quero a minha irmãzinha tendo um caso de uma noite com ele.

Josie franziu a testa novamente.

– Eu não acho que vai ser um caso de uma noite, Ash. Ele parecia assim... sério. Como se ele a quisesse inteira. Ele me deu arrepios.

Ash fez uma careta para isso.

– Ele te deu arrepios? Que porra é essa?

Ela deu uma risadinha.

– Está tudo bem. Você sabe que eu só quero você. Mas ele é gostoso. E ele acha que a Brittany é sexy. Estou feliz por ela.

Ash suspirou.

– Eu vou ser o juiz se ficaremos felizes por ela ou não. Eu vou ter que fazer alguns testes sobre esse cara. Ver se ele faz as coisas direito.

Mas, então, o que teria Ash a dizer sobre alguém fazer as coisas direito? Isso fazia dele um belo de um hipócrita. Ele tinha feito algumas coisas que não eram tão nobres. Não se arrependia, mas elas estavam lá. Só não tinha certeza se queria que sua irmã se envolvesse com um homem com manchas no currículo. Sabia que as intenções dele eram boas. Mas Kai Wellington?

Mas chega de Brittany e Kai. Ele receberia um telefonema mais tarde, como Kai tinha prometido, ou Ash iria enviar alguém para checar Brittany. E então amanhã ele daria uma olhada no histórico de Kai Wellington e procuraria por quaisquer esqueletos no armário que fizessem dele um cara inadequado para Brittany.

Nesse momento tinha uma mulher muito bêbada e muito sexy por quem ele estava morrendo de vontade de chegar em casa, para arrancar aquele vestido.

– Tenho que dizer, baby. Esse vestido e esses sapatos combinam com você.

Ela lhe enviou outro sorriso deslumbrante, dentes brilhantes, formando uma covinha em sua bochecha.

– Você gosta?

– Pode ter certeza que eu gosto – rosnou. – Eu vou gostar deles muito mais quando chegarmos em casa e eu arrancá-los de você.

Seu nariz e testa se franziram.

– Mas não os sapatos, Ash. Mia e Bethany disseram que eles sempre comem elas com os sapatos. Não podemos estragar o sistema. É a tradição da noite das meninas.

Ele riu.

– Ah, sim, gata. Os sapatos definitivamente vão ficar.

Quando encostaram no seu prédio, ele saiu do carro e, em seguida, se esticou para ajudar Josie a sair. Depois que garantiu que ela conseguiria ficar de pé, guiou-a em direção à porta, o braço firmemente ao seu redor.

Entrando no elevador, ela colocou uma mão apressada em seu estômago e ficou verde enquanto o elevador subia.

Ele a puxou para seus braços.

– Respire fundo, baby. Agora não é hora de você passar mal.

– Eu estou bem – disse ela baixinho. – O elevador só me deixou um pouco enjoada.

As portas se abriram para o apartamento dele e Ash a ajudou a sair, imediatamente indo em direção ao quarto. O celular dele tocou, e Ash olhou para baixo para ver um número desconhecido. Sabendo que poderia ser Wellington ligando para falar sobre Brittany, segurou Josie com uma das mãos e atendeu com a outra.

– Ash McIntyre – disse ele.

– Aqui quem fala é Kai Wellington. Brittany está em casa e segura. Você não precisa se preocupar, Sr. McIntyre. Sua irmã está em boas mãos.

– Obrigado – Ash murmurou. – Agradeço a chamada.

Ele desligou e Ash fez uma nota mental para se certificar de que tudo estava bem com sua irmã no dia seguinte. Então voltou sua atenção para Josie, colocando-a devagar na beira da cama.

– Tudo bem, querida, estamos em casa e você está no comando da sedução desta noite das meninas. O que você quer que seu homem faça?

Os olhos dela brilhavam, quase neon na luz fraca do abajur. Os seus lábios se abriram e ele quase deixou escapar um gemido. Deus, mas aquela mulher iria deixar ele maluco.

– Primeiro você tem que arrancar meu vestido. Então você tem que me comer demoradamente e com força.

Ela parecia tão esperançosa que ele riu.

– Qualquer coisa que você quiser, baby. Nunca deixe que digam que eu desapontei minha menina.

Ela sorriu, deixando escapar um suspiro feliz.

– Eu gosto disso.

– Do que você gosta, baby?

– Quando você diz "a minha menina". Soa tão doce e sexy.

– Você é minha menina – ele disse, deixando sua voz ficar grave e baixa.

Ela levantou os braços.

– Então rasgue o vestido da sua menina e foda com ela até que desmaie.

Ele riu mas se aproximou, puxando-a para seus pés.

– Isso eu posso fazer, meu amor.

Ela suspirou novamente, balançou vacilante antes de recuperar seu equilíbrio.

– Eu amo todos os apelidos que você me dá. Eles são tão bons.

Ele sorriu, virando-a para descer o zíper do vestido. Ele o deixou cair a seus pés e, em seguida, a ajudou a desvencilhar os sapatos do tecido. Ele prendeu a respiração quando o seu olhar viajou de volta para cima por seu corpo.

– Minha nossa senhora – ele murmurou. – Onde você comprou essa lingerie?

–Eu já a tinha – disse presunçosa. – Michael nunca a viu, por isso não se preocupe. Você é o único homem que me viu nela. Estava guardando para uma ocasião especial. Eu diria que esta se qualifica.

– Oh, sim. Definitivamente se qualifica.

Ela se virou, inclinando-se contra ele, seus olhos bem abertos, e sussurrou, como se estivesse contando um grande segredo.

– Ela tem uma fenda na parte de baixo. Você nem sequer tem que tirá-la para me comer.

O corpo dele tremeu e ele segurou seu queixo, inclinando-se para fundir sua boca com a dela. Ela tinha sabor de tequila e de algo frutado. Sua língua, quente e selvagem, encontrou a dele em um choque. Sugou-a profundamente, querendo devorá-la toda.

Ela gemeu contra sua boca. Beijou-o vigorosamente, seu corpo contorcendo-se de desejo. Ela já podia sentir que estava perigosamente perto do alívio. Não demoraria nada para fazê-la explodir.

Mas ele não queria que isso fosse feito tão cedo. Se ela gozasse agora, poderia muito bem desmaiar num coma alcoólico e saciado. Ele ansiara por isso por muito tempo para que tudo se acabasse em cinco minutos.

– Vou te comer com força, baby – disse ele, propositalmente dando um tom de aço em sua voz. Ela estremeceu contra seu corpo, assim como ele sabia que faria. – Sua boca, sua boceta e seu cuzinho. Vou comê-la toda antes que acabemos com isso.

– Ash.

Seu nome saiu em um gemido cheio de desejo que o fez sorrir. Ah, sim, ela estava com tesão e em ponto de bala. Seu corpo inteiro estava corado com o calor. Ela estava esfregando seu corpo contra o dele como uma gata no cio.

– Fique de joelhos – ele ordenou bruscamente.

Ele a segurava enquanto ela deslizava para baixo de seu corpo e se apoiava em seus joelhos. Ele pegou um travesseiro e colocou debaixo dela antes que finalmente a soltasse. Ele parou por um momento, garantindo que ela não ia ficar longe demais e, em seguida, deu um passo para trás para abrir a braguilha.

Seu pau cresceu em sua mão, protestando contra o fato de que era sua mão que estava enrolada em volta dele e não a boca de Josie. Ele passou a mão livre pelos cabelos dela, puxando-a com força para a frente enquanto pressionava o pau contra os seus lábios.

Ela se abriu em volta dele com um suspiro ofegante que enviou arrepios por sua coluna. Suas bolas se encolheram dolorosamente enquanto sua ereção deslizava sobre a sua língua quente. Ela fechou a boca ao redor do seu pau, sugando-o profundamente. Ele soltou um gemido áspero, empurrando até a parte de trás da sua garganta.

– Linda demais – disse rouco.

Os sons molhados da sucção que ela fazia eram altos e eróticos em seus ouvidos. Cada vez que ia para trás, encontrava resistência enquanto ela tentava chupá-lo de volta. Suas bochechas ficavam ocas com cada puxada e se estufavam quando ele empurrava para a frente novamente.

Ele amava a visão de seu pau deslizando através daqueles lábios e depois recuando, molhado com a saliva dela. Ela fazia um som estalado que quase o fazia gozar no ato. Por longos momentos, ele aproveitou a sensação daquela língua deslizando pela parte de baixo de seu pênis. Em seguida, ela rodeou a pontinha, provocando a cabeça sensível quando ele a puxou para fora.

De jeito nenhum iria durar se aquilo continuasse. Relutante em abandonar a doçura da sua boca, ele se retirou e puxou-a para seus pés.

Os olhos dela estavam vidrados, uma mistura de álcool e de desejo intenso. Eles brilhavam, quente e iluminados, cheio da doçura que ele associava com ela.

Ele a deitou com as costas na cama, puxando o sutiã, querendo fazer um banquete em seus seios. Ele se inclinou sobre ela, por entre suas coxas abertas e correu a língua sobre o volume antes de se deter no mamilo e sugá-lo fortemente entre os dentes. Então ele mordiscou o caminho para o seu pescoço, devorando a carne macia antes de puxar a sua orelha, beliscando com uma mordida forte apenas o suficiente para fazê-la soltar um gemido. Ele lambeu a parte externa, correu a língua sobre os contornos da orelha antes de descer novamente para chupar o lóbulo.

– A-Ash – ela gemia, pronunciando o seu nome em duas sílabas. – Você está me matando.

Ele deu uma risadinha.

– Essa é a ideia, baby. Quero você tão excitada e louca que me receba em seu cuzinho sem qualquer esforço.

Ela tremia incontrolavelmente, seu corpo se arqueando sem forças contra o dele.

– Eu já cheguei lá – ela ofegou. – Cheguei ao ponto de loucura há cerca de dois minutos.

– Muito bom.

Ele levou seu tempo, lambendo e devorando seus mamilos até que eles estivessem vermelhos e erguidos como picos rígidos. Em seguida, deixou sua boca vagar para baixo, beijando a maciez de sua barriga, e depois ainda mais para baixo, passando o nariz através da fenda da calcinha e em dobras macias e aveludadas. Ele lambeu seu clitóris, certificando-se de que não passaria muito tempo lá ou ela iria gozar. Ele a chupou e a beijou ainda mais baixo, de maneira que sua língua encontrara a sua fenda, deslizando para o interior, assim como o pau dele faria em breve.

– Nunca vou me cansar de você – disse ele com voz rouca. – Você tem um gosto tão doce. Viciante.

Ele continuou seu ataque sensual à sua carne mais íntima, até que ela estava descaradamente lhe pedindo que parasse. Ela estava se arqueando para cima, seus movimentos frenéticos e cheios de tesão. Ele agarrou seus quadris, mantendo-a em seu lugar, enquanto continuava a comê-la com a língua.

– Ash! Eu vou gozar!

Ele se afastou, deixando-a no limite. Ele ficou ali um longo momento, sua respiração vindo tão duramente quanto a dela. Em seguida, ele se posicionou entre suas pernas, puxando os tornozelos de modo que pudesse segurar os saltos de seus sapatos.

Os olhos dela se arregalaram, a emoção estourando nas profundezas azuis esverdeadas. Ele empurrou suas pernas ainda mais para cima até que estivessem dobradas contra o seu corpo, com os joelhos bem abertos. Ele não esperou. Não prolongou a agonia. Certificando-se de que a fenda em sua calcinha estava aberta, empurrou com força e fundo já no primeiro impulso, preenchendo-a instantaneamente até o limite.

Ela soltou um grito. Sua boceta o engolira em um ímpeto quente que o fez ranger os dentes enquanto lutava para manter o controle. Ele sabia que não poderia fazer isso por muito tempo, então meteu com velocidade levando ambos a um frenesi. Fundo. Forte. Assim como faria com o cu dela em breve.

Quando ele sentiu o tremor mais urgente dela em torno dele, ficou imóvel, enterrou tão fundo até que as bolas batessem nela. Ele puxou o ar para dentro em respirações que o acalmavam, fechando os olhos enquanto reordenava os sentidos. Em seguida, ele se retirou, ainda a segurando pelos dois calcanhares com as mãos.

Ele deixou um cair, rasgando rapidamente a calcinha de seda em que ele acabara de comê-la. Ele queria o cuzinho dela, e mesmo que a lingerie fosse extremamente sexy, ela tinha só uma fenda que dava acesso à boceta. Ele deslizou a mão por baixo de sua bunda, agora nua, empurrando-a para cima, de modo que seu cu ficou à mostra. Os olhos dela se arregalaram quando percebeu que ele queria tomá-la desta forma. Normalmente, quando comia seu cuzinho, ela estava sobre suas mãos e joelhos. Mas, desta forma, estava muito mais vulnerável. Completamente aberta para ele, com as pernas elevadas no ar, a bunda curvada para cima, prontinha para que ele mergulhasse.

Ele guiou seu pau para o cu dela, parando apenas um momento para alcançar o lubrificante.

– Eu não vou usar muito dessa vez, baby. Apenas o suficiente para entrar em você. Eu quero que você sinta isso, me sinta empurrando para dentro.

A respiração dela soluçou sobre os lábios. Ela os lambeu em antecipação e quase perdeu a cabeça na hora. A mandíbula dele se apertou, aplicou o lubrificante apressado em sua ereção e, em seguida, jogou o tubo de lado enquanto se posicionava. No minuto em que encaixou a cabeça do seu pau contra a abertura dela, tirou a mão e a envolveu em torno de seu salto, de maneira que ambas as mãos estivessem segurando seus sapatos, arregaçando-a para sua invasão.

Ele empurrou para dentro, sem hesitação. Ela se abriu para ele, os olhos crescendo ainda mais enquanto se alargava para acomodá-lo.

– É isso aí, gata – disse em tom de aprovação. – Deixe-me entrar. Eu vou te foder com força até nós dois gozarmos. Eu quero que você use sua mão, porque eu vou segurar seus sapatos durante todo o tempo em que eu estiver te comendo. Mas não goze até que eu deixe, ok?

– Ok – disse em uma voz sonhadora.

Ela colocou uma mão entre as coxas, sobre o clitóris, emitindo um gemido quando se acariciou.

Usando esse momento de desatenção, quando ela estava voltada para seu próprio prazer, ele avançou, abrindo-a em um impulso implacável. Ela se arqueou para cima, resistindo, seu grito se fragmentando no ar.

Ele estava dentro até as bolas, pressionado contra ela, esforçando-se para ir ainda mais fundo.

– Oh céus – ele gemeu. – Não vou durar muito tempo, baby. Você precisa chegar lá, porque eu vou meter com força e eu não vou parar até que eu goze.

– Eu já estou lá – disse Josie, sem fôlego. – Não pare, Ash. Eu estou muito perto.

Sem precisar de mais encorajamento, ele começou a empurrar duramente para dentro dela. Suas coxas bateram contra a bunda dela, sacudindo seu corpo inteiro. Ela fechou os olhos e arqueou o pescoço para cima quando ele começou a corrida para o fim.

Ela gozou primeiro, o seu grito agudo o ensurdecendo, clamando por seu próprio orgasmo. Ele começou a gozar, jato após jato de seu sêmen dentro do corpo dela, facilitando seus movimentos. Os dedos dela trabalharam furiosamente sobre seu clitóris enquanto ele martelava mais forte e mais profundo. Em seguida, ela deixou a mão cair, o peito arfando, os olhos selvagens e sem foco.

Ele enfiou uma última vez e manteve-se enterrado enquanto terminava de se esvaziar em seu corpo. Então, ele se abaixou até ela, com cuidado, soltando os calcanhares e permitindo que as pernas caíssem molemente sobre a cama.

Ambos estavam lutando para recuperar o fôlego, para aspirar ar suficiente em seus pulmões em chamas. Ele fechou os olhos, apertando-a com força contra ele, abraçando-a perto o suficiente para sentir as batidas de seu coração.

Nunca havia sido dessa maneira. Nunca antes. Somente com Josie. Seu coração estava tão cheio que parecia perto de estourar. Tanto que ele queria dizer, que ele queria contar a ela.

Os dedos dela perpassaram o cabelo de Ash, acariciando-o gentilmente antes que eles caíssem, seu corpo ficando relaxado debaixo dele. Ele levantou a cabeça, olhando para ela, com um largo sorriso curvando seus lábios para cima.

Ela estava apagada.

Rindo, ele gentilmente se desprendeu de seu corpo e entrou em seguida no banheiro, voltando com um pano quente para limpá-la. Depois de assegurar que ela estivesse limpa e confortável, tirou seus saltos e se livrou do resto de suas roupas antes de pegá-la no colo e posicioná-la na cama. Ele se arrastou para o lado dela, se esticando para desligar a lâmpada.

O quarto estava mergulhado na escuridão e ele a puxou para perto, para o abrigo de seu corpo. Acariciou seu corpo, apreciando a sensação de tê-la aquecida e saciada ao lado dele.

Sim, a noite das meninas sem dúvida precisava ser um evento regular. Não havia nada melhor do que ter uma mulher linda, muito bêbada, e fofa demais voltando para casa e não querendo nada além de ser fodida em saltos finíssimos.

Ele fez uma nota mental de sair para comprar uma dúzia de pares de saltos sexys e brilhantes para ela. E já que ainda estava nesse assunto, definitivamente iria comprar mais dessa lingerie safada, completa, com fendas de acesso.

capítulo 27

– A Brittany vem? – Mia perguntou quando Josie deslizou na cabine ao lado de Bethany.

– Ela mandou uma mensagem bem quando eu estava saindo do apartamento e disse que nos encontraria aqui – respondeu Josie. – Eu acho que ela vai chegar a qualquer minuto.

– Ela disse alguma coisa sobre a sua noite? – perguntou Bethany.

Josie fez uma careta e balançou a cabeça.

– Nada. Ela disse que ia nos colocar a par quando chegasse.

– Pelo menos ela está de folga hoje e não teve de lidar com uma ressaca no trabalho – disse Mia. – Aqueles drinques acabaram comigo! Gabe foi um doce e me mimou antes de sair para o trabalho, mas eu voltei para a cama e fiquei lá até a hora de nos encontrarmos para o almoço.

Bethany riu.

– Sim, Jace foi doce demais. Incrível a gratidão que eles mostram para o sexo bêbado.

Josie riu.

– Ash me trouxe café e o que ele chamou de "cura para ressaca". Eu nem sei o que era. Vários comprimidos. Mas deu certo. Depois de um banho, eu realmente me senti um ser humano novamente.

– Oh, olhe, lá está Brittany – Bethany disse, levantando a mão para acenar.

Brittany desfilou pelo restaurante cheio e, em seguida, deslizou para dentro da cabine ao lado de Mia.

– Ei, meninas – disse alegremente.

– Agora esse é o rosto de uma menina que conseguiu algo – Mia disse secamente.

Brittany corou em um vermelho brilhante, mas seus olhos estavam iluminados.

– Desembucha! – Josie exigiu. – Nós estamos morrendo de vontade de saber tudo sobre Kai Wellington.

Brittany riu.

– Ah, meu Deus, meninas. Ele é incrível. Eu nem tenho palavras. Ele tem uma coisa misteriosa. Não diz muita coisa, mas, quando fala, você simplesmente escuta, sabe?

– Vai para a parte boa – Mia disse, impaciente. – Como ele é na cama?

Todo mundo caiu na gargalhada.

– Hum, bem, nós não fizemos sexo na noite passada – Brittany disse vagamente. – Ele me levou para o meu apartamento, me colocou na cama. Eu não me lembro de nada depois disso. Mas esta manhã, eu acordei e ele estava na cama ao meu lado. Ele tinha tirado a roupa e ficado de cueca e, deixe-me dizer, o homem é bem-dotado! Eu estava babando em cima de toda a minha fronha, pelo amor de Deus.

Josie riu da descrição animada de Brittany.

– Ele foi tão doce! Trouxe-me café da manhã na cama, então me levou até o banheiro para tomar banho.

– Ele te levou para o banheiro? – perguntou Bethany. – Ou seja, entrou no chuveiro com você?

Brittany corou.

– Aham. Foi fofo. Mas também sexy. Quero dizer, todo aquele lindo corpo masculino nu. Eu pensei que ia ter um ataque cardíaco.

– Então, o que aconteceu depois? – disse Mia.

– Depois do banho, voltamos para a cama, e *depois* fizemos sexo.

Brittany carregava um sorriso de satisfação presunçosa. Sim, o sexo deve ter sido muito bom a julgar pela sua expressão.

– E? – Bethany exigiu. – Vamos lá, não nos deixe curiosas! Ele parecia que seria um animal na cama. Tão sombrio e sério. Um pouco como Jace!

– Ok, pare – Mia disse com um estremecimento. – Podemos falar da gostosura o quanto quisermos, mas será que podemos deixar Jace fora disso?

Josie fez uma careta.

– Você não é divertida, Mia. Não pode esquecer que ele é seu irmão apenas por um momento?

Mia balançou a cabeça com firmeza.

Brittany riu e, em seguida, recostou-se na cabine, soltando um suspiro sonhador que disse à Josie que ela já estava completamente a fim. Mas, então, quem era ela para julgar? Não tinha levado muito mais tempo para Ash tomá-la completamente. Tinha sido um caso perdido no momento em que ele a arrastou para fora de seu apartamento. Se fosse totalmente honesta, admitiria que tinha sido um caso perdido desde aquele primeiro dia no parque. Ela só tinha levado um tempo para perceber isso.

– Foi incrível – disse Brittany. – E, sim, totalmente selvagem na cama. Tão exigente e possessivo. – Ela estremeceu, calafrios gelados se espalhavam sobre sua pele. Então sua expressão esmaeceu e seus lábios se torceram em uma careta. – Nada a ver com o meu primeiro marido. Eca. Nem mesmo no mesmo universo!

– Esqueça ele – Josie ordenou. – Está no passado. Siga em frente. Agora nos conte mais.

As outras caíram na gargalhada novamente. Elas estavam chamando a atenção das outras mesas, mas Josie não se importava. Normalmente ficaria horrorizada por ser o foco em um ambiente público, mas já adorava essas meninas e estava se divertindo.

– Eu gozei três vezes – Brittany disse em um sussurro alto. – Três vezes! Isso é três vezes mais do que eu já gozei com o meu marido.

– Uhul! – Bethany disse, com um largo sorriso no rosto. – E agora? Foi uma coisa de uma noite só? Ele pegou o seu número? Será que vai ligar?

– Uma pergunta de cada vez, Bethany – Mia repreendeu. – Ela não consegue acompanhar! Mas, sim, Brittany, conte-nos tudo.

Brittany sorriu e Josie viu o quão bonita ela era. Seus olhos brilhavam e a escuridão que a havia assombrado tinha ido embora. Ela parecia mais segura de si mesma. Ela parecia... feliz.

– Oh, ele pegou o meu número. Fez-me gravar todos os números dele no meu celular. Queria saber o que eu ia fazer hoje. Aonde eu estava indo e com quem. Então, ele me disse que este não era um caso de uma noite, e que era melhor eu tirar isso da minha cabeça agora, se era isso o que eu estava pensando.

– Uau – Mia sussurrou. – Soa intenso!

– Ele nem sequer me perguntou se eu *queria* vê-lo novamente – continuou Brittany, um sorriso bobo estampado em seu rosto. – Ele me disse que estaria no meu apartamento esta noite para me levar para jantar e que eu ia passar a noite em seu hotel.

Josie franziu a testa.

– Então ele não tem um apartamento aqui?

Brittany balançou a cabeça.

– Não. Ele estava em Vegas deixando o novo clube pronto para abrir. Agora que ele está pronto, está planejando passar muito do seu tempo lá, ou pelo menos nos primeiros meses. Ele viaja muito, passando pelas boates, então não mantém uma residência permanente em nenhum lugar.

– Quanto tempo ele vai ficar aqui, então? – Bethany perguntou, seus lábios se curvando para baixo em uma careta que espelhava a da Josie.

Brittany encolheu os ombros.

– Eu não sei. Acho que nós vamos ter que levar um dia de cada vez e ver o que acontece. Quem sabe? Talvez eu seja apenas uma mulher com quem ele quer ficar quando está na cidade. Eu já sei que o melhor é não esperar demais de uma situação. Boa maneira de destruir minhas esperanças.

– Ele bem podia ficar comigo – Mia murmurou.

Bethany morreu de rir.

– Com certeza vou contar ao Gabe que você disse isso.

Mia olhou para ela.

– Não, você não vai. Código das "amigas". O que é discutido com as amigas, fica com as amigas.

– É verdade – Bethany concordou. – Mas é divertido te provocar.

– Além disso, tenho mais do que posso lidar com Gabe. Eu posso olhar. Não há nada de errado com meus olhos – ou com os meus hormônios neste caso. Mas não tenho vontade de tocar outro homem – disse descaradamente.

– É possível se apaixonar à primeira vista? – Brittany perguntou melancolicamente. – Tenho 30 anos de idade e nunca estive apaixonada. Eu certamente não era apaixonada pelo meu marido. Estou preocupada que Kai tenha apenas me deslumbrado e que eu me agarrei a ele, porque ele estava tão atraído por mim. Eu só quero saber se eu teria respondido a qualquer cara do jeito que respondi ao Kai.

Josie estendeu a mão para apertar a de Brittany.

– Com certeza é possível. Acontece mais do que você pensa. Você precisa parar de se torturar por causa do seu primeiro casamento. Merdas acontecem. Mas você saiu. Agora é hora de seguir em frente e dar a si mesma uma chance de ser feliz.

– Eu não poderia ter dito melhor – disse Bethany. – E Jace jura que ele se apaixonou na primeira vez que pôs os olhos em mim. E, pelo que você diz, certamente parece que Kai está muito a fim mesmo.

Mia passou um braço em volta dos ombros de Brittany.

– Vá em frente, amiga. Divirta-se de verdade. Se der certo, ótimo. Mas se não acontecer? Você vai ter a nós para se reerguer. Sem mencionar que Ash e os caras vão bater para caramba em Kai se ele te sacanear.

Bethany sorriu em acordo. Até os olhos de Brittany brilharam com diversão. Josie não disse nada, pois sabia muito bem que Ash faria exatamente isso. As palavras de Mia eram apenas isso: palavras. Mas Ash não hesitaria em ir atrás de alguém por ter ferido uma pessoa com quem ele se preocupava. Já tinha provado isso.

– Você está certa – disse Brittany. – Eu deveria me jogar. Me divertir. Estou pensando muito nisso. Ele provavelmente só quer um pouco de ação enquanto está aqui. E já que ele é essa bomba na cama, não é uma dificuldade. Só espero que eu não fique toda chorosa quando ele for embora.

– Talvez ele não vá – Josie disse encolhendo os ombros. – Ele parecia muito interessado em você na noite passada e, pelo que você nos contou, não pareceu ser apenas um chamado para a putaria.

– Chamado para a putaria! – Mia rachou de rir. – Eu com certeza vou roubar essa expressão de você. Isso é hilário!

– Acho que você está certa – Bethany concordou. – Quero dizer, isso era tudo que eu pensava que era para Jace naquela primeira noite. Eu nunca sonhei que ele cruzaria a cidade inteira à minha procura! E vamos apenas dizer que uma vez que ele me descobriu foi isso. Não que a gente não tivesse tido problemas. Mas ele estava comigo para longo prazo.

– Então, o que acontece com você e Ash? – Brittany perguntou, virando a atenção para Josie. – Eu nunca vi meu irmão tão intenso com uma mulher. Não que nós tenhamos passado muito tempo juntos, você entende, mas eu teria sabido se ele estivesse com a mesma mulher por muito tempo.

– Muito tempo! – Josie exclamou com uma risada. – Nós estamos juntos há apenas duas semanas.

– É um caso perdido – Mia disse solenemente. – Confie em mim, eu sei. Ele e Jace sempre comiam as mesmas mulheres, e isso nem sempre foi bonito. Conheci seu último caso. – Ela fez uma careta e limpou a garganta. – Não é você, Bethany. Antes de você. Ah, merda, mas lá vou eu metendo os pés pelas mãos novamente.

As bochechas de Bethany ficaram rosadas, mas Josie riu.

– Não, Bethany. Está tudo bem. Realmente. Eu amo que podemos falar sobre isso e não ficar tudo estranho entre nós. De fato é melhor assim.

Brittany parecia completamente confusa, mas elas não explicaram nada.

– De qualquer forma, o que eu estava dizendo – disse Mia – antes de falar besteira, era que eu me encontrei com a última garota do Jace e do Ash. Eles me levaram para comer e eu juro que ela nos seguiu até lá. De jeito nenhum aconteceu de ela estar no mesmo lugar que estávamos. Absolutamente não era o seu estilo, se vocês sabem o que quero dizer. Estávamos em um pub nos debruçando sobre nachos e outras coisas gostosas e simples. E ela apareceu como uma mulher desprezada e fez uma cena. Insultou-me no processo, porque achava que eu era a sua substituta.

Ela estremeceu delicadamente quando disse a última frase.

– Não lidou com isso muito bem, hein! – Bethany disse com um sorriso.

Mia fez uma careta.

– Não. Uh, vamos apenas dizer que ela não entendeu a mensagem "acabou" muito bem. E o meu ponto em trazer isso à tona foi que Jace e Ash estavam comendo as mesmas meninas por um longo tempo. E, de repente, Jace encontrou Bethany e isso tinha acabado. E então Ash te conheceu e é óbvio que esse negócio de comer meninas aleatórias também acabou. Estive perto dele por muitos anos, e ele nunca ficou com a mesma mulher durante o tempo que ele está com você, Josie.

– Fico feliz em saber disso – Josie murmurou.

– Então, você está apaixonada? – perguntou Brittany. – Eu deveria estar perguntando quais são suas intenções com o meu irmão?

Todos riram e Josie ergueu as mãos.

– Eu fui gentil na noite passada. Juro!

– Você não respondeu a pergunta – Mia disse incisivamente.

Josie suspirou.

– Sim, eu estou apaixonada por ele. Eu só não disse ainda. Queria ter certeza de falar no momento certo. Parece tão estúpido, mas eu não quero gritar isso quando estivermos fazendo sexo ou animada com o momento, nem quero dizer quando ele estiver fazendo algo realmente doce para mim, porque quero que saiba o que significa e que eu não estou apenas soltando algo no calor do momento.

– Ele já disse que te ama? – Bethany perguntou suavemente.

Josie fez uma careta.

– Não.

– Ele ama – Mia disse resolutamente. – Não há dúvida em minha mente. Santo inferno, e a maneira como ele olha para você? Isso me faz tremer totalmente.

Brittany assentiu em concordância.

– Sem falar da maneira como ele brigou com a minha mãe quando ela fez aquela cena no restaurante e disse aquelas besteiras sobre você. Eu pensei que ele ia sufocá-la. Eu não teria tentado impedi-lo também!

Todas elas riram novamente e, em seguida, foram interrompidas pelo garçom que trazia seus pedidos. Nos próximos minutos, garfaram a comida, riram e falaram sobre os caras, sexo e, bem, mais sexo.

Josie não conseguia se lembrar da última vez em que tinha se divertido assim. Tudo estava tão... perfeito. Ela tinha Ash, e realmente, se isso fosse tudo o que ela tivesse, já seria uma mulher feliz. Mas agora também tinha boas amigas. De fato gostava delas. Eram genuínas, tinham corações enormes e não havia um pedaço falso sequer em seus corpos.

O que mais poderia pedir? Ela era agora uma artista bem-sucedida – seu trabalho estava mesmo em demanda! E daí que fosse apenas uma pessoa? Precisava de apenas um. Quem é que fosse, tinha amado seu trabalho o suficiente para adquirir tudo o que ela fazia assim que fosse colocado à venda. E agora tinha grandes amigas e um homem que adorava. E tinha certeza de que ele a adorava também.

Talvez eles não tivessem dito as palavras ainda, mas Josie estava confiante de que Ash era o homem da sua vida. As palavras viriam. Ele já tinha falado sobre o futuro deles como se fosse um negócio decidido. Ele mesmo disse que ela teria o anel! Até mencionou os seus filhos! Nenhum homem que não estivesse pensando a longo prazo conversaria sobre anéis de noivado e bebês.

Ela sentou-se para trás com um suspiro, entregando-se a um copo de vinho com as outras. Ela tinha alguém para levá-la para casa. Por que não?

Uma hora mais tarde, as meninas fizeram suas despedidas e entraram em seus respectivos carros para ir para casa. Josie ofereceu a Brittany uma carona, já que ela tinha ido andando até o restaurante, e as duas conversaram por todo o caminho até o apartamento de Brittany.

– Hoje foi divertido – disse Brittany, quando o carro parou na frente de seu prédio. – Muito obrigada por me convidar para as saídas, Josie. Eu realmente me diverti muito.

– De nada – Josie disse com um sorriso caloroso. – Eu me diverti também. Nós absolutamente temos que fazer disso um evento regular.

– Certamente! – Brittany disse ao sair do carro.

– E me mantenha informada sobre o Kai! – Josie gritou para ela.

Brittany virou-se, e deu-lhe um sinal de positivo e um sorriso exagerado.

Josie se acomodou no banco de trás e mandou uma mensagem de texto para Ash em seu caminho de volta para o apartamento. Ela disse que ia almoçar com as meninas e ele falou para ela se divertir e avisá-lo quando estivesse voltando. Talvez ele até conseguisse voltar para casa mais cedo do trabalho.

A expectativa lambeu sua espinha enquanto dirigiam pela cidade. Ela não conseguia se lembrar da última vez que tinha sido tão... feliz. Tão despreocupada e totalmente satisfeita com o rumo de sua vida.

Quando chegaram ao prédio de Ash, ela saiu e agradeceu ao motorista. Enquanto se dirigia para dentro, o porteiro, que estava ao telefone, colocou a mão sobre o receptor e a chamou do outro lado do saguão.

– Senhorita Carlysle, um pacote chegou para você enquanto estava fora. Está na minha mesa. Devo mandá-lo para o apartamento?

Josie sorriu.

– Não, está tudo bem. É pequeno, certo? Vou levá-lo comigo.

Ela tinha encomendado alguns pincéis e sabia que iriam chegar hoje.

– Está no escritório. Dê-me apenas um segundo e vou buscá-lo para você.

– Ah, não precisa – ela chamou. – Termine a sua ligação. Eu vou buscá-lo e levá-lo comigo.

– Senhorita Carlysle! – ele a chamou.

Ela entrou no pequeno escritório que alojava as entregas e olhou para a mesa, onde estava um pequeno pacote. Com um sorriso, aproximou-se e colocou-o debaixo do braço. Quando se virou para sair, seu olhar se prendeu em várias pinturas cobertas que descansavam contra a parede oposta.

Ela franziu a testa porque um deles não estava totalmente coberto e se parecia muito com um quadro dela. Mas o que estariam fazendo aqui?

Ela correu, impenitente para espionar. Puxou a coberta e engasgou. Estas *eram* suas pinturas!

capítulo 28

Josie rapidamente vasculhou os outros, o estômago revirando enquanto pegava cada uma das pinturas que tinha vendido para a galeria de arte do Sr. Downing.

Que diabos?

Ela deixou a proteção que as cobria cair e deu um passo atrás, o nó no estômago crescendo. Oh, não. Não, não, não. Não podia ser. Ele não faria isso.

Mas ele fizera. E a confirmação a estava encarando.

– Senhorita Carlysle, por favor. Você não deveria estar aqui – o porteiro disse à entrada.

– Não, não acho que devesse – ela murmurou.

Ela passou por ele, ignorando seus apelos para que parasse. O que diabos ele poderia dizer?

Ela se jogou para dentro do elevador, as lágrimas ardendo nos olhos. Como poderia ter feito isso? Sentia-se como a maior idiota do mundo. Ela nunca poderia imaginar que Ash tinha sido o único a comprar seus quadros, mas aquilo não deveria surpreendê-la. Ele orquestrava todos os aspectos daquela relação.

A desolação se apoderou dela. Ela não era bem-sucedida. Não era independente. Tudo o que tinha veio de Ash. Ela estava vivendo com o seu dinheiro, em seu apartamento. Não tinha comprado nada com sua própria renda. Sua sensação anterior de que estava acertando, de que encontrara seu lugar no mundo, se foi com a descoberta dessas pinturas.

Ela saiu do elevador tão agitada que não podia sequer andar em linha reta. Seu olhar se estabeleceu nas caixas, já havia aberto a maioria. Ela caminhou por elas e caiu no sofá, cobrindo o rosto com as mãos.

Ela estava se sentindo humilhada por completo. Cada uma das vezes que animadamente exclamou a Ash sobre o sucesso de seu trabalho voltava a ela em ondas de constrangimento. E ele deixava isso acontecer!

Ele mentiu para ela, algo que Josie não teria imaginado. Não, ele não tinha negado a compra das pinturas, mas ela não tinha perguntado. Nunca teria imaginado que ele estivesse por trás disso. Era uma omissão. Tão grande, tão monumental, que ela mal podia compreender.

O que mais tinha escondido dela?

Lágrimas queimaram suas pálpebras, mas ela se recusou a se deixar abater. Também recusou-se a acreditar que estivesse exagerando. Isso não era algo pequeno. Seu sucesso lhe tinha permitido dizer sim às demandas de Ash. Ela sentiu como se pudesse concordar, porque se sentia capaz de sustentar a si mesma. De jeito nenhum teria seguido cegamente em um relacionamento com Ash com uma disparidade tão grande entre eles. Ela tinha estado disposta e capaz de se submeter, porque estava forte o suficiente para vê-lo como um igual. Não que alguma vez tivesse sido verdadeira a igualdade entre eles, mas seu sucesso como artista, o fato de ter dinheiro em sua conta bancária e os meios para se sustentar tinham sido muito importantes para ela e igualavam as coisas entre eles. Pelo menos era no que ela acreditava.

O que não tinha percebido era o quão desigual as coisas eram entre eles.

Ela morava no apartamento dele. Todo o dinheiro em sua conta bancária era dele. Não dela. Oh, Deus, ele pagou duas vezes pelas peças. Ela deveria ter questionado sua boa-fé. As pessoas não entram simplesmente em uma galeria de arte e se oferecem para pagar por uma obra mais do que ela vale.

Ela fora tão estúpida. Infantil. Uma completa idiota.

Josie realmente acreditou que alguém havia se impressionado pelo trabalho dela. Acreditara que tinha talento, embora Downing se recusasse a expor mais de sua arte porque nada era vendido. Agora sabia a verdade.

Ela fechou os olhos, devastada por sua descoberta. Confiara nele. Não escondia nada dele. E ele tinha estragado tudo.

Todas as suas palavras sobre fomentar seu dom, sobre protegê-la e apreciá-la, não significavam nada. Ele a tinha feito de tola. Deus, ela ainda disse aos outros sobre a venda de sua arte. Ela ficara tão orgulhosa. Tão animada. Será que todos sabiam que Ash era o seu benfeitor?

Ash aparentemente trabalhava em um modo de "precisar saber". O que mais ele tinha decidido que ela não precisava saber?

Ela ergueu a cabeça, uma dor brotava em seu peito até que não conseguisse respirar. Puxou o ar em respirações irregulares, tentando amenizar a queimação em seu peito. Mas nada funcionava.

Ela o amava. Ela pensou que ele a amava.

Esfregou as têmporas, o cansaço a dominava. O que deveria fazer?

Ela olhou para as caixas, a raiva substituindo aos poucos a devastação. Não ficaria aqui fingindo não saber o que ele tinha feito. Como poderia? Ela estava vivendo uma completa mentira. E agora tinha de lidar com o fato de que não era bem-sucedida. Não havia uma demanda por seu trabalho. E tinha sido negligente com seu negócio de design de joias desde que se mudou para a casa de Ash. Ela esteve muito presa a outras coisas para desenhar novas peças e colocá-las à venda. Estava acomodada ao fato de que vendia suas peças de arte o mais rápido que conseguia para a galeria, e aquelas peças lhe davam muito mais dinheiro do que as joias que fazia. Ou pelo menos estavam dando.

Respirando fundo, ela se forçou a ficar de pé. A agir. Não demoraria para empacotar seus pertences. E, na verdade, tudo que queria eram os materiais de arte e as roupas que trouxera com ela. Todo o resto pertencia a Ash. Eram coisas que ele havia comprado para ela e que não levaria consigo.

Mecanicamente, enfiou tudo nas caixas, sem o cuidado que tivera para empacotar antes. Depois de trinta minutos elas estavam cheias, a bolsa de viagem contendo roupas e produtos de higiene pessoal. Ela ficou de pé, observando a sala, sabendo que seriam necessárias várias viagens para levar tudo ao apartamento. Graças a Deus ela não tinha desfeito o contrato de aluguel e ainda tinha um lugar para viver.

Erguendo os ombros, buscou um frete em seu telefone. Depois de uma ligação e um orçamento astronômico em virtude da necessidade de urgência, tudo o que precisava fazer era esperar. Esperar pelas pessoas que removeriam todos os traços de sua vida presente do apartamento de Ash.

Doía. *Ela* podia sentir. Não havia parte de seu corpo e mente que não estivesse doente. Mas como ficaria com um homem que tão deliberadamente manipulara sua vida? Ele talvez nunca a tivesse machucado fisicamente como Michael, mas naquele momento Josie teria preferido a dor física à que sentia, aquela agonia depois de tamanha decepção.

Uma hora mais tarde, os rapazes do frete chegaram e começaram a carregar as caixas pelo elevador para o caminhão. Josie ficou no apartamento até que a última caixa fosse levada. Ela discretamente pediu que se apressassem. Não queria que Ash chegasse em casa enquanto ela estivesse voltando para seu apartamento. Ele ainda não tinha ligado, então ela ainda tinha algum tempo.

Quando chegasse em casa, ela já estaria de volta ao seu antigo apartamento. Nesse momento, ela não seria cativada por palavras bonitas e promessas vazias.

Ele era um idiota por tê-la feito amá-lo. E ela, uma idiota por acreditar em suas palavras. Ela gostava de seus amigos. Adorava Bethany, Mia e Brittany, todos eles. Mas eram seus amigos. Leais a ele. Ela fora aceita por causa dele. E agora, não tinha mais nada.

Foi enquanto descia o elevador que percebeu duas coisas. Uma, ela não tinha como ir para sua casa antiga, não tinha uma carona, o apartamento de Ash não ficava perto de um transporte público. Ela poderia pedir um táxi, mas teria de pedir ao porteiro que chamasse um, e isso poderia demorar. Especialmente naquele horário do dia, quando todos os táxis estavam cheios.

A outra coisa que ela percebeu era que deveria confrontar Ash. Não podia simplesmente sair do apartamento e se esconder em sua casa; não que devesse a ele qualquer coisa, mas não queria ir para casa imaginando o momento em que ele percebesse que ela havia saído do seu apartamento e o confronto inadiável que isso ocasionaria. Seria melhor se ela fosse até seu escritório, falasse o que tinha para falar e deixasse claro que estava terminado. Desse jeito não se preocuparia com ele aparecendo em sua casa.

Para isso, usaria o motorista de Ash. De qualquer forma, ele teria de buscar Ash no trabalho. Uma olhada rápida no relógio sugeriu que o motorista ainda estaria aqui. Se não estivesse, ela pegaria um táxi até o prédio do escritório, mesmo que tivesse que esperar. De seu escritório, era só pegar o metrô.

Ela vasculhou por seu telefone naquela bolsa enorme que jogara nos ombros. Depois de mandar que os rapazes do frete seguissem e finalmente conseguir achar as chaves do apartamento para que eles pudessem começar a descarregar, ela ligou para o motorista de Ash que, por um milagre, estava só a uma quadra de distância.

Alguns minutos depois, ela estava em direção ao escritório de Ash, lágrimas silenciosas desciam por suas bochechas.

capítulo 29

Ash inclinou a cabeça para trás contra a cadeira, ainda segurando o telefone contra sua orelha enquanto a teleconferência se estendia através do tempo.

Cristo, tudo o que ele queria era desligar a porra do telefone para que pudesse ir para casa encontrar Josie. Ela tivera um almoço com as meninas hoje e estava ansioso para ouvir sobre seu dia. Depois disso, ele a levaria para jantar. Em algum lugar calmo e intimista. Eles conversariam um pouco mais e, então, ele a levaria para casa e faria amor com ela até que desmoronassem de exaustão.

Uma batida soou em sua porta e Eleanor colocou a cabeça para dentro. Ash franziu a testa com a interrupção, mas se ela se intrometera é porque devia ser importante. Ela era eficiente demais para não saber quando ele estava em uma chamada importante.

Colocando a chamada sem som, ele baixou o fone e olhou interrogativamente na direção de Eleanor.

– Desculpe, senhor, eu sei que você está ocupado, mas a senhorita Carlysle está aqui para vê-lo.

Ele levou um momento para perceber que a senhorita Carlysle era, na verdade, Josie. Ele se endireitou, terminando a chamada sem hesitação.

– A Josie está aqui? – perguntou abruptamente. – Mande-a entrar imediatamente.

Eleanor desapareceu e Ash já estava de pé, caminhando em direção à porta para atender Josie quando ela entrou. Josie nunca havia ido ao seu escritório antes. Porra, ele nem sequer se lembrava se havia dito a ela onde trabalhava.

Um momento depois, a porta abriu e Josie caminhou adiante lentamente, com o rosto pálido, os olhos inchados. Como se tivesse *chorado* para cacete.

Ele entrou na frente dela em segundos, puxando-a para seus braços. Ela ficou dura, rígida e totalmente inflexível.

– O que há de errado? – perguntou. – O que está te chateando, Josie?

Ela se afastou para longe dele e andou em direção ao meio de seu escritório, onde apenas ficou de pé, de costas, com a coluna rígida.

O olhar dele se estreitou.

– Josie?

Quando ela não respondeu, Ash estendeu a mão para ela, virando--a para encará-lo. Não gostava nem um pouco do que viu em seu rosto. O temor o agarrou pelas bolas enquanto percebia a falta de vitalidade em seus olhos.

Josie sempre brilhou. Ela era exatamente assim. Poderia iluminar uma sala apenas ao adentrar nela. Ela brilhava, tinha um sorriso lindo e seus olhos estavam sempre brilhantes e ensolarados. Como qualquer outra parte dela.

Mas não hoje. Ela parecia desgastada. Triste. Parecia arrasada.

Quando se afastou dele novamente, os lábios de Ash se uniram em uma linha apertada.

– Lembre-se do que eu disse, Josie. Quando estivermos conversando, e *especialmente* se você estiver chateada com alguma coisa, não vamos discutir com distância entre nós. Você está me empurrando, e isso não é uma opção.

Quando ele iria se mover para puxá-la para perto, ela colocou os dois braços para fora, efetivamente o bloqueando.

– Você não tem mais uma opção – disse com firmeza. – Acabou entre nós, Ash. Eu levei minhas coisas de volta para o meu apartamento.

Ele não conseguia nem controlar sua reação. Das centenas de coisas diferentes que ela poderia ter dito, nunca teria imaginado que pudesse dizer *isso*. Que porra era essa, como assim?

– *Porra nenhuma* que nós estamos terminando – ele grunhiu. – Que merda está acontecendo, Josie?

– Eu vi as pinturas – disse com a voz rouca. – Todas elas.

Caralho.

Ele soltou o fôlego e passou a mão bruscamente pelo cabelo.

– Não era o jeito que eu queria que você descobrisse, baby.

– Não, eu acho que não era – disse com desdém. – Eu não imagino que você quisesse que eu descobrisse de jeito algum.

– Você não vai sair do apartamento e desistir de tudo só porque eu não te disse que eu era a pessoa que comprou seus quadros.

– Apenas me observe – disse ela em um tom gelado que não combinava com ela.

– Baby, você precisa se acalmar e deixar eu me explicar. Vamos conversar sobre isso e então vamos seguir em frente. Mas eu não vou ter essa maldita conversa na porra do meu escritório e eu tenho certeza absoluta de que nós não vamos conversar com você a um metro de distância de mim, construindo uma parede de merda entre a gente.

– Eu devo me acalmar? – reclamou. – Você mentiu para mim, Ash. Você *mentiu*. E eu tenho que discutir e seguir em frente?

– Eu nunca menti para você – ele gritou.

– Não me venha com essa babaquice. Você mentiu e sabe disso. Além disso, fez de mim uma completa idiota. Todos aqueles momentos em que eu estava tão animada sobre a venda desses quadros. Você me deixou falar sobre isso com os seus amigos. Você deixou eu me sentir como se tivesse feito alguma coisa significativa. Como se fosse capaz de me sustentar. Como se eu tivesse dinheiro. Opções. Um futuro. Deus, você realmente pregou uma peça em mim, Ash. E cada parte disso era uma *mentira*.

– Jesus – ele xingou. – Josie, isso não é o que eu pretendia de jeito nenhum.

Ela levantou a mão.

– Você sabe por que eu não discuti com você sobre morarmos juntos? Por que eu deixei você me convencer tão facilmente? Porque senti como se eu pudesse. Porque eu tinha opções. Porque eu não *pre-*

cisava de você. Mas eu *queria* você. Pensei que era autossuficiente. Capaz de ser uma pessoa igual, embora nunca vá ter todo o dinheiro que você tem. Mas era importante para mim ser capaz de contribuir com algo para o nosso relacionamento. Mesmo que fosse apenas um senso de autoestima. Queria ser confiante. Eu estava no topo do mundo, Ash. Porque pela primeira vez imaginei que tivesse tudo. Uma carreira, você, amigos realmente incríveis. E nada disso, *nada,* era real!

Cada uma das suas palavras o cortou como uma faca. A face dela estava cada vez mais pálida, seus olhos mais abatidos. Ash não havia pensado sobre o seu senso de valor, de autoestima. Sobre ela imaginar que tinha opções. Não depender exclusivamente dele, apesar do fato de que era isso que ele queria. Mas, porra, nunca quis machucá-la. Não era por isso que tinha feito tudo aquilo.

– Você manipulou cada aspecto do nosso relacionamento – disse dolorida. – Orquestrou cada ponto. Cada passo foi calculado e planejado. Você brincou comigo como um instrumento e eu caí direitinho no seu colo. Eu devia ter imaginado quando você me chantageou para sair para jantar. Porra, só o fato de que mandou alguém me seguir, você sabia que eu estava penhorando as joias da minha mãe. Mas eu não prestei atenção. Não pensei que esses eram enormes sinais de perigo, embora isso faça de mim uma completa idiota por não os ter reconhecido. Você está tão acostumado a ser Deus no seu mundo que não achou que era nada de mais ser Deus no *meu*.

– Josie, para – ele ordenou. – Chega. Me desculpe por ter te machucado. Pelo amor de Deus, essa era a última coisa que eu queria fazer! Nós podemos resolver isso, baby.

Ela já estava negando com a cabeça, e ele sentiu um medo em sua barriga, que se espalhou para seu peito e pra dentro de sua garganta, dominando-o, apertando até que ele mal pudesse respirar.

– Meu Deus do céu, Josie, *eu te amo*.

Ela fechou os olhos e lágrimas desceram pelo seu rosto. Quando ela os reabriu, ambos estavam brilhando com umidade e havia tamanha desesperança refletida que o estômago dele pesou.

– Eu teria dado *qualquer coisa* por essas palavras – ela disse suavemente. – Eu até mesmo me convenci de que você *realmente* me amava, mas apenas não tinha dito as palavras ainda. Você não tem ideia do quanto eu queria ouvi-las de você. Mas agora? Como eu posso acreditar em você? Você provou quão longe iria a fim de manipular as circunstâncias para obter o resultado desejado. Então, como posso acreditar que não é o que está fazendo agora, tentando jogar com as minhas emoções?

Ele ficou sem palavras. Completa e totalmente sem palavras. Nunca tinha dado essas palavras de amor a outra mulher em toda sua maldita vida. E ela pensou que as disse para manipular suas emoções?

A raiva queimava em suas veias, chiando até ele estar certo de que iria perder as estribeiras. Ele se virou para o lado, em pânico e frustrado porque não tinha ideia do que dizer, do que fazer. Ela estava rompendo com ele e Ash planejava ficar para *sempre* com ela.

A mão dela tremia quando a levantou para o colar que usava no pescoço.

– Não! – ele disse com uma voz rouca, virando-se totalmente de volta para ela enquanto soltava o fecho.

Ela o deixou cair na mão e então o estendeu para ele, pressionando a joia contra a palma de sua mão.

– Eu botei tudo para fora de seu apartamento – disse em voz baixa. – Deixei as chaves em seu bar. Adeus, Ash. Você foi a melhor e a pior coisa que já me aconteceu.

Ele ergueu a mão, tentando impedi-la, porque de jeito nenhum iria deixá-la sair por aquela porta.

– Espere um maldito minuto, Josie. Nós não terminamos. Merda nenhuma que eu vou desistir assim tão fácil. Nós valemos a luta. Por *você* vale a pena lutar e espero para caralho que ache que eu valho a pena também, não importa o quão chateada você possa estar agora.

– Por favor, Ash. Eu não posso fazer isso agora – ela implorou. Seus olhos estavam marejados e mais lágrimas desciam rapidamente por suas bochechas. – Apenas me deixe ir. Estou muito chateada para formar um argumento coerente, e a última coisa que eu quero é dizer coisas de que vá me arrepender.

Ele diminuiu a curta distância entre eles, puxando-a contra seu peito. Inclinou o queixo dela para cima com os dedos e olhou em seus olhos.

– Eu te amo, Josie. Isso é um fato. Não é nenhuma manipulação. Não tem uma agenda escondida. Eu amo você. Ponto.

Ela fechou os olhos e virou o rosto para o lado. Ele segurou seu rosto e com o polegar secou uma das trilhas de prata.

– Apenas me diga por quê? – ela sussurrou. – Por que você fez isso? Por que você não me contou? Por que escondeu isso de mim?

Ele suspirou.

– Eu não sei – admitiu. – Talvez eu tenha pensado que você fosse reagir exatamente como está fazendo e eu não queria isso. Eu amei as pinturas, Josie. Eu me aborreço porque você descobriu que eu as compro, você acha que não tem talento e que ninguém quer o seu trabalho. Isso é besteira.

Ela se arrastou para longe e lhe virou as costas, os ombros tremendo.

– Estou muito chateada de ter essa conversa com você, Ash. Por favor, vamos apenas deixar pra lá.

– Nem fodendo que eu vou te deixar ir quando você acabou de me dizer que tirou suas merdas do *nosso* apartamento. Você honestamente espera que eu apenas diga “está bem, tenha uma boa vida”? Foda-se. A única boa vida que eu quero ter é com *você*.

Ela enrolou os braços ao redor da própria cintura, se abraçando.

– Eu vou voltar para o meu apartamento. Minhas coisas já foram levadas. Eu não posso ficar. Prometi aos carregadores que os encontraria lá.

O pânico agarrou sua garganta. A impotência tomou conta dele. Ela estava realmente indo embora. Por causa daqueles quadros malditos. Ele sabia que era mais do que isso. Ele entendia por que ela estava irritada. Nunca olhou para além do fato de que ele os tinha comprado para ver como iria fazê-la se sentir uma vez que descobrisse que era tudo mentira. Ele conseguiu isso. Mas como diabos poderia recompensá-la por isso, fazê-la perceber o quanto tinha a oferecer, se ela estava indo dormir em outra cama, em outra região da cidade?

Ela andou em direção à porta, Ash olhando para ela, totalmente paralisado, com o coração em seu estômago.

– Josie, pare. Por favor.

No "por favor" ela parou, mas não se virou.

– Olhe para mim, por favor – disse em voz baixa.

Lentamente, ela se virou, com os olhos inundados de lágrimas recentes. Ele xingou suavemente, porque nunca quis ser a razão para aquelas lágrimas.

– Jure que você vai pensar sobre isso. E sobre nós – ele disse com a voz embargada. – Eu vou dar-lhe esta noite, baby. Mas se acha que eu vou desistir e deixá-la ir embora, então você não me conhece muito bem.

Ela fechou os olhos e respirou fundo.

– Eu vou pensar, Ash. Isso é tudo o que posso prometer. Eu tenho muita coisa para resolver na minha cabeça. Você puxou o tapete debaixo de mim. Eu tenho que descobrir o que vou fazer a partir daqui. Eu sabia quando entrei nesta relação que você prometeu cuidar de mim, me proteger e me prover. E eu estava bem com isso, porque não *precisava* de você. Você pode entender a diferença? Eu não *tinha* que estar com você. Eu *queria* estar. Se eu não tivesse outra escolha, nem outro lugar para morar, ou dinheiro, então como poderia ter certeza de que eu não estava com você pelo seu dinheiro? Eu nunca quero isso entre nós. É importante para mim ser independente e capaz de me sustentar, mesmo que isso *não seja o que eu acabe fazendo*. Mas eu quero ter essa escolha. Quero ser capaz de me olhar no espelho e saber que tenho valor. Que eu posso me sustentar e fazer minhas próprias escolhas.

Ele fechou os olhos, porque muito do que ela disse fazia sentido. É como ele se sentiria na sua situação também. E ele foi capaz de compreender isso bem. Nunca pensou em como ela iria se sentir se comprasse as pinturas e escondesse dela. Tinha feito merda. E agora podia perdê-la por causa dessa merda.

– Eu entendo – disse com a voz rouca. – Entendo mesmo, baby. Eu vou te dar essa noite. Mas não tenho que gostar de fazer isso. E não vou desistir de nós, então se prepare. De jeito *nenhum* vou desistir de você.

Ela engoliu em seco, com o rosto ainda pálido, com os olhos ainda feridos. Então se virou e foi embora, levando o coração e a alma dele consigo, deixando-o ali, segurando o colar que tinha tirado do seu pescoço.

capítulo 30

Josie passou uma noite miserável se revirando até que finalmente desistiu e se deixou absorver pela pintura. Pela primeira vez, as cores vibrantes não vieram. Não havia nada vivo sobre a cena que pintou. Era escura, cinza. Havia uma tristeza que vazou para a tela sem que ela percebesse que estava ali.

Ao amanhecer, seus ombros caíram, rígidos e doloridos das horas que passara pintando. Quando percebeu, fez uma careta. Era uma imagem clara de seu humor. Miserável.

Ela quase jogou tinta sobre ele para apagá-lo, mas se conteve, com as mãos tremendo antes de finalmente afixar sua marca registrada *J* no canto inferior do lado direito.

Era honesto. Também ficou muito bom. Era apenas diferente de qualquer um dos seus outros trabalhos. Talvez isso fosse algo mais próximo do que os outros querem. Talvez as pessoas não quisessem algo brilhante, alegre, divertido e sexy.

Quando olhou para a pintura, o título veio com ela. *Chuva em Manhattan*. Não era particularmente original, mas convinha com seu humor, mesmo que fosse uma perfeita manhã de primavera do lado de fora. Os edifícios em sua pintura eram altos e sombrios, delineados pela chuva e pelo céu nublado. Ela também percebeu que o prédio na tela era o de Ash.

Ela suspirou e se levantou, esticando os músculos rígidos. Cambaleou até a cozinha para fazer um café, grata por ainda ter uma lata velha no armário. Teria que reabastecer seu apartamento. Todos os produtos perecíveis tinham sido jogados fora quando ela se mudou e apenas alguns itens permaneceram. Um deles era o café. Precisava abrir mão da caneca e ir direto para uma infusão intravenosa de cafeína.

Segurando a xícara na mão, voltou para a sala e abriu as cortinas para deixar entrar a luz da manhã. Lá fora, as ruas estavam quietas, só agora começando a ganhar vida com o tráfego do dia.

Ela sempre amou seu apartamento. O aluguel naquele prédio estava custando-lhe um bocado, no entanto, e a percepção de que ela teria que ir para algum lugar mais barato a atingiu. Não tinha havido uma compra inesperada. Nenhum cliente que adorava seu trabalho e que gostaria de comprar tudo o que ela levasse.

Ela precisava dar um pulo na galeria de arte e falar com o Sr. Downing. Deixar claro que, se fosse para continuar mostrando seu trabalho lá, que ele não poderia vendê-lo para Ash. Ele provavelmente não permitiria que ela trouxesse qualquer outra coisa, uma vez que estava recusando aquele que, com certeza, era o seu melhor cliente. Como poderia saber que Ash não ia simplesmente comprar com um nome diferente, um que ela nunca seria capaz de rastrear?

Sim, ela teria que se mudar, reordenar suas prioridades e pensar sobre suas opções. Precisava criar mais joias e colocá-las à venda em seu site. O site tinha definhado desde que ela se mudara para a casa de Ash, toda a sua atenção foi para a sua arte. Mas precisava do dinheiro da venda de suas joias. Quando ela produzia com regularidade, vendia da mesma forma. Sua arte teria que ocupar temporariamente um lugar secundário até que juntasse reservas suficientes para ter tempo para pensar em uma nova direção para sua obra.

O Sr. Downing tinha dito que ela não tinha visão nem foco. Que ela estava muito dispersa e por todo o quadro. Evidentemente estava certo. Mas o que seria o seu novo foco? Se as pessoas não gostavam dos trabalhos alegres e coloridos que ela criava, então teria que repensar sua visão.

Não seria muito difícil criar mais pinturas deprimentes e sombrias como a que tinha feito esta manhã. Não iria superar Ash em um dia, uma semana ou até um mês. Ela o amava. Havia se apaixonado rápida e verdadeiramente, sem uma rede de segurança. O velho ditado sobre brincar com o fogo veio à mente. Ela definitivamente tinha brincado, jogando o cuidado contra o vento, e, como resultado, tinha se queimado.

Sacudindo a cabeça, terminou o café e colocou a caneca na mesa de centro. Precisava voltar ao trabalho, talvez desenhar um quadro complementar para a pintura *Chuva em Manhattan*. Poderia, então, levar ambos para o Sr. Downing e ver se ele achava que iriam vender melhor do que suas ofertas anteriores. E se não vendesse? Plano B. O que quer que isso fosse.

Ela olhou para o seu celular, que tinha colocado no silencioso, e se perguntou se deveria verificar as chamadas ou as mensagens. Então suspirou. Ninguém estaria ligando para ela. Exceto, talvez, Ash, e ela não queria pensar nele agora. Resistindo à tentação de olhar suas mensagens – se é que havia alguma –, ela voltou ao trabalho, decidida a concluir outro quadro.

Suas pinturas geralmente levavam dias. Ela pincelava sem parar, franzindo a testa sobre cada pequeno detalhe. Mas hoje ela colocou tinta na tela e não parou até que estivesse pronta. E daí se ficasse imperfeita? Não era como se toda a atenção aos detalhes tivesse feito ela chegar muito longe até então.

Ela balançou a cabeça. Deus, ela soava como uma imbecil chorona com essa postura de sentir pena de si mesma. Isso não era ela e não ia deixar que fosse. Não era do tipo de desistir. Ela nunca desistiu de seu sonho. Sua mãe a fez jurar que não iria. De jeito nenhum ia desapontar a si mesma e à sua mãe.

Durante horas, trabalhou de forma constante, o sol subindo e mais luz brilhando através de sua janela. Em um momento fechou as cortinas porque se sentia muito exposta aos transeuntes na calçada. Ela percebeu dois rapazes que ficaram andando para trás e para a frente na rua, parecendo que estavam tentando obter um vislumbre de sua pintura. Pintar era privado. Ainda mais agora que estava derramando seu coração e sua devastação sobre a tela.

Ela tinha acabado de colocar os últimos retoques na pintura quando soou uma batida em sua porta. Ela congelou, o desânimo correu em suas veias. Ash estava aqui? Ele tinha sido contundente sobre o fato de que daria a ela a noite passada, mas que não iria desistir dela ou deles dois. Ele queria que pensasse, mas afastou toda a questão solidamente de sua mente e mergulhou no trabalho.

Levantou-se com as mãos tremendo. Podia ignorar a porta, mas não era uma covarde. E se Ash tinha vindo até aqui, o mínimo que podia fazer era dizer-lhe que precisava de mais tempo. Espaço.

Seu coração batia a mil por hora, ela limpou as mãos e foi até a porta. Respirando fundo, abriu-a. Piscando em surpresa, percebeu que não era Ash em sua porta. Seria decepção o que sentiu? Ela negou essa hipótese e olhou sem dizer nada para Mia e Bethany, que carregavam expressões determinadas em seus rostos.

– Você está horrível – Mia disse sem rodeios. – Você dormiu pelo menos?

– Pergunta estúpida, Mia. É óbvio que ela não dormiu – disse Bethany.

– O que vocês estão fazendo aqui? – Josie perguntou levemente.

– Para responder o que provavelmente será a sua próxima pergunta, não, Ash não nos enviou – Mia disse com firmeza. – Para responder à sua primeira pergunta, estamos aqui para arrastar você para almoçar com a gente e nem sequer pense em nos dizer não.

A boca de Josie se abriu. Bethany riu.

– Você pode muito bem desistir graciosamente, Josie – disse Bethany, o riso ainda em sua voz. – Mia é muito determinada e ela é um pouco assustadora quando define sua vontade em relação a alguma coisa. Tenho certeza de que Gabe pode atestar esse fato.

Mia deu uma cotovelada em Bethany e fez uma careta. Apesar de si mesma, Josie sorriu, com o alívio se acomodando sobre os ombros.

– Você podem me dar apenas um minuto para limpar as coisas? Eu estavam, hum, trabalhando – ela concluiu, pouco convincente.

– Claro – Mia trinou.

– Entrem – Josie disse apressadamente. – Sentem-se. Está tudo uma bagunça. Eu não desfiz a mala nem nada, e como eu disse, tenho trabalhado.

– Este é o seu novo trabalho? – Bethany perguntou suavemente quando entraram na sala de estar.

Mia e Bethany estavam olhando para as duas pinturas que ela tinha acabado. Josie esfregou as mãos pelas pernas das calças e assentiu.

– Eles são muito bons – disse Mia. – Há muita emoção neles. – Ela virou os olhos simpáticos para Josie. – E é óbvio que você está muito chateada.

Josie não sabia como responder a isso.

– Eu, uh, preciso apenas de um minuto, ok?

Mia e Bethany assentiram e Josie correu para seu banheiro para se deixar mais apresentável. Quando olhou para si mesma no espelho, fez uma careta. Não foi à toa que elas disseram que parecia horrível. Ela *estava* horrível.

Jogou água no rosto e aplicou um pouco de base e pó às pressas. Ela aplicou um rímel leve nos cílios e, em seguida, passou um batom brilhoso nos lábios. Não iria ganhar nenhum concurso de beleza, mas pelo menos não ia aparentar estar tão desbotada e abatida. Nenhuma quantidade de maquiagem do mundo ia corrigir as sombras escuras sob os seus olhos.

Quando voltou para a sala de estar, Mia e Bethany estavam esperando e rapidamente a empurraram para fora e em direção ao carro estacionado no fim da rua.

Os dois rapazes que Josie tinha visto antes lhe chamaram a atenção mais uma vez e ela fez uma carranca. Sem dúvida, eram homens de Ash, observando-a. Mesmo que tivesse jurado lhe dar, pelo menos, ontem à noite. Ela balançou a cabeça. Confiar em Ash para fazer as coisas à sua própria maneira. Assim como ele sempre fez. No fundo de sua mente, ela supunha que era bom que ele ainda a estivesse protegendo, mas sua confiança foi abalada. Agora, o que deveria parecer proteção era apenas mais um sinal de quão controlador ele era.

– Nós íamos convidar a Brittany também, mas ficamos preocupadas de que poderia ser um pouco estranho, já que ela é irmã do Ash – Mia disse em voz baixa, uma vez que estavam dentro do carro.

Josie fez uma careta. Ok, é óbvio que elas sabiam sobre seu rompimento com Ash e não estavam apenas a convidando para almoçar como se tudo estivesse normal.

Bethany deslizou sua mão sobre Josie e a apertou.

– Não fique assim, Josie. Tudo vai ficar bem. Você vai ver.

Lágrimas queimaram suas pálpebras, e ela lutou ferozmente para não se desesperar.

– Eu não tenho certeza de que algo vá ficar bem de novo.

– Vai sim – Mia disse ferozmente. – Você pode nos contar tudo na hora do almoço. Então vamos descobrir como chutar o traseiro do Ash.

Bethany riu e Josie apenas olhou para ela com espanto.

– Mas Ash é seu amigo – disse Josie. – Você não está com raiva de *mim* por ter rompido com ele?

– Você é *nossa* amiga – disse Mia. – Ash não é a nossa única ligação com você, Josie. E as mulheres têm de se ajudar e ficar juntas! Tenho certeza de que qualquer que seja o problema, a culpa é dele.

– Absolutamente – disse Bethany com lealdade. – Gabe e Jace erraram muitas vezes, então é parte do curso que Ash também erre. Ele é um homem, no final das contas.

Josie riu mesmo com as lágrimas brotando de seus olhos.

– Oh, Deus, eu amo vocês.

– Nós também te amamos – disse Mia. – Agora vamos arrumar algo gostoso e engordativo para comer e falar mal dos homens.

Dez minutos depois, estavam sentadas em um pequeno pub não muito longe do apartamento de Josie. Elas fizeram seus pedidos e, em seguida, Mia lançou-se a Josie.

– Ok, conte-nos tudo. Tudo que Gabe e Jace disseram foi que você terminou com Ash e saiu do apartamento, e que ele ficou bêbado para caramba na noite passada.

Josie estremeceu e colocou seu rosto entre as mãos.

– Oh, Deus. Eu não sei o que fazer. Por um lado estou chateada e magoada e uma porção de coisas. E, por outro lado, eu me pergunto se exagerei.

– O que aconteceu? – Bethany perguntou baixinho.

Josie suspirou e então contou toda a história do começo ao fim, não deixando nada de fora. Nem o fato de que Ash a seguiu, que comprou as joias da sua mãe e que insistiu para que ela morasse com ele depois do que aconteceu com Michael, até sua descoberta de que ele era a pessoa que comprou todos os seus quadros.

– Uau – disse Mia, recostando-se na cadeira. – Eu diria que até fiquei surpresa, mas soa como algo que Ash faria.

– Gabe e Jace também – Bethany apontou. – Eles são muito determinados quando querem alguma coisa.

– É verdade – Mia admitiu. – São persistentes, nada mais.

Bethany assentiu em concordância.

– Eu exagerei? – perguntou Josie. – Uma parte de mim diz que sim, enquanto a outra parte está ferida. Quer dizer, eu estou chateada demais, mais do que isso, estou arrasada.

– Você não exagerou, Josie – disse Bethany.

Mia sentou-se para a frente outra vez, seu olhar sério enquanto olhava para Josie.

– Eu entendo por que você está chateada. Mas escute, Josie, e não digo isso para te magoar. Estou dizendo isso para apresentar um ponto de vista. Ash poderia ter qualquer mulher que quisesse. Há milhares de mulheres que fariam fila para ter uma chance com ele. Mas ele quer *você*.

Bethany assentiu rapidamente.

– Eu entendo absolutamente o que você está dizendo sobre perder a sua independência e como o que ele fez negou muito do que você tinha trabalhado duro para conseguir. Mas aqui está a questão. Os homens são durões. Durões como tijolos! Ash queria ajudá-la. Homens como Ash só sabem de uma maneira, sua maneira. Mas, Josie, ele estava tão orgulhoso de você. Ele se gabava para Jace e Gabe e até mesmo para mim e Bethany sobre como você é talentosa. Eu acho que ele nunca, em um milhão de anos, teve a intenção de te ferir da maneira que ele fez. Ele viu uma maneira de ajudá-la, de provê-la e de lhe dar uma sensação de realização. Ele pode não ter feito isso da melhor maneira, mas suas intenções eram boas. Eu acredito nisso. Ash é muito intenso.

Mas ele tem um coração enorme, evidenciado pelo fato de que ajudou a sua irmã, que era uma cadela com ele há anos. E apesar de sua família inteira ser feita de enormes imbecis, ele ainda assim não consegue virar as costas de verdade para eles.

– Eu tinha um monte de problemas com o fato de que Jace me queria – Bethany disse calmamente. – Deixou-me perplexa quando ele percorreu toda a cidade, procurando por mim depois da primeira noite, e quando foi tão longe para me ajudar, para cuidar de mim. Ele, assim como Ash, poderia ter qualquer mulher que quisesse. Mas me queria. Assim como Ash quer você. Nós podemos sentar aqui, analisar e tentar compreender isso, mas, no final do dia, eles querem o que querem e acontece de sermos nós. E Jace cometeu muitos erros ao longo do caminho, mas nós colocamos no passado essas questões e eu estou feliz que tenhamos feito isso, porque ele me faz feliz. Eu nunca teria isso com outro homem. Eu não iria querer.

– Então vocês acham que eu estou fazendo uma tempestade em copo d'água – Josie disse com tristeza.

Mia balançou a cabeça.

– Não, querida, eu não acho. Eu acho que isso é obviamente importante para você e eu de fato acho que Ash deve saber disso e reconhecer que o que fez foi errado. Mas, ao mesmo tempo, é algo que você não pode perdoar? Porque, realmente, o que ele fez que era tão ruim? Seu coração estava no lugar certo, mesmo se ele fez tudo errado.

E lá estava. Em poucas palavras. Teria sido assim tão imperdoável? Claro, ela tinha o direito de estar com raiva, mas se mudar do seu apartamento? Terminar? Isso era tão... permanente.

Ela deixou cair o rosto em suas mãos.

– Ah, meu Deus. Eu realmente exagerei.

Bethany deslizou sua mão sobre as costas de Josie.

– Eu deveria tê-lo confrontado, absolutamente, mas exagerei por completo. Eu não deveria ter feito o que fiz. Agora ele vai ficar tão puto comigo, e não o culpo!

– Ele não vai ficar puto, Josie – Mia disse suavemente. – Ele só vai ficar feliz em ter você de volta.

Ela balançou a cabeça tristemente.

– É pior do que você pensa. Ele disse... – ela suspirou. – Ele disse que me amava e eu o maltratei. Eu disse algumas coisas horríveis. Como, por exemplo, que eu não podia acreditar que ele não estava dizendo isso para me manipular.

– Foi a primeira vez que ele falou? – Bethany perguntou gentilmente.

Josie concordou.

– Então é compreensível que você tenha reagido daquela forma – disse Mia. – Você o ama?

– Oh, sim – Josie respirou. – Sou completa e totalmente apaixonada por ele.

Bethany sorriu.

– Pronto. Vocês amam um ao outro. Podem resolver isso. Ele vai perdoá-la e você vai perdoá-lo.

– Você faz parecer tão fácil – Josie murmurou. – Eu fui uma idiota histérica. Não posso acreditar que eu marchei para dentro de seu escritório e disse as coisas que eu disse. Gostaria que houvesse um botão *Voltar* e eu pudesse refazer tudo.

– O amor não é perfeito – disse Mia. – Nós todos cometemos erros. Gabe, Jace, eu, Bethany. E agora você e Ash. Não é esperado que seja perfeito. É o que você faz. E você pode torná-lo realmente especial, Josie. Vá e fale com ele. Ou ligue para ele. Acerte as coisas e dê a Ash a chance de acertar as coisas.

Alguns dos estorvos pesados decolaram dos ombros de Josie. A esperança entrou furtivamente e, com ela, a percepção de que este não era o fim. Nada do que Ash fez era imperdoável. Ela cometeria erros. Não havia dúvida de que o faria. Mas acreditava absolutamente que Ash seria muito mais indulgente com seus erros do que ela tinha sido com os dele.

– Obrigada, meninas – disse, sorrindo com alívio. – Eu vou para casa, tomar um banho, ligar para Ash e esperar que ele não esteja muito chateado para ouvir meu pedido de desculpas.

Mia sorriu de volta.

– Oh, ele vai escutar. Anda. Vamos. Vamos deixá-la de volta no seu apartamento.

Josie balançou a cabeça.

– Obrigada, mas eu vou a pé. Preciso de algum tempo para organizar os meus pensamentos. Quero fazer as coisas direitinho.

– Tem certeza? – Bethany perguntou.

– Sim, tenho certeza. Não é tão longe e isso vai me dar a chance de tomar coragem para ligar para ele.

– Tudo bem, mas você tem que jurar que vai mandar uma mensagem de texto para mim e para Bethany nos contando o que aconteceu! – Mia pediu.

– Eu vou. Prometo! E obrigada novamente. Isso significa muito para mim. Que vocês estavam dispostas a chutar a bunda dele quando nós só nos conhecemos há pouco tempo.

Mia sorriu.

– Para que servem as amigas?

Josie se levantou, abraçou as duas mulheres fortemente e prometeu mais uma vez mandar uma mensagem para elas no momento em que ajeitasse as coisas com Ash. Em seguida, saiu com elas e esperou enquanto entravam no carro, acenando enquanto ele se afastava.

Atirando sua bolsa por cima do ombro, ela começou a caminhar na direção de seu apartamento. Seus pensamentos eram um turbilhão, mas a excitação e o alívio substituíram a escuridão de antes.

Agora, só tinha a esperança de que Ash iria perdoá-la e de que ele realmente a amava.

A caminhada levou mais tempo do que esperava, e, quando chegou a seu apartamento, estava cansada por não ter dormido na noite anterior e impaciente para entrar, tomar um banho e ligar para Ash.

Ela amaldiçoou o fato de que tinha deixado o celular em sua sala de estar. Já poderia ter lido suas mensagens de textos e ouvido suas mensagens de voz. Elas lhe dariam uma boa ideia do estado de espírito de Ash e se seria uma questão simples pedir desculpas a ele.

Ela colocou a chave na fechadura, franzindo a testa quando percebeu que deveria ter esquecido de trancá-la quando saiu. Mas, então, a última coisa em sua mente não era se tinha trancado a porta ou não. Realmente precisava ser mais cuidadosa. Claro que, se ela e Ash se reconciliassem, não teria que se preocupar com isso, porque ele sempre se certificaria de que estava protegida. Nessa questão, ele ainda tinha a certeza de que ela estava protegida, mesmo que o tenha deixado. Mas não tinha percebido duas sombras enquanto voltava para o apartamento. Eles teriam desistido? Ash tinha desistido?

A carranca tomou seus lábios quando ela empurrou a porta para dentro, fechando-a e trancando-a atrás dela. Mas o sorriso desapareceu no momento em que entrou na sua sala e percebeu que não estava sozinha.

Ela prendeu a respiração quando viu três homens de pé, esperando, expressões sombrias em seus rostos. Reconheceu dois deles de antes. Os que tinha assumido serem homens de Ash. Para sua proteção. Naquele instante, soube que estava errada. Estes homens não estavam ali para protegê-la.

Antes que pudesse reagir, um deles se moveu rapidamente atrás dela, barrando seu caminho até a porta. Não que tivesse tido tempo de escapar de qualquer maneira, uma vez que trancou a porta quando entrou.

– Senhorita Carlysle – disse um dos homens em um tom que causou arrepios em sua pele. – Há uma mensagem que eu quero que você entregue para Gabe Hamilton, Jace Crestwell e Ash McIntyre.

Antes que pudesse exigir saber sobre o que ele estava falando e dar o fora de seu apartamento, a dor explodiu através de seu corpo. Ela estava deitada no chão, completamente desnorteada.

E então a dor. Mais dor, agonia, estilhaçando seu corpo enquanto eles dispensavam violência. Jorros de sangue no nariz. Ela podia sentir o gosto na boca. Não conseguia respirar direito. Doía muito. Não conseguia nem gritar.

Ela ia morrer.

Esse pensamento a atingiu e, estranhamente, ela não o combateu, porque isso significava fugir da agonia terrível que estava sofrendo.

Em seguida, houve um silêncio. A mão se enfiou em seu cabelo e puxou sua cabeça dolorosamente para cima. Um homem se inclinou até sua face, o nariz a poucos centímetros do seu próprio.

– Diga a eles que nada que eles prezam está seguro de mim. Estou indo atrás deles. Vão se arrepender do dia em que foderam comigo.

Eles me arruinaram. E, por Deus, eu vou arruiná-los antes de me dar por satisfeito.

Ele empurrou algo em sua mão e, em seguida, jogou a sua cabeça de volta para o chão. A dor explodiu em sua espinha. Ela ouviu passos e, em seguida, a porta se abriu. E depois se fechou.

Gaguejou um gemido baixo por seus lábios duros e inchados. Ash. Ela tinha que chegar ao seu celular e ligar para ele. Tinha que avisá-lo. Ele viria até ela. Tudo estaria bem se pudesse chegar ao seu telefone.

Ela tentou se empurrar para cima e gritava em agonia quando colocava peso na mão direita. Ela olhou para a sua mão, sua visão difusa, um olho quase fechado de tão inchado. O que estava errado com a sua mão?

Usando o cotovelo para sustentar a si mesma, ela se arrastou em direção à mesa de centro onde tinha deixado o telefone. Ela estendeu a mão para ele, derrubando-o no chão e, em seguida, rezando para que não o tivesse quebrado.

Com a mão esquerda, atrapalhou-se para apertar o botão direito e abrir seus contatos. Em seguida, mudou de ideia e clicou nas chamadas recentes, porque o número dele seria o último. Apertou em seu nome e com uma oração sussurrada esperou que respondesse.

capítulo 31

Ash se sentou na reunião de funcionários com Gabe e seus executivos, mas sua mente estava em qualquer outro lugar que não ali naquela sala. Estava com uma ressaca dos infernos depois de ficar muito bêbado na noite anterior. Gabe e Jace o tinham colocado em um carro e, em seguida, o trouxeram para casa e o jogaram em sua cama. Ele acordou na manhã seguinte se sentindo como se tivesse sido atropelado por um caminhão, mas a dor de cabeça não era nada se comparada com a dor de perder Josie.

Não, ele não a tinha perdido. Ainda não. Não iria se permitir ir até lá. Ela estava chateada – justamente por isso – e ele tinha dado a ela a noite passada. Tempo para passar longe dele e, esperançosamente, decidir quando superasse sua raiva inicial que aquela briga era algo que poderiam resolver.

De qualquer forma, Ash deu a Josie todo o tempo que pretendia dar. Tão logo essa porra dessa reunião terminasse, ele ia embora daqui. Iria para o apartamento de Josie e ficaria de joelhos, se fosse preciso. O que fosse necessário para levá-la de volta para casa, para seu apartamento. Em seus braços e em sua cama. E então nunca iria deixá-la ir novamente.

Seu celular vibrou e ele olhou para baixo, com o coração apertando, quando viu que era Josie ligando. Sem dizer uma palavra, de repente se levantou e saiu da reunião, o telefone já na sua orelha.

– Josie? Meu bem? – ele a cortou antes que ela pudesse dizer qualquer coisa.

Houve um longo silêncio e, a princípio, ele pensou que ela tinha desligado. Mas então ouviu o som que congelou seu sangue. Um gemido baixo. De *dor*. Seu coração caiu em seu estômago.

– Josie, fale comigo – ele pediu. – O que há de errado? Onde você está?

– Ash...

Seu nome saiu apenas como um sussurro e era óbvio que ela estava sofrendo com muita dor.

– Estou aqui, baby. Diga o que aconteceu. Onde você está?

– Preciso de você – ela sussurrou. – Machucada. É grave.

O pânico o congelou em seu lugar. Ele não podia pensar, não podia agir, não podia processar qualquer coisa, além da agonia em sua voz.

– Onde você está? – ele perguntou.

– Apartamento.

– Eu estou a caminho, baby. Segure firme, ok? Estarei aí em apenas um minuto.

Ash se virou no corredor, depois de ter chegado mais longe do que a porta onde estava sendo realizada a reunião e correu solidamente para Gabe.

– O que há de errado? – Gabe perguntou. – Eu ouvi você no telefone com Josie. O que aconteceu?

– Eu não sei – Ash engasgou. – Está ferida. Eu tenho que ir. Ela está no apartamento dela.

– Vamos. Eu vou com você – Gabe disse severamente, quando começou a caminhar pelo corredor em direção aos elevadores.

Sem discutir, Ash correu atrás dele, com o coração batendo como um martelo.

– Ela disse o que aconteceu? – Gabe perguntou quando tinham chegado ao carro.

– Não – Ash cortou. – *Porra*!

– Está tudo bem, cara. Nós vamos chegar até Josie. Ela vai ficar bem. Você tem que acreditar nisso.

– Você disse que Mia e Bethany almoçaram com ela. Já falou com a Mia? O que poderia ter acontecido? Elas não devem ter terminado há muito tempo.

Gabe empalideceu e logo em seguida discou o número de Mia.

– Você está bem? – Gabe perguntou sem rodeios.

Então seus ombros caíram em relevo. Mia parecia estar bem. Mas Josie não estava. Que porra poderia ter acontecido?

– Quando você e Bethany deixaram a Josie? – perguntou Gabe.

Ele escutou por um momento e depois disse adeus sem dizer nada para Mia sobre o ocorrido.

– E aí? – Ash perguntou, silenciosamente pedindo ao motorista para ir mais rápido. Eles já estavam dirigindo de forma imprudente.

– Ela disse que Josie voltou andando para seu apartamento depois que elas almoçaram. Isso foi há uma hora.

Ash fechou os olhos. Ele deveria ter colocado um empregado sempre com ela. E se Michael tivesse ido até lá? Recusou-se a colocar alguém para vigiá-la, não querendo magoá-la mais do que já estava. Prometeu-lhe espaço e agora isso tinha custado a vida dela.

Poucos minutos depois, o carro guinchou para uma parada em frente ao prédio de Josie, e Ash saltou, Gabe grudado em seus calcanhares. A primeira coisa que registrou, quando irrompeu pela porta dela era o cheiro de sangue. O seu próprio ficou frio, congelando em suas veias. Ele rasgou até a sala, seu coração apreensivo quando percebeu a vista diante dele.

– Minha mãe do céu – engasgou.

Josie estava deitada em uma poça de sangue em frente à mesa de centro. O sangue tinha manchado o chão, por onde ela evidentemente se arrastou até o telefone.

– Chame uma ambulância – Ash rosnou para Gabe.

Deus, ele já deveria ter chamado uma, mas não estava *pensando*. Seu único pensamento era chegar até ela o mais rápido que podia. E talvez não tivesse acreditado que aquilo pudesse ser tão ruim.

Ele correu, caindo de joelhos ao lado dela, com medo de tocá-la, porque, meu Deus, o sangue. O seu rosto estava destruído, os olhos inchados, lábios cortados e sangrando.

– Josie. Josie, querida, eu estou aqui. Sou eu, Ash. Fale comigo, baby. Por favor. Abra seus olhos e fale comigo.

Ash estava implorando para ela, mesmo quando colocou um dedo trêmulo sobre o seu pescoço para sentir o pulso.

Ela se mexeu, emitindo um gemido que queimou seu coração e foi direto para sua alma:

– A-ash?

Suas palavras saíam arrastadas, distorcidas por seus lábios inchados. Ele passou a mão sobre a sua testa, porque era o único lugar em que não estava machucada ou sangrando.

– Sim, querida, sou eu. Estou aqui. Diga-me o que aconteceu, Josie. Quem fez isso com você?

– D-dói para r-respirar – ela disse, e então parou, tossindo e sufocando enquanto um fluxo de sangue escorria pelo canto de sua boca.

Oh, Deus. Oh, Deus. Ela estava muito ferida. Alguém tinha batido nela para valer. A raiva explodiu em seu peito até que não conseguia respirar também. Sua visão ficou escura, seu pulso prestes a pular fora de sua cabeça. Ele estava desmoronando. Completamente desestruturado. Suas mãos tremiam tanto que ele teve que puxá-las para longe de sua pele para que não arriscasse machucá-la.

Ela tentou levantar a mão esquerda e Ash viu que estava escondendo alguma coisa. Ele gentilmente puxou-a para longe, franzindo a testa quando viu que era uma foto. A bile subiu em sua garganta enquanto olhava em descrença. Era uma foto de Mia. Santo Deus. Ela estava nua, amarrada e toda aberta sobre o que parecia ser uma mesa de centro. O homem na foto era Charles Willis e ele estava tentando enfiar o pau dentro de sua boca.

Ash rapidamente colocou a imagem em seu bolso antes que Gabe pudesse vê-la. Gabe perderia a porra da sua cabeça, e agora a única coisa com que Ash estava preocupado era com Josie e com o fato de levá-la a um hospital. Eles lidariam com a foto mais tarde.

– Ela está bem? – Gabe perguntou enquanto se abaixou ao lado de Ash. – Jesus. Claro que não está. A ambulância está a caminho. O tempo estimado é de cinco minutos. O que aconteceu?

– Eu não sei – disse Ash, com a voz ainda tremendo de raiva.

Ele se inclinou e deu um beijo na testa de Josie, com muito medo de fazer o que mais queria e tomá-la em seus braços. Ela obviamente tinha ferimentos internos e ele não queria lhe causar mais prejuízos.

– Quem fez isso com você, baby? Pode me dizer? – ele perguntou gentilmente.

Lágrimas reuniram-se nos olhos dela e deslizaram silenciosamente por suas bochechas. Cada uma partiu seu coração. Ele queria chorar com ela, mas se recusou a desmoronar. Ela precisava que fosse forte. Ele seria. De jeito nenhum iria decepcioná-la novamente.

– Ele tinha uma mensagem – Josie sussurrou. – Para você. E Gabe e Jace.

Gabe e Ash trocaram um rápido olhar de *que porra é essa*.

– Qual era a mensagem, Josie? Não tente falar se isso te machuca, no entanto. Nós temos muito tempo para conversar mais tarde, quando você não estiver sentindo dor.

Ela lambeu os lábios, a língua vermelha brilhante com o sangue. Ash estava tremendo dos pés à cabeça agora que sua reação começava a se refletir em seu corpo. Aquilo era sério. Se estava tossindo sangue, significava que estava ferrada por dentro. Pessoas morriam de ferimentos internos!

– Não disse nada... – Ela parou de falar e se engasgou, mais sangue escorrendo de seus lábios. Ash estava em pânico agora. Onde estava a maldita ambulância?

Ela tomou um longo momento e, por um segundo, Ash pensou que ela tinha deslizado para a inconsciência.

– Josie. Josie! Fique comigo, baby. Seja forte. Fique acordada. Você pode fazer isso por mim? Abra seus olhos, meu bem. Eu estou bem aqui. Eu não vou a lugar nenhum. A ambulância está a caminho. Eles estarão aqui em breve e vão cuidar de você. Eu vou cuidar de você – ele engasgou, lágrimas atoladas em sua garganta.

Suas pálpebras tremularam e ela forçou os olhos desfocados sobre ele, a dor cintilando brilhantemente em suas profundezas.

– Disse que nada que vocês amam... está seguro. D-d-d-disse que vocês o arruinaram... e agora ele vai arruiná-los.

Gabe ficou branco enquanto pegava o telefone. Ele deu um passo para trás e para longe de Josie e Ash, mas Ash podia ouvi-lo falar com Jace, dizendo-lhe para se certificar de que Mia e Bethany estavam seguras. Então disse para Jace encontrar com ele e Ash no hospital.

O som de uma sirene enviou um alívio que atravessou as veias de Ash. Ele ficou de pé, mas Gabe o parou.

– Vou trazê-los para dentro. Você fica com a Josie – Gabe grunhiu.

Ash se abaixou de volta, inclinando-se sobre Josie, para que ela soubesse que estava ali.

– A ambulância está aqui, baby – tranquilizou-a. – Eles vão levá-la para o hospital e eu vou estar com você a cada passo do caminho. Você vai ficar bem, querida. Eu não vou deixar que te aconteça outra coisa. Fique comigo. Eu te amo. Eu te amo muito.

Ela tentou levantar a mão direita e, em seguida, gemeu de dor.

– M-mão d-dói. O que há de errado com ela?

Ele olhou com horror para os dedos, obviamente quebrados. Filho da puta! Eles haviam lhe quebrado os dedos! Ele estava muito próximo de perder a compostura. Ele queria colocar as mãos sobre os filhos da puta que fizeram isso com ela. Mataria os canalhas com suas próprias mãos.

Obrigando-se a se concentrar nela e afastando todo o resto de sua mente, capturou seu pulso, segurando-o com cuidado para que ela não o deixasse cair de volta no chão e se machucasse ainda mais. Em seguida, beijou os dedos inchados, sempre muito gentilmente, enquanto as lágrimas se reuniam em seus olhos.

– Apenas alguns dedos quebrados – disse com a voz trêmula. – Nada que o médico não possa ajeitar.

– A mão que eu uso para pintar – ela disse enquanto mais lágrimas se espremiam de seus olhos inchados.

– Shhh, está tudo bem, querida. Você estará de volta à pintura antes que perceba.

Enquanto falava, seu olhar se prendeu nas duas pinturas encostadas na parede. Escuras. Cheias de tumulto. Ele tinha feito isso com ela. Tinha levado sua vibração embora, a essência de seu trabalho. Esta não era a Josie que ele conhecia e amava. Esta era a Josie sofrendo e expressando suas emoções da única maneira que sabia.

Os paramédicos irromperam pela porta da sala de estar, imediatamente avaliando a condição de Josie. Ash se afastou para não interferir, mas ficou perto, rondando ansiosamente enquanto eles passavam à avaliação.

– Sons de respiração no lado esquerdo reduzidos – disse o paramédico severamente enquanto afastava o estetoscópio. – Pegue o oxigênio – gritou para seu parceiro.

– O quão sério é? – Ash perguntou.

O paramédico balançou a cabeça.

– Não há como saber sem raios X. Acho que ela está com várias costelas quebradas. Provavelmente perfurou um pulmão.

– Tenha cuidado com a mão – disse Ash. – Ela está quebrada.

– Ela está um caos – o médico disse sem rodeios. – Nós precisamos ajeitá-la e ir. Vou colocar um colar cervical nela e vamos entubá-la no caminho.

Ash ficou pálido. As palavras soavam tão cruéis e absolutamente sérias.

– Ela vai sobreviver? – Ash sussurrou, expressando seu pior medo.

– Essa não é a minha atribuição, mas ela com certeza não vai morrer na minha frente.

A maca foi trazida e os médicos trabalharam rapidamente, garantindo o colar cervical e, em seguida, dando-lhe oxigênio. Ela foi levada para fora com a mesma rapidez e carregada para a ambulância. Ash mal teve tempo de saltar para dentro antes que eles disparassem em uma corrida de sirenes e luzes.

Ele enfiou a mão no bolso, procurando pela foto que Josie tinha na mão. Gabe tinha um monte de coisas para responder e, em seguida, Ash iria atrás do filho da puta que tinha colocado as mãos sobre Josie.

capítulo 32

– O que diabos está acontecendo? – Jace perguntou enquanto entrava na sala de espera da emergência.

Ash virou-se e, em seguida levou Gabe e Jace para uma das salas privadas menores, onde os médicos se reuniam com as famílias.

– Nós temos um problema sério – Ash disse severamente.

– O que diabos aconteceu com a Josie? – perguntou Jace. – Gabe ligou preocupado com Mia e Bethany, me disse para segurar ambas em casa e me certificar de que estariam a salvo. Liguei para Kaden Ginsberg e agora eu tenho duas mulheres muito putas porque fiz Kaden sentar em cima das duas. Elas estão com medo e querem saber o que diabos está acontecendo, não pude dizer a elas porque eu também não sei!

Ash levantou a mão e, em seguida, enfiou a outra mão no bolso. Ele tirou a foto que estava na mão de Josie e estendeu-a para Gabe.

O rosto de Gabe era uma mistura de choque e ódio. E, então, estranhamente, *culpa*. Ele ficou cinza e, em seguida, cambaleou para trás para se sentar em uma das cadeiras. Ele enterrou seu rosto em suas mãos, a foto amassada em seu punho.

Jace arrancou a foto de Gabe e então ficou pálido, enquanto olhava para a sua irmã nua, amarrada, com outro homem tentando se forçar para cima dela.

– Que *porra* é essa?

A explosão de Jace ecoou pela sala.

– Josie estava segurando essa foto quando cheguei até ela – Ash disse calmamente. – E então disse que o homem que a espancara tinha uma mensagem para mim, você e Gabe.

– O *quê*? – Jace disse, incrédulo.

– Ele disse a ela que nada que nós prezávamos estaria em segurança. Que nós o arruinamos e agora ele iria nos arruinar. Eu diria que Josie foi provavelmente o primeiro alvo porque era o mais fácil. Ela estava sozinha e vulnerável. Seria muito mais difícil chegar até Mia ou Bethany.

– Eu quero saber de que diabos se trata essa imagem – Jace disse, em tom furioso. – É Charles Willis que está nessa foto. Ele é o cara que machucou Josie e agora está nos ameaçando?

– Sim – Gabe disse friamente.

– O que você sabe que não nos disse – Ash perguntou em um tom perigosamente baixo. Era óbvio pela expressão no rosto de Gabe que havia *muita* coisa que Ash e Jace não sabiam.

Gabe passou a mão sobre o rosto cansado, os olhos doentes.

– O que eu tenho a dizer vai irritar muito vocês dois. Eu pensei que estivesse no passado, meu e de Mia. Mas estava errado, aparentemente.

– Sim, eu diria que sim – Jace rosnou. – Que merda você fez, Gabe?

– Quando Mia e eu estávamos juntos, antes, quando estávamos mantendo em segredo, pouco antes de irmos para Paris a negócios, minha ex-esposa entrou em meu escritório dizendo todos os tipos de loucuras. Então, me acusou de estar apaixonado por Mia. E me acusou de estar apaixonado por ela quando eu ainda era casado, o que me atingiu bastante. Eu não estava pronto para admitir meus sentimentos por Mia. E, em um esforço para nos afastar, para provar a mim mesmo que era apenas sexo, eu montei uma coisa em Paris.

– Que tipo de coisa? – Ash rosnou.

Gabe soltou a respiração.

– Mia e eu tínhamos discutido, anteriormente, o seu interesse em estar com outro homem. Comigo, quero dizer. Algo como você e Jace compartilhando mulheres, eu acho. Então eu arranjei para que Charles Willis e outros dois homens fossem ao nosso quarto de hotel. Jesus, isso é complicado.

Jace olhou petrificado para Gabe, seus olhos brilhando de ódio.

– As coisas fugiram de controle. Eu ia deixar que eles tocassem nela, mas nada além disso. Eu deixei claro que eles não fariam além disso, o que significava que eles manteriam suas picas em suas calças. Mas, assim que começou, eu percebi que algo estava errado. Eu entendi o que eu estava fazendo, mas, antes que pudesse impedir, Charles pegou a Mia com força. Ele estava tentando enfiar seu pau à força na garganta dela e bateu nela quando ela protestou.

– Filho de uma puta! – Jace xingou. – Que caralho, cara? Como você teve coragem de fazer isso com ela? Que merda você estava *pensando*?

Gabe levantou a mão.

– Tem mais. Ainda fica pior.

– Jesus – Ash murmurou.

– Quando voltamos, Charles confrontou Mia na entrada do prédio quando ela saiu para arrumar uma coisa para comer. Ele tentou chantageá-la para passar informações sobre o leilão. Sabia que eu não tinha a menor intenção de fazer negócios com ele, mas achou que, se fizesse um lance baixo o suficiente, nós não teríamos escolha. Ele mostrou essa foto para ela e disse que, se não desse o que ele queria, a tornaria pública.

– Inacreditável – Jace rugiu.

– Mia veio até mim em vez de aceitar e eu resolvi a questão. Ou pelo menos achei que tinha resolvido – Gabe disse com tristeza.

A mandíbula de Ash inchou. A raiva ardia através dele como um rastilho de pólvora.

– Eu vou lidar com isso – Gabe disse calmamente. – Eu estraguei tudo. Vou ter certeza de que o filho da puta não vai colocar as mãos em Mia ou Bethany e vou garantir que pague pelo que fez com Josie.

– Não – disse Ash, a palavra ricocheteando pela sala como um tiro.

Gabe e Jace olharam para Ash com os olhos apertados.

– Você teve sua chance – Ash disse no mesmo tom. – Eu vou cuidar desse merdinha.

O rosto de Jace brilhou com alarme.

– Não acho que seja uma boa ideia, cara. Suas emoções estão muito fora de controle. Deixe que eu e Gabe cuidamos disso.

– Eu disse que não – Ash surtou. – Ele é meu. Gabe teve sua chance. Ele estragou tudo. Eu não vou deixar isso para ele.

– Ash – Gabe começou, mas Ash o silenciou com um olhar.

– Se fosse Mia ou Bethany deitadas em uma cama de hospital, com contusões, ossos quebrados, pulmão perfurado e só Deus sabe o que mais, vocês apenas sentariam e deixariam alguém cuidar do babaca que fez isso com ela?

Os lábios de Jace se contorceram e então ele suspirou.

– Não. Eu não faria isso. Mas, cara. Após o que aconteceu com Michael, isso é muito arriscado. Você se safou com o primeiro. Não vai se safar dessa. Charles Willis não tem nada a perder. Ele não vai ficar fragilizado com ameaças. Se você tocar nele, vai estar fodido.

– Quem falou alguma coisa sobre ameaças? – Ash perguntou calmamente. – No meu mundo, ameaças não fazem sentido, a menos que você tenha algo que as suporte. Não tenho a intenção de ameaçar Charles Willis. Mas eu tenho toda a intenção de acabar com ele.

Gabe e Jace trocaram olhares preocupados, mas Ash os ignorou. Eles tentaram acalmá-lo, mas disso não poderiam dissuadi-lo.

– Isso não vai chegar até vocês. E ele com toda certeza do mundo não vai encostar um dedo em Mia, Bethany ou Josie. Nunca mais. Vocês não precisam se preocupar. Vocês não estarão nem remotamente ligados a isso.

– Ah, vai se foder – Jace disse rudemente. – Porra nenhuma que eu vou deixar você encarar essa merda sozinho. Nós já passamos por isso. Você nunca tem que perguntar. Nós sempre te daremos cobertura.

– Isso significa muito – Ash disse calmamente. – Mas eu não vou levar a minha família para o buraco. Você e as meninas significam demais para mim. Não vou cair também. Você pode apostar nisso. De jeito nenhum vou deixar Josie ficar por conta própria. Eu vou estar lá para ela em todos os passos do caminho, e ela nunca terá que se preocupar com algum babaca com rancor contra nós que quer usá-la para nos atingir. Isso *não* vai acontecer novamente.

– O que você vai fazer? – Gabe perguntou em voz baixa.

– É melhor você nem saber – respondeu Ash.

Gabe passou a mão pelo cabelo.

– Jesus, cara. Deixa eu resolver isso.

– Você teve sua chance – disse Ash com cuidado. – Não estou dizendo que você fez errado, mas o que você fez não foi o suficiente. Eu vou ter que garantir que desta vez seja. Ele não espancou sua mulher até quase a morte, mesmo que ela fosse o alvo preferencial. Ele fodeu com Josie, e eu vou fazer muita questão que isso nunca aconteça novamente.

– Por que diabos você não nos contou isso antes? – Jace disse a Gabe. – Não posso acreditar que você manteve isso em segredo de nós. Especialmente se você não se certificou de que Charles não seria uma ameaça no futuro.

– Eu não poderia te dizer na época em que aconteceu – disse Gabe entre os dentes. – Mia estava pirando porque não queria que você soubesse o tipo de relacionamento que nós tínhamos ou que ela sequer estava em uma relação. E depois de um tempo não parecia mais tão importante. Ele sumiu. Meses se passaram e ele tinha desaparecido da face do planeta. Eu pensei que não ia mais ser um problema.

– O que você fez foi irritá-lo a ponto de ele bater pra caralho em Josie e agora estar mirando em Mia e Bethany – Jace disse, em tom furioso.

– É preciso fechar o cerco em torno das meninas – disse Ash, desviando o assunto para longe da fúria de Jace. Ele tinha o direito. Mia era sua irmã. Mas isso não era o que importava agora. A segurança de suas mulheres era tudo que importava.

– Certamente – Gabe rosnou. – Elas não vão a lugar nenhum até que tenhamos resolvido as coisas com ele.

Ash assentiu.

– E eu vou deixar vocês saberem quando o problema tiver sido resolvido.

A expressão de Jace ainda estava apreensiva, mas ele se manteve em silêncio, embora fosse óbvio que ele e Gabe não tinham ainda terminado com aquela conversa.

– Sr. McIntyre?

Ash se virou para ver uma enfermeira de pé na porta. Ele correu para a frente.

– Como está Josie? – ele quis saber. – Já posso vê-la?

A enfermeira sorriu.

– A doutora irá recebê-lo agora. Ela vai atualizá-lo sobre a condição de Josie e então pode perguntar a ela se você pode fazer uma visita. Fique aqui enquanto eu aviso para ela onde você está.

Ash se mexia com impaciência. Estava há muito tempo sem nenhuma notícia e estava lentamente perdendo a cabeça. Não gostava que Josie ficasse sozinha. Ou cercada por estranhos. Ela iria se perguntar onde estava. Ele havia jurado a ela que não a abandonaria, que ficaria com ela a cada passo do caminho. Como poderia manter essa promessa quando tinha sido impedido de entrar no seu quarto enquanto tratavam dela?

Um momento depois, uma mulher usando um jaleco entrou pela porta. Parecia nova, ela estava com rabo de cavalo, o que contribuía para a sua aparência jovial.

– Sr. McIntyre?

– Sim, sou eu – disse Ash dando um passo à frente.

Ela estendeu a mão e apertou com firmeza a dele.

– Dra. Newton. Eu sou a doutora da emergência que está cuidando da senhorita Carlysle.

– Como ela está? – Ash perguntou ansiosamente. – Quando posso vê-la?

A expressão da médica se suavizou.

– Ela está muito machucada. A maior preocupação é com o pneumotórax traumático. Eu inseri um tubo no peito para ajudar a extrair o ar preso entre o pulmão e a cavidade torácica, o que também irá ajudar o pulmão a se inflar. Nós vamos monitorá-la de perto por causa de infecções, além de ver como o pulmão estará se recuperando. Nesse momento eu não acho que ela necessite de uma cirurgia, mas um cirurgião será consultado e dará a palavra final. Ela tem várias costelas quebradas, uma concussão e dedos quebrados em sua mão direita. Também tem uma microfratura em seu pulso direito. Há várias contusões e outros ferimentos mais leves. Ela foi espancada de verdade, Sr. McIntyre. Tem sorte de estar viva.

Ash soltou a respiração enquanto Gabe e Jace xingavam baixinho por trás dele.

– Posso vê-la?

– Você pode entrar, ela está de volta do raio X e vai ser transferida para a UTI assim que a papelada de admissão estiver pronta. Não posso dizer com alguma autoridade quanto tempo ela vai permanecer na UTI. Isso vai ser por conta do médico de plantão atribuído aos cuidados dela. Mas você pode ficar com ela até que a transfiram para essa unidade. Eles são geralmente bastante tranquilos sobre deixar os membros da família fazerem visitas, mesmo fora do horário programado.

– Não vou deixá-la – Ash desabafou.

A expressão da médica era simpática.

– Eu entendo. E como disse, eles costumam ser bem tranquilos. Infelizmente, quando ela for transferida, você vai ter que esperar até que esteja fora de perigo, mas vou deixar você informado assim que puder visitá-la.

– Obrigado – Ash disse em voz baixa. – Eu agradeço tudo que você fez por ela.

– Esse é o meu trabalho, Sr. McIntyre – ela disse em uma voz alegre. – Agora, se me dão licença, eu tenho outros pacientes para atender. Se quiser eu posso levá-lo até a sala em que ela se encontra.

Ash virou-se para Gabe e Jace.

– Vocês vão deixar que Mia e Bethany saibam o que aconteceu? Elas vão ficar preocupadas com Josie.

– Nós vamos contar para elas – disse Jace. – Eu vou pedir que Kaden traga elas aqui de carro e eles vão ficar com a gente até irmos embora.

Ash assentiu com a cabeça e, em seguida, virou-se para acompanhar a médica até o quarto de Josie.

Quando entrou no pequeno cubículo onde Josie estava, prendeu a respiração e as lágrimas queimaram os cantos dos olhos. Doía respirar. Seu peito estava tão apertado que sua mão o esfregou automaticamente, tentando livrar-se do desconforto.

– Jesus – sussurrou.

Destruía-o ver que ela estava deitada em uma cama de hospital, tudo porque um idiota tinha vontade de se vingar dele, de Gabe e Jace. Ele se dirigiu para o lado dela e timidamente estendeu a mão para acariciar sua cabeça. Puxou seu cabelo para trás e, em seguida, inclinou-se para roçar os lábios em sua testa.

– Eu te amo – murmurou. – Estou aqui. Com você, do jeito que eu disse que estaria. Eu sempre estarei aqui, Josie. Você e eu somos para sempre, baby. Não vou deixar isso pra lá.

Ela estava perfeitamente imóvel, o único som vinha do zumbido baixo da máquina que fazia o oxigênio fluir através da máscara sobre o rosto e do constante bipe do monitor cardíaco. Ela parecia tão frágil, machucada e inchada. As manchas de sangue haviam sido removidas, mas a cor púrpura escura das contusões ainda estava viva contra sua pele pálida.

Ele tocou seu pescoço onde o colar que lhe dera descansara. Parecia nua. Ele queria o colar de volta no pescoço dela. Queria o anel em seu dedo e realizar a promessa de se casar com ele. Queria abraçá-la de uma forma que ela nunca pudesse escapar. Mas esses seriam os mais amorosos laços do mundo.

Ele a mimaria e a adoraria todos os dias de sua vida.

Ficou ao seu lado por duas horas, só se movendo quando uma das enfermeiras veio para ver como ela estava. E então, finalmente, chegaram e a levaram para a UTI.

Para sua frustração, lhe disseram que iria demorar um pouco até que ele fosse autorizado a voltar a vê-la. Mas tudo bem, porque ele tinha o problema de Charles Willis para cuidar. Quanto mais cedo ele estivesse fora de cena, mais cedo todos poderiam relaxar, sem se preocupar se Mia ou Bethany seriam as próximas.

Após atualizar Gabe, Jace, Mia e Bethany sobre a condição de Josie e fazê-los prometer que ficariam com ela até que retornasse, ele saiu do hospital, determinado a buscar vingança contra o filho da puta que tinha colocado Josie lá.

capítulo 33

Dor. Veio até ela perfurando como se um prego estivesse sendo enfiado em sua cabeça com um martelo. Tudo doía. Respirar doía. Doía até mesmo abrir os olhos.

Havia vozes, ou pelo menos uma voz. Era difícil definir quem era, pois havia um zumbido constante em seus ouvidos que não conseguia afastar.

E então, uma mão morna e gentil em sua testa. Um beijo. Palavras meigas, doces, sendo sussurradas contra sua pele. Ela tentou erguer a vista e logo se arrependeu, já que a dor se espalhava pelo peito.

– D-dói – disse em uma voz misericordiosa, sem ter certeza se era audível.

– Eu sei que dói, meu bem. A enfermeira está vindo, para te dar algo para a dor.

– Ash? – sussurrou.

– Sim, querida, sou eu. Abra esses lindos olhos e me verá bem aqui, ao seu lado.

Ela tentou. Ela realmente tentou. Mas seus olhos não iriam cooperar e *doeu* tentar forçar a questão.

– Não consigo – balbuciou, os lábios inchados.

Outra vez, ele pressionou os lábios contra sua testa, e ela sentiu suas mãos em seu cabelo. Era reconfortante. A única parte de seu corpo que não doía.

– Está tudo bem – ele acalmou. – Não faça esforço. Apenas saiba que estou com você e que tudo vai ficar bem.

Mesmo assim, ela queria vê-lo. Queria ter certeza de que sua imaginação não estava pregando peças. Então enfrentou a dor e tentou com mais afinco. Uma pequena fresta de luz invadiu seus olhos e ela rapidamente os fechou de novo. Estava deitada, quase ofegante com o esforço e a agonia de um pequeno movimento que tinha feito. Em seguida, tentou novamente, desta vez preparada para a luz.

A princípio, tudo o que viu foi uma névoa embaçada. E então ele se moveu para sua linha de visão.

– Ei, linda – disse suavemente.

Ela tentou sorrir, mas doía muito, então se limitou a piscar lentamente para trazê-lo a um foco melhor.

– Oi – respondeu calmamente.

Para sua surpresa absoluta, seus olhos brilhavam de umidade e ele parecia péssimo. Não tinha feito a barba, seu cabelo estava bagunçado e suas roupas pareciam não ser trocadas há tempos.

Ela lambeu os lábios e gemeu baixinho.

– O q-que aconteceu comigo?

Ash franziu a testa, os olhos escureceram.

– Você não se lembra?

Josie se concentrou, mas era tudo um borrão.

– Quanto tempo?

Ele tocou seu cabelo, a expressão preocupada.

– Quanto tempo o quê, querida?

– Estou aqui.

– Dois dias.

Seus olhos se arregalaram de surpresa, apesar do desconforto que isso causou.

– Dois dias?

– Sim, querida. Você esteve na UTI por dois dias. Deu-nos um baita susto.

– Eu vou ficar bem?

Era uma pergunta que ela tinha medo de fazer, mas precisava saber. Não estaria tão dolorida se não fosse algo grave.

Seu rosto suavizou, seus olhos eram calorosos e amorosos.

– Você vai ficar bem. Eu não vou permitir qualquer outra possibilidade.

– Desculpe-me – disse com um suspiro.

O rosto de Ash foi tomado de surpresa.

– Por que diabos está se desculpando?

– Eu exagerei – disse ela. – Eu não deveria ter feito isso. Sinto muito. Eu ia ligar para você, mas, em seguida...

E foi então que ela se lembrou de tudo o que tinha acontecido.

Prendeu a respiração com o impacto das memórias. Seu terror, a sua dor, o medo de morrer. Lágrimas brotaram, queimando seus olhos.

– Oh, baby – ele disse em uma voz dolorida. – Não chore. E não precisa se desculpar. Você não tem nada para se desculpar. Nada mesmo.

– Quem eram eles? – ela sussurrou. – Por que fizeram isso? Por que odeiam você, Gabe e Jace?

Ash fechou os olhos e, em seguida, inclinou-se, tocando a sua testa.

– Não vamos falar sobre isso agora, querida. Eu não quero incomodá-la. Prefiro falar sobre o quanto eu te amo e o que farei para mimá-la durante a sua recuperação.

Ela teve que fazer outra pergunta, tinha que saber se ainda estavam juntos e se ainda era possível recuperar a relação.

– Estamos juntos de novo?

Ele sorriu. Tão doce e terno que esquentou até os dedos dos seus pés e tirou um pouco daquela dor avassaladora. O alívio brilhou em seus olhos.

– Pode apostar que sim.

Seus próprios ombros relaxaram.

– Estou feliz – disse ela em voz baixa.

– Deus, baby, é uma tortura estar tão perto de você e ser incapaz de beijá-la do jeito que quero.

– Estou feliz por você estar aqui.

– Eu não estaria em qualquer outro lugar.

Ela fechou os olhos quando o cansaço e a dor ficaram mais fortes. Foi insuportável e ela tinha tantas perguntas. Precisava de respostas. Precisava saber exatamente quão grave eram seus ferimentos. Nesse sentido, nem sequer sabia o que eram de fato.

– A enfermeira chegou, querida. Fique comigo mais alguns segundos e a dor irá embora.

– Fale comigo – ela implorou. – Eu só quero ouvir a sua voz. Fique aqui e me diga o que aconteceu e quão grave foi. Eu preciso saber.

Ele passou a mão sobre a sua testa enquanto a enfermeira injetou a medicação em sua veia. Ela sentiu uma ligeira queimação em seu braço e, em seguida, um bendito alívio. A sensação de euforia a envolveu. Ela se sentiu leve e flutuante como se estivesse em uma nuvem. O teto de repente parecia no lugar, em cima dela, e ela engasgou.

– Tudo ok? – Ash perguntou preocupado.

– Ok.

Ele ficou em silêncio e os olhos abertos dela foram tomados por pânico enquanto tentava ver para onde ele tinha ido.

– Eu estou bem aqui, querida. Não vou a lugar nenhum. Eu prometo.

– Fale comigo – disse ela de novo, tonta e sonolenta. Não queria dormir. Ainda não.

Ele beijou sua testa.

– Dê-me apenas um segundo, baby. Quero falar com a enfermeira sobre você, mas eu volto. Você pode ficar acordada para mim?

– Uh-hum.

Sentiu Ash se afastando e de repente tudo estava frio. Odiava esse sentimento. Medo e pânico ecoaram até os ossos. Seus lábios batiam, mas estavam tão inchados que parecia estranho, como se estivessem dez vezes maiores que o tamanho normal.

Ou talvez fosse apenas a medicação.

Por que era tão difícil respirar? Foi então que se deu conta do sopro de oxigênio através de suas narinas. Seu peito estava muito apertado e seus músculos doíam da cabeça aos pés.

Tentaram matá-la? Mas não, não era isso. Tinham-lhe dado uma mensagem para dar a Ash. Ela conseguiu passar o recado?

O pânico tomou conta de Josie mais uma vez. Ela tinha que dizer a ele. Mia e Bethany corriam perigo, e ela nunca se perdoaria se algo acontecesse a elas por não ter avisado Gabe e Jace.

– Ash – ela gritou o mais alto que pôde.

– Estou aqui, baby. O que há de errado? Você precisa desacelerar a sua respiração. Está indo rápido demais. Pode fazer isso por mim?

Ela respirou fundo e tentou se acalmar. A pressão que se formou em seu peito fora intensa. Ela tomou um novo fôlego, soprando devagar, e em seguida tentou novamente.

– O que é isso, Josie? Do que você tem medo?

– Mia. Bethany – ela resmungou. – Ele vai machucá-las como me machucou. Tem que dizer para Gabe e Jace.

– Já está resolvido – ele a acalmou. – Você nos disse. Gabe e Jace já estão certos de que Mia e Bethany estão seguras. Você não tem que se preocupar com isso. Já cuidei de Britt também. Você vai ficar feliz em saber que Kai a tem a sete chaves.

Ela tentou sorrir. Poderia tirar algumas conclusões pelo olhar de alegria de Ash.

Então ficou séria, porque a grande questão ficou sem resposta. E ela estava se tornando cada vez mais grogue. Estava ficando difícil se manter acordada. Não queria nada mais do que divagar no esquecimento, em que não havia dor, não havia preocupações. Nada além de vazio. Nada.

– Por quê?

Ash suspirou. Nem sequer tentara negar.

– Eles te machucaram por minha causa – disse, a voz carregada de dor. – Por causa de negócios. Eu, Gabe e Jace. Ele é um idiota que já tinha ferido Mia antes. Eu não sabia disso, mas ele e Gabe têm uma história. Ele foi atrás de retaliação porque nós fechamos as portas para ele e nos recusamos a fazer negócios com ele. Isso não vai acontecer de novo, Josie. Eu juro para você que não vai.

O tom resoluto daquelas palavras deixou Josie preocupada. Era a mesma maneira como falava sobre Michael e sobre o fato de que não seria mais um problema.

– O que você fez? – ela sussurrou.

– Nada com que você deva se preocupar – disse enquanto estalava outro beijo em sua testa.

Ela franziu o cenho, seus olhos já quase se fechando. Ela relutava para se manter acordada e focada na conversa.

– Isso não respondeu minha pergunta – disse.

– Respondeu, sim – ele insistiu. – Não quero que você se preocupe com nada além de sua recuperação. Isso não te afeta, Josie. Nunca afetará.

– Não quero te perder – ela disse baixinho.

Ele afagou seus cabelos, seus olhos ternos de amor.

– Você não vai me perder. Nunca. Sempre estarei aqui.

– Ok.

– Descanse agora, baby. Você está quase apagando. Durma. Estarei aqui quando você acordar.

Ela lutou mais um pouco, o suficiente para ser capaz de dizer aquelas palavras. Aquelas que nunca tinha dito.

– Eu te amo.

Dessa vez, havia lágrimas nos olhos dele, fazendo o verde ficar mais azulado. Ele suspirou próximo de seus lábios enquanto observava.

– Também te amo, querida. Agora, descanse. Estarei tomando conta de você enquanto dorme.

Ela desistiu, fechando os olhos, sucumbindo ao remédio. Mas ainda podia sentir aquela mão morna acariciando sua testa. E os lábios em sua têmpora.

capítulo 34

– Como ela está? – Mia perguntou ansiosamente quando Ash entrou na sala de espera da UTI. – Ela já acordou?

Ash agarrou Mia num abraço e, em seguida, colocou o braço em torno de Bethany, que estava igualmente preocupada, com uma expressão sombria. Ele odiava que isso chegasse até elas, que elas tivessem sido ameaçadas e que agora tivessem de viver com esse conhecimento.

Mais do que isso, odiava que o passado de Mia houvesse sido arrastado para o presente. A vergonha queimava visivelmente em seus olhos. Ela carregava uma culpa que não tinha nada a ver com ela. Não era sua culpa que Charles Willis era um covarde que caçava as mulheres para impor o seu ponto de vista. Ele estava inacreditavelmente irritado por Charles ter colocado aquele medo nos olhos de Mia e de Bethany. Mais do que isso, ficou furioso por Josie ter hematomas e ossos quebrados por um ataque de Charles.

O cara iria pagar. Era só uma questão de tempo.

Gabe e Jace também olharam com expectativa para Ash, enquanto esperavam por uma atualização sobre o estado de Josie. Nenhum dos homens tinha dormido desde que isso tudo começou. Eles estavam muito preocupados que Mia ou Bethany pudessem ser as próximas e, assim, tinham tomado medidas para garantir que nenhuma delas nunca corresse risco.

Mia e Bethany não estavam muito felizes, mas também não se opuseram.

– Ela acordou por alguns minutos – disse Ash.

– Oh, isso é maravilhoso – Bethany respirou. – Como ela está?

– Está com muita dor. Deram-lhe uma medicação para a dor e ela escorregou de volta para o sono. Ela conseguiu dizer algumas coisas. Está confusa. Estava muito preocupada com a Mia e a Bethany. Não se lembrava de que já tinha nos avisado, então estava desesperada para contar ao Gabe e ao Jace que ele tinha ameaçado Mia e Bethany.

– Filho da puta – Jace murmurou. – O que o médico disse?

– Quando poderemos vê-la? – Mia perguntou ansiosamente.

– Talvez na próxima vez em que ela acordar – disse Ash. – E o médico disse que ela está tendo um progresso notável. Eles puderam tirar o tubo do tórax e ela está respirando por conta própria, só com a ajuda do oxigênio. Provavelmente a colocarão em uma unidade semi-intensiva amanhã, se ela continuar a melhorar e não mostrar nenhum sinal de infecção.

– Isso é maravilhoso – disse Bethany.

– Estou tão chateada que isso aconteceu com ela – Mia disse, entre lágrimas.

Gabe foi imediatamente até ela, passando o braço ao redor da sua cintura e puxando-a para seu lado.

– A culpa é minha – continuou, com lágrimas escorrendo por suas bochechas. – Deveria ter sido eu, não ela.

Ash fez uma careta e Gabe não parecia melhor. A culpa pesou fortemente nos olhos dele. Parecia abatido e grisalho, repentinamente, mais velho do que os seus 39 anos.

– Isso é besteira – Jace grunhiu. – Não é culpa sua, Mia. Eu não vou aceitar que diga isso.

– Nós todos sabemos que a culpa é minha – Gabe disse severamente. – Se eu tivesse tomado conta do idiota da primeira vez, nós não estaríamos aqui e Josie não estaria deitada em uma cama de hospital.

Ash não ia refutar isso. Se tivesse sido ele e a situação com a Mia tivesse acontecido com Josie, Ash teria cuidado do assunto ali mesmo. Mas atribuir responsabilidades não fazia bem algum. Gabe estava culpando a si mesmo o suficiente sem que Ash e Jace o acusassem.

Jace enviou para Gabe um olhar sombrio que dizia que ainda não tinha perdoado o outro homem pelo que tinha acontecido em Paris e, mais tarde, quando Charles tentou chantagear Mia. Mas permaneceu em silêncio, os lábios pressionados em uma linha apertada.

– Isso não importa. As providências já foram tomadas – disse Ash. – Há outras coisas mais importantes no momento.

Jace mandou um olhar preocupado na direção de Ash, mas Ash ignorou. Ele não estava prestes a entrar em detalhes na frente de Mia e Bethany. Eles tinham o suficiente para lidar do jeito que estava.

– Eu tenho muitas desculpas para pedir a Josie – Ash continuou. – Além do fato de que ela está deitada em uma cama de hospital com uma dor horrível, há também a questão das pinturas que eu comprei. Eu a chateei fazendo isso e omitindo. Preciso da ajuda de vocês.

– Você sabe que nós faremos qualquer coisa – disse Bethany.

Ash a apertou contra ele, seu braço ainda envolto em torno dela.

– Obrigado, querida. Isso significa muito.

– O que você precisa que façamos? – perguntou Gabe.

– Eu quero organizar uma mostra de arte para ela e quero ir com tudo. Eu preciso que vocês cobrem todos os favores que lhes devem para fazer algo enorme. Podemos usar o salão de baile no Bentley para a exibição. Certifiquem-se de que todo mundo que é importante seja convidado e que a exposição seja alardeada como o evento obrigatório do ano. Políticos, celebridades, todo mundo. Quero que Josie tenha um local onde a sua arte possa brilhar, para provar a ela que tem um talento incrível. Ela só precisa da exposição correta.

– Ok, quando? – perguntou Jace.

– Vai ter que ser daqui a alguns meses. Eu quero ter certeza de que Josie se recuperou o suficiente para desfrutar de sua grande noite. A última coisa que ela quer é aparecer no seu próprio evento com hematomas e usando um gesso. Mas precisamos começar a trabalhar nisso agora, para que tudo corra sem problemas.

– Pode deixar – disse Gabe.

– Obrigado – Ash murmurou. – Significa muito sempre ter vocês para me ajudarem.

Mia saiu do enlace de Gabe e abraçou Ash ferozmente.

– Nós amamos você, Ash. E amamos Josie também. Ficaremos felizes em ajudar. Apenas deixe-nos saber se precisar de mais alguma coisa.

Os lábios de Ash se curvaram em um meio sorriso.

– Para ser sincero, preciso sim.

– É só falar – disse Bethany.

– Preciso que fiquem aqui no caso de Josie acordar novamente. Eu tenho um anel para comprar.

Os sorrisos encantados de Mia e Bethany aqueceram seu coração. Ele apertou as duas mulheres contra ele e deu beijos em suas têmporas.

E então foi para a Tiffany comprar o anel de Josie.

capítulo 35

Josie conseguiu sentar na cama, apoiada em vários travesseiros. Não era uma pequena conquista, considerando a dor em suas costelas. Mas depois de vários dias e uma transferência da UTI para uma unidade menos intensiva e, finalmente, para o quarto, ela era capaz de se sentar e de fato se mover um pouco. Mais importante, era capaz de comer!

Não que servissem comida de verdade ou até mesmo algo remotamente palatável, mas ela estava com tanta fome que tinha se empanturrado com a gelatina e o pudim como se fossem um manjar dos deuses.

Ash tinha ido ao encontro de Gabe, Jace, Mia, Bethany e até mesmo Brittany e trouxe todos eles para visitá-la. Ela estava extremamente preocupada com o fato de estar com uma aparência terrível. Mas estava tão ansiosa para ter companhia que não se importava. Toda a maquiagem do mundo não iria esconder o seu rosto, mas com esperança os ferimentos iriam sarar rapidamente.

Alguns já tinham mudado do roxo quase preto para o verde ou amarelo. Ela não queria nem ver como o resto do seu corpo estava. Fez questão de que Ash não olhasse quando a ajudara no banho.

A porta se abriu e ela olhou ansiosamente para ver todos entrando. Ash abriu o caminho e logo atrás dele estavam Mia, Bethany e Brittany. Eles invadiram sua cama, dando-lhe abraços delicados e exclamando o quão melhor ela parecia. Era um bando de mentirosos, mas ela os amava por isso.

Para sua surpresa, Kai Wellington entrou com Gabe e Jace. Ela arqueou uma sobrancelha na direção de Brittany, que corou como uma colegial sendo flagrada com o gato do time de futebol.

– Ele insistiu em vir – Brittany sussurrou. – Não me deixou sozinha desde que isso aconteceu.

– Com certeza – Kai rosnou. – Não vou deixar que um filho da puta chegue perto de você e te machuque. Já foi ruim o suficiente que tenha alcançado Josie.

– Ele soa tão possessivo – Josie sussurrou para Brittany. – Imagino que as coisas estejam indo bem, não é?

Os olhos de Brittany brilhavam e ela balançou a cabeça vigorosamente.

– Ah, sim. Definitivamente.

Josie apertou sua mão com os dedos que não estavam engessados.

– Fico contente.

– Como está se sentindo? – Mia perguntou ansiosamente.

– Melhor – disse Josie.

Diante do olhar cético de Ash, ela corou.

– Ok. Não maravilhosa, mas *estou* melhor. Já posso me sentar sem sentir como se meu peito estivesse pegando fogo. E posso respirar normalmente de novo. Eles levaram o oxigênio embora esta manhã.

– Isso é maravilhoso, Josie! – exclamou Bethany. – Nós estivemos tão preocupados com você.

– Como estão todos vocês? – Josie perguntou em voz baixa. Mas a sua pergunta era direcionada principalmente a Mia. Ash lhe contara sobre a história de Mia com Charles Willis.

– Estamos bem – disse Mia, mas seus olhos estavam assombrados. – Eu ainda sinto como se fosse minha culpa. Quer dizer, fui eu quem o irritou.

Josie balançou a cabeça e fez uma careta com a dor que aquilo causou.

– Ele é um idiota, Mia. Você não tem culpa por seus atos.

– Você está certa nisso – Ash rosnou.

– Odeio compartilhar do mesmo sobrenome dele – disse Bethany, fazendo uma careta. – Não quero que ninguém pense que somos parentes!

Mia revirou os olhos.

– Como se Willis não fosse um sobrenome comum?

– Você não terá que se preocupar com isso por muito tempo, baby – Jace disse, com a satisfação estampada em seu rosto. – Seu nome em breve será Crestwell.

O rosto de Bethany corou com alegria e ela olhou automaticamente para o anel em sua mão esquerda. Era um lindo anel. Um diamante enorme, mas que de jeito nenhum parecia espalhafatoso. Era caro, mas de muito bom gosto e lhe caía perfeitamente.

– Falando nisso, vocês já marcaram uma data? – perguntou Josie.

Jace parecia infeliz e Bethany riu.

– Estamos trabalhando nisso. Eu não estou planejando nada até que você esteja completamente recuperada e possa ficar de pé comigo no altar do meu casamento.

O coração de Josie se aqueceu e ela deu um grande sorriso, que deixou o seu prazer transparecer.

– Eu não perderia isso por nada – disse ela. – Mesmo que eu ainda esteja engessada. Não espere por mim! Eu não quero atrasar o seu grande dia.

– Não seria o mesmo sem você – Bethany disse, colocando a mão sobre a de Josie. – Eu quero que todos estejam lá. Brittany também! Todas as meninas estarão. Carol prometeu que virá, mesmo que isso signifique voar de Vegas.

Kai pigarreou.

– Isso não será um problema. Se Brittany e eu estivermos em Vegas até lá, nós voaremos de volta no meu avião e traremos Brandon e Carol com a gente.

Os olhos de Josie se arregalaram e seu olhar foi para Brittany.

– Você está indo para Vegas com ele?

– Sim – Kai respondeu antes que Brittany pudesse dizer algo.

Os olhos de Ash diminuíram, mas ele continuou em silêncio. Josie não tinha dúvida de que ele iria conversar com a irmã mais tarde. E com Kai também.

– Obrigada – Bethany disse a Kai, abaixando o rosto com timidez. – Significa muito para mim que você garanta que eles possam vir.

– Não perderia por nada – disse Kai, com um sorriso no rosto rusticamente belo. – Talvez vê-la se casar faça Brittany tomar coragem para tentar novamente. Seu último marido foi um idiota por deixá-la, mas não vou cometer o mesmo erro.

Nossa, esse cara estava agindo rápido! Josie arriscou outro olhar para Brittany e viu seu rosto contraído de comoção. Parecia que Kai queria ir rápido demais e que Brittany não estava completamente a bordo ainda. Ela apostaria em Kai, no entanto. Pareceu ser um homem muito determinado quando queria alguma coisa. Assim como qualquer outro homem naquele quarto.

– Por acaso vocês trouxeram comida? – Josie perguntou esperançosamente. – Eu estou morrendo de fome e tudo que me dão são líquidos transparentes, o que significa muita gelatina e canja de galinha.

Ash enviou-lhe um olhar de repreensão.

– Nenhum alimento sólido ainda, baby. Não até amanhã, e mesmo assim você vai começar devagar.

Ela suspirou.

– Valeu a tentativa. Talvez as meninas consigam me contrabandear algo quando você não estiver olhando.

Quando disse isso, enviou um olhar suplicante na direção das mulheres que fez com que todos gargalhassem.

– Vamos tratar disso – Mia disse com firmeza, lançando um olhar a Ash.

Ash sacudiu a cabeça e revirou os olhos.

– Apenas lembre que você terá que passar por cima de mim.

– Você vai precisar dormir em algum momento – Bethany disse levianamente. – Se o cheiro de comida por acaso o acordar, tenho certeza de que terá sido no quarto ao lado.

Todos riram e Josie sentiu a leveza entrar em seu peito. As coisas estavam indo bem. Ela iria superar. O médico inclusive dissera que ela poderia ir para casa no dia seguinte, ou no próximo, se tudo continuasse a evoluir da maneira que estava indo até então. Depois de tantos dias no hospital, estava pronta para gritar.

Ela sequer estava liberada para sair da cama, exceto para tomar banho e fazer xixi. Josie estava morrendo de vontade de se levantar e se esticar. Qualquer coisa, menos ficar ali deitada na cama o dia todo.

Eles conversaram mais, rindo, brincando e papeando até Josie começar a bocejar, cansaço estava se instalando nela. Ash percebeu e lançou um olhar não tão sutil na direção dos outros. Eles imediatamente entenderam o recado e anunciaram que estavam saindo.

Aglomeraram-se ao redor da cama de Josie, dando-lhe abraços e beijos suaves. Mesmo Kai deu um beijo na bochecha antes de recuar para ancorar Brittany ao seu lado.

– Eu odeio que vocês estejam indo tão cedo – Josie disse tristemente. – É muito chato ficar apenas deitada aqui o dia todo. Estou quase subindo pelas paredes!

– Estaremos de volta em breve – prometeu Mia. – E vamos trazer comida! – ela enviou a Ash outro olhar de advertência quando disse a última frase.

– Eu vou esperar ansiosamente! – disse Josie.

Ash inclinou-se sobre a cama e beijou-a suavemente na boca.

– Eu vou encaminhá-los até a saída, querida. Mas volto, ok? Quer que eu traga algo quente para beber? O médico disse que você pode tomar um café ou chocolate quente.

– Oh, isso soa divino – Josie suspirou. – Um café seria perfeito. Você poderia me trazer um café com leite?

Ash sorriu.

– Qualquer coisa por você. Vou ver o que posso fazer.

– Qualquer coisa exceto comida, você quer dizer – Josie resmungou.

Ele acariciou o lado de sua cabeça e deu-lhe um tapinha afetuoso.

– Qualquer coisa exceto comida.

Ela o mandou embora e recostou-se de novo contra os travesseiros, empilhados precariamente a um lado. A visita a tinha esgotado. Talvez não estivesse tão recuperada quanto gostaria. Mas estava feliz que todos tivessem vindo.

Todos saíram pela porta e Ash virou-se pra trás, enviando-lhe um olhar tão cheio de amor que sua respiração ficou presa na garganta. Então ele se virou, fechando silenciosamente a porta.

Ela suspirou e fechou os olhos, aproveitando a oportunidade para descansar um pouco. Mal começara a devanear quando ouviu a porta abrir. Certamente não havia dormido muito tempo. Ash não havia tido tempo para ir lá embaixo com seus amigos, comprar o seu café e voltar tão cedo.

Dois homens de terno estavam em sua porta e ela os reconheceu como os detetives que a haviam questionado assim que fora hospitalizada. Ela não se lembrava de muita coisa sobre a entrevista. Estava tonta, com dor e dopada com anestésicos. Mas talvez tivessem prendido Charles. Desta vez ela faria o que devia ter feito quando Michael a agrediu. Iria apresentar queixa. Queria que Charles fosse para a cadeia pelo que tinha feito, porque estava aterrorizada com o que Ash poderia fazer com ele.

– Senhorita Carlysle, gostaríamos de lhe fazer algumas perguntas, se você não se importa. Você se lembra de meu parceiro, Clinton? Eu sou o detetive Starks. A última vez que nos vimos foi logo após o seu ataque. Eu não tinha certeza de quanto você se lembraria.

– Eu lembro de você, detetive Starks. E não, eu não me importo. Você já conseguiu prender alguém?

– É isso que queremos discutir com você – Starks disse em um tom uniforme.

Os olhares em seus rostos deixaram Josie imediatamente em guarda. Ela olhou entre eles, tentando avaliar o que estava acontecendo.

– Charles Willis foi encontrado brutalmente assassinado esta manhã – Starks disse sem rodeios. – Nós gostaríamos de saber quem o matou.

capítulo 36

Josie olhou para os dois policiais em choque. O medo corria por suas veias. Oh, Deus. Certamente Ash não... Ele não teria. Teria? O pânico embrulhou seu estômago e ela teve dificuldades para respirar, uma dor percorria seu peito com o esforço.

– Você está bem, Srta. Carlysle? – Clinton perguntou preocupado.

– Claro que não – disse fracamente. – Você acabou de me dizer que o homem que me agrediu foi assassinado. – E então outro pensamento lhe ocorreu. Ela olhou fixamente para os dois detetives. – Você disse que quer descobrir quem o matou. Certamente o senhor não acredita que sou uma suspeita. Seria muito difícil eu matar um homem na minha situação atual.

Mas Ash seria suspeito. Ele não escondeu a raiva que sentira em relação ao ocorrido. E pior, Josie não desconsiderava a ideia de que ele *poderia* ter feito isso.

– Você não é uma suspeita, por enquanto – disse Stark em um tom brando. – Mas o Sr. McIntyre é. Você poderia me dizer o paradeiro dele ontem à noite entre sete e nove horas da noite?

Um alívio brotou em seu coração, deixando-a leve. Ela segurou a grade da cama com sua mão esquerda, pois sentiu como se caísse para o outro lado. Se aquele era o horário que eles estavam perguntando, então Ash não teria cometido o crime, pois estava com *ela*.

– Ele estava aqui comigo – disse de forma segura. – Você pode perguntar a qualquer uma das enfermeiras que estavam de plantão. Ele sentou ao meu lado durante toda a noite e dormiu naquele sofá.

Clinton estava ocupado rabiscando anotações em um bloco enquanto Stark continuava a encará-la até ela se mexer desconfortavelmente.

– Muito conveniente o homem que a atacou aparecer morto, não é mesmo?

– Aonde você quer chegar, detetive? – ela retrucou. – Se você tivesse feito seu trabalho e o prendido, ele não estaria morto agora, estaria? Já disse que Ash estava comigo. Se você não acredita em mim, existem várias outras pessoas que podem confirmar seu álibi.

Starks concordou lentamente.

– Nós checaremos, com certeza. Mas, e quanto aos senhores Hamilton e Crestwell? A senhora os viu ontem à noite?

O sangue subiu à sua cabeça.

– Você está louco? Por que qualquer um deles mataria Charles Willis?

– Você não respondeu a pergunta – Clinton interveio.

– Não – ela disse. – Eu não os vi, mas é certo que, se perguntar a eles, dirão onde estavam.

– Oh, nós iremos – Stark disse sombriamente.

A porta se abriu e Ash entrou, parando abruptamente quando se deparou com os policiais. Evidentemente viu algo na face de Josie de que ele não gostou, pois sua expressão tornou-se belicosa.

– Que merda está acontecendo aqui? – perguntou.

– Sr. McIntyre – Starks o cumprimentou com uma pequena reverência. – Estamos interrogando a Srta. Carlysle sobre a morte de Charles Willis.

Ash piscou, nenhuma expressão traía seus pensamentos.

– Ele morreu?

Clinton assentiu.

– Que bom – Ash disse brutalmente.

Josie engasgou. Ele não estava se ajudando com esta declaração. Agora eles estariam convencidos de que Ash estava relacionado com o crime.

– Eles acham que você tem algo a ver com o crime, Ash!

Ash arqueou a sobrancelha.

– Acham?

– Você não parece muito abalado com a notícia da morte dele – Starks comentou.

Ash virou seu olhar com ódio para os detetives.

– Olhem bem para ela. Agora me diga, se fosse sua mulher que ele tivesse espancado quase até a morte, você estaria chateado se alguém matasse o desgraçado?

Clinton se mexeu desconfortavelmente e Starks teve a graça de parecer envergonhado.

– Não estou dizendo o que penso – Starks respondeu. – O que penso não importa e isso não muda o fato de que um crime foi cometido. Eu tenho que investigá-lo, assim como qualquer outro assassinato.

– Então faça isso – Ash disse secamente. – Mas deixe Josie em paz. Você não pode nem olhar para ela contanto que tenha um advogado presente. Estamos entendidos? Além do mais, se quiserem falar de novo com ela, me liguem e marquem um horário e não será quando ela estiver sofrendo e prestes a desmaiar de exaustão. Vocês a aborreceram e isso é a última coisa de que ela precisa no momento.

– Então talvez você não se importe de conversarmos ali fora para responder algumas perguntas – Starks disse em um tom cortante.

– Eu me importo – Ash retrucou. – Não deixarei Josie sozinha. Se quiserem conversar, darei o telefone do meu advogado e vocês podem marcar uma entrevista por meio dele.

– Não precisa dificultar as coisas – Clinton entrou na conversa. – Apenas responda algumas perguntas e iremos embora.

– Já disse o que vocês precisam fazer se quiserem falar com qualquer um de nós de novo – Ash disse secamente.

Ele pegou sua carteira e puxou um cartão, entregando a Stark. Nenhum dos detetives parecia satisfeito, mas recuaram.

– Nós iremos investigá-lo, Sr. McIntyre. Se você teve algo a ver com a morte de Charles Willis, iremos descobrir – Starks disse sombriamente.

– A minha vida é um livro aberto – Ash disse em voz calma. – No entanto, se procurarem nos negócios de Charles Willis, encontrarão seus suspeitos. Há bastante motivo para isso lá. Façam a si mesmos um favor e usem seu tempo investigando os negócios dele e não os meus. Vocês não irão encontrar o que estão procurando me investigando.

Clinton e Starks trocaram olhares ríspidos.

– Entraremos em contato – disse Stark para Josie e Ash.

Então eles viraram e saíram. Ash os seguiu, fechando a porta com força.

Ele virou para trás, caminhando em direção à cama, com uma expressão feroz.

– Desculpe por isso, meu bem. Nunca pensei que entrariam aqui assim. Desculpe por tê-la deixado sozinha lidando com isso. Não irá acontecer de novo. Se eles aparecerem, você não deve falar sem um advogado presente. Se por alguma razão eu não estiver com você, me ligue imediatamente.

A mão de Josie tremia, mesmo segurando a grade da cama. Ash soltou os dedos dela com cuidado e os segurou na sua mão, acariciando-os suavemente com o polegar.

– Eles perguntaram onde você estava ontem à noite entre sete e nove horas da noite – ela disse com a voz trêmula. – Eles pensam que foi você.

– Eu estava aqui com você – Ash disse em uma voz suave.

– Eu sei. Disse isso a eles. Mas eles ainda pensam... Eles perguntaram por Gabe e Jace. Ash, você precisa alertá-los. Acham que um de vocês fez isso. Não foi você, foi?

Sua voz tinha um tom de súplica que ela não conseguiu controlar.

Ash calmamente balançou sua cabeça.

– Não fui eu, querida. Eu estava aqui com você.

– Mas você mandou alguém fazer? – ela sussurrou.

Ele inclinou-se e beijou sua sobrancelha, deixando seus lábios lá por um longo momento.

– Eu não precisei. Ele roubou muitas pessoas. Fodeu com a vida delas – das pessoas erradas – em seus negócios. Uma vez que foi descoberto, sua vida não valia um centavo.

Ela lhe lançou um olhar perplexo enquanto Ash se levantava.

– Como eles descobriram?

Ash sorriu, mas não era um sorriso caloroso. Ela tremeu com a escuridão em seu olhar. Este era um homem com quem não se devia brincar. Não importa como ele pareça. Relaxado, charmoso e descontraído, por baixo daquela fachada cuidadosamente construída havia um homem intenso, com uma determinação inquebrável.

– Eles talvez tenham recebido uma pequena ajuda – Ash disse em um tom sombrio.

Ela prendeu a respiração e o encarou.

– Então você *tem* algo a ver com a morte dele.

Ash balançou a cabeça.

– Não. Eu não fiz nada. Se você está perguntando se eu tenho sangue nas mãos, então sim, sem dúvidas. Eu passei a informação certa para as pessoas certas. O que eles fizeram com isso depende deles. Eu não o matei. Eu não o mataria. Mas eu tornei isso possível com a informação que passei. Acredito que você tem que decidir se consegue viver com isso. E comigo.

Lentamente ela assentiu com a cabeça, um pouco dormente, mas aliviada também. Ela não conseguiria lidar com a ideia de Ash ir para a cadeia por sua causa. Suas vidas estariam arruinadas. Não quando planejava uma vida com ele.

– Ele mereceu morrer. Não era um bom homem. E isso vai contra tudo em que acredito. Não sou eu que vou julgar. Antes eu me sentiria horrorizada pela justiça ser feita desse jeito.

– E agora? – ele perguntou em voz baixa.

– Você me mudou, Ash. Não sei se isso é de todo bom. Ou ruim. Eu não sei o que é também. Apenas é. Você me mudou, me fez melhor em alguns sentidos. Sombria em outros.

– Eu não quero que seja tocada pelas sombras em que estou imerso, meu bem. Eu a quero limpa. Quero que brilhe como sempre fez. Nunca falaremos sobre isso de novo. Não pergunte e eu não irei dizer. Você pode saber algumas coisas – não vou mentir – mas não será confrontada com elas. Nunca. Você consegue viver com isso?

– Sim – ela sussurrou. – Eu posso viver com isso.

– Eu te amo, gata – Ash disse em um tom firme, coberto de emoção. – Eu não mereço seu amor ou seu brilho, mas eu os quero porque com você consigo sentir o sol. Eu não quero voltar para aquelas sombras.

– Você não precisa – ela disse em voz baixa. – Fique no sol. Comigo.

– Sempre, querida. Nada irá tocar nossas crianças, Josie. Você tem a minha palavra. Nada irá tocar você ou nossos filhos, Gabe ou Jace, Mia e Bethany. Vocês são a minha família. Eu morreria por qualquer um de vocês e vocês todos ficarão no sol, ao qual pertencem.

– Seu lugar é lá também, Ash. E eu quero você lá comigo.

Ela parou, franzindo a testa ao perceber o que ele tinha dito.

– Espera, nós iremos ter filhos?

Ele sorriu, devagar e sensualmente, com olhos astutos. A arrogância e confiança masculina irradiavam em ondas.

– Você terá meus filhos, Josie. Pode apostar. Quantos serão é com você. Eu quero meninos primeiro. E então uma pequena garota, pois ela precisará de irmãos mais velhos que irão protegê-la sempre. Eles serão diferentes dos meus irmãos. Eles irão se importar. Nós seremos uma família de verdade.

Josie lhe deu um sorriso terno, cheio de amor por ele.

– Sim. Seremos uma família de verdade. Eu quero seis. Acha que consegue lidar com isso?

Ash olhou assustado.

– Seis? Pelo amor de Deus, mulher. Você vai me dar muito trabalho!

Ela assentiu solenemente.

– Você não acha que devemos começar logo?

– Certamente – ele murmurou. – Não quero ser um velhote quando tiver o último filho. Mas você tem que melhorar e sair deste hospital antes de começarmos o projeto do primeiro bebê.

Ele enfiou a mão no bolso e puxou uma pequena caixa.

– Eu queria fazer isso em um momento perfeito – disse rispidamente. – Mas não consigo pensar em um momento mais perfeito que este, enquanto conversamos sobre nossos filhos e quantos nós teremos.

Ele abriu a caixa e Josie engasgou quando olhou para o lindo anel de diamantes. Ele brilhava e reluzia à luz do sol que vinha da janela, ofuscando com o seu brilho.

Ele se apoiou em um joelho ao lado da cama e gentilmente colocou sua mão esquerda na dele.

– Você quer se casar comigo, Josie? Ter meus filhos e me aturar para o resto da vida? Ninguém irá te amar mais do que eu e irei passar todos os dias da minha vida garantindo que saiba disso.

O anel balançou e ficou borrado na sua visão enquanto deslizava pelo dedo dela.

– Sim. Ah, sim, Ash! Eu caso com você. Eu te amo demais. E quero seus filhos. Muitos filhos!

Ele sorriu e se levantou para poder beijá-la, segurando-a em seus braços. Ash a beijou suavemente, com o coração derretendo.

– Eu te amo também, Josie. Não quero nunca que você duvide disso. Tenho muito para compensar e estou trabalhando nisso agora. Mas eu esperarei até que você saia do hospital e esteja em casa, onde posso te dar total atenção e te mimar.

Ela levantou a mão esquerda para acariciar a bochecha dele, seu anel brilhava no dedo.

– Estou esperando por isso, meu amor.

capítulo 37

– Eu não posso acreditar que você fez isso por mim – disse Josie com admiração quando olhou para o salão de baile lotado do Bentley Hotel.

Ash colocou seu braço ao redor dela e a apertou com força contra ele.

– Eu não fiz nada, baby. É tudo você. Eles amam o seu trabalho. Você vai vender tudo na primeira meia hora. Uma guerra de lances começou sobre sua série de pinturas eróticas.

Josie reparou na variedade resplandecente de pessoas que estava admirando seu trabalho enquanto bebia champanhe muito caro. Todo mundo estava aqui. O prefeito, oh, meu Deus. E havia celebridades em todos os lugares! Ela estava curiosa para saber os nomes de algumas das pessoas presentes. E elas estavam aqui pelas suas pinturas!

Ela olhou de volta para Ash e inclinou-se mais para ele.

– Você odeia que estejam vendo aquelas pinturas de mim? Eu sei que não gostava de mostrá-las e queria ser o único a vê-las.

Ele sorriu e deu um beijo em seus lábios curvados para cima.

– Eu tenho a coisa real. Para que precisaria das pinturas? Eles só começam a *imaginar* o que não podem ver nessas pinturas, mas eu tenho a chance de ver e tocar todas as noites. Isso é só para mim. Ninguém nunca vai ter.

Ela sorriu de volta, encantada com sua resposta.

– Agora, se você alguma vez se arriscar em algo mais revelador, então sim, estes eu vou comprar. Não me importo com o que você diz. Ninguém além de mim pode vê-la completamente nua.

Ela sorriu e lhe deu uma cotovelada nas costelas.

– Não se preocupe. Esse é o máximo de bravura que tenho para ficar seminua.

– Graças a Deus – ele murmurou. – Não quero ter que dar porrada em todos os homens que babarem em cima de você em uma pintura.

– Oh, olhe, lá estão as meninas! – exclamou Josie, separando-se de Ash para ir cumprimentá-las.

– Josie! – Brittany gritou, envolvendo-a em um forte abraço. – Você é famosa! Você já viu todas as pessoas aqui enlouquecendo com as suas pinturas?

Josie a abraçou de volta e sorriu para Kai, que estava parado indulgentemente ao lado enquanto Brittany atacava Josie.

Mia e Bethany se empurraram por Gabe e Jace no minuto em que Brittany soltou Josie e a abraçaram ferozmente.

– Oh, meu Deus, vocês estão lindas! – Josie disse, examinando os vestidos de festa usados por cada uma. – E os seus sapatos! – Sua voz caiu para um sussurro. – Eu sei o que vocês vão fazer depois!

Todas riram e, em seguida, Mia disse:

– Ei, onde está o champanhe? Precisamos buscar o nosso drinque!

Os homens chiaram, mas não havia um único que não tivesse um brilho presunçoso em seus olhos. Sim, eles sabiam o que iriam receber mais tarde. Josie esperava ter sua própria pós-festa de sacanagem entre os lençóis com Ash.

Ele havia sido extremamente gentil e paciente durante a sua recuperação. Ela eventualmente teve que pular em cima *dele* porque se recusava a sequer tocá-la, muito menos fazer sexo, até que estivesse absolutamente certo de que estava curada. E ele ainda não tinha feito mais do que fazer amor de forma doce e requintada com ela, não que ela estivesse reclamando. Mas estava ansiosa para retomar uma relação sexual normal com seu macho dominante.

Ela podia ver em seus olhos o desejo de não recordar o que tinha acontecido. Ele havia sido extremamente cuidadoso, preocupado que, de alguma forma, pudesse ser correlacionado com o ataque a ela. Mas ela amava esse limite, essa linha tênue entre longe demais e insuficiente. Ela queria aquilo de volta. Queria que Ash perdesse o controle que vinha mantendo com firmeza e que liberasse seus desejos profundos sobre ambos.

Ela tremia só de pensar nisso. Esta noite. Definitivamente, esta noite não lhe daria nenhuma opção. Queria tudo o que ele podia dar. Queria sentir o estalo de couro contra sua bunda. Queria que ele a amarrasse e se comportasse como um safado. Ela queria Ash de volta!

– Eu vou roubar Josie e levá-la ao redor da sala. Quero apresentá-la a algumas pessoas. Bebam, pois vamos estar de volta em poucos minutos – disse Ash.

As meninas acenaram e, em seguida, voltaram-se para seus próprios homens que estavam mais do que felizes em tê-las de volta. Ash a levou por entre a multidão, parando e a apresentando para pessoas para quem ela mal conseguia balbuciar um "olá".

Josie estava com a língua travada e não tinha ideia do que dizer para as pessoas que discutiam sobre seu trabalho. Ela nunca sonhara que alguém ficaria tão animado com suas pinturas. E ela tinha Ash para agradecer.

– Obrigada – sussurrou, deslizando o braço ao redor da cintura dele enquanto se enfiavam de volta no meio da multidão. – Esta é a noite mais incrível da minha vida!

– Que bom que está se divertindo, querida. Esta é a sua noite de brilhar. Mas não se preocupe, porque haverá muitas outras. A julgar pela rapidez com que seus quadros foram vendidos, você vai estar em alta demanda. Eu posso me arrepender de estar fazendo isso porque você vai gastar todo o seu tempo pintando e vai esquecer completamente de mim.

Ela riu e abraçou-o com mais força.

– Sem chance. Você sempre vai vir em primeiro lugar, Ash.

Ele a beijou, longa e demoradamente, sem se importar com as pessoas no salão lotado. Ela suspirou, muito feliz. Tanta coisa aconteceu nos últimos dois meses! Ela tinha sido liberada do hospital após ter que ficar lá por quase duas semanas. A polícia interrogou Ash, que desta vez estava com o seu advogado. Eles também tinham questionado Gabe e Jace e tinham vasculhado a vida de Ash, não deixando pedra sobre pedra. Mas não havia nada para encontrar.

Então voltaram sua atenção para as práticas de negócios de Charles Willis e foi lá que encontraram uma mina de ouro. Ele tinha roubado de muitas pessoas. Dinheiro desviado. Contas falsas. Tinha recebido por trabalhos nunca realizados, e pelo menos três contas no exterior haviam sido descobertas, com milhões de dólares em dinheiro roubado.

Pior eram os indivíduos que tinham sido roubados. Eles não eram exatamente os empresários legítimos que Ash e seus sócios eram. Não eram o tipo de pessoas de quem você rouba, porque, se descobrissem, não era com o tempo na cadeia que você teria que se preocupar, como, sem dúvida, Charles descobrira tarde demais. Ele tinha ligações estreitas com a máfia, e Josie ainda não tinha percebido que a máfia existia fora dos livros e filmes.

A polícia investigava um homem em particular, convencida de que ele estava por trás do assassinato de Charles, mas estava frustrada por sua incapacidade de encontrar qualquer coisa sobre ele. Como resultado, o caso ainda estava aberto, mas Ash já não era um suspeito.

Josie estava respirando muito mais fácil desde que a polícia recuou. Ela sabia que Ash não estava diretamente por trás da morte de Charles, mas tinha se envolvido até certo ponto. Porém, como ele havia prometido naquele dia no hospital, nunca falaram sobre isso de novo, e ela não perguntou.

Talvez isso a fizesse tão obscura e cinzenta como Ash achava que ele mesmo era, mas ela não conseguia sentir qualquer remorso real pela morte de Charles. Ele machucou um monte de gente e ela poderia ter morrido da surra que tinha recebido. Estava pronta para seguir em frente com sua vida. Com Ash.

– Tem algo que eu quero te perguntar, meu bem – Ash murmurou ao lado de sua orelha.

Ela olhou para cima, curiosa para saber por que ele parecia tão sério de repente.

– Jace e Bethany perguntaram se nós queremos nos casar com eles. Um casamento duplo. Eu lhes disse que iria discutir o assunto com você. É algo que eles realmente gostariam. Jace é impaciente e quer que o casamento seja em breve. Mas eu não quero que o façamos com eles, se você quiser ou precisar de mais tempo. Se você quiser que o seu grande dia seja separado do deles, eu entendo. Eu quero que seja especial para você.

– Mas o que você acha? – Josie perguntou suavemente. – O que você quer?

Ash sorriu.

– Tudo que eu quero desse negócio é você. Nada mais importa. Não importa onde acontecer ou quando, embora eu não seja um fã de esperar muito tempo. Eu quero que você tenha o meu nome. Para eu saber que é legalmente minha. Como vamos fazer isso, não importa.

– Eu acho que seria muito especial compartilhar um casamento com o Jace e a Bethany – ela murmurou. – Ele é seu melhor amigo e eu adoro a Bethany. Vamos fazer isso!

– Você está de acordo em se casar logo? – Ash perguntou. – Jace quer que seja o mais breve possível. Ele pensou em encontrar uma praia em algum lugar. Talvez ir para Bora Bora e se casar na areia.

– Parece tão romântico! – ela suspirou. – Eu não me importo quando ou onde for também, Ash. Eu só quero estar casada com você. Todo o resto é apenas a cereja no bolo.

Ele a beijou novamente.

– Vamos anunciar, então. Precisamos comemorar.

Ela enganchou o braço no dele enquanto eles fizeram o seu caminho de volta para onde seus amigos estavam juntos no salão. Seus amigos, não apenas de Ash. Essas pessoas eram dela também e isso encheu seu coração de entusiasmo.

Brittany estava mais alta que a lua com Kai. Ela já tinha se mudado para Las Vegas com ele, mas visitavam a cidade muitas vezes. Josie estava feliz que Ash tinha pelo menos sua irmã. O resto de sua família tinha recuado depois que ele ligou para o seu avô. Ele ainda não sabia o que o velho ia fazer com o seu testamento, mas tinha feito o que tinha prometido e, em seguida, abriu mão de todos eles.

Brittany e ele estavam próximos e agora ela passava muito tempo com Josie e Ash. Mas a sua verdadeira família estava a poucos metros de distância. Gabe, Jace, Mia, Bethany. A família dela também.

Eles irromperam em aplausos quando Ash anunciou que ele e Josie iriam se casar com Jace e Bethany. Então o champanhe foi passado por todos novamente.

– Espero que todos também venham para o meu casamento com a Brittany – Kai interrompeu com um sorriso maroto. – Acabei de falar com ela sobre isso hoje.

Brittany levantou um enorme anel de noivado de diamante que Josie não tinha notado até agora. Seu rosto estava corado de felicidade e seus olhos brilhavam intensamente.

– Um duplo brinde, então – Ash disse, segurando o copo para cima. – Para Josie e seu sucesso. E para Brittany e Kai.

Todo mundo levantou as taças, ruidosamente tilintando-as juntas antes de beber o líquido borbulhante.

– Às amigas – Mia gritou, segurando a taça para Josie, Bethany e Brittany.

– Eu bebo a isso – exclamou Bethany.

– E um brinde para nós, vamos garantir aos rapazes muitas outras noites das meninas – Josie disse com um sorriso.

– *Eu* bebo a isso – disse Ash.

– Eu também – Jace se incluiu.

– E eu – Gabe disse, sorrindo.

– É óbvio que vou colocar a Brittany em um avião para essas ocasiões – Kai disse, com os olhos cintilando divertidamente.

Josie puxou Brittany e Bethany para o seu lado, abraçando as duas, enquanto Mia deslizou para o lado de Bethany. Elas levantaram as taças.

– À noite das meninas! – disseram em coro.

Este livro foi composto em
Sabon MT para a Leya
e impresso em fevereiro de 2014